Mia Ajvide

Der Mann, der vergessen wurde

Roman

Aus dem Schwedischen
von Nina Hoyer

Klett-Cotta

Klett-Cotta
www.klett-cotta.de
Die Originalausgabe erschien unter dem Titel »Mannen som föll i glömska« im Albert Bonniers Förlag, Stockholm, Schweden

Published by arrangement with Bonnier Group Agency, Stockholm, Schweden

Printed in Germany
Schutzumschlag: Rothfos & Gabler, Hamburg
Unter Verwendung eines Fotos von © Cristian Baitg/gettyimages
Gesetzt von Dörlemann Satz, Lemförde
Gedruckt und gebunden von CPI – Clausen & Bosse, Leck
ISBN 978-3-608-93967-5

Für John –

von der ersten bis zur letzten Seite

Teil I

Erste Woche

Eingenistet wie ein Vögelein,
Will ich in deinem Herzen sein.
Und solltest du mich jemals daraus verjagen,
Sollen meine Flügel dich erschlagen.

Flüchtig wie ein Regentropfen

Als Jack seine Frau schon zum zweiten Mal in dieser Woche heimlich durch das Verandafenster beobachtete, wurde ihm bewusst, dass sie ihn vergessen hatte und sich nie mehr an ihn erinnern würde.

Es war nicht ihre Schuld, genauso wenig wie die eines anderen. Er war ihr einfach aus dem Gedächtnis entfallen, so flüchtig wie ein Regentropfen. Verschwunden. Seine Nase streifte die Fensterscheibe, und er zuckte zusammen. Sie schmerzte immer noch von Zoltans Hieb, weshalb er durch den Mund atmen musste und ihm vor Trockenheit die Zunge am Gaumen klebte.

Hinter ihm brach der Morgen an. Der Ruf der Seeschwalben gellte durch die Luft. Er schloss die Augen. Hier wollte er sein, genau hier – von den Geräuschen des Meeres und der Vögel umgeben. War das Haus auf den Klippen doch sein Zuhause.

Er öffnete die Augen wieder und schirmte sie mit der Hand gegen das Licht ab. Aino schlief. Zusammengerollt lag sie auf seiner Seite des Bettes, was ihn irgendwie tröstete. Ein Stück ihrer Schulter lugte unter der Decke hervor, und ihr Hals schimmerte weiß im Licht der Dämmerung. Unter ihrem Ohr konnte er schwach ein paar dunkle Male ausmachen – dort hatten sich seine Lippen zärtlich auf ihren Hals gelegt.

Ihre halb geöffneten Lippen glänzten feucht, und Jack legte seinen Zeigefinger an die Fensterscheibe, wie um ihr den Mund abzuwischen.

Sie berühren, ihr über die Wange streicheln und seine Fingerspitzen über ihre Haut gleiten lassen; spüren, wie sich ihre Wärme in seinem Körper ausbreitete – das durfte er jetzt nicht mehr, nie mehr.

Er ballte die Hände zu Fäusten und bohrte seine Nägel tief in die Handflächen. Als er seine Gefühle wieder unter Kontrolle hatte, legte er eine Hand auf den Türgriff und drückte ihn langsam herunter. Die Tür schwang geräuschlos auf.

1

Hauptsache bei dir

An jenem Tag, an dem es die ersten Zeichen dafür gab, dass Jack in Vergessenheit geraten würde, zogen weder Raben ihre Kreise am Himmel noch kreuzte eine schwarze Katze seinen Weg.

Endlich zu Hause, dachte er, als er aus dem Auto stieg.

Die letzten Apriltage waren angebrochen, und über Ämtudden wölbte sich die Wolkendecke grau und zottig wie ein Wolfspelz. Unter der Esche wucherten büschelweise Anemonen, deren Knospen jederzeit aufspringen konnten. Wie kleine Sprengsätze, ging ihm durch den Kopf, während er zum Haus hochging. Nur waren sie voller Leben.

Obwohl er es eilig gehabt hatte, nach Hause zu kommen, und fast dreißig Stundenkilometer zu schnell gefahren war, beugte er sich hinab, um mit der Hand eine Knospe zu umschließen und den Duft einzuatmen. Sie glänzte schwarz, wie ein polierter Stein. Bald schon würde sich ein hellgrünes Blatt entwickeln und eines unter Myriaden von Blättern sein, die im Wind raschelten. Alles war Veränderung.

Der Wind, der vom Meer herwehte, ließ ihn frösteln. Er sah zum Haus hinüber. Dort drinnen wartete Aino auf ihn. Mit einem Ruck packte er seinen Koffer, lief zum überdachten Eingang, klopfte wie immer gegen die Holzwand und trat ein.

Aber Aino war nicht da. Zwischen den Brotkrümeln auf dem Küchentisch lag, von Teeflecken übersät, die Morgenzeitung, und ihre Strümpfe hingen über dem Stuhl. Er lehnte sich gegen die Spüle und betrachtete die Möwen, die vor dem Fenster vorbeisegelten, während sich ein Gefühl von Unruhe in ihm breitmachte.

Er wusste, dass er sie mehr brauchte als sie ihn. »Ich freue mich darauf, ein wenig Zeit für mich zu haben«, sagte sie manchmal, wenn er sie losließ, um zum Wagen zu gehen, »dann ist das Wiedersehen umso schöner.«

Ihm ging es ganz anders. Jede Stunde ohne Aino war für ihn eine verlorene Stunde, aber das sprach er nicht aus.

Mit einem Seufzer schob er die Hand in seine Hosentasche und holte das kleine Päckchen heraus, das er auf dem Rückweg von Myntholm in Norrtälje bei einem Sportfachgeschäft für sie erstanden hatte. Als sein Blick in dem Laden auf die Spinnfischschnur mit den hellroten Sprenkeln gefallen war, hatte er sie, ohne einen Blick auf das Preisschild zu werfen, von der Wand genommen und auf den Ladentisch gelegt. Aino träumte davon, eines Tages eine Meerforelle zu fangen, und war überzeugt, dass es ihr mit der richtigen Schnur gelingen würde. Er fegte die Krümel weg und legte das Päckchen auf den Tisch.

Im Haus war es kalt. Er fror, hatte aber keine Lust, Holz

zu holen oder die Milchkartons zu verbrennen, die neben dem Ofen gestapelt waren. Also ging er von Zimmer zu Zimmer und stellte die elektrischen Heizkörper an.

Als er Ainos Arbeitszimmer betrat, sah er ihren Schlafsack ausgebreitet auf dem Fußboden liegen. Er war noch klamm und roch nach Rauch. Sie schien zumindest wieder von ihrer Exkursion zurück zu sein. Ihre verschwitzte Kleidung hatte sie auf den Schreibtisch geworfen, und er konnte nicht anders, als sich über sie zu beugen und ihren Geruch zu inhalieren, bevor er ins Schlafzimmer weiterging.

Das Bett war ungemacht. Er widerstand dem Impuls, das Bettzeug glatt zu streichen, und sammelte stattdessen das Buch auf, das Aino achtlos auf dem Boden liegen gelassen hatte – *Fräulein Smillas Gespür für Schnee*. Er machte ein Eselsohr in die aufgeschlagene Seite, bevor er es auf den Nachttisch legte.

Feine Regentropfen spritzten gegen die Fensterscheiben. Er warf einen Blick durch das Glas der Verandatür und sah Aino draußen sitzen, über ein paar Schnitzmesser gebeugt, die auf dem Tisch lagen. Er griff nach der Türklinke, hielt dann aber inne. Im Grunde wäre es an ihr gewesen, ihn zu begrüßen. Schließlich hatte sie gewusst, dass er nach Hause kommen würde, und er hatte eigentlich auch erwartet, dass das Abendessen fertig wäre und dass sie seine Heimkehr mit einer Flasche Wein feiern würden.

Ainos Jacke war an den Schultern und am Rücken durchnässt. Eine Strähne klebte ihr an der Stirn, und ihre Haare waren glatter als sonst. Mit ruhigen kreisförmigen Bewegungen zog sie eines der Schnitzmesser über den

Schleifstein. Er betrachtete ihre sehnigen Hände, atmete tief durch und schob die Verandatür auf.

»Hallo!«

Aino zuckte zusammen und ließ das Messer fallen. Erschrocken starrte sie ihn an.

»Du bist ja ganz nass«, fuhr er fort. »Frierst du nicht?«

Endlich lächelte sie.

»Jack! Bist du das?«

»Wer sonst?«

Er breitete die Arme aus. Sie stand auf, umarmte ihn und schmiegte sich an ihn.

»Willkommen daheim«, sagte sie.

Jack sog den Duft ihrer Haare ein und schloss die Augen.

Sie hatte nicht vergessen, wann er von der Arbeit nach Hause kommen wollte, aber die Zeit war so schnell vergangen, wie immer, wenn sie mit etwas beschäftigt war. Nun saßen sie sich am Küchentisch gegenüber, und während Aino sich die Angelschnur um den Finger wickelte, hob Jack seine Teetasse und trank in tiefen Zügen. Der Kühlschrank war leer gewesen, aber er wollte deswegen keine Diskussion anfangen. Nicht jetzt. Er streckte die Hand aus und streichelte ihre Wange.

»Bist du mit dem Schleifen fertig?«

»Nein. Ich bin leider erst gegen drei nach Hause gekommen. Die Messer müssen aber bis morgen in Ordnung sein. Meine Pfadfindergruppe soll auf Listerö Becher schnitzen.«

Ihre Stimme klang müde. Das Überlebenstraining für die Lehrer der Lommaschule war anstrengend gewesen. Aino hielt Lehrer für ein elendes Pack. Ein Haufen Besserwisser, die zu allem eine Meinung hatten. Und wie nicht anders zu erwarten, hatte der Rektor am wenigsten Überlebenstalent bewiesen, die Vorschullehrer hingegen ein bisschen mehr.

Sie erzählte von ihrem Tag, und Jack wartete ab. Er wollte ihre ungeteilte Aufmerksamkeit haben. Das, was heute in Myntholm passiert war, war einfach zu großartig. Er hob die Teekanne und sah sie fragend an. Sie nickte und streckte ihm die Tasse entgegen.

»Wir haben die Windschutzanlagen auf Dunholmerna repariert, und der Werklehrer wollte unbedingt dort übernachten«, redete sie weiter, während sie nach dem Honigglas griff. »Er meinte, dass auf den Nachbarschären eine Robbenkolonie liegt, und wollte hinpaddeln, um sie sich anzusehen. Ich habe es ihm verboten. Schließlich hatte der Wind eine Geschwindigkeit von sechs bis sieben Metern pro Sekunde und sollte in der Nacht noch zunehmen. Letztendlich sind wir in die Schlafsäcke gekrochen und haben uns die Sterne angesehen.«

»Du und dieser Werklehrer?«

»Jetzt sei nicht albern. Er heißt übrigens Jonas. Hast du eigentlich die vielen Sternschnuppen gesehen?«

Das hatte er nicht. Das Zimmer, in dem er regelmäßig übernachtete, lag im Souterrain des Gästehauses, und von dort konnte man nur ein paar Zweige sehen. Er schüttelte den Kopf und unterdrückte ein Gähnen.

»Gestern ist es spät geworden«, sagte er, »und heute Morgen war ich schon früh auf.«

»Wir haben uns dafür entschieden, lieber an einem anderen Tag zu den Norrkobborna zu paddeln. Ich will unbedingt die Robben sehen.«

Jonas hieß er, hatte sie gesagt. Jack wollte mit einem Mal nichts mehr davon hören und schob seinen Stuhl zurück. Aino blickte ihm nach, als er seine Teetasse nahm und zur Spüle ging.

»Er besitzt weder ein Boot noch ein Kanu«, fügte sie hinzu.

»Ich geh duschen«, unterbrach er sie. »Und dann muss ich dir was erzählen.«

Seine Haut hatte sich nach der heißen Dusche gerötet. Für einen flüchtigen Moment fand Jack, dass er gut aussah. Doch sein Gesicht war hager, und seine dunklen, scharfen Augen verliehen ihm einen räuberischen Ausdruck. Wenn er vor einer Führung durch das Schloss Myntholm vor der Tür zum Salon stand und von drinnen erwartungsvolles Gemurmel hörte, bedauerte er, so unattraktiv zu sein. Die Besucher, die nach Myntholm kamen, hatten etwas Besseres verdient – das waren Menschen, die tagaus, tagein in der Schulkantine oder im Sozialamt schufteten und deren monotone Arbeitstage Spuren in ihren Gesichtern hinterlassen hatten. Aber sobald sie im flackernden Schein der Kandelaber im Schlosssalon standen, fühlten sie sich erhaben. Und sie hatten natürlich ihre romantischen Vorstellungen von einem Schloss – und von dessen Museumsführer.

Jack legte Rasierwasser auf, während er aus dem Wohnzimmer die klare Stimme von Alison Krauss vernahm. »In this world I walk alone, with no place to call my home.« Er war immer wieder dankbar dafür, nicht mehr allein zu sein und einen Ort zu haben, den er sein Zuhause nennen konnte. Im Grunde war es ihm egal, was Myntholms Besucher über ihn dachten oder sich ersehnten. Wichtig war nur Aino.

Im selben Moment, als er aus dem Badezimmer trat, verpuffte seine Freude allerdings. Aino saß nicht, wie erwartet, auf dem Sofa und wartete auf ihn, sondern war in ihr Arbeitszimmer gegangen und hatte die Tür hinter sich zugemacht. Jack nahm die Weingläser aus dem Küchenschrank und schloss die Tür mit einem Knall. In der darauffolgenden Stille hörte er sie lachen, und ihm wurde klar, dass sie mit jemandem telefonierte. Also ging er ins Wohnzimmer, drehte die Musik ein wenig lauter und schenkte sich ein Glas Wein ein. Obwohl es draußen schon dämmerte, schaltete er die Lampe nicht an.

Erst nachdem Aino ihr Telefongespräch endlich beendet hatte und ins Zimmer kam, knipste er das Licht an. Sie blinzelte und sah sich verwirrt um. Als sie ihn auf dem Sofa entdeckte, schlug sie die Hand vor den Mund.

»Hast *du* mich erschreckt!«, keuchte sie.

Er sah, wie die Angst in ihren Augen der Wut wich, bevor sie sich abwandte und den Kopf schüttelte, so als ob er daran schuld sei, dass sie sich erschrocken hatte.

»Mit wem hast du gesprochen?«, wollte er wissen. »Mit dem Typ ohne Kanu?«

»Ja.«

Die vage Unruhe wurde zur Gewissheit. Seine Stimme klang gepresst, als er nachhakte: »Warum hast du ihn angerufen?«

»Ich hatte es ihm versprochen. Willst du auch wissen, worüber wir geredet haben?«

»Nein.«

Aino breitete ratlos die Arme aus. Dann seufzte sie tief und machte ein paar Schritte auf ihn zu.

»Entschuldige, Jack, ich bin ein Idiot.«

Sie ließ sich vor ihm auf dem Boden nieder und schlang die Arme um seine Knie. Als ihre Hand nach seiner tastete, zog er sie aufs Sofa. Sie sanken auf die Kissen und schmiegten sich dicht aneinander. Ihre Rückenmuskeln spannten sich wie Seile unter seinen Händen, während er sie festhielt.

Im Zimmer war es warm, die Haut auf ihrer Stirn glänzte feucht. Das Licht der Lampe fiel durch ihre Haare, die sich in kleinen Locken um ihr Gesicht legten.

»Halt mich fester!«

Immer wieder flüsterte sie es in sein Ohr, und er presste sie an sich, drückte ihren Brustkorb so fest wie möglich gegen seinen.

Wie auf ein verabredetes Zeichen hin ließen sie einander los und zogen sich aus. Sie setzte sich kerzengerade auf ihn und umklammerte mit ihren Beinen seine Hüften, während er nach ihren Schultern tastete, ihrem Kopf, ihrer Brust. Er bedeckte sie mit Küssen, biss sie zärtlich, bis sie lachend in seinen Armen zusammenbrach. Da drang er in sie ein. Und dort, tief in ihr, war Leben.

Als Kinder hatten sie im selben Haus gewohnt.

»Hol den Ball!«, hatte sie gerufen.

Nachdem er mühsam mit ihm aus den Büschen gekrochen war, hatte er ihr den Ball zugeworfen und war stehen geblieben, um zu sehen, ob sie ihn zurückschmeißen würde.

Sie hatte ihn ein paarmal durch die Luft gewirbelt, bevor er in weitem Bogen in seine Richtung zurückflog. Er erinnerte sich, wie er vor Aufregung nach Luft geschnappt hatte, als der Ball in seinen Händen gelandet war.

Von da an hatten sie fast jeden Tag miteinander gespielt.

Im Sommer vor der Oberstufe war sie aus der Pannsmedsgatan weggezogen. Ihr Vater hatte Arbeit in einer Kleinstadt bekommen, und nach ein paar gescheiterten Versuchen, den Kontakt zu ihr aufrechtzuerhalten, war sie aus seinem Leben verschwunden. Aber sie hatte ihn nie vergessen.

Jack sah auf den blonden Haarschopf hinab, der auf seiner Brust lag, und versuchte seine Atmung ihrem langsameren Rhythmus anzupassen. Es gelang ihm nicht, und er musste sich dazu zwingen, tiefere Atemzüge zu machen.

In dem Jahr, als er fünfunddreißig wurde, hatte er ein paar Urlaubstage darauf verwandt, Höga Kusten entlangzuwandern. Eines Abends schlug er auf einem Hügel sein Zelt auf und legte sich ins Gras, bis das Nudelwasser kochte. Warm und weich von Sonne und Regen fühlte sich das Gras an, und unvermittelt kamen ihm Tränen. Es war nicht so, dass er unglücklich war – die Tränen waren wie aus dem Nichts gekommen.

Schließlich stand er auf und sah übers Meer. Die Abendbrise hatte einen starken Geruch von Tang und Seevögeln mit sich gebracht, und das Gefühl der Einsamkeit wurde stärker, während er den Horizont betrachtete. Für den Bruchteil einer Sekunde sah er sich selbst: einen Mann, der bald schon in den mittleren Jahren war und seinen Urlaub damit zubrachte, in der Einöde zu zelten und aus einem Gefühl der inneren Leere losheulte.

Da nahm er die Frau wahr, die den Strand entlangkam, und ohne sein übliches Zögern, sich Fremden zu nähern, kletterte er den Hügel hinunter. Er stapfte über den Strand und bemerkte, dass die nun hockende Gestalt etwas Vertrautes an sich hatte. Als er näherkam, sah er, dass es Aino war. Neben ihr lag ein Haufen Treibholz.

Ihre Haare waren immer noch blond, aber ihre Augenbrauen und Wimpern waren mittlerweile nachgedunkelt. Ihre Stiefel wirkten teuer und gut eingelaufen. Sie beugte sich über das Holz, hauchte vorsichtig ein Stück Birkenrinde an, und im Auflodern der Flammen bemerkte er ein feines Faltennetz um ihre Augen.

Dass sie sich zur selben Zeit an der Höga Kusten befunden hatten, war reiner Zufall gewesen, dennoch hatte sie ihn sofort wiedererkannt, als er über die glitschigen Steine stolperte.

»Wer hätte es sonst sein sollen? So läufst nur du«, hatte sie gelacht.

Er hatte sich dafür entschieden, ihr zu glauben, sich aber geweigert, ihre Begegnung für einen Zufall zu halten – für ihn war es eine göttliche Fügung.

2

Die wahnsinnige Alma

Als Jack Ainos Haare streichelte, schlug sie die Augen auf. Für einen kurzen Moment sah sie ihn wie einen Fremden an, dann erst lächelte sie ihm zu.

»Wolltest du mir nicht etwas erzählen?«

»Gleich.«

Er machte Feuer. Aino mochte das Licht und die Wärme, die es verbreitete. Sie setzte sich auf den Boden und zog ihren Pulli über die Knie. Er stellte die Weinflasche ab und reichte ihr ein Kissen.

Die Lichter des Hafens schienen schwach durchs Fenster, und noch nicht mal der Luftzug, der durch die Ritzen der Verandatür drang, konnte seinem Wohlbefinden etwas anhaben – er war wieder zu Hause, und alles war wie immer. Er legte noch ein paar Holzscheite nach und regulierte die Luftzufuhr. Aino durchbrach die Stille.

»Willst du denn gar nicht sagen, was los ist?«

Sie drehte das Weinglas zwischen den Händen und sah ihn auffordernd an. Er verschränkte die Beine und nahm ihr gegenüber Platz.

Am frühen Morgen hatte er wie üblich seine Runde durch Schloss Myntholm gedreht, um die Mäusefallen zu kontrollieren. Normalerweise hatte Gift gereicht, aber im letzten Spätwinter war das Schloss von einer wahren Mäuseinvasion heimgesucht worden. Myntholms Ruf beruhte unter anderem auf seiner großen Kunstsammlung, und die flämischen Doppelwerk-Webteppiche, die im Flur in der ersten Etage hingen, waren wertvoll. Sie durften auf keinen Fall Schaden nehmen, kamen doch zahlreiche Besucher nach Myntholm, nur um sie zu sehen. Die flämischen Teppiche allein hätten ihn allerdings nicht zum Mäusefänger gemacht. Denn die darauf abgebildeten brutalen Jagdszenen, in denen das erlegte Wild den Betrachter in einer Blutlache liegend mit großen Augen anstarrt, widerten ihn an. Der Direktor des Landesmuseums aber hatte verlangt, dass die Webteppiche verlegt werden müssten, sollte man der Mäuseplage nicht Herr werden, und Jack bangte um seinen Job. Er war nicht fest angestellt und konnte nur Führungen übernehmen, wenn viele Besucher da waren. Im Sommer kamen die Touristen in Scharen, sodass er fast täglich Führungen hatte, im Winterhalbjahr wurde er jedoch nur einbestellt, wenn Myntholm für eine Konferenz gebucht war.

Also hatte er das ganze Schloss auf der Suche nach den Mäusen durchforstet. Anstrengend war es nicht gewesen, nur zeitraubend. Mäuse hinterließen immer Spuren, und so war Jack ihren Hinterlassenschaften gefolgt, bis er auf den Spalt im Fußboden gestoßen war. Dort hatte er schließlich die Falle aufgestellt und eine Maus nach der anderen gefangen.

An diesem Tag hatte er beschlossen, seine Maßnahmen zur Mäusebekämpfung auf das Nebengebäude auszuweiten. Zwar befanden sich dort keine Museumsgegenstände, nur Büroräume, aber Ylva, die sich um die Buchführung kümmerte, hatte ein Rascheln gehört und war sich sicher, dass Mäuse in den Zwischenräumen der Wände umherliefen. Sie hatte furchtbare Angst vor Mäusen und ihm frische Erdbeeren versprochen, wenn es ihm gelänge, die Tiere aus ihrem Büro zu verjagen.

Jack hatte vollstes Verständnis für ihre Ängste, hatte er doch dieselbe irrationale Angst vor Schlangen. Seitdem er wusste, dass sich unter der Treppe des Myntholmer Lusthauses ein Schlangennest befand, hatte er einen großen Bogen um das unten am See liegende Gebäude gemacht.

Kleine schwarze Mäuseköttel lagen auf dem hellen Linoleumboden in Ylvas Büro. Sein Blick wanderte die Fußleiste bis zur Zimmerecke entlang. Er kannte sich inzwischen mit Mäusen aus – sie liebten Ecken.

Als er sich hinunterbeugte, sah er, dass sich der Bodenbelag an der Fußleiste nach oben wölbte. Er nahm einen Brieföffner vom Schreibtisch und führte ihn in den Spalt ein, hob mit der Spitze den Rand des Belags hoch und zog. Mit einem schmatzenden Geräusch löste sich der Leim vom Fußboden, sodass er das Linoleum hochschlagen konnte.

Er strich mit der Hand über die harte Oberfläche, ohne irgendwelche Mäuselöcher entdecken zu können. Das Brett, das sich unmittelbar an der Wand befand, wies jedoch eine Vertiefung auf, und als er genauer nachsah, bemerkte er zwei in den Boden geritzte Buchstabenpaare: E L A R. E L A R.

A R – Alma Ribe. Die wahnsinnige Alma.

Sie war in einem der Turmzimmer des Schlosses eingesperrt worden. Die junge Gräfin Alma Rosalind Ribe galt als verspieltes und vergnügtes Kind, das mit ihren Brüdern gern im Park umhertollte, bis sie innerhalb kürzester Zeit verrückt wurde. Innere Dämonen sollen sie gequält haben. Bereits im Alter von siebzehn Jahren verstarb sie, und die Stille im Turmzimmer erschien Jack oft drückend, wenn er den Vorhang von Almas Bett zur Seite zog, um den Besuchern das Betthaupt zu zeigen, in das Alma zahlreiche Buchstaben eingeritzt hatte – A R E L. A R E L.

Niemand wusste, um wen es sich bei E L handelte. Zwar gab es einen Forschungsaufsatz und die eine oder andere Seminararbeit zu diesem Thema, doch keinem war es gelungen, die Initialen mit jemandem aus Almas Umfeld in Verbindung zu bringen.

Um seinen Fund gab es größere Aufregung als erwartet. Sven Vallgren, der Museumsdirektor, ließ Ylvas Arbeitszimmer umgehend absperren, und in seiner Stimme schwang Eifer mit, als er das Zentralamt für Denkmalpflege über die Inschrift informierte. Während des Telefonats fuhr er unaufhörlich mit der Hand durch seine allmählich ergrauenden Haarstoppeln, um sich anschließend etwas perplex ans Personal zu wenden, das sich vor der Absperrung versammelt hatte.

»Sie kommen!«, sagte er. »Sie kommen tatsächlich her.«

»Die Denkmalschutzbehörde?«, fragte Ylva ungläubig. »Diese Inschrift ist doch wohl kaum eine große Sache, oder? Haben die denn nichts Wichtigeres zu tun?«

»Nun, man kann wieder neue Forschungsgelder für wissenschaftliche Untersuchungen zur Geschichte der Frauen beantragen, und Almas Schicksal ist für die Behörde anscheinend so interessant, dass sie zumindest einen Blick darauf werfen wollen.« Svens blaue Augen funkelten. »Sie kommen schon morgen. Eine ganze Delegation vom Zentralamt für Denkmalpflege und vom Landesmuseum.«

Er wandte sich an Jack.

»Wenn du möchtest, kannst du die Führung übernehmen.«

Jack nickte. Das bedeutete, dass Sven auf ihn zählte, und wenn sowohl der Denkmalpfleger des Landesmuseums und Leute vom Zentralamt für Denkmalpflege Interesse an der Inschrift bekundeten, konnte Myntholm vielleicht mit mehr Zuschüssen rechnen – was ihm wiederum die Chance auf eine Festanstellung gab, und das war mehr, als er je zu hoffen gewagt hätte.

»Hast du dir etwas gewünscht?«

Jack sah auf Ainos Gesicht hinunter, das sich hell in der nächtlichen Dunkelheit abzeichnete, und legte seine Hand über ihre. Sie waren auf die Veranda gegangen, um vor dem Schlafengehen noch etwas Nachtluft zu schnuppern. Der Regen hatte aufgehört, und der Wind riss die Wolkendecke auf. Über ihnen wölbte sich der Himmel wie eine von Löchern übersäte, verschlissene Samtdecke.

»Das war keine Sternschnuppe, sondern ein Funke, der da aufgestiegen ist«, sagte er. »Wenn sich zwei Menschen lieben, bilden sich Funken, die in den Himmel steigen. Auf dem Weg dorthin sengen sie Löcher in den Himmel, sodass das Licht Gottes stärker zu uns auf die Erde herabscheint.«

»Amen«, schloss sie. »Lass uns schlafen gehen!«

Obwohl er Wein getrunken und sie sich geliebt hatten, konnte er nicht einschlafen. Seine Gedanken kreisten unaufhörlich um die Inschrift, und er fragte sich, warum Alma die Buchstaben in die Dielen des Nebengebäudes geritzt hatte. Solange Myntholm eine Grafschaft gewesen war, hatte sich im Nebengebäude die Kammer der Dienerschaft befunden, in die eine Gräfin niemals ihren Fuß gesetzt hätte. Aber vielleicht war Alma ja in den Stallburschen verliebt gewesen? Vor seinem inneren Auge sah er das Herzsymbol, das in der Straße, in der seine Mutter lebte, im Durchgang zum Innenhof eingeritzt war: J ❤ A – Jack liebt Aino.

Womöglich war Alma überhaupt nicht verrückt gewesen, womöglich hatte sie sich nur verliebt. Hatte einen Skandal verursacht und war in den Turm gesperrt worden, damit sie nicht mit ihrem Geliebten durchbrennen konnte. Und hatte vor Verzweiflung seine Initialen in ihr Bett geritzt, bis sie an gebrochenem Herzen gestorben war.

»Aino?«, flüsterte er.

Aino zuckte zusammen und schrie unerwartet auf. Sie hörte gar nicht mehr auf damit, glitt aus dem Bett, weg, nur weg von seiner Stimme, seinen Händen, die in der Dunkelheit nach ihr tasteten. Er drehte sich um und suchte nach dem Lichtschalter. Sie starrte ihn an, blass, die Augen so schwarz wie zwei bodenlose Schächte. Ihre Pupillen riesengroß – ob aus Angst oder weil er so plötzlich das Licht angemacht hatte, wusste er nicht.

»Aino, was ist los? Ich bin es nur.« Er legte ihr eine Hand aufs Knie. »Hast du schlecht geträumt?«

Es dauerte eine Weile, bis sie antwortete. Dann nahm sie seine Hand und hielt sie an ihre Wange.

»Ich weiß nicht.« Sie schüttelte den Kopf. »Ich hatte einfach nur Angst.«

Ihre Stimme klang verzweifelt, sie zitterte. Er zog sie fest an sich, und sie kuschelte sich an ihn.

»Halt mich!«, bat sie. »Und lass das Licht an!«

Er streichelte ihr übers Haar, bis sie wieder eingeschlafen war, erst dann löschte er das Licht.

3

Hintergangen

Das mulmige Gefühl, das Ainos Schrei in ihm ausgelöst hatte, trieb ihn viel zu früh aus dem Bett, weshalb er Myntholm schon um sieben Uhr morgens erreichte. Nebelschwaden zogen vom See herauf, und er machte den Reißverschluss seiner Jacke zu.

Ich wollte dich nicht wecken. Drück mir für heute die Daumen!, hatte er auf einen Zettel notiert und ihn auf Ainos Nachttisch gelegt, bevor er sich zu ihr heruntergebeugt und sie geküsst hatte.

Er schritt quer durch den Schlosspark, sein Atem ging schneller, doch auch die körperliche Anstrengung konnte den Gedanken an Ainos Aufschrei nicht aus seinem Kopf vertreiben. Obgleich es lächerlich war, ließ sich das Gefühl nicht abschütteln, dass er der Grund dafür gewesen war, dass sie sich so erschrocken hatte.

Keuchend erreichte er die Kuppe des Brandbergets. Vor ihm erstreckten sich Wiesen und Obstplantagen. Zwischen den Wipfeln des Fichtenwalds lag Myntholm, und er hob wie ein Pfarrer, der den Segen austeilt, die Hand und ließ sie über den See und die Baumkronen des Parks wandern, um sie schließlich auf dem Schieferdach des Schlosses verweilen zu lassen, das in der Sonne schimmerte.

Myntholm war zu seinem zweiten Zuhause geworden, was nicht zuletzt daran lag, dass ihm sein Job und seine Kollegen gefielen.

Er atmete tief durch und merkte, wie das Beklommenheitsgefühl allmählich von ihm abfiel. Als er ein Motorengeräusch hörte, wandte er den Kopf zur Landstraße und sah Svens blauen Suzuki auf den Parkplatz einbiegen. Kurz darauf kam sein Chef im Laufschritt an die Pforte. Sein Mantel blähte sich um seine schmalen Schultern. Jack musste schmunzeln und sah unwillkürlich einen Vogel vor sich, dem es nicht gelang, sich in die Lüfte zu schwingen.

Sven war es gewesen, der ihm den Job gegeben hatte. Den Tag, an dem er den Vertrag unterschrieben und Sven ihn durch das Schloss geführt hatte, würde Jack nie vergessen. Vier Jahre war das nun beinahe her. Sven hatte ihm erzählt, dass das ursprüngliche Gebäude im 17. Jahrhundert nach Zeichnungen des berühmten Architekten Erik Dahlbergh errichtet worden sei. Ein gutes Jahrhundert später habe bedauerlicherweise ein Feuer im Schloss gewütet und Teile des Kunstschatzes zerstört, der sich schon damals im Besitz von Myntholm befunden hatte. Die Grafenfamilie habe die Gemälde, die vor dem Feuer gerettet worden waren, restaurieren lassen und weiterhin Kunst gesammelt. Gegen Ende des 18. Jahrhunderts und weite Teile des 19. Jahrhunderts hindurch seien sie als Mäzene tätig gewesen und hätten vielversprechende Künstler im Schloss wohnen lassen. Demzufolge stammten viele der auf Gemälden dargestellten Motive aus der Gegend, und einige Porträts, die die Mitglieder der Grafenfamilie zeigten, hingen im Schloss verteilt.

Als er Sven in die Bibliothek gefolgt und vor dem Porträt von Alma stehen geblieben war, hatte Jack eine merkwürdige Veränderung im Zimmer wahrgenommen – so als ob die Zimmertemperatur plötzlich um ein paar Grad gestiegen wäre. Er hatte einen Blick aus dem Fenster auf die schwere Wolkendecke geworfen, die nach wie vor den Himmel bedeckte, und sich erst wieder zu Sven umgedreht, als dieser seine Hand auf Jacks Arm gelegt und auf das Porträt gedeutet hatte.

»Schauen Sie genau hin!«, hatte er Jack aufgefordert, der daraufhin das blasse Antlitz von Alma gemustert hatte. Er sah von ihrem lächelnden Mund zu ihren Augen, und das unwirkliche Gefühl, das er kurz zuvor schon verspürt hatte, nahm zu. Das junge Mädchen auf dem Porträt schien ihn anzusehen. Nicht *er* betrachtete sie – sie betrachtete *ihn*! Dieser Eindruck währte nur kurz, dann war alles wieder normal, und er sah ein Gesicht vor sich, das sich aus Farbklecksen und Pinselstrichen zusammensetzte.

»Rein materiell gesehen ist das Gemälde nicht viel wert, und wie Sie sehen, ist es darüber hinaus ziemlich schlecht gemalt«, hörte er Sven sagen. »Dennoch möchte ich behaupten, dass ebendieses Gemälde das Wertvollste von ganz Myntholm ist.«

Jack nickte.

»Um Alma rankt sich nämlich eine schöne und zugleich traurige Geschichte«, fuhr Sven fort. »Und nichts sonst übt eine größere Faszination auf Menschen aus. Erst Alma macht Schloss Myntholm besuchenswert.«

Alma war die lang ersehnte Tochter des Grafen Carl Ribe und seiner Gattin Gräfin Margareta gewesen. Die Gräfin hatte zwar schon ein Jahr nach der Eheschließung einen Sohn geboren, doch musste Graf Carl in den Jahren nach der Geburt seines Sohnes Carl Magnus in unzähligen Briefen an seine Mutter feststellen, dass seine reizende Gemahlin ihm zu seinem Bedauern kein weiteres Kind schenken würde.

Zur großen Zufriedenheit der Familie Ribe brachte Gräfin Margareta jedoch am 1. April 1863 endlich eine wohlgestaltete Tochter zur Welt.

Mit ihren braunen Augen und ihren dunklen Haaren ähnelte sie ihrem Vater, und während ihr älterer Bruder das Interesse seiner Mutter für elegante Kleider und die höfische Lebensart teilte, bekundete Alma zur Freude ihres Vaters Interesse am Reiten und an der Jagd.

An ihrem siebten Geburtstag bekam sie ein eigenes Pferd, das sie Castor nannte und mit dem man sie – allen Verboten zum Trotz – ohne Damensattel rittlings in gestrecktem Galopp über die Ländereien des Schlosses reiten sah. Sie war eine gute Reiterin.

Als sie acht wurde, durfte sie an der Fuchsjagd teilnehmen, die jährlich auf Schloss Myntholm abgehalten wurde. Diese Begebenheit wurde in einem Brief festgehalten, von einem aufgebrachten Mitglied der Jagdgesellschaft verfasst. Daraus ging in aller Deutlichkeit hervor, dass der Briefschreiber der Meinung war, Kinder – und vor allem

Mädchen – hätten bei einer Fuchsjagd nichts, aber auch gar nichts zu suchen.

Die kleine Gräfin sei in einem blauen Samtkostüm erschienen, und ihre Stiefel, die nunmehr in einer Glasvitrine im Schloss ausgestellt waren, hätten silberne Sporen gehabt. Blass und still sei sie an der Seite ihres Vaters ausgeritten. Als die Jagdgesellschaft die Wiesen jenseits des Myntsees erreicht hatte, hätten sie ihre Pferde gezügelt und auf den Startschuss gewartet.

Im Handumdrehen hatten die wild kläffenden Hunde den Fuchs auf die Wiese getrieben und schon hätten die Jäger in Erwartung des ersten Schusses – der der Tradition zufolge vom Ausrichter der Jagd abgefeuert wurde – ihre Waffen angelegt.

Im selben Moment, als Graf Carl seinen Finger an den Abzug legte, habe Alma ihrem Vater jedoch einen Stoß versetzt. Mit zusammengepressten Lippen habe sie dann ihrem Pferd die Sporen gegeben und sei in vollem Galopp auf die Wiese geprescht. Die Kugel, die eigentlich den Fuchs hätte treffen sollen, sei am Kopf eines Jägers vorbeigezischt, und zum großen Verdruss des Briefschreibers habe niemand zu schießen gewagt, weil sich das Mädchen in der Schusslinie befand, weshalb der Fuchs unverletzt im Wald verschwinden konnte.

Alma hatte zwanzig Tage Hausarrest bekommen, die sie anscheinend damit verbracht hatte, Bilder von Füchsen zu zeichnen. Noch heute befand sich in der Bibliothek ein ganzer Stoß solcher Zeichnungen. Als Sven Jack die Zeichnungen gezeigt hatte, hatte er auf einen Fuchs gedeutet, der mit geschlossenen Augen hinter einem Felsblock lag.

»Sieht aus, als sei er tot, nicht? Diese Jagd hat vermutlich tiefe Spuren bei Alma hinterlassen. Sie muss ein sehr empfindsames Wesen gehabt haben.«

Die ersten Anzeichen ihrer geistigen Verwirrung hatten sich ein paar Monate nach der erwähnten Fuchsjagd gezeigt. Alma hörte Stimmen und konnte sich stundenlang mit Personen unterhalten, die nur in ihrer Fantasie existierten. Wenn sich jemand aus ihrem Umfeld einmischte, tobte sie. In den darauffolgenden Jahren wurden ihre Wutausbrüche zunehmend heftiger, und so wurde sie einen Monat nach ihrem zwölften Geburtstag in das Turmzimmer gesperrt.

Graf Carl trauerte um seine Tochter. In seinem Weihnachtsschreiben an seine Mutter beklagte er sich über die Schwere von Almas Krankheit und berichtete, dass seine Haare im Laufe weniger Monate schlohweiß geworden seien. Danach legte sich Schweigen über Alma. In den erhalten gebliebenen Briefen der Familie wurde ihr Name fortan nie mehr erwähnt – bis sie starb, im Alter von nur siebzehn Jahren.

Als Jack den Kleinbus des Zentralamts für Denkmalpflege auf den Parkplatz fahren sah, eilte er den Hang hinunter. Bis zur Besprechung war noch Zeit, und so beschloss er, eine von Almas Zeichnungen zu holen, um sie bei seiner Führung als Anschauungsmaterial verwenden zu können. Er lief hoch zur Bibliothek und nahm die Zeichnungen aus der Schreibtischschublade. Rasch breitete er die Bilder auf der Tischplatte aus und betrachtete Almas Füchse. Sein Blick blieb an einem einsamen Fuchs hängen, der auf einem weißen Blumenbett lag. Die Blumen ähnelten Seerosen, und als Jack genauer hinschaute, entdeckte er leichte Wellenlinien, die mit einem blauen Aquarellstift rings um die Blumen gemalt worden waren.

Er rollte die Zeichnung in ein Poster von Almas Porträt ein und verließ die Bibliothek.

Als er ein paar Minuten später das Nebengebäude betrat, war es erst zehn nach acht. Der Schlafmangel und die trockene Wärme, die die Heizkörper verbreiteten, ließen seine Augen brennen. Er brauchte eine Tasse Kaffee. Noch eilte es nicht, die Begehung sollte nicht vor halb neun anfangen.

Während sich in seinen Schläfen die ersten Anzeichen von Kopfweh bemerkbar machten, verließ er die Umkleide und ging zum Personalraum. Anschließend würde er bei der Wirtschafterin vorbeischauen und sie um eine Kopfschmerztablette bitten. Wenn er von Alma erzählte, musste er einen klaren Kopf haben.

Als er die Ausstellungsvitrine, in der die Waffen des Schlosses ausgestellt waren, passierte, bemerkte er, dass aus Ylvas Zimmer ein Lichtschein in den Korridor fiel und hörte eine Lachsalve. Mit wenigen Schritten war er an der Tür, hinter der er die versammelte Delegation vorfand, die sich um Sven scharte.

»Hier wären wir dann wohl fertig, alles Weitere können wir im Konferenzzimmer besprechen«, hörte er Sven sagen.

Das Absperrband um die Inschrift war fort, und ein Mann mit einer Kamera erhob sich soeben vom Boden. Jack umklammerte den Türpfosten.

»Ihr seid schon fertig?«

Sven, der ihm den Rücken zugewendet hatte, drehte sich um, und der Ausdruck, der über sein Gesicht huschte, wechselte von Überraschung zu etwas, das an Scham erinnerte.

»Jack!«, rief er aus. »Wo bist du denn gewesen?«

»Hier.«

»Tatsächlich? Hattest du schon einen Kaffee?«

»Warum habt ihr ohne mich angefangen?«

Im Zimmer wurde es still. Der Fotograf packte seine Ausrüstung in eine Tasche. Sven lehnte sich über den Schreibtisch, sammelte die Unterlagen ein und legte sie umständlich zu einem ordentlichen Stapel zusammen. Dann sah er auf und zuckte mit den Schultern.

»Ich habe keine Ahnung«, erwiderte er. In seiner Stimme lag ehrliches Erstaunen.

»Du hast zwanzig Minuten früher angefangen. Wenn du mich nicht dabeihaben willst, hättest du das doch sagen können.«

»Nein, nein, du verstehst das falsch. Die Herren trafen nur etwas früher ein als erwartet und ich ...«

Er brach ab und sah der Delegation hinterher.

»Du wusstest doch, was mir das bedeutet.«

»Ja. Aber ich hab's nun mal vergessen.«

»Es vergessen?«

»Ja. Es vergessen. Das war nicht okay von mir, aber es ist die Wahrheit.«

Jack schmiss verärgert die Posterrolle von sich, die über den Schreibtisch rollte und zu Boden fiel. Sven blickte ihr nach, bevor er sich mit einem Seufzer zu Jack umdrehte.

»Ich kann es nicht wieder rückgängig machen«, sagte er. »Aber wenn du meinen Bericht über die Inschrift und die Kompendien mit Hintergrundmaterial holst, die im Kopierraum liegen, kannst du Almas Geschichte während der Konferenz vortragen. Ich habe ihnen bisher nur die Inschrift gezeigt.« Er steckte seine Papiere in die Aktentasche und ging zur Tür. »Und vergiss das Porträt nicht!«, fuhr er mit einem Lächeln und einer Geste zur Posterrolle fort, »so etwas schindet Eindruck.«

Svens Bericht lag noch im Kopierer. Jack überflog ihn und spürte, wie seine Kopfschmerzen immer stärker wurden. »Die Inschrift wurde am Mittwoch, den 27. April, entdeckt. Dem Zentralamt für Denkmalpflege wurde umgehend von Sven Vallgren, dem Direktor des Museums, Bericht darüber erstattet ...« Jack fuhr sich über die Augen und zwang sich, den Text ein weiteres Mal zu lesen, diesmal gründlicher. Trotzdem konnte er nirgends seinen Namen entdecken.

»Hallo! Störe ich?«

Jack blickte auf und sah die Wirtschafterin im Türrahmen stehen. »Ich wollte nur ein paar Unterlagen holen«, sprach sie weiter.

»Nur zu!«

»Es handelt sich um einen Bericht und ein paar Kompendien«, sagte sie und schielte zu dem Papierstoß in seiner Hand. »Sven sagt, dass A R E L auf dem Blatt stehen würde – und das steht da.« Sie zeigte auf das Titelblatt.

»Wann hat Sven Sie denn darum gebeten?«

»Na, gerade eben, auf dem Weg zum Konferenzzimmer. Es eilt!«

Die Hauswirtschafterin machte Anstalten, nach den Unterlagen zu greifen. Wortlos reichte Jack ihr den Bericht und rührte sich nicht von der Stelle, während sich das Geräusch ihrer Absätze auf dem Gang verlor.

Was bezweckte Sven damit? Er konnte sich einfach keinen Reim darauf machen.

Der Kopfschmerz hämmerte in seinen Schläfen. Er schloss die Augen und lehnte seine Stirn gegen die Wand, als ob deren Kälte in seine Haut dringen und ihm irgendeine Erklärung liefern könnte. Weshalb hatte Sven gelogen? Und das hatte er, auch wenn er noch so aufrichtig geklungen hatte. Er hatte die Hauswirtschafterin geschickt, um die Papiere zu besorgen; dieselben Papiere, die er Jack kaum fünf Minuten vorher zu holen gebeten hatte. Das war nicht nur merkwürdig, sondern feige. Und mies …

Wenig später stand er vor dem Konferenzzimmer, warf einen Seitenblick zum Speisesaal, in dem die Wirtschafterin Kaffeetassen für die anstehende Kaffeepause zusammensuchte, und legte ein Ohr an die Tür. Er konnte nicht verstehen, was gesagt wurde, doch konnte kein Zweifel daran bestehen, dass die Diskussion – wie befürchtet – schon in vollem Gang war. Sven hatte den Vortrag tatsächlich selbst übernommen.

Macht verdirbt den Charakter, war eine von Ainos wiederkehrenden Feststellungen. »Wenn man ein guter Mensch sein will, muss man nach Machtlosigkeit streben«, behauptete sie. Jack war nicht ihrer Meinung. Er war ein versöhnlicher Mensch und besaß einen starken Glauben an die Fähigkeit des Menschen, etwas zur Verbesserung der

Gesellschaft beizutragen. Es gab gute Führungskräfte. Eigentlich war Sven so jemand.

Jack ließ seinen Blick von den Zweigen vor dem Turmzimmer, in das er sich in der Zwischenzeit zurückgezogen hatte, zu Almas Bett gleiten. Sven war nicht nur sein Chef, sondern auch sein Freund. Jedenfalls hatte er das so aufgefasst. Zuerst hatte sie ihre beiderseitige Faszination für Alma zusammengebracht. Sven hatte sogar vorgeschlagen, dass Jack nachforschen sollte, was ihr tatsächlich zugestoßen war, gab es doch eine Menge unbeantworteter Fragen – von denen die Initialen auf dem Bett nur ein verschwindend geringer Teil waren. So herrschte bislang keine Klarheit darüber, was ihre Krankheit ausgelöst hatte oder worin sie eigentlich bestand. Schizophrenie, war Svens Annahme, aber das stand nicht zweifelsfrei fest. Er wusste auch nicht, warum sie gestorben war. Sie soll Selbstmord begangen haben, so die herrschende Meinung. Das war aber reine Spekulation.

Sven bedauerte, dass Myntholm keine Gelder für die Forschung zur Verfügung standen. Er wollte Jack jedoch gerne als Mentor zur Seite stehen, falls er seine Freizeit dafür opfern wollte, Almas Geheimnis nachzuspüren. Er müsste ihm nur Bescheid geben.

Aber daraus war nichts geworden – wie aus so vielen Dingen in Jacks Leben. Er war zufrieden mit dem, was er hatte, und hatte auch nichts daran ändern wollen. Bis jetzt. Seufzend erhob er sich vom Stuhl und zog den Samtvorhang zur Seite.

Licht fiel auf die sorgfältig eingeritzten Buchstabenpaare, die das Betthaupt zierten; zweiundsechzig an der

Zahl. Alma war fünf Jahre eingesperrt gewesen, und wenn sie annähernd regelmäßig Buchstaben eingeritzt hatte, kamen in etwa zwölf pro Jahr dabei heraus. Jack schloss die Augen und meinte, Alma im blassen Licht des Mondscheins vor dem Turmfenster stehen zu sehen. Ein kleines Mädchen, das vor der Sichel des Halbmonds knickste und sich nach Liebe sehnte. Dann holte sie das Messer aus dem Versteck und nahm eine weitere Inschrift in Angriff.

Jack öffnete die Augen und musterte erneut den sanften Schwung der Buchstaben. A R E L. A R E L. Almas Stil war all die Jahre über gleich geblieben.

Wann sie wohl die Initialen im Nebengebäude eingeritzt hatte? Jack versuchte, sie sich ins Gedächtnis zurückzurufen. Die Inschrift im Dielenbrett war von eckigerer Zeichnung gewesen, er nahm jedoch an, dass Eichenholz härter und es daher nicht so einfach war, etwas hineinzukerben. Plötzlich ging ihm auf, dass die Buchstaben eine andere Reihenfolge aufgewiesen hatten. Auf dem Dielenbrett hatte E L A R und *nicht* A R E L gestanden!

Rasch nahm er Stift und Papier, legte das Blatt auf das Bett und schraffierte es mit einem Bleistift ab. Als er damit fertig war, hoben sich die Buchstaben weiß und scharf konturiert gegen den grauen Hintergrund ab. Wenig später hatte er auch die Inschrift in Ylvas Zimmer abgepaust, und als er sie mit der Schrift des Betthauptes verglich, war zweifelsfrei erkennbar, dass sie nicht von ein und derselben Person stammen konnten. Die Schrift vom Dielenboden wies nicht Almas sanften Schwung auf, hatte eine stärkere Neigung.

Mit dem Beweis seiner Entdeckung in der Hand verließ

er das Nebengebäude und ging zur Pforte. Der weiße Kleinbus der Denkmalpfleger stand noch auf dem Parkplatz. Für einen kurzen Moment erwog er, zum Konferenzraum zurückzugehen und seine Entdeckung zu präsentieren, doch als er einen Blick zum Gästehaus warf und die Delegation mit Sven an der Spitze die Treppe betreten sah, steckte er den Zettel weg. Er hatte nicht vor, den anderen vorzuenthalten, was er herausgefunden hatte, er wollte nur noch ein bisschen damit warten, es ihnen zu erzählen. In den nächsten Tagen war keine Führung angesetzt, und so beabsichtigte er, die Zeit für weitere Nachforschungen zu nutzen.

Er steckte den Autoschlüssel ins Schloss und setzte sich hinters Lenkrad. Wenn jemand die Wahrheit über Alma herausfinden konnte, dann er. Er kannte sie. Er *glaubte* nicht nur zu wissen, wer sie war – er *wusste* es.

4

Ein Schutzpanzer

Der Archivar am Empfang des antiquarisch-topographischen Archivs in Stockholm legte den Kopf schief und hörte aufmerksam zu, als Jack erklärte, dass er das gesammelte Material über Schloss Myntholm einsehen wolle.

»Ich nehme an, Sie meinen das Schloss Myntholm in Uppland. Wenn mich nicht alles täuscht, war das Schloss im Besitz der Grafen Ribe, bevor es irgendwann im frühen 20. Jahrhundert für einen Spottpreis an die Gemeinde verkauft wurde. Handelt es sich um ein Forschungsprojekt?«

»Nein, es interessiert mich nur.«

»Dann wollen wir mal eine Bestellung aufgeben.«

Der Archivar reichte ihm ein Formular und zeigte ihm, wie er es ausfüllen sollte. Nachdem der Mann das Ergebnis unter die Lupe genommen hatte, stand er auf und fuhr sich mit der Hand über seine frisch rasierte Glatze, die im Schein der Leuchtstoffröhren glänzte.

»Hier geht's lang«, sagte er und betrat vor Jack die Treppe zum Lesesaal.

Er wies ihm einen Platz an einem der Tische zu und flüsterte, dass er gleich wieder mit dem Material zurück sei.

Jack sah sich im Raum um. Einem Mann am Fenster war die Brille auf die Nase gerutscht, er schien über seinen Unterlagen eingenickt zu sein. Am Tisch daneben saß eine weißhaarige Dame, den Kopf über ein vergilbtes Dokument gebeugt. Wann immer sie eine Seite umblätterte, kratzte sie sich mit einem Bleistift am Kopf; sonst durchbrach kein Laut die Stille. Nachdem Jack fast eine Viertelstunde lang gewartet hatte, ging er zurück zum Empfang, wo der Archivar hinter dem Tresen in eine Zeitschrift versunken war. Vor ihm standen vier Mappen, die den Schriftzug »Myntholm« trugen. Jack griff danach.

»Darf ich die nehmen?«

Der Archivar sah von seiner Illustrierten auf und lächelte freundlich.

»Dann müssen Sie aber zuerst ein Bestellformular ausfüllen«, sagte er und zeigte auf die Formulare.

Jack verzog den Mund zu einem Grinsen und nahm die Mappen an sich.

»Fertig ausgefüllt zuoberst auf dem Stapel«, antwortete er.

Der Archivar sah sich überrascht Jacks Bestellung an und nickte dann.

»Das ging aber schnell«, meinte er. »Finden Sie den Weg in den Lesesaal allein?«

Jack antwortete nicht.

Die Mappen waren umfangreich, und Jack brauchte eine ganze Weile, um sich einen Überblick über sie zu verschaffen. Da die Dokumente chronologisch geordnet waren, legte er die erste Mappe weg, die den Zeitraum vor 1700 behandelte, und schlug die zweite auf, die noch dicker war und Dokumente zum Schlossgebäude beinhaltete. Nach dem Feuer von 1796 waren umfassende Renovierungen notwendig geworden, die Ursache für den Ausbruch war eine Überhitzung des Kachelofens gewesen. Der Kachelofen, *die* Erfindung des 18. Jahrhunderts, hatte die damalige Heiztechnik revolutioniert. An den Entwürfen hatte der Graf selbst mitgewirkt.

Jack nahm Stift und Notizblock aus seinem Rucksack und entschloss sich, seine Nachforschungen auf den Zeitraum von Almas Geburt 1863 bis zu ihrem Tod 1880 zu beschränken.

In der dritten Mappe fanden sich persönlichere Dokumente. Zwischen fein säuberlich aufgezeichneten Stammtafeln von Zuchthengsten und Jagdhunden stieß Jack auf eine Tuschezeichnung des Familienstammbaums, die Graf Carl angefertigt hatte. Behutsam nahm er das Blatt Papier in die Hand und musterte nacheinander die Namen, die über den stümperhaft gezeichneten Ästen des Stammbaums notiert waren. Vier Äste waren mit den Namen der gräflichen Kinder überschrieben. Mit krakeliger Handschrift hatte der Graf auch die Geburtsangaben seiner Nachkommen in Druckbuchstaben festgehalten. *Carl Magnus 23. 7. 1854. Alma 1. 4. 1863. Edmund 2. 5. 1864. Beatrice 12. 12. 1871.*

Unter *Beatrice* hatte der Graf ein Kreuz gemacht. Der jüngste Spross war am 3. April 1872 im Alter von nur vier Monaten gestorben.

Als Jack die Unterlagen weiter durchblätterte, entdeckte er zwei Briefe, die Gräfin Margareta an ihre »allerliebste

Schwester«, Märta Louise, geschrieben hatte. Der erste war auf den 21. November 1872 datiert, und Jack wusste, dass in diesem Brief Almas Geisteskrankheit erstmalig erwähnt wurde. Er überflog die Einleitungsfloskeln, um sogleich zu dem Abschnitt zu kommen, der Alma betraf:

Mit Kummer im Herzen muss ich Dich darüber unterrichten, dass wir uns große Sorgen um unsere kleine Alma machen. Wir haben nun die Gewissheit, dass in ihrem armen Kopf eine entsetzliche Verwirrung herrscht. Dieser Tage fanden wir sie des Nachts, nur mit einem Nachtgewand bekleidet, im Park. Als wir sie erschrocken nach dem Grund ihres tadelnswerten Benehmens fragten, behauptete sie nachdrücklich, sich um einen kleinen Knaben kümmern zu müssen. Als ich sie freundlich, doch gleichfalls bestimmt fragte, welchen Knaben sie meinen würde, wurde sie böse und brach in wildes Geschrei aus. Da sie außerstande schien, ihre Seelenruhe wiederzuerlangen, mussten wir es den Dienern überlassen, sie in ihrem Zimmer einzusperren.

Daraufhin haben wir unsere Alma wiederholt streng ermahnt, keine Bettelkinder in den Park einzulassen. Dies schien die einzige Erklärung für den von ihr erwähnten Knaben zu sein. Wie Du, meine allerliebste Schwester, sicher verstehst, schickt es sich nicht, mit derartigen Geschöpfen zu verkehren. Doch das Verbot kümmerte Alma keineswegs. Wieder und wieder öffnet sie diesen hilflosen Tröpfen die Pforte und findet größtes Vergnügen daran, sie zum Spielen einzuladen. Sophie grämt sich entsetzlich, dass es ihr nicht gelungen ist, Alma in dieser Angelegenheit Vernunft einzubläuen.

In den Unterlagen, die in der Schlossbibliothek lagen, wurde keine Sophie erwähnt, und soweit Jack wusste, gab es auch kein Familienmitglied, das so hieß.

Der zweite Brief war auf den 18. September 1876 datiert. Er war lang, und nachdem Jack sich die Schilderungen vortrefflicher Diners und angenehmer Lustfahrten auf dem See durchgelesen hatte, kam er zu dem traurigen Abschnitt, der von Alma handelte.

Alma versinkt immer mehr in ihrer Krankheit. Mein lieber Gatte müht sich aufs Äußerste, ihre Beaufsichtigung zu übernehmen. Wie Du wohl weißt, war Alma einst sein Ein und Alles –

immerzu ließ er sie in den Park, damit sie ihr geliebtes Pferd Castor reiten konnte, was nun bedauerlicherweise nicht mehr möglich ist.

Rosenberg, unser vertrauenswürdiger Gärtnermeister, schreckte gestern Nacht aus unruhigem Schlaf hoch, nachdem er den ganzen Tag die Apfelernte überwacht hatte. Um sich eine Prise Frischluft zu genehmigen, ging er zum See hinunter. Dort angekommen fiel ihm ein flackernder Lichtschein im Lusthaus auf. Verwundert trat er näher und hörte, dass Alma dort drinnen mit jemandem sprach.

Zutiefst beunruhigt suchte Rosenberg sogleich meinen Gatten auf. Gemeinsam gingen sie zum Lusthaus und fanden Alma unter einer Decke auf dem Fußboden liegend vor. Sie redete unzusammenhängend, doch mein lieber Carl verstand immerhin so viel, dass es um einen Knaben ging, der ihr den Abend über Gesellschaft geleistet hätte. Das Lusthaus wurde bis auf den letzten Winkel durchkämmt, aber niemand war zu finden. Lediglich Carls abgelegter Reitrock wurde von Rosenberg in einer Ecke entdeckt. Als Alma schließlich zum Schloss zurückgebracht wurde, weinte und tobte sie abwechselnd.

Jack sah vom Brief auf und bemerkte, dass der Lesesaal inzwischen leer war. Die Uhr über der Tür zeigte kurz nach fünf an. Aino würde sich gewiss schon fragen, wo er blieb. Rasch sammelte er die Papiere ein und versteckte die Mappe hinter der Gardine auf dem Fensterbrett. Er wollte am nächsten Tag mit seinen Nachforschungen weitermachen und hatte keine Lust auf eine erneute Begegnung mit diesem seltsamen Archivar.

Als er kurz darauf im Auto saß, wählte er Ainos Nummer. Doch sie nahm nicht ab. Der Verkehr am Roslagstull war zäh, bald war Walpurgisnacht, und der stockende Verkehr würde sich frühestens am Roslagstoppet auflösen. Die Menschen machten sich auf zu ihren Sommerhäusern, um den Rasen von Blättern und Gestrüpp zu befreien, damit am Freitag die Maifeuer in den Himmel lodern konnten.

Plötzlich musste er an Sven und die morgendlichen Ereignisse denken. Fest das Lenkrad umklammernd bemühte er sich, die Vorstellung zu verscheuchen, dass er wie ein verängstigter Hund von der Konferenztür weggeschlichen war und Zuflucht im Turmzimmer gesucht hatte. Warum war er nicht einfach reingegangen, hatte an der Konferenz teilgenommen und Anspruch auf seine Entdeckung erhoben? Danach hätte er mit Sven alles unter vier Augen klären können. Um sich abzulenken, schaltete er das Radio ein. Gott hatte ein Einsehen – Schuberts achte Symphonie riss ihn aus seinen Gedanken, und er drehte das Radio auf volle Lautstärke.

Während er auf den schmalen Schotterweg abbog, der zum Haus auf Ämtudden führte, dämmerte es schon. Er warf durch das Loch in der Fliederhecke einen Blick zum Haus und sah, dass die Fenster hell erleuchtet waren – Aino war also da. Erleichtert passierte er den Müllcontainer und fuhr auf das Grundstück.

In der Auffahrt parkte ein schwarzer Golf. Jack schaltete den Motor ab und lehnte sich vor, um den Aufkleber auf der Heckscheibe lesen zu können: »If you can read this, you're too fucking close.«

Aino hatte kein Wort darüber verloren, dass Besuch kommen sollte. Er zuckte zusammen, als auf dem Rücksitz des Golfs wild kläffend ein riesiger Hund aufsprang.

Auf dem Vordersitz des Wagens, halb verdeckt unter der Zeitung, entdeckte er eine Kamera und da wusste er plötzlich, wer bei ihnen vorbeigekommen war: Jonas, der Werklehrer.

Seine Handfläche sauste auf das Autodach hinunter, und das Hundegebell wurde noch wilder.

»Halt's Maul!«, rief er.

Der Köter sprang gegen die Fensterscheibe, und gerade als er einen Schritt vom Auto zurücktrat, wurde die Haustür geöffnet. Er drehte sich um und sah einen Mann in einem karierten Flanellhemd auf ihn zukommen. Er hatte sich eine Baseballkappe tief in die Stirn gezogen. Sein Gesicht war gerötet, und er drohte Jack mit der Faust.

»Was fällt Ihnen ein?«, brüllte er.

»Das sollte ich wohl eher Sie fragen!«

»Wollen Sie etwas Bestimmtes? Wenn nicht, verschwinden Sie einfach!«

Der Mann trat so großspurig auf und seine Worte waren so abstrus, dass es Jack schlichtweg die Sprache verschlug. Er schaute zu Aino hinüber, die über den Rasen gerannt kam. Es gab ihm einen Stich, als er sah, wie sie mit gereiztem Seitenblick auf ihn zu dem Werklehrer lief und ihm eine Hand auf den Arm legte. Einen kurzen Moment lang betrachtete er Ainos Finger, dann begegnete sein Blick ihrem, und die Feindseligkeit in ihren Augen war so stark, dass er nach Luft ringen musste.

»Ich heiße Jack Sjödell. Aino ist meine Frau. Also verlassen Sie sofort mein Grundstück!«

Ainos Pupillen weiteten sich, und auf einmal verschwand der undurchdringliche Schleier, der in ihren Augen gelegen hatte. Sie nahm ihre Hand fort, ging auf ihn zu, umarmte ihn und küsste seine Wange. Dann deutete sie auf Jonas.

»Jack, das ist Jonas. Er wollte gerade aufbrechen.«

Jonas schob seine Kappe in die Stirn und musterte Aino fragend. Da sie schwieg, drehte er sich auf dem Absatz um und stieg in sein Auto. Die Tür schlug zu, und der schwarze Golf verschwand in einer Staubwolke auf dem Hügel.

Schweigend gingen sie hinein, kochten Tee und deckten den Tisch. Es kam ihm vor, als hätte der Zwischenfall auf dem Hof eine Mauer zwischen ihnen entstehen lassen.

Jack schraubte den Deckel des Streichwurstglases ab und stellte es vorsichtig auf den Tisch. Zwischen Aino und Jonas hatte eine Vertrautheit geherrscht, die ihm missfiel. Er hatte sich wie ein Eindringling gefühlt. Aus dem Augenwinkel beobachtete er seine Frau, die in Gedanken versunken den Toaster fixierte. Als die Toastscheiben hochsprangen, war es, als beseitigten sie zugleich die Stille.

»Wie war es in Myntholm?«

Ihr Tonfall klang bemüht, und ihr Versuch, so zu tun, als sei nichts geschehen, schmerzte ihn. Aino konnte manchmal ungeduldig sein und sich über seine Unselbstständigkeit beklagen, aber sie hatte sich ihm gegenüber noch nie so verhalten wie jetzt.

»Du bist spät. Was ist passiert?« In ihrer Stimme schwang ein Vorwurf mit.

Er zog den Stuhl zurück und setzte sich ihr gegenüber an den Tisch. Aber nicht *er* hatte etwas zu erklären, sondern *sie*. Er nahm einen Löffel Honig und beobachtete, wie sich die goldenen Fäden im Tee auflösten. Dann hob er die Tasse.

Wieder dehnte sich die Stille zwischen ihnen aus. Aino hatte ihren Tee nicht angerührt und starrte auf die Tischplatte. Als sie wieder das Wort ergriff, war das Anklagende aus ihrer Stimme verschwunden.

»Ich weiß, dass ich mich eben seltsam benommen habe, aber ich habe keine Ahnung, weshalb. Es war, als ob ich für den Bruchteil einer Sekunde nicht wusste, wer du warst.«

»Und das soll ich dir glauben?«

»Ja. Anders kann ich es nicht erklären.«

»Vielleicht kann ich es dir erklären.« Er sah sie eindringlich an, wollte überprüfen, wie sich ihr Gesichtsausdruck veränderte. »Du empfindest etwas für Jonas, traust dich aber nicht, mir das zu sagen. Du hast gehofft, dass ich es nicht bemerken würde.«

Sie biss sich auf die Lippe.

»Das glaubst du?«

»Ja.«

Der Schutzpanzer, den er um sich errichtet hatte, zersprang. Solange er ihn umgeben hatte, hatte der Schmerz über den Vorfall nicht zu ihm durchdringen können. Jetzt aber zitterten seine Hände, und es fiel ihm schwer zu atmen. Warum sagte sie nichts? Warum sagte sie nicht, dass er sich irrte? Dass alles nur seinem kranken Gehirn entsprungen sei?

Als sie endlich den Mund öffnete, um zu antworten, wollte er mit einem Mal nicht mehr hören, was sie zu sagen hatte. Wenn seine Beine nicht so schwach gewesen wären, wäre er aufgestanden. So aber zwang er sich, sie weiter anzusehen. Sie war blass und ihre Lippen zitterten.

»Ich kann auf meine Arbeit verzichten«, sagte sie, »auf meine Freunde. Ich kann auf alles verzichten – auf unser Haus, unser Auto, das Kanu und mein Fahrrad, vielleicht sogar auf die Vögel und das Meer –, aber nicht auf dich.« Sie legte die Hände vor ihm auf die Tischplatte und hielt sie ihm geöffnet hin. »Ich liebe dich.«

»Und Jonas?«

»Jonas ist nur ein Mann mit einer fixen Idee, für die er meine Hilfe braucht. Das ist alles.«

Sein Zittern ließ nach und er legte seine Hände in ihre.

»Bist du dir sicher, dass dich wirklich nur seine verrückten Ideen interessieren?«

»Du hast Jonas doch gesehen. Glaubst du wirklich, dass ich was von ihm will?«

Nein, das glaubte er nicht. Jetzt nicht mehr. Aber er hatte es geglaubt, und der Schmerz, den er empfunden hatte, ließ sich nicht so leicht vergessen.

5

Wahre Freundschaft soll nicht wanken

Der Gedanke daran, wie Aino neben Jonas gestanden hatte, störte ihn noch immer. Am Abend zuvor hatte sie ihm in aller Deutlichkeit demonstriert, wie sehr sie an ihm hing. Wo immer er hingegangen war, sie war ihm gefolgt und hatte ihn keine Sekunde aus den Augen gelassen. Sogar ins Arbeitszimmer war sie ihm nachgelaufen, um ihm dabei zu helfen, Almas Poster an die Wand zu hängen, und als er ins Bad gegangen war, hatte sie ihn gebeten, die Tür aufzulassen.

Erst vor dem Kamin war es ihr gelungen, sich zu entspannen, und sie hatte ihm von dem flüchtigen Moment erzählt, in dem sie ihn nicht wiedererkannt hatte. Es sei ein furchtbares, beklemmendes Gefühl von Einsamkeit gewesen, ähnlich wie jenes, das sie in der Nacht zuvor in Angst versetzt hatte.

»Versprich, dass du mich niemals verlassen wirst, Jack.«

Das tat er, und sie kuschelte sich dichter an ihn. Er genoss es, dass sie anhänglich war, streichelte ihr übers Haar und bat sie, ihm genau zu erzählen, was sie in dem Moment empfunden hatte.

Sie lachte auf und verflocht ihre Finger mit seinen.

»Erinnerst du dich noch an den Zirkus Oblomov? Der mit diesem Zirkusdirektor, der einen Silberhelm auf dem Kopf trug?« Jack sah in ihr lächelndes Gesicht und schüttelte den Kopf. »Ist ja auch egal«, fuhr sie fort, »aber wenn ich an das denke, was passiert ist, erinnert mich das an den Zirkus Oblomov.«

Sie war auf dem Rückweg von der Schule gewesen, als sie sah, wie ein paar hundert Meter weiter entfernt ein Elefant die Pannsmedsgatan überquerte. Wie vom Blitz getroffen war sie stehen geblieben.

Jack fuhr sich mit der Hand übers Kinn und sah sie an.

»Es mag ja angehen, dass ein Elefant auf einer Straße in Stockholm nichts zu suchen hat, aber im Unterschied zu ihm gehöre ich doch hierher.«

Da lehnte sie sich vor und strich mit den Fingerspitzen über seine Stirn, seine Augenbrauen, seine Wange.

»Vielleicht stimmt etwas mit meinen Augen nicht. Es gelang mir einfach nicht, dich anzusehen. Irgendwie war es, als ob deine Gesichtszüge ineinander verschwimmen würden. Eine Person, die anzusehen unangenehme Gefühle ausgelöst und mir Angst eingejagt hat.«

Er fasste nach ihrer Hand auf seiner Wange, küsste sie und legte sie in ihren Schoß. Es war schon spät, und er wollte ihr noch erzählen, was in Myntholm vorgefallen war. Während sie eine Wolldecke holte und sich darin einwickelte, starrte er ins Feuer. Die Geschehnisse des Tages kamen ihm unendlich weit weg und genauso unwirklich vor wie Ainos Elefant. Er wandte sich seiner Frau zu.

Als er nach einer Stunde fertig erzählt hatte, bildete sich

eine tiefe Falte zwischen ihren Augenbrauen. Sie schüttelte den Kopf; ihr Urteil über Sven war eindeutig.

»Der ist wie alle anderen auch. Wenn es darauf ankommt, denkt er nur an sich selbst. Dabei hatte ich ihn eigentlich sympathisch gefunden.«

Er zuckte die Schultern.

»Ich mag ihn immer noch.«

»Aber er führt sich auf wie ein Mistkerl.«

»Ich weiß.«

Irgendetwas sagte ihm, dass Sven an dem, was geschehen war, im Grunde keine Schuld trug.

Jack stieg die Treppen zum Archiv hoch und betrat das Gebäude. Vom Empfang drang leises Stimmengemurmel herüber, und als Jack zum Tresen guckte, sah er, wie sich der Archivar mit seiner blankpolierten Glatze über ein Dokument beugte. Weder der Archivar noch die Dame neben ihm würdigten ihn eines Blickes, als er in den Lesesaal schlich.

Es dauerte eine Weile, bis er festgestellt hatte, dass Graf Carls Stammbaum und Gräfin Margaretas Brief die einzigen privaten Dokumente in der dritten Mappe waren. Der überwiegende Teil behandelte den Unterhalt und die Bewirtschaftung des Schlosses. Das schwarze Kassenbuch von Graf Carl war an den Ecken abgestoßen. Als Jack es öffnete, schlug ihm ein modriger Geruch entgegen.

Die Zeit verrann, während er von den Bemühungen des Grafen las, Schloss Myntholm standesgemäß zu erhalten. Die neuen Investitionen hatten keinen besonderen Gewinn nach sich gezogen, sodass der Familie Ribe schließlich nichts anderes übrig blieb, als ihre Ausgaben einzuschränken. Zwischen 1866 und 1868 verringerte sich der Dienerstab von siebenundzwanzig auf dreizehn Angestellte. Die Verträge der Angestellten lagen den Aufzeichnungen bei, und als Jack sie überflog, stieß er auf den Namen Sophie.

Sophie Dahl, geboren 1842. Gouvernante. Ledig.

Zufrieden holte er die Thermoskanne aus seinem Rucksack und goss Kaffee in einen Becher.

»Hier drinnen ist es nicht erlaubt, Kaffee zu trinken!«

Er drehte sich um und sah den Archivar im Türrahmen stehen. Dann leerte er den Becher in einem Zug.

»Verzeihung, das war keine Absicht …«, entschuldigte er sich und steckte die Thermoskanne wieder zurück. »Ich könnte Hilfe gebrauchen«, fuhr er fort. »Gibt es hier im Archiv ein Personenregister?«

Der Archivar legte den Zeigefinger auf den Mund.

»Sprechen Sie bitte leise hier drinnen«, zischte er, bevor er Jack mit einem Nicken zu verstehen gab, ihm zu folgen.

Am Empfang füllte Jack ein Formular mit Sophies Namen und Geburtsdatum aus und wartete, während der Archivar das Register aufschlug.

»Gratulation, sie existiert.« Der abweisende Gesichtsausdruck des Archivars verschwand, er streckte Jack die Hand entgegen. »Ich bin übrigens Otto. Otto Kullenstein.«

»Jack Sjödell«, stellte Jack sich vor und gab ihm die Hand. »Könnte ich Sophie Dahls Unterlagen jetzt gleich bekommen?«

»Wir schließen in einer Viertelstunde. Aber wenn Sie eine Bestellung aufgeben, habe ich die Unterlagen da, wenn Sie das nächste Mal hier sind.«

Als Jack aus dem Archiv kam, setzte er sich auf die Steintreppe und schenkte sich noch einen Kaffee ein. Der Duft des Getränks vermischte sich mit den Autoabgasen vom Narvavägen, und mit einem Mal sehnte er sich nach einer Zigarette. Als er Aino kennengelernt hatte, hatte sie ihn überredet, mit dem Rauchen aufzuhören, was ihm unerwartet leicht gefallen war. Doch jetzt verspürte er plötzlich wieder Verlangen danach, Tabak zwischen seinen Fingern zu drehen, mit der Zunge den Rand des Zigarettenpapiers entlangzufahren und Rauch zu inhalieren. Er drehte den Kaffeebecher zwischen seinen Händen, trank noch einen Schluck und beobachtete eine Elster, die am Fuß der Treppe über den Kiesplatz hüpfte. Sie blieb stehen, flatterte mit den Flügeln und hob dann gegen den Wind ab. Hinter der Hausecke tauchte eine weitere Elster auf und jagte der ersten hinterher, die wendete, einen Sinkflug einleitete und dann, dicht gefolgt von der anderen, immer höhere Kreise am Himmel zog. Als sie zwischen den Bäumen verschwunden waren, warf Jack, den ganz plötzlich ein Einsamkeitsgefühl überfallen hatte, einen Blick auf die Uhr.

Er beschloss, bei seiner Mutter vorbeizuschauen. Seit seinem letzten Besuch war mehr als ein Monat vergangen. Aino würde erst gegen sechs zurück sein, da sie versprochen hatte, noch vor der Kanutour nach Listerö die Boote des Pfadfindervereins zu inspizieren. Bei dem Gedanken an die Kanus musste er sofort wieder an Jonas denken und augenblicklich fühlte er sich unwohl. Er stand auf und sah zu den Wolken hinauf, die sich zu einer grauen Masse verdichtet hatten. Die ersten Regentropfen fielen auf Jacks Gesicht, als er in Richtung Innenstadt losging.

In der Drottninggatan packten die Straßenhändler gerade ihre Waren zusammen. Der zunehmende Regen verdarb ihnen das Geschäft, die Leute suchten Schutz unter den Dächern. Jack zog sich die Kapuze seiner Sweatshirtjacke über den Kopf und kniff die Augen zusammen. Vorm Centralbadet stand ein einsamer Händler. Auf der Decke vor ihm waren Kuckucksflöten aufgereiht, deren Färbung Jack an echte Vögel erinnerte. Er ging in die Hocke und nahm eine zierliche Flöte in die Hand, auf die ein Vogelgefieder mit schwarzen, gelben und blauen Farben aufgemalt war.

»Das ist eine Kohlmeise, oder?«, fragte Jack und streckte dem Mann die Flöte hin.

»Buchfink.«

»Was kostet der Vogel?«

»Dreihundertachtzig Kröten. Handarbeit. Aus Russland.« Der Mann zog seine dicken Wollhandschuhe aus und holte eine andere Flöte aus seiner Tasche. Sie war weiß gepunktet, mit einem gelben Schnabel. »Ein Star.« Er schloss seinen Mund um das Mundstück.

Den Blick auf Jack geheftet, begann er zu spielen. Seine kräftigen Finger flogen leicht über die Löcher, die in dem gesprenkelten Muster kaum zu erkennen waren.

Während die wehmütige Melodie zwischen den Häuserwänden erklang, drehte und wandte Jack die Okarina in der Hand. Sie war zwar teuer, aber hübsch, und seine Mutter würde sich freuen – sie liebte es, beschenkt zu werden. Vorsichtig hob Jack die Flöte zum Mund und testete den Klang. Er war hell, viel heller als der des Stars. Als er sie wieder sinken ließ, bemerkte er, dass er von einer Frau beobachtet wurde, die sich gegen die geschlossene Pforte des Centralbadets lehnte. Ihre Blicke trafen sich, als er zu ihr hinübersah, und ohne dass er damit gerechnet hätte, grüßte sie ihn. Er hatte sie noch nie zuvor gesehen, nickte aber zurück, bevor er seinen Rucksack abnahm, um seine Brieftasche herauszuholen.

»Ich nehme sie«, sagte er zum Verkäufer und reichte ihm vier Hundertkronenscheine.

Die Frau kam auf ihn zu. Ihr grauer Wollpulli war nass vom Regen, die Haare klebten ihr auf der Stirn. »Wahre Freundschaft soll nicht wanken«, rief sie. »Das ist ein Volkslied. Schön gespielt«, sagte sie an den Verkäufer gewandt, der sich wieder die Handschuhe übergestreift hatte. Eine Windbö ließ Jack frösteln. Er streckte dem Verkäufer die Hand entgegen, ohne sich um die Frau zu kümmern.

»Sie haben vergessen, mir das Wechselgeld zurückzugeben«, sagte er.

Die Frau legte ihm eine Hand auf den Arm. »Das bringt nichts. Er hat vergessen, dass Sie ihm Geld gegeben haben.«

Jack versuchte ihre Hand abzuschütteln, während er dem Händler die Okarina hinhielt.

»Ich hab Ihnen vierhundert Kronen gegeben«, beharrte er. »Sie müssen mir noch zwanzig rausgeben!«

»Stellen Sie sie hin oder bezahlen Sie sie! Dreihundertachzig Kronen will ich dafür haben.«

Der Griff um Jacks Arm wurde fester, und zu seiner Verärgerung zog ihn die Frau weg.

»Nehmen Sie den Vogel, bevor es Ärger gibt!«, sagte sie leise.

Zwei Damen mittleren Alters in hellen Popelinejacken waren schon stehen geblieben. Jack ließ sich wegführen. Die Frau ging schnell und wich den Wasserpfützen auf dem Asphalt aus.

»Falls Sie nicht wissen, was das da eben sollte, dauert es eine Weile, es zu erklären«, sagte sie.

»Das ist nicht nötig«, antwortete Jack.

Sie lachte auf, und der rauhe Klang ihrer Stimme ließ ihn aufhorchen. »Ich heiße Marie«, stellte sie sich vor. »Marie Vogelberg. Und ich weiß, warum Ihnen der Okarinahändler kein Wechselgeld zurückgegeben hat. Mit ihm ist alles in Ordnung, nur mit Ihnen stimmt etwas nicht.«

»Sie kennen mich doch gar nicht.«

»Sicher, aber ich erkenne die Anzeichen.«

»Was für Anzeichen?«

Jack bereute, dass ihm die Frage herausgerutscht war. Inzwischen schüttete es wie aus Kübeln und es gab keinen Grund, das Gespräch in die Länge zu ziehen. Die Frau war nicht ganz richtig im Kopf, und er war auf dem besten Weg, vollkommen durchnässt zu werden.

»Ich habe es eilig. Ich muss jetzt los«, sagte er und wandte sich zum Gehen.

»Warten Sie!« Ihre Stimme klang bestimmt. »Sie brauchen meine Hilfe.«

Jack befreite sich energisch aus ihrem Griff und ging los. Bevor er in die Kammakargatan einbog, hörte er sie rufen: »Ich wohne in Midsommarkransen, denken Sie daran! In der Svartmansgatan.«

Jack machte seine Jacke zu und lief durch die menschenleeren Straßen. Der Regen peitschte ihm ins Gesicht. Er fror so sehr, dass er zitterte, und das nicht nur wegen des schlechten Wetters. Schließlich hatte er in der letzten Nacht nur ein paar Stunden geschlafen.

Als er endlich den Durchgang zum Hinterhof seines Elternhauses betrat, verlangsamte er seine Schritte und strich im Dunkeln mit den Fingern über die hohe Mauer. Er ließ die Fingerspitzen über die Vertiefung im Mörtel streichen und hielt auf dem J inne. Direkt daneben befand sich Ainos A, und um die Buchstaben verlief der Umriss eines Herzens. Wie gewöhnlich fuhr er mit seinem Zeigefinger die Schrift nach und rief sich den Tag ins Gedächtnis, an dem Aino und er sie eingeritzt hatten. Aino hatte zwei kräftige Nägel aus dem Werkzeugkasten ihres Vaters entwendet und Jack gebeten, nach zwei Steinen zu suchen. Während er danach im Blumenbeet unter den Büschen gewühlt hatte, hatte sie das Tor zur Straße aufgemacht, damit mehr Licht hereinfiel. Dann hatten sie ihre Initialen in den Mörtel geritzt.

Jack betrat den Innenhof. Die große Linde breitete ihre Zweige zwischen den schmutzig gelben Hauswänden aus. In der Ecke der Treppe zum Fahrradkeller lag noch Laub aus dem letzten Jahr.

Er zog den Kopf gegen den Regen ein und sah Artur mit einer Stehlampe aus dem Verschlag kommen, in dem die Mülltonnen standen. Artur hatte, so lange er denken konnte, im selben Treppenhaus wie Jack gewohnt. Als Jack zur Haustür lief, um sie für ihn aufzuhalten, blinzelte ihm der Alte freundlich zu.

»Na, da schau an, wenn das nicht Jack ist! Willst du mal eben zu Ingrid hochschauen?«

Jack nickte und deutete auf den geblümten Lampenschirm, den Artur geschultert hatte.

»Nette Lampe«, sagte er. »Soll ich sie dir abnehmen?«

»Aber nicht doch! Noch gehöre ich nicht zum alten Eisen.« Artur wedelte mit der Lampe.

Mit schnellen Schritten stieg Jack die Treppe zum zweiten Stock hoch und legte den Finger auf die Klingel. Der Klingelton war kaum verklungen, als schon die Trippelschritte seiner Mutter im Flur zu hören waren.

»Wer ist da?«

»Ich bin's, Jack«, antwortete er.

Sie öffnete die Tür einen Spalt, ohne die Sicherheitskette zu lösen. Jack beugte sich vor und sah, wie sie ihn anblinzelte. Er lächelte und strich sich die nassen Haare aus der Stirn.

»Willst du denn nicht aufmachen?«

»Worum geht es denn?«

»Mama …«, sagte er, »muss ich etwa erst das Licht anmachen, damit du erkennst, dass ich es bin?«

Er legte die Hand auf die Türklinke und hörte sie erschrocken Luft holen. Dann knallte sie ihm die Tür vor der Nase zu.

Ihre Schritte entfernten sich. Er starrte auf die geschlossene Tür. Was war mit seiner Mutter los? Erneut legte er den Finger auf die Türklingel und wartete. Sie musste krank sein, eine andere Erklärung dafür konnte es nicht geben. Das Ohr an die Tür gepresst, klingelte er Sturm.

Die einzige Krankheit, die ihm einfiel, war Alzheimer. Aber Alzheimer kam nicht von einem Tag auf den anderen.

Erst vor einer Woche hatte er mit ihr telefoniert, da war noch alles in Ordnung gewesen. Er nahm den Finger von der Klingel und horchte, doch nichts tat sich. Er ging in die Knie und rief ihren Namen durch den Briefschlitz.

Ehe er sich aufrappeln konnte, hörte er sie mit der Faust gegen die Tür hämmern.

»Verschwinden Sie, sonst rufe ich die Polizei!«, rief sie.

Ihre Stimme zitterte, und um sie nicht noch mehr zu ängstigen, drehte er sich um und ging – wenn auch zögerlich – die Treppe hinab. Als er den letzten Treppenabsatz erreicht hatte, nahm er ein leises Klicken wahr. Seine Mutter spähte durch den Türspalt. Doch bevor er etwas sagen konnte, hatte sie die Tür schon wieder zugezogen. Mit schweren Schritten ging er den nächsten Treppenabsatz hinunter. Ein Stockwerk tiefer stand Artur immer noch mit der Stehlampe in der Hand da. Er musste alles mit angehört haben und wirkte besorgt.

»Was ist passiert?«

»Sie hat mich nicht erkannt.«

Artur nahm seinen Schlüssel aus der Tasche und schloss die Tür zu seiner Wohnung auf.

»Komm doch auf eine Tasse Kaffee mit rein«, sagte er.

Während Jack an Arturs Küchentisch saß, stützte er sein Kinn in die Hände und sah dem alten Mann dabei zu, wie er mit dem Kaffee herumhantierte. Die Manschetten um seine schmalen Handgelenke hatte er umgeschlagen. Vorsichtig klopfte er den Kaffee vom Kaffeelot, während sich sein Mund bewegte, als ob er die Löffel mitzählte. Als er die Glaskanne unter die Kaffeemaschine gestellt hatte, drehte er sich um und musterte Jack.

»Willst du denn nicht ablegen? Du bist ja ganz nass.«

Jack hängte seine Jacke über die Stuhllehne und nahm den Schal ab. Wie eh und je roch es gut in Arturs Küche. Die Geranien auf der Fensterbank dufteten nach feuchter Erde, und das Brot, das auf dem Küchentresen unter einem Handtuch versteckt war, verströmte einen frischen Geruch. Jack nickte zum Brot hinüber.

»Hast du gebacken?«

»Ja, Pumpernickel.« Artur glättete das Tischtuch und stellte zwei Kaffeetassen darauf.

»Ingrid wollte dich also nicht reinlassen«, sagte er.

»Ja«, bestätigte Jack kopfschüttelnd. »Irgendwas ist da nicht in Ordnung.«

Artur stellte die Kaffeedose zurück an ihren Platz und rückte den Läufer zurecht. Als der Kaffee fertig war, schenkte er ein und nahm Jack gegenüber Platz.

»Mach dir keine Sorgen«, sagte er, während er seine Hände um die Kaffeetasse legte, »mit Ingrid ist alles in Ordnung, jedenfalls war das heute Morgen noch so.«

»Aber du hast es doch selbst gehört – sie hatte Angst vor mir!«

»Vielleicht ist sie ja durch die Türklingel aus dem Schlaf gerissen worden? Wenn man gerade erst wach geworden ist, kann man sich wer weiß was einbilden.«

»Aber das ist früher doch noch nie passiert.«

»Heute Morgen war sie auf alle Fälle munter, wir haben zusammen gefrühstückt.« Artur errötete, seine Verlegenheit war offensichtlich. »Wir frühstücken regelmäßig gemeinsam und wechseln uns ab. Heute war ich an der Reihe und habe Hafergrütze gekocht.«

Jack sah zur Spüle und musterte die beiden geblümten Teller auf dem Geschirrabtropfgitter.

»Ach so, das wusste ich nicht«, erwiderte er.

Sie schwiegen, und Jack trank seinen Kaffee aus. Artur streckte ihm die Kaffeekanne entgegen, um ihm nachzuschenken, aber Jack schüttelte den Kopf. Er hatte sich den ganzen Tag schon von nichts anderem als Kaffee ernährt.

»Es wird langsam spät, ich sollte aufbrechen«, sagte er.

»Wenn du willst, kann ich dich kurz zu deiner Mutter begleiten, damit du dir keine Sorgen machen musst«, meinte Artur.

»Danke, ein andermal. Jetzt muss ich los.«

Er musste heim, hatte Hunger und fror immer noch.

»Ich lass von mir hören«, sagte er und streifte sich die Jacke über. Artur nickte. Jack steckte eine Hand in die Tasche. »Wenn du meiner Mutter über den Weg läufst, kannst du ihr vielleicht die hier geben«, fügte er hinzu und reichte Artur die Okarina. »Und vergiss nicht, sie von mir zu grüßen.«

Die Scheibenwischer bewegten sich hin und her, und wie ein automatisches Uhrwerk registrierte Jack die Schläge: *Sechsundzwanzig, siebenundzwanzig …*

Die Autoschlange kroch im Schneckentempo voran und würde sich nicht vor Hägernäs auflösen. *Fünfundfünfzig, sechsundfünfzig …* Er lehnte sich im Gurt vor, durchwühlte das Handschuhfach nach der Sinéad-O'Connor-CD, schob sie in den CD-Player und drehte die Lautstärke auf. »This is to mother you, to comfort you and to get you through, through when your nights are lonely, through when your dreams are only blue …« Aber Sinéads Stimme vermochte nicht das Uhrwerk anzuhalten, das weiterhin in seinem Kopf tickte. *Hundertachtundsechzig, hundertneunundsechzig …*

Eine Lärmschutzwand nach der anderen kroch an ihm vorbei, und plötzlich kam ihm der Gedanke, dass die Scheibenwischer die Zeit maßen, die ihm noch auf Erden blieb. Das Leben, das ihm geschenkt worden war, lief unweigerlich ab, während er hier im Stau festsaß. Mit einer heftigen Bewegung stellte er die Scheibenwischer aus.

In weniger als einer Stunde würde er zu Hause sein. Dann würde er im Kamin ein Feuer entfachen, seinen Kopf auf Ainos Schoß legen und ihr als Erstes von Sophie Dahl berichten. Später würde er ihr erzählen müssen, was in der Pannsmedsgatan vorgefallen war. Am liebsten wollte er das alles vergessen, konnte aber die Erinnerung an den erschrockenen Blick seiner Mutter nicht abschütteln.

Plötzlich drang ein roter Schein durch die Wassermassen auf seiner Windschutzscheibe. Mit voller Wucht trat er auf die Bremse. Für einen Moment wurde ihm schwarz vor Augen. Als er sich wieder gefangen hatte und erkannte, dass er nur um Haaresbreite einem Auffahrunfall entgangen war, überlief ihn ein Schauer. Er atmete ein paarmal tief ein und heftete seinen Blick auf die sich im Dunst entfernenden Rücklichter des anderen Wagens. Sein Schock legte sich, und Sinéads Stimme drang wieder zu ihm durch. »For when you need me I will do, what your own mother didn't do, which is to mother you …« Ein wütendes Hupen hinter ihm brachte ihn dazu, sich wieder im Sitz aufzurichten und die Scheibenwischer einzuschalten. Er kurbelte die beschlagenen Seitenscheiben herunter und legte den ersten Gang ein, stellte die Lüftung auf höchste Stufe und versuchte, sich auf das Autofahren zu konzentrieren.

Etwa eine Stunde später sah er, dass der schwarze Golf schon wieder in der Auffahrt in Ämtudden parkte. Draußen war es bereits dunkel, nur der helle Lichtschein vom Küchenfenster fiel auf den Rasen. Da drinnen saß Aino mit Jonas. Sein Bauch krampfte sich zusammen. Es reichte, er konnte nicht mehr. »Lieber Gott!«, flüsterte er, »bitte lass es nicht zum Schlimmsten kommen. Bitte lass mir Aino.« Dann sank er, den Kopf in die Hände gestützt, in sich zusammen und wartete. Schon früher, wenn es ihm nicht gut ging, war ihm manchmal neue Kraft gegeben worden, sobald er dafür gebetet hatte. »Bitte gib mir Kraft«, fügte er hinzu. »Gib mir die Kraft, Aino zu vertrauen.« Er machte die Augen wieder auf und sein Blick fiel erneut auf den Lichtschein vor dem Fenster. Es hatte tatsächlich funktioniert – seine Muskeln hatten sich wieder entspannt und auch der Krampf hatte sich gelegt.

Als er den Eingang erreichte, war er auf die Begegnung mit Aino und Jonas gefasst. Er durfte es zu keiner Konfrontation kommen lassen. Ainos Beteuerung, dass Jonas ihr nichts bedeuten würde, war noch fest in ihm verankert. Er öffnete die Tür und lauschte den Geräuschen. Mit hörbaren Schritten ging er den Flur entlang und betrat die Küche. Aino und Jonas saßen am Küchentisch und starrten ihn an. Aino fiel die Gabel herunter, sie landete klirrend auf dem Teller. Er lächelte ihr zu und versuchte einen so unbekümmerten Eindruck wie möglich zu machen.

»Was macht ihr denn?«, fragte er, ging zum Herd, auf dem der große Einmachtopf kochte, hob den Deckel und rümpfte die Nase. In einer Brühe, in der Fleischreste schwammen, lag ein langgestreckter Knochen. »Das sieht ja nicht sonderlich appetitlich aus, ist das für den Hund?«, fragte er, machte den Deckel wieder zu und drehte sich um. Auf dem Tisch stand eine leere Bratpfanne, und auf Ainos Teller lagen Reste eines Barsches, auf Jonas' zwei.

Er versuchte ein neuerliches Lächeln, das aber von keinem der beiden erwidert wurde. Jonas sah aus dem Augenwinkel zu Aino hinüber, doch statt aufzustehen und Jack zu umarmen, biss Aino sich auf die Lippe und gab Jonas mit einem kaum merkbaren Kopfschütteln ein Zeichen.

Irgendetwas stimmte hier nicht, sodass Jacks erster Impuls war, wegzurennen. Es kostete ihn alle Kraft, sich zu beherrschen und zum Tisch zu gehen.

»Habt ihr mir noch was übrig gelassen?«

Er lehnte sich vor und musterte den Inhalt der Töpfe. Als er die Hand nach einer kalten Kartoffel ausstreckte, erhob sich Aino so schnell, dass ihr Stuhl umkippte. Mit gerunzelter Stirn und zusammengepressten Lippen sah sie ihn an.

»Was erlauben Sie sich?«

Ihre Hand umklammerte das Tischmesser, und einen Moment lang glaubte er, sie würde damit zustechen. Er öffnete den Mund, um zu protestieren. Doch bevor ihm überhaupt ein Wort über die Lippen kam, verstummte er. Aino hatte den Arm erhoben und richtete das Messer nun tatsächlich auf ihn. Er machte einen Schritt zurück und wäre beinahe über die Teppichkante gestolpert.

»Was ist mit dir los?«, rief er. »Immer mit der Ruhe!«

»Ich will, dass Sie von hier verschwinden. Und zwar sofort!«

Ihr Mund war zusammengepresst, und er sah, wie sich ihre Pupillen weiteten. Sie erkannte ihn nicht. Gestern schon hatte es länger gedauert, bis sie gewusst hatte, wer er war. Wenn er ihr etwas Zeit gab, würde es bestimmt wieder so sein, dachte er.

»Aino«, sagte er beschwörend. »Sieh mich an! Ich bin es, Jack.«

Er hörte Jonas aufstehen, ließ Aino aber nicht aus den Augen. Im nächsten Moment sauste eine Hand auf seine Schulter hinab, und die Stimme hinter ihm sagte drohend:

»Haben Sie nicht gehört, was sie gesagt hat? Sie sollen verschwinden!«

Jack befreite sich aus Jonas' Griff und war mit einem Satz bei der Lampe, die über dem Tisch hing. Er fasste nach dem Blechschirm und kippte die Lampe zur Seite, damit ihr Schein auf sein Gesicht fiel.

»Sieh mich an, Aino!«, bat er. »Wenn du mich nur genau ansiehst, fällt dir gleich wieder ein, wer ich bin.«

Sie kniff die Augen zusammen. Seine Hoffnung wuchs. Nur noch ein paar Sekunden und der Schleier über ihren Augen würde sich auflösen. Als er den Lampenschirm in die andere Hand wechselte, weil seine Finger zu heiß geworden waren, warf Jonas sich auf ihn. Die Lampe glitt Jack aus den Händen und schwang mit einer ruckartigen Pendelbewegung zum Fenster.

»Du Schwein!«, brüllte er und boxte Jonas in die Brust. Der plötzliche Stoß ließ seinen Gegner stolpern, Jack hastete zur Spüle.

In der Zwischenzeit flüchtete Aino ins Wohnzimmer. An der Tür angelangt, sah er flüchtig ihr Gesicht, sie hatte ihn immer noch nicht wiedererkannt.

»Aino, warte!«

Gehetzt sah er sich nach etwas um, wodurch sie schneller zur Einsicht kommen könnte. Sein Blick blieb an der Anrichte hängen. In der obersten Schublade lag ihr Trauschein und ihr Hochzeitsfoto. Noch bevor Jack die Schublade öffnen konnte, legte sich Jonas' Arm um seinen Hals, drückte gegen seinen Kehlkopf und bog ihm den Kopf in den Nacken. Jack schnappte nach Luft und zerrte an Jonas' Arm, während er über den Küchenfußboden geschleift wurde. Zwischen Küche und Flur gelang es ihm, den Türpfosten zu packen.

Gib mir Zeit! Gib mir nur etwas mehr Zeit!

Seine Finger umklammerten die Holzleiste, er stemmte sich mit den Füßen gegen die Schwelle. Jonas' Griff um seinen Hals wurde fester; weiße Pünktchen tanzten vor Jacks Augen.

Da ließ Jack los. Die plötzliche Gewichtsverlagerung brachte Jonas aus dem Gleichgewicht und er fiel zu Boden. Jack holte tief Luft und rollte sich von Jonas weg. Verschwommen erkannte er dessen Silhouette und zielte mit dem Fuß nach etwas, das er für seinen Brustkorb hielt. Jonas stöhnte auf, und Jack trat noch einmal zu.

In der Küchentür stand Aino, den knurrenden Hund neben sich. Eine Hand umklammerte das Halsband, die andere ihr Jagdmesser. Er wusste, dass sie es noch nie benutzt hatte, sie hatte es nur haben wollen, weil es ihr gefiel.

»Aino!« Er streckte flehend seine Hand nach ihr aus. »Aino, bitte nicht, bitte tu das nicht …«

Sie ließ das Halsband los. Den Hund auf den Fersen stürzte Jack nach draußen in die Dunkelheit. Das Letzte, was er hörte, war die Tür, die hinter ihm zugeknallt wurde.

6

Nur nicht über sie nachdenken, von ihr träumen, sich nach ihr sehnen

Zweige peitschten ihm ins Gesicht, und er hob schützend die Hände. Seine Arme waren bleischwer, als seine Füße auf den feuchten Tannennadeln ausglitten. Er fiel und prallte mit der Schulter hart auf den Boden. Mit dem Gesicht streifte er einen Stein und blieb dann bäuchlings liegen.

Dicht schloss sich der Wald um ihn, aber ein Stück entfernt konnte er vage einen Pfad zwischen den Stämmen erkennen. Er stand auf und hielt stolpernd auf die Schneise zu. Dann begann er zu laufen – fort, nur fort von Aino, fort von Ämtudden und dem Haus, das sein Zuhause war.

Auf der Höhe des Moors bei Tullinge kam er aus dem Wald. Die Grasbüschel unter seinen Füßen gaben nach, und er versank bis zu den Knien im Morast. Das Wasser war eiskalt, und der Schrei, den er deswegen ausstieß, verhallte zu einem heiseren Röcheln. Obwohl er kaum mehr Luft bekam, lief er weiter. Langsamer diesmal, und er achtete sorgsamer darauf, Halt zu finden, bevor er seine Füße aufsetzte.

Es war jetzt einfacher, etwas zu erkennen. Die Regenwolken hatten sich verzogen und ein paar Sterne zeigten sich zwischen den leichten Wolkenschleiern, die über den

Himmel zogen. Als hinter ihm der Mond über dem Waldrand aufging, warfen die Grasbuckel lange Schatten auf das spiegelgleiche Wasser. Er blieb stehen, ging in die Hocke, tauchte seine Hände ins Wasser und wusch sich die Erde aus dem Gesicht. Mit der Rückseite seines Jackenärmels trocknete er sich ab und erhob sich.

Vor ihm lag ein weiterer Grashöcker, dann noch einer und noch einer.

Auf der anderen Seite angekommen, spürte er endlich wieder Grund unter den Füßen. Der Boden war eben und von einer Grasnarbe bedeckt, aber die Kälte war ihm in Mark und Bein gedrungen, weshalb er nur schwer vorwärtskam. Seine Füße knatschten in den nassen Schuhen und seine Schritte wurden an der Steigung nach Brudängen immer kürzer. Seine Kehle brannte, und als er auf eine Herde Schafe traf, die dicht an dicht unter ein paar Bäumen lagen, sank er ein Stück von ihnen entfernt zu Boden. Während sich seine Atmung langsam wieder normalisierte, betrachtete er die Schafe und stellte sich vor, sich bei ihnen zu wärmen.

Gegen Mitternacht erreichte er den Fuß des Rodenberges. Danach brauchte er fast eine Stunde für den Anstieg. Ein kalter Wind fegte über das Steinplateau, und so kroch er in eine Felsspalte, um nicht weiter auszukühlen.

Er legte sich, die Hände vor der Brust verschränkt, auf den Rücken. Es roch nach Wald, und ein unerklärlicher Frieden senkte sich über ihn. Er sah einem Grashalm zu, der sich über die Felsspalte neigte, und lauschte dem Spiel des Windes in den Baumkronen. Schließlich schloss er die Augen. Er öffnete sie wieder, als er etwas knistern hörte.

Auf der Bergkuppe neben ihm saß ein Kaninchen und nagte an einem Blatt. Seine Ohren bewegten sich hin und her. Plötzlich richtete es sich auf und hopste den Abhang hinunter.

Jack erhob sich und erklomm die Kuppe. Oben kauerte er sich zusammen und sah in den Himmel. Er atmete hektisch. Dann zwang er sich zu einem tiefen Atemzug, richtete sich auf und stieg die Südwestseite des Bergs hinab.

Um Viertel nach zwei kam er an der Hochspannungstrasse zwischen Norrnäset und Bråten vorbei und bewegte sich auf Lomma Sund zu. Er folgte dem Ufer, bis er den Brückenkopf erreichte, wo er den Hang hochkletterte und über die Brücke zum Festland lief.

Er suchte sich seinen Weg bis zum Holzsteg, der sich zwischen Berga und Almlunda dahinschlängelte. Es war zwar ein Umweg, aber er war zu müde, um die Rodung zu nehmen. Als er Almlunda erreichte, lagen die Häuser still und grau im Licht der Dämmerung. Im Garten des Hafencafés fand er eine Wasserpumpe. Das Wasser schmeckte salzig.

Eine schwache Röte überzog den Himmel, während er die Wiesen jenseits des Dorfes überquerte und wieder auf die Anhöhen zuhielt. Immer der Sonne nach ging er nach Hamlinge, von dort aus waren es nur noch ein paar Kilometer bis Myntholm.

Ein paar Wildenten stoben schnatternd aus dem Schilf auf, als er am Myntsee ankam. Er war viele Stunden unterwegs gewesen, trotzdem hatte er nicht das Gefühl, sich bewegt zu haben. Es war, als ob er sich an einen durch die Nacht dahinsausenden Zug festgeklammert hätte, der ihn jetzt abgeworfen hatte.

Am Ufer sitzend stützte er seinen Kopf in die Hände und sah auf den See. Kein Windhauch war zu spüren. Die Wasseroberfläche lag wie ein blanker Spiegel vor ihm. Auf der anderen Seite ragte der Turm von Schloss Myntholm in den Himmel, und die Schlossfenster glotzten mit leerem Blick in den Park. Die unwirkliche Stille gab ihm das Gefühl, dass nicht nur er, sondern die ganze Welt in eine andere Dimension versetzt worden war – eine falsche und tückische Dimension.

Vielleicht war er tot. Zumindest gab es ihn nicht mehr. Nicht in dem Leben, das er zu führen gewohnt war.

Irgendetwas hatte ihn von Aino getrennt, hatte dazu geführt, dass sie ihn nicht mehr erkannte. Und plötzlich fiel ihm ein, dass auch Sven behauptet hatte, ihn vergessen zu haben. Ebenso dachte er an den Händler, der sich geweigert hatte, ihm das Wechselgeld für die Okarina zurückzugeben.

Mit ihm ist alles in Ordnung – nur mit Ihnen stimmt etwas nicht. Die Worte der Frau tauchten aus einem Winkel seines Gehirns auf. Was, wenn sie recht hatte? Wenn nicht mit Aino oder irgendjemand anderem etwas nicht stimmte, sondern mit ihm? Wenn er sich nun irgendwie verändert hatte und nicht wiederzuerkennen war? Er setzte sich auf und musterte seine Hände. Sie sahen aus wie immer. Zitternd beugte er den Zeigefinger nach oben und strich wiederholt mit dem Daumen über die Narbe an seinem Fingerknöchel. Dann klopfte er sich den Dreck aus der Kleidung und stand auf.

Im Schutz des Erlenhains ging er das Ufer entlang zum Schlosspark und an den Rhododendronbüschen vorbei, die zum Lusthaus führten. Am Fuß der Treppe blieb er stehen. Auf dem Boden vor ihm ringelten sich mehrere Schlangen.

Ohne den Blick von den Schlangen zu lösen, setzte er sich auf den Boden. Als das Weibchen mit einer trägen Bewegung den Kopf zurückstreckte, schloss sich Jacks Hand um ihren Körper. Blitzschnell zogen sich die Männchen zurück.

Die Schlange wand sich in seinem Griff. Da spürte er, wie die Zunge der Schlange über seinen Handrücken züngelte. Die Finger fest um den Nacken der Schlange, drückte er seine Daumennägel in die weiche Kinnpartie, und die heftigen Bewegungen nahmen ab. Er ließ los. Die Schlange fiel zu Boden, zuckte zusammen und schlängelte sich dann durch das Gras davon.

Jack starrte auf die Stelle, an der sie verschwunden war, und wusste mit einem Mal, dass tatsächlich irgendwas an ihm anders war. Trotz seiner Schlangenphobie hatte er es gewagt, eine zu packen. Der Boden schwankte unter seinen Füßen, als er sich aufrappelte. Er fühlte sich vollkommen ausgehungert, und seine Muskeln schmerzten vor Anstrengung.

Niemand bemerkte, dass er das Gästehaus betrat. Als er die Küche erreichte, stopfte er erst einmal eine Handvoll Rosinen in sich hinein, bevor er sich daranmachte, die Schränke zu durchforsten. Mais- und Ananasdosen, Knäckebrot, Kaffee, Nudeln und Karotten drängten sich auf den Regalen, und im Schrank fand er Brot und mehrere Packungen

Krabben. Er nahm Äpfel, Käse, Schinken und Eier aus dem Kühlschrank und hielt den Kopf unter den Wasserhahn und trank, bis er nicht mehr konnte.

Mit zwei prall gefüllten Tüten lief er zurück zum Lusthaus. Damit ihn niemand aus den Fenstern des Nebengebäudes sah, hielt er sich dicht an der Fliederhecke. Auf der Höhe des Schlosses nahm er ein Quietschen wahr und hielt inne. Bevor er feststellen konnte, woher das Geräusch kam, tauchte Greger, Myntholms Jagdaufseher, hinter der Hecke mit einer Schubkarre auf. Als er Jack sah, blieb er stehen und stellte die Karre ab.

»He da! Wo wollen Sie hin?«

Misstrauisch musterte er Jack, lief um die Schubkarre herum und stiefelte auf ihn zu. Mit einem Sprung auf den Rasen hechtete Jack an Greger vorbei und flüchtete. Er umrundete die Hecke, nahm eine Abkürzung durch den Rosengarten und bog hinter den Haselsträuchern ab, die den Weg zum See säumten. Die Tüten schlugen gegen seine Beine und die Henkel schnitten in seine Hände. Am Lusthaus angekommen, lief ihm der Schweiß den Rücken hinab.

Er stellte die Tüten auf der Treppe ab, holte den Schlüsselbund heraus und sah keuchend über die Schulter. Greger war nicht in Sicht. Schnell steckte Jack den Schlüssel ins Schloss und riss die Tür auf. Sie stieß gegen die Tüte, sodass die Päckchen und Dosen auf den Treppenabsatz fielen. Erneut warf er einen Blick zum Park und sah, wie Greger sich nun näherte. Hastig schob Jack die Vorräte über die Türschwelle. Eine Dose weiße Bohnen entglitt ihm und rollte die Treppe hinab. Er überließ sie ihrem Schicksal, schlüpfte ins Lusthaus und verbarrikadierte die Tür.

Mit klopfendem Herzen sank er auf den Fußboden und lauschte den sich nähernden Schritten auf dem Kiesweg. Er hörte sie auf der Treppe und kniff in Erwartung des unvermeidlichen Rucks an der Türklinke die Augen zu. Doch nichts dergleichen geschah. Stattdessen wurde es still. Er wartete noch eine Minute und kroch dann zum Fenster, um hinauszuspähen. Am Fuß der Treppe stand Greger und betrachtete die Bohnendose in seiner Hand. Nachdenklich drehte er sie in den Händen, bevor er sie in die Tasche steckte und zum Schloss zurückschlurfte.

Jack erhob sich, hob eine Bierdose vom Boden auf, öffnete sie und trank, während er den Park im Auge behielt. Es schien, als hätte Greger nicht gemerkt, dass er sich im Lusthaus versteckt hatte. Aber sicher konnte er sich nicht sein. Greger konnte sich ebenso gut auf dem Weg zu Sven befinden, um ihm mitzuteilen, dass es in Myntholm einen Eindringling gab. Jack riss eine Tüte Chips auf und stellte sich wieder ans Fenster. Als er die Tüte geleert hatte und niemand im Park aufgetaucht war, verließ er das Lusthaus und ging zum Nebengebäude.

Das Erste, was ihm entgegenschlug, als er ins Büro kam, war der Duft von Kaffee. Aus dem Personalzimmer drang Stimmengemurmel, ein vertrautes Geräusch. Auf Zehenspitzen schlich er den Flur entlang und warf einen Blick in Ylvas Zimmer. Es war leer. Schleichend bewegte er sich weiter, vorbei am Büro der Wirtschafterin, und presste sein Ohr an die Tür des Personalzimmers. Über das Klirren der Kaffeetassen hinweg konnte er Ylva lachen hören. Seine Hand wollte schon nach der Türklinke greifen, doch er traute sich nicht. Also zog er sich zurück und stieg die Treppe zum ersten Stock hoch.

Die Tür zum Zimmer seines Chefs war einen Spalt geöffnet, und Jack getraute sich, leise bis zur Schwelle zu gehen. Sven stand mit dem Rücken zur Tür und sah aus dem Fenster. Seine Hände waren tief in den Hosentaschen vergraben und seine Schultern gebeugt. Auf dem Fenstersims stand die Konservendose mit den weißen Bohnen. Jack holte tief Luft und klopfte gegen den Türpfosten, bevor er eintrat.

»Verzeihung«, sagte er.

Sven zuckte zusammen und drehte sich um. Als er Jack sah, nahm er die Hände aus den Hosentaschen und lächelte.

»Aber natürlich, womit kann ich dienen?«

»Mein Name ist Jack Sjödell.«

»Sven Vallgren, Museumsdirektor von Myntholm.«

Sven reichte ihm die Hand, Jack ergriff sie. Für einen kurzen Moment trafen sich ihre Blicke, und plötzlich zeigte sich ein Anflug von Irritation in Svens Gesicht. Ohne irgendetwas zu sagen, ließ Jack Svens Hand los und eilte hinaus.

Sven hatte ihn nicht erkannt. Er hatte es erwartet, dennoch traf es ihn wie ein Blitz. Er ballte die Hände vor der Brust und lehnte sich an die Wand, schluckte ein paarmal und sah auf seine Armbanduhr. Der Sekundenzeiger bewegte sich stetig vorwärts, Jack ließ noch einige Sekunden verstreichen, bevor er wieder zurück in Svens Zimmer ging.

»Hallo«, sagte er. »Ich heiße Jack Sjödell.«

Sven wandte sich wieder zu ihm um.

»Sehr erfreut«, sagte er und streckte die Hand aus. »Vallgren, Sven Vallgren. Was kann ich für Sie tun?«

»Ich wollte nur die Dose abholen.«

Jack zeigte darauf. Sven runzelte die Stirn.

»Ich verstehe nicht ...«, sagte er.

»Das macht nichts.« Jack schnappte sich die Dose und eilte erneut hinaus. Kurz blieb er noch auf der Türschwelle stehen, drehte sich um und sagte: »Der Kaffee ist fertig. Die anderen warten schon auf dich.«

Nach ein paarmal Hin- und Herlaufen hatte Jack beisammen, was er brauchte, um einige Zeit im Lusthaus zu überstehen. Auf dem Gaskocher machte er sich eine Dose Tomatensuppe warm. Mit dem Topf in der einen und einer Bierdose in der anderen Hand setzte er sich auf die Matratze auf dem Boden und dachte an Aino.

Wenn er überleben wollte, durfte er nicht an sie denken, er musste sie sich austreiben, so wie sie ihn vertrieben hatte. In nur zwei Tagen hatte sie ihn zu einem absoluten Nichts degradiert, und genau das würde er jetzt auch mit ihr tun.

Er lebte, das immerhin wusste er. Gleichzeitig wusste er aber auch, dass es keine natürliche Erklärung dafür gab, was vorgefallen war. Trotzdem musste er sich mit den Gegebenheiten arrangieren.

Als Erstes wollte er herausfinden, wie er auf andere Menschen wirkte. Eines war gewiss – Sven hatte Jack in der kurzen Zeit, in der er sich im Flur befunden hatte, nicht im Gedächtnis behalten können. Was bedeutete das? Dass er für andere existierte, solange er sich in Sichtweite befand?

Oder in Hörweite? Oder beides? Er hatte keine Ahnung. Er wusste nur, dass alle ihn vergessen hatten und dass der menschliche Kontakt, der ihm geblieben war, sich auf einen flüchtigen Moment der Gegenwart beschränkte.

Angst machte sich in ihm breit, und er griff nach einem neuen Bier, kippte es runter und wartete darauf, dass der Druck in seiner Brust nachließ. Für ihn gab es kein Vorher oder Danach mehr, und er fragte sich, was sein Leben noch wert war, wenn sich andere nicht mehr als ein paar Sekunden lang an ihn erinnern konnten.

Als er wach wurde, war es dunkel. Bevor er es wagte, die Petroleumlampe anzumachen, verhängte er die Fenster zur Jagdhütte, die Greger als sein Zuhause beschlagnahmt hatte. Jack beließ es bei der einen Fensterseite, linderte der Ausblick auf den See durch die anderen Fenster doch sein Gefühl, eingeschlossen zu sein. Er blickte hinaus und sah den Wellen zu, die gegen die Steine schwappten. *Ich erkenne die Anzeichen.* Das hatte die Frau in der Drottninggatan gesagt. Jack wandte sich zum Spiegel der Chiffonière in der Zimmerecke um. Die flackernde Flamme der Petroleumlampe ließ Schatten über sein Gesicht huschen.

Er brühte sich eine Kanne Tee auf, nahm sie mit auf die Veranda, setzte sich in einen Korbstuhl und sah übers Wasser. An einem anderen Abend, in einem anderen Leben, hätte er diesen Moment genossen. Jetzt konnte er es nicht. Der Gedanke, dass nie mehr jemand oder etwas auf ihn warten würde, machte ihm Angst.

Er steckte die Hand in die Hosentasche und griff nach dem Handy. Als er es einschaltete, leuchtete der Bildschirm blau in der Dunkelheit. Er strich mit dem Daumen über die Tasten. Es könnte so einfach sein – ein paar Fingerbewegungen nur, und Ainos Stimme würde zu hören sein. Aus einem Impuls heraus drückte er die Kurzwahltaste und hörte das Klicken, als der Hörer abgenommen wurde.

»Hier Aino Karlsson.«

Der Klang ihrer Stimme ließ ihn die Augen schließen. Er stellte sich vor, wie sie in der Küche saß, eine Tasse Tee in der Hand, auf dem Küchentisch die Abendzeitung.

»Hallo«, sagte er.

Dann brachte er nichts mehr heraus. Was sollte er sagen? Dass er und niemand sonst sich am anderen Ende der Leitung befand? Er hielt das Telefon fester.

»Trinkst du Tee?«, fragte er.

»Verzeihung, mit wem spreche ich?«

»Ich bin es, Jack.«

»Welcher Jack?«

»Kannst du dich denn nicht an mich erinnern? An Jack aus der Pannsmedsgatan?«

»Nein, ich kann mich an keinen Jack erinnern. Wollen Sie etwas Bestimmtes?«

Er hörte ein Klirren, als ob sie etwas aus Metall, vielleicht einen Topf, wegstellte.

»Aino, wenn du nur die Schublade der Anrichte öffnen würdest und …«

Die Verbindung wurde getrennt. Jack starrte auf das Handy, bevor er es in hohem Bogen in den See schmiss. Es hatte keinen Zweck. Er durfte einfach nicht über Aino nachdenken, von ihr träumen, sich nach ihr sehnen.

7

Die Wirkung von Erdbeeren

Die Nacht war so schwarz, dass er kaum die Teekanne erkennen konnte. Er schenkte sich den Rest Tee ein und trank einen Schluck. Dann legte er den Kopf zurück und starrte in den sternenlosen Himmel.

Allmählich brach die Dämmerung über dem See an, und er war dankbar, seinen Blick auf die Wellen richten zu können. Zunächst traten sie nur als graue Schatten hervor, dann immer deutlicher. Er heftete seine Augen auf eine sich weit draußen bildende Welle und verfolgte, wie sie das Ufer erreichte. Als die ersten Sonnenstrahlen über die Wasseroberfläche glitten, gelang es ihm, eine Welle auf solche Entfernung auszumachen, dass siebenundvierzig Sekunden vergingen, bis sie Land erreicht hatte.

Aus Morgen wurde Mittag, ohne dass er auch nur einmal den Blick vom See abwandte. Es war, als suchte er nach Anzeichen, dass die Welt in ihren Grundfesten erschüttert war, dass die üblichen Naturgesetze nicht mehr galten, dass die Welt eine andere geworden war. Doch gleichförmig plätscherte Welle auf Welle ans Ufer, und nichts geschah, nur die Zeit verging.

Wie lange war er schon vergessen? Auch wenn er noch nicht bis ins Detail begriffen hatte, was ihm widerfahren war, so wusste er, dass der Moment, als Aino den Hund auf ihn losgelassen hatte, derjenige gewesen war, an dem das Vergessen begonnen hatte. Das bedeutete, dass er mittlerweile knapp dreiunddreißig Stunden vergessen war.

Eine neue Welle erreichte das Ufer. Und eine weitere Minute seines Lebens verrann. Ein Schauer überlief ihn. Was sollte er tun, wenn er krank wurde?

Er rappelte sich auf und ging hinein. Die Heizkörper waren bis zum Anschlag aufgedreht, trotzdem fror er, selbst als er sich eine weitere Portion Suppe aufwärmte.

Am Nachmittag war der Druck, der auf ihm lastete, so schwer, dass er nicht länger stillhalten konnte und in den Park floh.

Niemand war zu sehen. Vom See strich ihm der Wind über das erhitzte Gesicht, und nach und nach ließ die Panik, die ihn erfasst hatte, nach. Er sog die kühle Luft ein, bis sein Herzrasen abnahm. Dann spazierte er durch den Park in Richtung Schloss, ohne auch nur eine Menschenseele zu sehen. Als er schließlich die Schlosspforte erreichte, hörte er, wie auf dem Parkplatz eine Autotür zugeschlagen wurde. Er tauchte in das Dickicht hinter dem Torpfosten, bog einen Zweig zur Seite und sah, wie Ylva sich näherte. In der Hand hielt sie einen Karton Erdbeeren. Sein Blick folgte ihr, und als sie fast bei ihm war, pfiff er leise durch die Zähne. Ylva blieb stehen und schaute sich um. Jack trat aus dem Gebüsch hervor, und sofort wich sie einen Schritt zurück.

»Haben Sie da eben gepfiffen?«, fragte sie.

Er nickte und schlenderte an ihr vorbei zum Parkplatz. Svens Auto stand nur ein paar Meter entfernt. Er eilte darauf zu. Aus dem Augenwinkel bekam er mit, dass Ylva ihn beobachtete. Er kauerte sich in den Schutz der Motorhaube, wartete einen Augenblick, um gleich darauf hinter dem Auto hervorzusehen. Ylva hatte sich umgedreht und ging zur Pforte, als ob nichts gewesen wäre. Da pfiff er noch einmal. Sein Pfeifen zeigte dieselbe Wirkung wie zuvor. Als Jack hinter dem Auto auftauchte, starrte sie ihn verdutzt an.

»Ich habe jemanden pfeifen gehört. Waren Sie das?«, fragte sie.

»Ja. Schenken Sie mir eine Erdbeere?«

Kopfschüttelnd wandte sie sich ab.

Jack nahm den Pfad zum Brandbergen. Auf halber Höhe hielt er inne und schnappte nach Luft. Seine Angst war verschwunden. Wie lange hatte dieser Moment gedauert? Fünfzehn, zwanzig Minuten vielleicht. Zwanzig Minuten Frieden, weil er damit beschäftigt gewesen war herauszufinden, wie andere Menschen auf ihn reagierten. Wenn aus ihm kein psychisches Wrack werden sollte, musste er seinem jetzigen Dasein einen Sinn geben. Er setzte sich auf einen Grasbuckel und sah auf Schloss Myntholm hinab.

Weit unten fuhr Ylvas Auto vom Parkplatz, und er musste unwillkürlich an die Erdbeeren denken, die sie in der Hand gehabt hatte. Der Gedanke an die Früchte ließ ihm das Wasser im Mund zusammenlaufen. Er stand wieder auf und stieg mit langen Schritten und ruhigem Pulsschlag den Berg hinab.

Als er kurz darauf mit einem Teller frischer Erdbeeren, die er aus der Schlossküche gestohlen hatte, im Lusthaus saß, fiel ihm ein, wie Aino ihn einmal gefragt hatte, welche drei Dinge er am liebsten auf eine einsame Insel mitnehmen würde.

»Streichhölzer, die Bibel und eine Erdbeerpflanze«, hatte er geantwortet.

Sie hatte die Erdbeerpflanze nicht infrage gestellt, aber die Bibel verurteilt.

»Warum kein Messer? Ohne ein Werkzeug kommst du nicht weit.«

Er aber hatte an der Bibel festgehalten. Ein Dasein ohne etwas zu lesen konnte er sich nicht vorstellen, und die Bibel gab Stoff zum Nachdenken.

Er brauchte etwas, das ihn davon abhielt, nur über sich selbst nachzugrübeln. Er verschlang die letzte Erdbeere und lehnte sich in die Kissen zurück. Mit einem Blick auf die Uhr stellte er fest, dass man ihn jetzt seit dreiundvierzig Stunden vergessen hatte und dass er zwei Stunden davon keine Angst verspürt hatte.

8

Eine Art zu leben

Er wurde im trüben Dämmerlicht wach. Im Zimmer war es kalt, aber die Decken wärmten ihn. Keine Albträume hatten seinen Schlaf gestört. Er fuhr mit der Hand über die weiß bemalte Bretterwand und ließ seinen Blick über die gewölbten Fenster streifen, in denen an langen Messingketten zwei Petroleumlampen hingen. Die Dachleiste war im Laufe der Jahre nachgedunkelt und zeigte Rußflecken, und der Eindruck, dass er sich an Bord eines Schiffes befand, wurde vom Geräusch der ans Seeufer schlagenden Wellen noch verstärkt.

Er zog sich an, warf sich die Jacke über die Schulter und trat auf die Veranda. Die morgendlichen Nebelschwaden waren in Begriff sich aufzulösen, und obwohl er sicher war, dass sich noch nicht mal Greger vor halb sechs Uhr morgens im Park aufhielt, schlug er den geschützten Weg durch den Obstgarten zum Schloss ein.

Er ging die Steintreppen zur Bibliothek hoch. In einem der Bücherschränke lag der Großteil des Forschungsmaterials über Myntholm, und allein der Stapel Kompendien, die sich mit dem ausgehenden 19. Jahrhundert befassten, würde ihn für eine gewisse Zeit in Anspruch nehmen.

Almas Blick auf dem Porträt an der gegenüberliegenden Wand übte eine eigentümliche Faszination auf ihn aus. Er grüßte sie kurz und entdeckte dann, dass ein neuer Bericht auf dem Schreibtisch lag.

Sven war in Ylvas Zimmer auf drei weitere Inschriften gestoßen. Knapp einen Meter von der Stelle, an der Jack den ersten Fund gemacht hatte, hatte Sven noch ein weiteres Buchstabenpaar entdeckt. Und weiter unten auf demselben Dielenbrett befanden sich die beiden anderen Inschriften. Unter jedem einzelnen Buchstabenpaar stand ein Datum:

1. 10. 1877
1. 10. 1878
1. 10. 1879

Jack steckte den Bericht in die Tasche, dem er entnahm, dass auch Sven erkannt hatte, dass die Buchstabenpaare in umgekehrter Reihenfolge eingeritzt worden waren und sich von den Inschriften auf Almas Bett unterschieden.

Mit einem Packen Forschungsmaterial kehrte Jack zurück ins Lusthaus. Er fegte die Brotkrümel und die Teebeutel vom Tisch, ließ die Unterlagen darauf fallen und sah sich um. Leere Verpackungen, schmutziges Geschirr und Essensreste verteilten sich über den ganzen Raum. Er stopfte den Müll in eine Tüte und holte einen Eimer Wasser vom See. Als er das Geschirr abgetrocknet und weggeräumt hatte, griff er nach Seife und Handtuch und ging zum Seeufer, um sich und seine Kleidung zu waschen.

Als er endlich damit fertig war, war ihm die Kälte in Mark und Bein gekrochen.

Kurz darauf saß er in Decken gehüllt am Tisch, biss in eine Mohrrübe und schlug die erste Seite des Berichts auf, der zuoberst auf dem Stapel lag.

Es handelte sich um eine Magisterarbeit in Allgemeiner Geschichtswissenschaft, verfasst von Lisbeth Lundberg, die 1994 an der Universität von Uppsala eingereicht worden war. Der Titel lautete: *Tiefgreifende Veränderungen in der Bewirtschaftung einiger Schlösser Upplands mit Ausgangspunkt in Götuna, Starby und Myntholm.* Das klang nicht sonderlich interessant, aber Jack hatte sich vorgenommen, alles zu lesen, was mit Myntholm zu tun hatte.

Lisbeth Lundberg war sorgfältig gewesen. Sie hatte genauestens Rechenschaft über die Anzahl von Kaleschen, Zuchtbullen und Getreideernten abgelegt, hatte den Aufstieg und Fall verschiedener landwirtschaftlicher Betriebe miteinander verglichen und jede noch so kleine Abweichung von der Norm mit einer Kurve oder einem Säulendiagramm verdeutlicht. Seitenweise waren Tabellen aufgeführt, und nachdem Jack die letzte Seite gelesen hatte, schob er die Magisterarbeit mit einem Seufzer von sich. Es hätte auch gereicht, wenn Lisbeth Lundberg konstatiert hätte, dass der uppländische Landadel in den 1860er Jahren seine Ausgaben stufenweise wegen verminderter Einkünfte aus der Landwirtschaft hatte einschränken müssen.

Er blätterte die Berichte durch, um etwas zu finden, das unterhaltsamer war, und seine Augen blieben an einer

Schrift mit dem Titel: *In guten wie in schlechten Tagen – Feierliche Anlässe zur Zeit des Grafen Carl* hängen. Die Broschüre war das Ergebnis eines Seminars von einem »Förderkreis Geschichte vor Ort«, das vom Heimatkundeverein Hamlinge veranstaltet worden war. Nachdem Jack das Heft durchgesehen hatte, fand er den Titel eine Spur irreführend, denn entweder hatte es nicht viel gegeben, das in Myntholm Anlass zur Freude gegeben hatte oder aber die Teilnehmer des Studienkreises hatten sich vordringlich mit Trauerfeiern beschäftigt.

Zur Einführung wurde zwar von Elof Lidners Bronzestatue *Der Flötenspieler* berichtet, die 1855 im Schlosspark enthüllt worden war – ein Streichquartett von Stockholms Musikakademie hatte für Unterhaltung gesorgt und Graf Carl hatte einen Toast auf die Kunst ausgebracht. Auch folgte eine Schilderung eines Volksfestes, das 1858 zu Ehren der Dorfbewohner der Grafschaft Myntholm veranstaltet worden war, die geholfen hatten, einen Brand in einem der Stallgebäude zu löschen. Ansonsten ging es in der Broschüre aber fast ausschließlich um die Beerdigung der kleinen Beatrice. Jack schlug die Quellenangaben auf und sah, dass die Studienkreisteilnehmer die Angaben einer Handschrift mit dem Titel *Aufzeichnungen eines Landarztes* entnommen hatten. Der Autor der Handschrift war Doktor Fredrik Hammarberg, der dem Studienkreis zufolge von 1852 bis zu seinem Tod im Jahr 1889 in der Gemeinde Hamlinge gewirkt hatte.

Jack machte sich eine Notiz. Er kannte diese Aufzeichnungen nicht. Wenn sie jedoch der Heimatkundeverein von Hamlinge verwendet hatte, dürfte es nicht so schwer sein, sich diese zu beschaffen. Womöglich hatte die Grafenfamilie Ribe Doktor Hammarberg zurate gezogen. In diesem Fall hätte der Arzt mit Sicherheit ein paar Notizen zu Almas Gesundheitszustand gemacht.

Die Beerdigungsfeierlichkeiten waren bis ins kleinste Detail beschrieben. Seitenweise waren die Namen der Kondolierenden aufgeführt, die sich – soweit Jack das beurteilen konnte – aus Verwandten der Grafen Ribe und anderer angesehener Leute aus der Gegend zusammensetzten. Die Gäste waren zu einem Mittagsmahl, bestehend aus kaltem Hirschrücken mit Vogelbeergelee, eingekochter Gans und Räucheraal, geladen worden. Beim Kaffee hatten die Gäste dem engsten Trauerkreis kondoliert und waren anschließend in überdachten Wagen zur Kirche von Hamlinge kutschiert.

Beatrices Sarg hatten Nelken geschmückt. An der Schmalseite war er mit dem gräflichen Wappenschild verziert gewesen. Die Grafenfamilie hatte still und würdevoll in ihrer Kirchenbank gesessen, aber nicht in den Gesang eingestimmt. Jack schlug das Heft zu und erhob sich vom Tisch. Auf der Veranda richtete er sein Augenmerk auf die Hügel auf der anderen Seite des Sees. Auf einem von ihnen lag Myntholms Schlosskirchhof, und er konnte sich schwach daran erinnern, Beatrices kleinen Grabstein neben Carls Grabmonument gesehen zu haben.

Er kochte sich Spaghetti, aß sie mit einer Dose Thunfisch, öffnete ein Bier und streckte sich auf der Matratze aus. Zwei Fliegen summten gegen die Fensterscheibe und er verfolgte ihr zielloses Herumirren, während er in langsamen Zügen sein Bier leerte.

Vor einem Jahr noch, dachte er, hatte Sven ihn auf den Dachboden des Lusthauses mitgenommen, um ihm ein paar Sprietsegel zu zeigen. So wie Beatrices Sarg trugen sie das Myntholmer Wappen, und Sven hatte eines der Segel ausgerollt, um ihn auf den stilisierten Baum hinzuweisen, der mit Silberfäden auf den dunkelblauen Stoff gestickt worden war.

Jack sah zur Decke des Raumes auf, bis er die Luke ausmachen konnte. Mit einer Taschenlampe im Mund kletterte er auf den Tisch und stemmte die Hände gegen die Luke. Sägespäne rieselten ihm ins Gesicht, als sie plötzlich nachgab und mit einem Knall aufflog.

Er hievte sich auf den kleinen, achteckigen Dachboden. An der einen Wand lagen die zusammengerollten Segel und ein paar Angelruten. Das Licht seiner Taschenlampe schweifte über den Fußboden. Wenn Alma sich mit dem unbekannten E L im Lusthaus aufgehalten hatte, konnte es durchaus sein, dass sie sich auf dem Dachboden versteckt hatten, als Graf Carl auftauchte, um Alma nach Hause zu holen. Und so bestand auch die Möglichkeit, hier weitere Spuren zu finden.

Jack leuchtete mit der Taschenlampe jedes einzelne Dielenbrett ab. Im Holz waren viele Astlöcher, und immer wieder beugte er sich vor, um die eine oder andere Unebenheit genauer unter die Lupe zu nehmen. Schließlich gab er auf, setzte sich auf den Boden, ließ die Beine durch die Öffnung der Luke baumeln und besah sich seine Unterkunft aus der Vogelperspektive.

Das Lusthaus war kein sicherer Zufluchtsort. Auch wenn er dafür sorgte, so wenig Spuren wie möglich zu hinterlassen, würde ihn die Matratze auf dem Boden verraten. Es geschah zwar nicht oft, aber gelegentlich kam es doch vor, dass jemand vom Personal hier zu tun hatte. Jack kletterte wieder vom Dachboden und fing an, sein Bettzeug zusammenzurollen. Mithilfe eines um die Matratze geschlungenen Seils manövrierte er das Bündel durch die Dachluke nach oben und kletterte hinterher. Wieder knipste er die Taschenlampe an und sah sich um. Solange die Luke geöffnet war, würde er mit dem Gefühl des Eingeschlossenseins fertig werden, aber wenn jemand kam, blieb ihm wohl nichts anderes übrig, als sie zu schließen. Als er sie zuklappte, fiel der Schein der Taschenlampe auf die Inschrift, nach der er gesucht hatte.

A R E L.

E L A R.

Das obere Buchstabenpaar war in Almas feinsäuberlicher Handschrift eingekerbt, das untere war identisch mit der Inschrift im Nebengebäude des Schlosses.

Der Wind wehte frisch vom See herüber, als Jack bei Anbruch der Dunkelheit zum Ufer ging und seine Kleidung von der Erle nahm, in der er sie zum Trocknen aufgehängt hatte. Sie war immer noch klamm und roch nach Seewasser, dennoch schlüpfte er hinein und machte sich zum Nebengebäude des Schlosses auf.

Das Personal war schon gegangen, also nutzte er die Gelegenheit, seine Jacke über den Heizkörper im Flur zu hängen, bevor er in Svens Büro trat. Vor den Fenstern dämmerte es. Er nahm an Svens Schreibtisch Platz, fuhr den Computer hoch und klickte sich durch die Dateien, bis Almas Porträt auf dem Bildschirm erschien. Ihr blasses Antlitz leuchtete auf dem Bildschirm klarer als auf dem Gemälde in der Bibliothek, und er kramte Fotopapier aus der Schreibtischschublade und fütterte den Drucker damit.

Während Almas Gesicht auf dem Papier langsam Gestalt annahm, wählte er die Nummer von Per-Olof Österberg, Vorsitzender des Hamlinger Heimatkundevereins. Nach ein paar Freitönen wurde am anderen Ende der Hörer abgenommen und Per-Olof Österberg meldete sich. In die dunkel klingende Stimme mischte sich ein vergnügtes Glucksen, als Jack ihm sein Anliegen erläuterte.

»*In guten wie in schlechten Tagen*«, sagte er. »Wenn ich mich nicht irre, hat uns diese kleine Schrift mehr als zwei Jahre beschäftigt. Was möchten Sie wissen?«

»In den Quellenangaben steht, dass die Angaben über Beatrices Beerdigung aus einem Buch namens *Aufzeichnungen eines Landarztes* stammen. Sagt Ihnen das etwas?«

»Und ob, diese Rarität befindet sich in unserem Heimatkundemuseum, wir verleihen sie allerdings nicht. Wenn Sie daran interessiert sind, müssen Sie hier vorbeikommen.«

Jack bedankte sich und versprach, von sich hören zu lassen.

Jack ging die bewaldeten Anhöhen zum Schlosskirchhof hoch. Die Luft war klar, und die knorrigen Eichen hoben sich wie Scherenschnitte gegen den vom Sternenlicht erhellten Himmel ab. Er lief zügig, und als er schemenhaft das Dach der Grabeskapelle erkannte, war er am ganzen Körper schweißgebadet. Während er das letzte Stück des Hügels erklomm, öffnete er seine Jacke und verlangsamte seine Schritte.

Graf Carls und Gräfin Margarets Grabstein war aus schwarzem Granit und überragte alle angrenzenden Steine. Ihr Sohn Carl Magnus und seine Gattin Louise ruhten zur einen, Beatrice zur anderen Seite. Ihr kleiner Grabstein war zwischen dem vielen Unkraut und dem Buschwerk kaum zu erkennen. Ein Stück abseits befand sich Almas Grab.

Jack ging vor dem Grabstein von Beatrice in die Knie und kratzte die Erde und das Laub weg. *Möge ein Engel dich immer begleiten*, las er. *Unsere geliebte Beatrice. Geboren am 12. 12. 1871. Gestorben am 3. 4. 1872.*

1872 muss ein hartes Jahr für die Grafenfamilie gewesen sein. Almas Krankheit war ausgebrochen, und ihre jüngste Tochter hatte das Zeitliche gesegnet.

9

Zoltan Mali

In der folgenden Nacht fiel es Jack wieder schwer, Schlaf zu finden. Er schaltete die Taschenlampe ein und kroch über die Dielen zur Luke. Trübes Licht sickerte durch die Fenster herein. Nach ein paar tiefen Atemzügen stieg er durch die Öffnung nach unten und wankte zur Verandatür.

Die Ölsardine möchte, dass ihre Büchse zum Meer hin geöffnet wird. Dieses Zitat hatte an Ainos Pinnwand gehangen, und die Worte waren ihm im Gedächtnis geblieben, auch wenn er jetzt erst so richtig begriff, was es besagte. Als er Aino zum ersten Mal besucht hatte, hatte sie ihn zum Abendessen eingeladen. In ihrer kleinen Einzimmerwohnung in Jakobsberg war es so eng gewesen, dass er erst gar nicht versucht hatte, ihr seine Hilfe bei der Vorbereitung fürs Abendessen anzubieten. Also hatte er sich auf einen Stuhl gezwängt und sich beim Anblick der grauen Hausfassade direkt vor dem Fenster gefragt, wie sie das nur aushielt. Da hatte sie auf das Zitat gedeutet und gesagt, es ginge ihr wie der Sardine. Später hatte sie ihm gezeigt, wie er die Stirn gegen die Fensterscheibe drücken sollte, um ein Stück Himmel zu sehen.

Wie befreite man sich von seinen Erinnerungen? Eines war klar, den Verstand einzuschalten half nichts. Die Gefühle blieben, und er konnte es immer noch nicht fassen, dass Aino ihn einfach hatte vergessen können.

Wenn man liebt, vergisst man nicht. Der Verdacht, dass Aino ihn nie geliebt hatte, flammte in ihm auf. Doch bevor sich noch weitere böse Gedanken in ihm einnisten konnten, ging er wieder hinein, um Kaffee aufzusetzen.

Er kochte Eier, schmierte ein paar Stullen und setzte sich an den Tisch. Während er auf dem trockenen Brot herumkaute, zog er Myntholms Ausstellungskatalog zu sich heran und blätterte sich von Landschaftsmalereien zu Bauern in Volkstracht vor. Die Motive ödeten ihn an. Gelangweilt schlug er den Katalog zu und fuhr sich mit der Hand über das Kinn.

Er ging zum Spiegel. Seine Haare waren fettig. Die Augen ohne Glanz. Mit den Fingern fuhr er sich durch die Haare, bis sie vom Kopf abstanden. Jack schloss die Augen. Nichts spielte mehr eine Rolle. Seine Haare und sein Bart konnten ruhig wachsen. Wenn man niemanden mehr hatte als sich selbst, hatte alles keinen Sinn mehr. Er machte die Augen wieder auf und griff nach dem Wasserkanister.

Es konnte ja wieder vorübergehen – warum hatte er daran noch nicht gedacht? Wenn es ihm bloß gelang, sein momentanes Elend auszuhalten, gab es vielleicht die Chance, dass am Ende alles wieder gut werden würde. Er goss Wasser ins Waschbecken und spritzte es sich ins Gesicht. Er war krank, und während er darauf wartete, wieder gesund zu werden, würde er so leben, *als ob … als ob* er immer noch seinen Job hätte, *als ob* er Verwandte und

Freunde hätte und Aino zu Hause auf ihn wartete. Wichtig war nur, sich mit etwas abzulenken, weshalb er gleich damit anfangen und nach Norrtälje fahren würde, um sich Shampoo und Rasierklingen zu besorgen.

Als der Vormittagsbus an der Weggabelung von Hamlinge auftauchte, erhob er sich von der Bank und stellte sich gut sichtbar neben das Haltestellenschild. Er nahm durch die Windschutzscheibe Blickkontakt mit dem Fahrer auf und hob zusätzlich die Hand, um auf sich aufmerksam zu machen. Der Bus bremste ab.

Erleichtert, nicht übersehen worden zu sein, machte er einen Schritt auf die Vordertür zu, die leise zischend aufging. Doch bevor er sie erreicht hatte, fuhr der Bus schon wieder an und die Türen gingen zu. Mit einem Sprung war er an der Tür und klopfte dagegen. Es funktionierte, und als die Tür erneut aufschwang, stürzte er hinein. Der Fahrer nickte ihm zu.

»Entschuldigung, ich habe Sie nicht gesehen.«

Jack hielt seine Brieftasche hoch, als ob sich eine Fahrkarte darin befand, und eilte an ihm vorbei. Er sank auf den nächstbesten Platz und richtete sein Augenmerk auf die Fichten, die in immer schnellerem Takt vor dem Fenster vorbeiglitten.

Als der Bus am Busbahnhof von Norrtälje abbremste, wachte er auf. Die Vormittagssonne blendete ihn und er musste ein paarmal blinzeln. Der Schlaf hatte gut getan. Er fühlte sich unerwartet gut, während er die Straßen entlang zum Bach ging. Gemächlich schlängelte er sich zwischen den Häusern hindurch und lief über die Brücke zum Stortorget, dem zentralen Platz der Stadt. Vor dem Geldautomaten standen die Leute Schlange, und ein Mann in einem hellen Mantel steuerte auf den Käseladen zu. Beim Anblick der Bewohner Norrtäljes, die ihren täglichen Erledigungen nachgingen, schlug sein Herz schneller. Er verlangsamte seinen Schritt, während er seinen Blick über die Gesichter schweifen ließ. Wenn er einen Bekannten entdeckte, wollte er darauf vorbereitet sein.

Der Menschenstrom wurde dichter, als er in die Fußgängerzone kam, und er blieb vor dem Uhrmachergeschäft stehen. Die Kuckucksuhr stand wie immer, umgeben von einem Sammelsurium an Wand- und Armbanduhren, im Zentrum des Schaufensters. Sie war unverkäuflich. Er kannte den Uhrmacher, der sein Boot in Norra Ämt liegen hatte. Er hatte ihm auch erzählt, dass die Uhr ein altes Familienkleinod war, das noch nie eine Reparatur nötig gehabt hatte, obwohl sie schon über hundertfünfzig Jahre zählte.

Ohne weiter darüber nachzudenken, öffnete er die Ladentür. Hinter dem Verkaufstresen stand eine Frau, die er schwach wiedererkannte. Er nickte ihr zu.

»Ist Gunnar da?«, fragte er.

»Bedaure.«

Sie musterte ihn von oben bis unten, und er spürte, wie ihm das Blut ins Gesicht schoss. Plötzlich wurde er sich des Gestanks seiner Kleidung bewusst. Er murmelte eine Entschuldigung und verließ rasch das Geschäft.

Im Sportgeschäft suchte er sich eine Jeans und ein paar Pullis aus und nahm auf dem Weg zur Kasse auch noch ein paar Strümpfe und Unterhosen mit. Er versuchte, so gut es ging, Abstand zu den anderen Kunden zu halten. Nachdem er bezahlt hatte, begab er sich schnurstracks in die Umkleidekabine und zog sich die frische Kleidung an.

Vom unangenehmen Geruch befreit, streifte er weiter durch die Stadt und genoss die Nähe anderer Menschen. Er kaufte sich eine Eistüte und teilte die Waffel mit den Spatzen, die sich um den Terrassentisch scharten. Als ihn versehentlich eine Frau anrempelte und sie mit einem Lächeln eine Entschuldigung murmelte, fühlte er sich fast wieder wie ein Teil der Gesellschaft.

Erst im Supermarkt gab es Probleme, nachdem er seine Waren aufs Band gelegt und die Kassiererin um ein Paket Rasierklingen gebeten hatte. Im selben Moment, als sie sich zu den Klingen hinüberlehnte und ihn aus dem Blickfeld verlor, vergaß sie seine Bestellung. Er versuchte es erneut.

»Ein Paket Rasierklingen, bitte.«

Dieselbe Szene wiederholte sich erneut, und als Jack zum dritten Mal um Rasierklingen bat, lehnte er sich über das Laufband, um nicht den Blickkontakt zu ihr zu verlieren. Da sah sie ihn streng an und hielt einen warnenden Zeigefinger hoch.

»Was machen Sie denn da? So geht das Band kaputt!«

Gerade, als er sich wieder aufrichtete, meldete sich jemand aus der Schlange zu Wort: »Nun geben Sie dem Mann endlich seine Rasierklingen, wir haben nicht den ganzen Tag Zeit.«

Verwirrt sah die Kassiererin den Mann an.

»Welche Rasierklingen?«

»Ein Paket Mach3, das weiß doch inzwischen die ganze Schlange!«

Sprachlos starrte Jack den Mann an, dessen Stimme er sofort wiedererkannt hatte. Das war doch Zoltan, Zoltan Mali. Jack brachte noch immer keinen Laut heraus, grüßte ihn aber mit einer Handbewegung. Zoltan nickte zurück.

»Jetzt bezahl endlich, Mann! Wir haben schließlich schon lange genug hier gestanden.«

Es war vorüber – endlich hatte es ein Ende. Zoltan hatte ihn wiedererkannt. Jack traten vor Erleichterung die Tränen in die Augen. Er verstaute seine Einkäufe und trat zur Seite, um auf Zoltan zu warten.

Seit dem ersten Oberstufenjahr war er schon mit Zoltan befreundet. Hochgewachsen, warmherzig und mit seinem polternden Gelächter war Zoltan schnell der Leitwolf der Klasse geworden und hatte Jack die ganze Gymnasialzeit hindurch unter seine Fittiche genommen. Nach dem Abi hatten sie eine Interrailtour durch Osteuropa gemacht, und trotz Zoltans wachsender Kinderschar hatten sie sich nie ganz aus den Augen verloren.

»Ich glaube, ich habe mich noch nie so gefreut, dich zu sehen«, sagte Jack, als sie Seite an Seite nach draußen gingen. »Du ahnst ja nicht, durch was für eine Hölle ich gerade gehe.«

Zoltan machte wie immer riesige Schritte, weshalb Jack einen Zahn zulegen musste, um mit dem hochgewachsenen Mann Schritt zu halten.

»Wollen wir nicht noch einen Kaffee zusammen trinken?«, fuhr Jack fort. »Was mir passiert ist, ist so seltsam, dass ich unbedingt mit jemandem darüber reden muss.«

Zoltan blieb stehen, legte eine Hand auf Jacks Schulter und sagte: »Ehrlich gesagt weiß ich nicht, wer Sie sind.

Und es tut mir leid, das sagen zu müssen, aber ich hab keine Zeit für ’nen Kaffee.«

Jack griff nach Zoltans Hand, die dieser gerade von seiner Schulter nehmen wollte, und hielt sie fest.

»Ich brauch dich, Zoltan. Gib mir zehn Minuten, dann wirst du alles verstehen.«

Zoltan runzelte die Stirn.

»Zehn Minuten sind fast nichts, und ich wünschte, dass ich die Zeit dafür hätte, aber meine Kinder haben zu lange unbeaufsichtigt im Auto gesessen. Ich muss los.« Er versuchte, seine Hand aus Jacks Griff zu lösen. »Das ist eine Tatsache, ich habe keine Zeit«, ergänzte er, als Jack nicht lockerließ.

»Ich muss aber mit dir reden«, flehte Jack. »Wenn es einfacher für dich ist, begleite ich dich zum Wagen, aber lass mich hier nicht so stehen.«

»Sorry, aber genau das habe ich vor.«

Mit diesen Worten riss Zoltan seine Hand los und ging davon.

»Bleib stehen, bleib stehen!« Er lief Zoltan hinterher, packte ihn und boxte gegen seine Brust. »Behaupte ja nicht, mich nicht zu kennen!«

Zoltans Revanche traf ihn direkt ins Gesicht. Er spürte keinen Schmerz, hörte nur ein Geräusch, als sei ihm ein Zweig ins Gesicht gepeitscht, dann fand er sich auf dem Gehsteig wieder. Zoltan beugte sich über ihn, an seiner Hand war Blut, und seine Finger zitterten, als er Jack die Haare aus der Stirn wischte.

»Es tut mir leid, aber ich kann Ihnen nicht helfen«, flüsterte er. »Ich weiß nicht, wer Sie sind.«

10

Vertrieben

Als Jack nach Myntholm zurückkam, brannte Licht in der Jagdhütte. Sorgfältig verhängte er die Fenster des Lusthauses, bevor er die Petroleumlampe anmachte.

Ich weiß nicht, wer Sie sind. Er hatte Zoltans Worte wiederholt, bis sich sein Zorn gelegt hatte und nichts als Mutlosigkeit übrig geblieben war. Er konnte mit der Tatsache einfach nicht umgehen, dass er vergessen worden war und es wahrscheinlich auch bleiben würde.

Er entfernte die Etiketten, legte die Pullis zusammen und stapelte sie aufeinander. Dann nahm er sein Rasierzeug und ging zum Spiegel. Seine Nase war geschwollen, schien aber nicht gebrochen zu sein. Vorsichtig trug er Rasiercreme auf und rasierte sich.

Nachdem er seine Haut mit Aftershave befeuchtet hatte, stopfte er Batterien in den CD-Player und legte die CD ein, die er sich im Supermarkt gekauft hatte. Kurz darauf erklang Benny Anderssons Orchester im Raum, und er machte es sich in seinem Sessel bequem.

Als Jack am nächsten Morgen aufstand, war alles wie immer. Das Licht, das durch die Fenster hereinfiel, war unverändert wie auch das Zischen der Gasflamme. Und trotzdem war irgendetwas passiert. Während er darüber nachdachte, worin die Veränderung bestand, räumte er den Tisch ab und goss heißes Wasser in die Spüle. Das Spülmittel löste sich zu Schaum auf. Er griff nach der Abwaschbürste, und plötzlich wusste er die Antwort – er hatte sich mit seiner Lage arrangiert. Er hatte sich daran gewöhnt, im Lusthaus aufzuwachen, aufzustehen und sich selbst Frühstück zu machen, den See zu betrachten und der Stille zu lauschen. Nachdem er aufgeräumt hatte, nahm er sich die Forschungsunterlagen vor.

Die Stunden zogen sich endlos dahin, während er über die Lohn- und Arbeitsbedingungen der Tagelöhner in der zweiten Hälfte des 19. Jahrhunderts las, und erst, als er am Nachmittag eine Seminararbeit durchgelesen hatte, in der es um die Einführung von Nutzgewächsen in uppländischen Schlossparks ging, schob er die Unterlagen beiseite.

Nichts von dem, das er gelesen hatte, gab ihm in Bezug auf Alma irgendwelche neuen Erkenntnisse. Er reckte sich und gähnte. Durchs Fenster sah er Greger mit einer Einkaufstüte zur Jagdhütte gehen. Mit Sicherheit enthielt sie eine Flasche Östgöta Sädes.

Jack setzte eine weitere Kanne Kaffee auf. Er hatte die Matratze wieder vom Dachboden nach unten gewuchtet und dennoch schlecht geschlafen. Seine Nase hatte ihm zu schaffen gemacht, weil sie geschwollen war und er kaum Luft bekommen hatte.

Er füllte den Kaffee in eine Thermoskanne und zog sich

seine Jacke an. Die Taschenlampe lag schon mit einem Schraubenzieher im Rucksack, in den er noch ein paar Ersatzbatterien warf, bevor er aufbrach. Wenn er mit seinen Nachforschungen weiterkommen wollte, brauchte er Doktor Hammarbergs Aufzeichnungen.

Eine dünne Wolkendecke bedeckte den Himmel, und das Abendlicht ließ das Meer wie ein endloses, geflammtes Aluminiumblech schimmern. Er ging den Ufersaum entlang und sah weit draußen eine Finnlandfähre zwischen den Inseln dahingleiten. Er hatte keine Eile, niemand stellte mehr Erwartungen an ihn.

Als er nach ein paar Stunden Hamlinge erreichte, war es dunkel geworden. Im Ort rührte sich nichts, nur im Hafen knarrten ein paar Sportboote in der Vertäuung. Am Kiosk vorbei ging er bergauf zum alten Dorfkern westlich des Hafens. Nach kurzer Suche fand er das Haus des Hamlinger Heimatkundevereins.

Von knorrigen Apfelbäumen umgeben duckte sich die niedrige Hütte unter einem Dach aus Grassoden. Als er die Gartenpforte öffnete, zerriss das Quietschen des rostigen Scharniers die Stille. Er wartete einen Augenblick, bevor er den kiesbedeckten Gartenweg mied und über den Rasen zur Hütte schritt. Er versuchte die Klinke herunterzudrücken und drehte dann eine Runde ums Haus, weil die Tür wie erwartet verschlossen war. Alle Fenster waren zugehakt, und unter dem umgestülpten Blumentopf neben der Treppe befand sich nichts. Mit einem kurzen Blick zum Nachbarhaus knipste er die Taschenlampe an und leuchtete über die roh gezimmerten Bretterwände.

An einem Haken neben der Tür hing schließlich der Schlüssel.

Als er aufschloss, schlug ihm Schimmelgeruch entgegen. Auf der Tapete im Flur gediehen große feuchte Flecken, der Eisenofen in der Küche war rostig, und an den Fußleisten häufte sich Mäusekot.

Die Stube war in besserem Zustand. Er ließ die Taschenlampe über die alten Möbel und die Schwarz-Weiß-Fotografien schweifen, die an den Wänden hingen. Die Augen der ernst dreinblickenden Personen schienen ihn anzusehen, und als das Licht seiner Taschenlampe von den Luken des Kachelofens widergespiegelt wurde, zuckte er zusammen. Der Strahl der Lampe fiel auf Doktor Hammarbergs Buch, das auf dem Esszimmertisch lag. Er steckte es in den Rucksack und verließ rasch das Haus.

Auf dem Rückweg nahm er die Landstraße, und kaum eine Stunde später hatte er wieder die Auffahrt von Myntholm erreicht. Zwischen den Bäumen schimmerte ein diffuses Licht. Beim Näherkommen sah er, dass die Lampe über dem Eingang brannte und ein Streifenwagen neben Svens Auto stand. Voll böser Vorahnungen zog er sich in den Schatten der Schlossmauer zurück und schlich an den Autos vorbei zur Pforte. Im Nebengebäude brannte Licht, und das Fenster zum Personalraum stand einen Spalt offen.

Die Hände in die Hosentaschen gesteckt lehnte Sven am Bücherregal. Sein Kopf war gesenkt, als ob er nicht imstande war, Gregers Augen zu begegnen. Am Tisch saß ein Polizist in Uniform, in der Hand ein Handy. Ihm gegenüber zwei Mädchen.

Blonde Haarsträhnen fielen der einen über die Augen, darunter blinzelte sie wütend den Polizisten an.

»Wir haben nichts getan!«, beteuerte sie.

Greger machte schwankend einen Schritt ins Zimmer. Er suchte Halt am Türpfosten, und seine Stimme war schleppend vor Trunkenheit.

»Ich hab's dir doch gesagt, Sven. Bestell einen Wachdienst! Ich kann mich wirklich nicht um alles kümmern.«

»Die verfluchten Gören haben sich im Lusthaus einquartiert und alles versaut ... Verdammt noch mal, Sven!«

»Er lügt! Wir sind nur im Wald und im Park gewesen.«

Dem Mädchen flossen Tränen die Wangen hinab. Das andere Mädchen blieb stumm. Der Polizist nickte und legte das Handy vor sich auf den Tisch.

»Was habt ihr dort zu suchen gehabt?«

»Wir haben nur am See gesessen und dann ist *er* gekommen.« Die Mädchen sahen aus dem Augenwinkel zu Greger hinüber, der unter halbgeschlossenen Lidern erbost zurückglotzte. »Er hatte ein Gewehr, und wir hatten furchtbare Angst.«

Greger richtete sich auf, stapfte zum Tisch und zog sich einen Stuhl heran.

»Das Gewehr war nicht geladen. Darüber hinaus besitze ich einen Waffenschein.« Plötzlich schlug er mit der Faust auf den Tisch. »Mensch, Sven! Geh zum Lusthaus. Und sieh selbst nach!«

Jack hörte, dass sich ein Wagen hinter ihm näherte, und als das Licht von zwei Autoscheinwerfern über den Rasen fiel, duckte er sich hinter einen Busch. Der Wagen blieb vor dem Nebengebäude stehen. Zwei Personen stiegen aus und gingen hinein. Als Jack sich aufrichtete, hörte er die Stimme des Polizisten aus dem Zimmer.

»Wo befindet sich das Gewehr jetzt?«

Noch bevor Greger antworten konnte, wurde die Tür zum Personalraum aufgerissen und eine Frau in einem blauen Jogginganzug stürzte zu dem Tisch. Das blonde Mädchen schluchzte laut auf.

Jack hatte genug gesehen und lief in Richtung Lusthaus. Als er sich dem See näherte, vernahm er Stimmen. Leise durchquerte er den Rosengarten. Die Fenster des Lusthauses waren hell erleuchtet. Im Türrahmen war der Rücken eines weiteren Polizisten zu erkennen. Ohne sich noch einmal umzusehen, rannte er zum Parkplatz zurück und riss die Tür von Svens Auto auf. Die Schlüssel steckten. Als der Motor ansprang, überraschte ihn Svens Gesicht im Scheinwerferlicht. Seine Augen und sein Mund waren weit aufgerissen. Jack legte den Rückwärtsgang ein und bog auf die Straße.

11

Verbrannte Erinnerungen

Er wusste nicht wohin, nahm aber an jeder Kreuzung die Straße, die nach Ämtudden führte. Seine Füße kuppelten, gaben Gas, bremsten, und sein Blick ging automatisch zwischen dem Rückspiegel und der Straße hin und her. Sein Herz hatte das Kommando übernommen; es wollte nach Hause. Nach Ämtudden, in das Haus, in dem er als Kind jeden Sommer verbracht hatte und in das er nach dem Tod seiner Großmutter gezogen war. Das Haus gehörte ihm, und er wusste nicht, wohin er sonst sollte.

Seine Augen brannten, als er auf die Auffahrt bog und den Motor ausschaltete. Er ließ seine Hände in den Schoß sinken und lehnte sich zurück in den Sitz. Nach einer Weile kurbelte er das Seitenfenster herunter. Kühle Luft strömte herein. Er schloss die Augen und sog den Geruch des Meeres ein.

Als er wieder erwachte, schimmerten die grünen Holzwände des Hauses grau im Morgenlicht. Er stieg aus und ging zögernd auf das Haus zu. An der Kiefer lehnte Ainos Fahrrad. Er berührte kurz den Sattel, bevor er zur Veranda ging.

Der Bretterfußboden ächzte unter seinen Füßen, und sein Herz schlug schneller, während er sich vorbeugte, um durch die Glasscheibe zu spähen. Aino hatte die Gardinen nicht vorgezogen, und das Schlafzimmerfenster stand einen Spalt offen. Er ging zur Tür, legte die Hand auf die Klinke und drückte sie leise herunter. Die Tür schwang auf, und so schlich er zum Bett. Ainos Arme hoben sich blass von den dunkelblauen Betttüchern ab. Die Decke gab ein Stück ihrer Schulter frei. Als ihr ein Sonnenstrahl ins Gesicht fiel, fürchtete er, sie könnte aufwachen. Also hob er die Hand, sodass der Schatten über ihre Stirn, ihre Augen und Wangen glitt. Sie rührte sich nicht. Dann wandte er sich von ihr ab und ging leise hinaus.

Nachdem er die Anhöhe neben dem Haus erreicht hatte, ließ er den Tränen freien Lauf. Wenn er sich je einer Sache in seinem Leben sicher gewesen war, dann der, dass Aino und er zusammengehörten. Mit ihr hatte er alles geteilt. Erst Aino hatte seinem Leben einen Sinn gegeben.

Er drehte sein Gesicht zur Sonne. Seine Schultern entspannten sich und der Kloß in seinem Hals verschwand allmählich wieder. Er existierte, Aino existierte – er musste nur Geduld haben. Er streckte sich auf dem von Wind und Regen glatt geschliffenen Steinplateau aus und beobachtete das Haus.

Er brauchte nicht lange zu warten, bis die Verandatür aufging und Aino mit einer Tasse Kaffee herauskam. Er stützte sich auf die Ellenbogen und sah zu, wie sie sich in den Stuhl kuschelte und den Morgenmantel enger um sich schlang. Mit gerunzelter Stirn sah sie hinaus auf die Bucht.

Er schämte sich nicht, Aino heimlich zu beobachten. Sie gehörte zu ihm. Sie waren schon so lange ein Paar, dass er sogar zu wissen glaubte, weshalb sie gerade die Stirn runzelte, und selbst wenn er sich irrte, war das irrelevant.

Eine Seeschwalbe flog ohne einen Fisch im Schnabel auf, und Aino nahm ihre Tasse und ging hinein.

Knapp eine Viertelstunde später kam sie, den Rucksack auf dem Rücken und eine Kiste unterm Arm, wieder aus der Tür, spannte die Kiste aufs Fahrrad und fuhr davon.

Jack sah ihr hinterher, bis sie hinter dem Hügel verschwunden war, dann betrat er das Haus. Ein vertrauter Geruch schlug ihm entgegen.

Der Flur sah nicht mehr so aus wie sonst. Aino hatte die Kommode weggeräumt und das Kanu reingestellt. In einem Stiefel steckte ihre Wurfrute, und er bemerkte, dass sie die Spinnfischschnur, die er ihr geschenkt hatte, daran befestigt hatte. Er holte tief Luft, stieg über einen Haufen Regenkleidung und betrat ihr Arbeitszimmer.

Der Computer war eingeschaltet. Er legte die Hand auf die Tastatur. Als der Bildschirm aufleuchtete und Ainos Terminkalender erschien, zögerte er nicht lange – schließlich glaubte er, ein Recht darauf zu haben, zu wissen, was sie vorhatte.

»Schnitzkurs, Pfadfinderhütte 9.00–16.00«, las er. »Heute Nacht wieder geschlafen.«

Er blätterte zurück und sah, dass sie neben den üblichen Notizen zu Aufträgen und Arbeitszeiten auch kurze Tagebuchaufzeichnungen gemacht hatte. »Menstruation« ... »Heute sind die Kiebitze gekommen.« ... »Ingrids Geburtstag«.

Er blätterte wieder vor und klickte den Tag an, an dem sie ihn aus ihrem Gedächtnis gelöscht hatte. »Kopfschmerzen«, stand da. »Mir ist, als würde sich ein blendend weißer Lichtstrahl in meinen Kopf bohren, selbst Paracetamol hilft nicht.« Dann hatte sie hinzugefügt: »Es ist, als ob Zeit verschwindet. Vom gestrigen Tag fehlen mir mehrere Stunden.«

Einen Tag später klagte sie erneut darüber. »Ich kann mich überhaupt nicht mehr daran erinnern, was ich den ganzen Tag über gemacht habe. Aber an mein Maifeuer erinnere ich mich noch, es hat dermaßen gequalmt, dass Ekberg sich beschwert hat.«

Am nächsten Tag: »Habe schon wieder nicht geschlafen und verspüre Angst, ohne zu wissen wovor. Aber ich habe keine Gedächtnislücken mehr und auch keine Kopfschmerzen, auch wenn mir vom Qualmgeruch übel ist. Das Feuer hat noch den ganzen Tag geschwelt.«

Am Freitag, den 2. Mai, hatte sie einen längeren Eintrag gemacht: »Ich kann nicht schlafen. Nachts wandere ich wie ein unruhiger Geist im Haus umher und suche nach etwas, weiß aber nicht wonach. Ich musste mal mit irgendjemandem reden, also bin ich zu Karin gefahren, um zu fragen, ob sie Lust hätte, am Wochenende etwas zu unternehmen, aber sie war schon im Urlaub. Ich halte es nicht aus, so lange zu warten, bis sie wiederkommt! Ich fühle mich sehr allein.«

Und die letzte Notiz, die sie geschrieben haben musste, lautete: »Heute Nacht wieder geschlafen.«

Jack ballte seine Hände zur Faust und wiegte sich auf dem Stuhl vor und zurück. Er stand auf und ging auf unsicheren Beinen ins Schlafzimmer. Ainos Kopfabdruck war immer noch auf dem Kissen zu sehen, und so kroch er ins Bett. Ihr Duft war überall, und er wälzte sich in den Betttüchern, schnupperte daran und bekam schließlich die Bettwäsche in die Finger, in der sie geschlafen hatte, rieb seine Nase dagegen, biss hinein und schnüffelte daran. Es reichte nicht. Er riss sich die Kleider vom Leib und rieb sich an der Bettdecke, bevor er sie fest gegen seinen Unterleib presste, in dem es wie wild pochte, rieb und rieb, bis er seinen Kummer herausschrie, als er kam.

Als er wach wurde, war es halb vier Uhr nachmittags. Schlaftrunken kroch er aus dem Bett und öffnete den Schrank, um saubere Kleidung herauszunehmen. Doch bis auf ein paar Handtücher waren die Regale leer. Er zog die Schubladen heraus, in denen sich immer seine Unterwäsche befunden hatte, und wühlte sie durch. Ainos Socken und Slips, aber nichts von seinen Sachen.

Auch seine Toilettenartikel waren nicht mehr im Badezimmerschrank, und als er die Tür zu seinem Arbeitszimmer aufmachte, stand nur Ainos Hobelbank breit in der Mitte des Raumes. Er suchte das ganze Haus ab, ohne einen einzigen Gegenstand zu finden, der ihm gehörte – sein Fotoalbum war weg, seine Zeitschriften, Bücher, CDs und Briefe. Noch nicht einmal der Karton mit den Zeugnissen und anderen Papieren aus seiner Schulzeit stand noch in der Kammer unter der Kellertreppe. Die Erkenntnis, dass Aino nicht nur ihn ausradiert hatte, sondern auch alles entfernt hatte, wodurch sie sich an ihn hätte erinnern können, ließ in seinen Schläfen einen hämmernden Kopfschmerz pochen. Die Finger gegen die Schläfen gedrückt, ging er wieder ins Schlafzimmer und schlüpfte in seine alten Kleider.

Als er frühmorgens auf der Anhöhe gesessen hatte, war ihm der Gedanke gekommen, sich einfach in ihrer Nähe aufzuhalten. Sie einfach kommen und gehen zu sehen, einen Korb Holz für sie zu schlagen, wenn sie bei der Arbeit war, oder ihr Bett zu machen. Damit sie sich allmählich daran gewöhnte, dass es jemanden gab, der für sie da war. Aber so sollte es nicht sein.

Er ließ das Bettzeug mit den Spuren seiner Lust zurück und verließ das Haus.

Auf dem Weg zum Auto sah er den verkohlten Fleck im Gras. Das Maifeuer war sichtlich größer gewesen als sonst. Er nahm einen Stock, beugte sich herunter und stocherte in dem Aschehaufen herum. In einem verkohlten Holzstück erkannte er seinen alten Tischtennisschläger. Er umklammerte mit der Hand den Griff und erneuerte seinen Schwur, nie mehr von einem gemeinsamen Leben mit Aino zu träumen. Dann wischte er die Asche von dem, was noch von dem Schläger übrig war, und stopfte ihn in den Rucksack.

Aino hatte im Maifeuer nicht nur Müll und Gartenabfall verbrannt – sie hatte alle Spuren seines Lebens verbrannt.

Teil II

Zweite bis fünfte Woche

Nordöstlicher Wind
nahm die Blüten am Stück,
gab dem Baum
die Unschuld zurück.
Südwestlicher Wind
schenkte Heilung, welch' Glück,
fällte den Baum,
tickeli tück.

12

Nichts zu verlieren

In dem Moment, als Jack die Reste seines verkohlten Tischtennisschlägers aufsammelte, starb etwas in ihm. Vielleicht war es das letzte Fünkchen Hoffnung, trotz allem, was passiert war, ein halbwegs erfülltes Leben führen zu können. Doch jetzt galten für ihn keine Gesetze mehr. Mit einem Blick auf den leeren Stellplatz hinter der Scheune, auf dem einst sein rostiger Toyota gestanden hatte, stieg er in Svens Wagen und fuhr davon.

Alles war ihm genommen worden, nun blieb ihm nur noch, sich etwas zurückzuholen. Er hatte fast kein Geld mehr, dennoch musste er sich eine Unterkunft suchen. Wo, wusste er nicht, aber irgendwie würde sich das schon finden. Er schaute auf den Tacho, der sich auf hundertdreißig zubewegte, und raste an der Abfahrt nach Myntholm vorbei, ohne den Druck auf das Gaspedal zu verringern. Vergessen zu werden hatte auch Vorteile, die er von nun an für sich nutzen wollte.

Etwa eine Stunde später passierte er Stockholm und fuhr weiter nach Södermalm. Auf den Straßen wimmelte es von Leuten, sodass er nur im Schneckentempo vorankam. Als er Mosebacke Torg erreichte, hielt er an einer Bordsteinkante an und machte den Motor aus.

Zwei ältere Damen liefen über das Kopfsteinpflaster. Von dem plötzlichen Wunsch getrieben, sofort zu wissen, was er sich alles erlauben konnte, stieg er aus und folgte den beiden, die sich einer Besuchergruppe vor dem Södra Teatern anschlossen und auf die Eingangstreppe zusteuerten. Ein Stück von ihm entfernt stand eine Frau mit einem roten Schal, eine unangezündete Zigarette in der Hand. Er beobachtete sie, während er nach einem Feuerzeug suchte. Als sie sich schließlich über die Flamme beugte, riss er ihr den Schal vom Hals. Irritiert schrie sie auf und ließ die Zigarette fallen. Den Schal in der Hand drehte Jack sich um und rannte davon, während in der Menschenmenge hinter ihm empörte Stimmen laut wurden. Im selben Augenblick, als er hinter einem Auto verschwand, verstummten sie. Den geknüllten Schal in der Hosentasche schlenderte er vom Platz.

Es war kein großer Sieg, und trotzdem bewegte er sich mit einem Gefühl des Triumphs auf die Götgatan zu. Er war sich bewusst, dass er schon immer ein zurückhaltender Mensch gewesen war, der sich scheute, Streit anzuzetteln oder groß aufzufallen. Aber es war nie zu spät, sich zu ändern, und dieses kleine Erfolgserlebnis verlangte nach einer Wiederholung.

Er lief an den zahlreichen Straßencafés vorbei, die wie überquellende Vogelnester von den Hauswänden abstanden, und bog in eine Querstraße. Hunger plagte ihn, und nachdem er eine Weile gesucht hatte, fand er ein thailändisches Restaurant. Als er über die Schwelle trat, umgab ihn der Geruch von frittiertem Hähnchen und eine Bedienung reichte ihm die Speisekarte.

»Möchten Sie einen Tisch für eine Person?«

Er nickte, und sie wies auf einen Tisch an der Wand. Er legte seine Jacke ab und sah sich im Lokal um. Es war gut besucht, und der Geräuschkulisse nach zu urteilen, waren die meisten Gäste schon reichlich angetrunken. Kästen mit leeren Bierflaschen stapelten sich an der Treppe zu den Toiletten, und an der Schmalseite des Raumes entdeckte er ein Büfett. Froh, die Umstände, die eine Bestellung gemacht hätte, zu umgehen, häufte er sich den Teller voll und nahm wieder Platz. Dann schlang er das Essen in sich hinein, kaute und schluckte in Windeseile und holte sich Nachschub. Diesmal aß er langsamer, und nachdem er den letzten Bissen Hähnchen runtergezwängt hatte, lehnte er sich satt und zufrieden zurück und ließ den Blick schweifen. Der Geräuschpegel war ein weiteres Mal angestiegen, und an einem Nachbartisch stimmten ein paar Typen einen Schlachtruf an. Als das Lied in Gegröle überging, stand er auf – es war Zeit zu gehen. Ein Kellner segelte, die Hände voll Geschirr, an ihm vorbei, und die Bedienung, die ihn in Empfang genommen hatte, steuerte auf die Küche zu.

»Sie möchten bezahlen?«

Jack schnellte herum. Eine Frau mittleren Alters, die er bisher nicht bemerkt hatte, stellte sich ihm in den Weg. Er nickte und bemühte sich zu lächeln.

»Ja, ich möchte nur erst zur Toilette.«

»Sie hatten das Büfett und ein Bier?«

»Ja.«

»Zahlen Sie mit Karte?«

Die Frau rührte sich nicht vom Fleck. Jack starrte in ihr faltiges Gesicht. Sie ließ ihn nicht aus den Augen, und über ihre Schulter hinweg glaubte er zu sehen, dass der Kellner ihn argwöhnisch beobachtete. Jack kapitulierte und holte entnervt seine Brieftasche heraus. Ohne eine Miene zu verziehen, nahm die Frau seine Kreditkarte und sagte:

»Auch den Ausweis bitte. Danke.«

Hundertsiebzig Kronen. Verärgert folgte er der Frau zur Kasse, beglich seine Schulden, drehte sich um und verließ das Lokal.

Sein Hochgefühl war verflogen, und seine Idee, sich in irgendeinem Hotel einen Zimmerschlüssel zu klauen, verflüchtigte sich. Jack verbrachte die Nacht also am Bahnhof. Hier und da gelang es ihm, auf irgendeiner Bank etwas zu schlummern, bevor er erneut von Lautsprechergeräuschen geweckt oder vom Sicherheitspersonal vertrieben wurde. Als es endlich Morgen wurde, ging er in die U-Bahn und verschlief an Bord mehrerer Vorortszüge den Vormittag. Mit vor Schlafmangel brennenden Augen stieg er gegen zwölf am Hötorget aus. Er stibitzte sich eine Schale Erdbeeren von einem der Obststände und setzte sich auf die Treppe des Konzerthauses, die in der Sonne lag. Ringsum saßen Leute und plauderten. In Jacks Nähe hockte ein junger Bursche, der sich über eine Computerzeitschrift beugte. Als er umblätterte, streckte Jack ihm die Schale Erdbeeren hin.

»Möchtest du welche? Sie sind aus Belgien, schmecken aber trotzdem gut.«

Verächtlich schüttelte der Junge den Kopf und rückte demonstrativ ein Stück von ihm weg. Jack nahm die Schale wieder an sich und stand auf.

Er überließ die Erdbeeren den Tauben und schlug den Weg zur Drottninggatan ein, in der zahlreiche Straßenhändler standen, jedoch keiner, der Okarinas verkaufte. Auf dem Weg zum Centralbadet blieb er einen Augenblick vor einem Antiquariat stehen und blätterte in den ausgelegten Büchern, doch es war nichts darunter, was ihn interessierte. Als er in einer Kiste ein paar Ansichtskarten entdeckte, steckte er sie ein und ging weiter in ein Straßencafé. Ohne sich um die Proteste der Kassiererin zu kümmern, nahm er sich ein Schinkenbrot von einer Platte auf der Theke und setzte sich damit draußen an einen Tisch.

Die Motive der Postkarten waren der biblischen Geschichte entlehnt, und als sein Blick auf ein Bild von »Jesus in der Wüste« fiel, tastete er nach einem Stift. Die Augen des Erlösers sahen auf das wollige Lamm hinab, das er auf dem Arm trug. Um die weiß gekleidete Gestalt Jesu scharten sich die übrigen Schafe.

Er drehte die Karte um, hielt mit fester Hand den Stift und schrieb:

Sven, dein Auto steht am Mosebacke torg. Wenn es unbedingt sein muss, kannst du die Benzinkosten von meinem ausstehenden Lohn abziehen. Versuche dich an mich zu erinnern. Grüße, Jack.

Es war nicht besonders wahrscheinlich, dass Sven tun würde, worum er ihn bat, aber es war einen Versuch wert. Jack musterte die Passanten. Noch weniger wahrscheinlich war, dass die rätselhafte grauhaarige Frau in der Menge auftauchen würde. Er meinte, sich daran zu erinnern, dass sie

Marie Fogelberg hieß und irgendwo in Midsommarkransen wohnte. Was hatte sie noch gleich gesagt? Svartmansgatan? Er war sich nicht ganz sicher. Sicher war er sich dagegen, dass sie gesagt hatte, sie könne ihm helfen.

Er stand auf und ging Richtung Park. Als er am Odenplan ankam, kehrte er um und überquerte Kungsholmen. Eine Straße löste die nächste ab, und fast alle waren so einsam und verlassen wie er. Er ging weiter, unternahm aber keine weitere Anstrengung, mit jemandem ins Gespräch zu kommen.

Als er mehrere Stunden ziellos umhergeirrt war und den Durchgang zum Hinterhof der Pannsmedsgatan betrat, schmerzten seine Knie. Er legte den Rucksack ab und lehnte sich gegen die Wand, während seine Finger automatisch nach den Buchstaben J ❤ A im Mörtel tasteten. Der Mörtel war rauh unter seinen Fingerspitzen. Er schloss die Augen, sah Aino vor sich, wie sie an jenem Tag vor über fünfundzwanzig Jahren ausgesehen hatte, als sie gemeinsam ihre Initialen in den Mörtel geritzt hatten. Aino war in ihm lebendig, durchdrang alles, und in diesem Moment war er nicht mehr imstande, gegen seine Gefühle anzukämpfen.

Still und leer lag der Hinterhof vor ihm. Er sah die Hausfassade hoch. Im zweiten Stock brannte Licht. Hinter dem erleuchteten Fenster wohnte seine Mutter. Als plötzlich hinter ihm etwas quietschte, fuhr er zusammen. Die Tür ging auf und Artur betrat den Durchgang. Bei Jacks Anblick blieb er stehen.

»Kannst du einen erschrecken, Jack!«, rief er. »Warum lungerst du hier herum?«

Jacks Knie zitterten. Er wollte einen Schritt auf Artur zumachen, aber seine Beine trugen ihn nicht.

»Was hast du gesagt?«, flüsterte er.

Arturs magere Gestalt schlenderte durch den Durchgang auf den Hinterhof. Als Jack ihm folgen wollte, schwankte er und musste sich an der Wand abstützen.

»Warte!«, krächzte er. »Geh nicht!« Endlich gelang es ihm, sich in Bewegung zu setzen. »Was hast du gesagt?«, flüsterte er erneut, als er Artur eingeholt hatte. Der alte Mann sah ihn mit hochgezogenen Augenbrauen an.

»Was du hier machst, habe ich dich, glaube ich, gefragt.«

»Nein. Du hast ›Jack‹ gesagt. Du hast gesagt: ›Jack, warum lungerst du hier herum‹!«

»Kann schon sein.« Artur beugte sich vor und sah Jack forschend an. »Du siehst blass aus. Ist etwas passiert?«

»Erkennst du mich denn wieder, Artur?«, schrie er beinahe. »Weißt du, wer ich bin?«

Er griff nach Arturs Mantelärmel und klammerte sich mit beiden Händen daran fest. Dann konnte er nicht mehr; seine Knie gaben nach. Als er Arturs Arme spürte, die sich um seinen Rücken legten, fing er an zu weinen.

Er überließ sich Arturs Fürsorge wie ein hilfloses Kind. Seine Kleidung häufte sich auf dem Badezimmerfußboden, und er sah, wie Artur sie in die Waschmaschine stopfte, während sich im Dampf der heißen Dusche die Welt um ihn herum auflöste. Sein Körper entspannte sich, und die Angst, die ihn so lange beherrscht hatte, wurde mit dem Wasser fortgespült. Dankbarkeit überwältigte ihn, er sank auf die Knie, richtete sein Gesicht in den Wasserstrahl und dankte Gott, dass seine Bitte erhört worden war. Es gab jemanden, der sich an ihn erinnerte, und er wünschte sich nichts sehnlicher, als dass die Hölle, in der er sich befunden hatte, jetzt endlich Vergangenheit wäre – auch wenn er in seinem Innersten daran zweifelte.

Kurz darauf saß er mit einem Glas Bier im Wohnzimmer. Es war dunkel geworden. Arturs weiße Haare leuchteten im Schein der Stehlampe. In regelmäßigen Abständen warf er Jack einen verstohlenen Blick zu, und die unausgesprochenen Fragen hingen schwer in der Luft. Jack nahm einen bedächtigen Schluck und sah schließlich auf, um Artur in die Augen zu blicken.

»Du wirst es mir vielleicht nicht glauben, aber ich war noch nie so dankbar wie jetzt. Noch nie! Ich habe noch nie so die Gesellschaft eines anderen Menschen genossen«, sagte er.

Seine Stimme brach, und der Kloß in seinem Hals erschwerte das Weitersprechen. Er schluckte ein paarmal, bevor er tief einatmete.

»Es ist nicht leicht zu erklären«, sagte er mit immer noch belegt klingender Stimme. »Ich verstehe es ja selbst nicht.«

»Versuch es einfach! Vielleicht verstehe ich es ja.«

Jack nickte und fing nach einem Moment des Zögerns an zu berichten. Alles, angefangen von Myntholm und seinen Recherchen, über Aino, bis hin zu seiner Bleibe im Lusthaus. Die Geschichte kam ihm, während er erzählte, immer leichter über die Lippen, und wenn er sich zwischenzeitlich unterbrach, um noch einen Schluck zu trinken oder seine Gedanken zu ordnen, nickte Artur ihm aufmunternd zu.

»Ich weiß, dass das alles verrückt klingt«, sagte er abschließend. »Aber es stimmt.«

Artur schob die Brille in die Stirn und rieb sich die Augen.

»Es geschehen so viele seltsame Dinge«, setzte er an, »und wenn mich das Leben eines gelehrt hat, dann, dass es Dinge gibt, denen man lieber nicht auf den Grund gehen sollte. Manchmal ist es besser, den Dingen ihre Zeit zu lassen. Meistens lösen sie sich irgendwann einfach von selbst.«

»Sonst hast du nichts dazu zu sagen?«

»Du musst mir schon ein wenig Zeit geben.« Artur erhob sich vom Sofa, und seine Brille rutschte wieder auf die Nase.

»Aber du glaubst mir?«

»Selbstverständlich glaube ich dir.« Er tätschelte Jacks Schulter und ging zum Bücherregal. »Übrigens kenne ich Otto, den Archivar«, fuhr er fort und holte eine Zeitschrift hervor. »Er gibt unter anderem die Zeitschrift *Heimatkundefreunde* heraus.« Er ließ die Zeitschrift auf dem Weg zur Tür in Jacks Schoß gleiten. »Du kannst ja mal einen Blick reinwerfen, während ich mich spritze.« Er zeigte auf seine Insulinspritze. »Ich bin gleich wieder da.«

Jack nickte. Arturs Hände zitterten und sein Gesicht war fahler als sonst. In seinen Augen lag allerdings ein Lächeln, als er sich im Türrahmen umdrehte.

»Mit einem erhöhten Blutzuckerspiegel ist nicht zu spaßen, sonst haben wir hier in der Wohnung nachher zwei Verrückte!«

»Glaubst du etwa, dass ich spinne?«

Es dauerte einen Moment, bis Artur antwortete.

»Nein«, erwiderte er mit einem Kopfschütteln, »ich halte dich nicht für verrückt.«

Artur verschwand. Jack legte die Zeitschrift zur Seite. Er fühlte sich total erschöpft. Vor seinen Augen flimmerte es, und als Artur nach ein paar Minuten mit Bettbezügen und einem Schlafanzug auf dem Arm zurückkam, nahm er sie ihm dankbar ab.

»Mach dir keine Sorgen. Du kannst hier solange wohnen, wie du willst, aber jetzt ist es spät, und ich brauche meinen Schlaf. Wir können morgen weiterreden.«

Der gestreifte Flanellpyjama erinnerte Jack an seinen Vater. Die letzten Monate seines Lebens hatte er in dem gleichen Pyjama hustend im Bett verbracht. Auf dem Nachttisch neben ihm hatte die Blechdose mit den Zigaretten gelegen. Jack war erst zwölf gewesen, als sein Vater Lungenkrebs bekam, und bis zuletzt hatte sich dieser geweigert, ins Krankenhaus zu gehen. Also hatte sich seine Mutter um ihn gekümmert, ihm Morphium gespritzt und ihm, ohne zu protestieren, Feuer für seine Zigaretten gegeben. Ein paar Tage nach der Beerdigung hatte Jack eine der Blechdosen genommen und sie Aino gezeigt. Sie hatten im Keller gesessen, und Aino hatte ihm die Blechschachtel aus der Hand genommen und gesagt: »Hier drin ist der Tod.«

Er hatte sich so erschrocken, dass er auf den Innenhof gerannt war. Aino war ihm gefolgt und schlug nüchtern vor, die Blechdose im Blumenbeet zu vergraben, dann würden sie den Tod loswerden. Er hatte genickt, und nachdem sie die Schachtel verbuddelt hatten, war Aino auf dem Blumenbeet umhergetanzt und hatte gesungen: »Wir haben den Tod begraben. Wir haben den Tod begraben.«

Das war vor über dreißig Jahren gewesen. Er zog die Decke bis zum Kinn und lauschte den vertrauten Geräuschen des Hauses. In den Heizungsrohren rauschte es leise, und in der Wohnung über ihm stieß Märta Wallins Gehstock gegen den Fußboden. Sie hatte in Norreports Konditorei gearbeitet, und immer, wenn er als kleiner Junge mit einer Besorgung zu ihr geschickt worden war, hatte sie ihm einen Kopenhagener oder eine Schokoladenkugel zugesteckt.

Jack rollte sich zusammen und richtete seinen Blick auf den Lichtstreifen, der unter der Tür durchschien. In der Küche bediente Artur den Wasserhahn. Auch wenn sich sonst niemand an ihn erinnerte, Artur konnte es. Plötzlich bekam er Panik, dass er sich das nur einredete, und er sprang aus dem Bett. Auf wackligen Beinen ging er in die Küche. Artur sah ihn fragend an.

»Kannst du nicht schlafen?«

Artur hatte ihn also nicht vergessen. Die Panik legte sich sogleich wieder. Er wünschte ihm eine gute Nacht und ging zurück zur Schlafcouch, legte sich auf dem Kissen zurecht und schlief endlich ein.

13

Zu existieren

Jack schlief tief und traumlos und wurde am nächsten Morgen erst gegen zehn Uhr wach. Er blieb noch einen Moment liegen und sah den Sonnenstrahlen zu, die durch die Jalousien fielen. Die gewohnte Unruhe blieb aus. Er verfolgte, wie die Staubkörner über das Rosenmuster des Teppichs tanzten, bis ihm der Duft von Toastbrot in die Nase stieg. Da stand er auf und ging in die Küche.

Artur saß schon am Tisch. Beim Frühstück unterhielt er Jack mit Klatsch und Tratsch über die Nachbarn – über das, was am Abend zuvor geschehen war, sagte er nichts. Erst als Artur aufstand, um das Geschirr einzusammeln, hielt er ihn zurück.

»Ich möchte gerne wissen, was du denkst«, sagte er. »Was du von der Sache hältst, von der ich dir gestern erzählt habe.«

Artur ging zur Spüle und stellte die Kaffeetassen ins Spülbecken. Mit einem Blick auf seine Armbanduhr drehte er sich um und sah Jack an.

»Es tut mir leid, aber damit müssen wir uns später befassen. Ich habe gleich einen Termin beim Arzt wegen meines

Diabetes. Es handelt sich um eine simple Routineuntersuchung und dauert nur eine Stunde, danach habe ich noch einem guten Freund versprochen, seinen Keller zu inspizieren. Da sickert Regenwasser hinein, vielleicht muss dort eine Drainage gelegt werden. Es wird aber nicht spät«, sagte er, während er sein Jackett von der Stuhllehne nahm. »Gegen fünf bin ich wieder da.«

Als die Tür hinter Artur ins Schloss fiel, brühte Jack sich eine Kanne Kaffee auf und packte sie zusammen mit den Aufzeichnungen des Landarztes in den Rucksack. Es war ein schöner Tag, und er hatte keine Lust, in der Wohnung zu bleiben.

Statt sich in die Innenstadt aufzumachen, ging er durch Kungsholmen und über die Västerbronbrücke nach Söder. Der Spaziergang dauerte länger als erwartet, doch er genoss ihn. Verglichen mit gestern fiel ihm jeder Schritt leicht. Er wanderte zur Arstaviken-Bucht hinunter und am Ufer von Hornstulls Strand entlang bis Tantolunden.

Kein Mensch war auf der Minigolfbahn zu sehen, der Kiosk hatte dennoch geöffnet. Er rechnete nicht damit, dass jemand anderes als Artur die Fähigkeit hatte, sich an ihn zu erinnern, trotzdem breitete sich ein erwartungsvolles Prickeln in seinem Körper aus. Sein Blick fiel auf den Zigarettenständer, und nach kurzem Zögern bat er um Zigarettenpapier und ein Paket Tabak. Die Frau im Kiosk nickte, reckte sich und verlor ihn aus den Augen. Er wartete schweigend und sah, dass eine Falte auf ihrer Stirn erschien, während sie die Sachen in ihrer Hand betrachtete. Als sie aufsah, sah sie ihn.

»Hallo«, begrüßte sie ihn erneut, »was kann ich für Sie tun?«

Nichts hatte sich geändert. Seine Hand sauste durch die Öffnung, und bevor sie reagieren konnte, hatte er ihr das Papier und den Tabak entrissen. Er schnappte sich ein Feuerzeug und entfernte sich, ihre wütenden Proteste im Ohr. An der Wasserkante breitete er seine Decke im Gras aus und nahm Doktor Hammarbergs Buch heraus.

Fredrik Hammarberg hatte im Juli 1852 mit seinen Aufzeichnungen begonnen, als er seinen Dienst als Arzt in der Gemeinde Hamlinge antrat. Er schilderte überwiegend verschiedene Krankheitsverläufe und die mutmaßlichen Heilmittel, schweifte jedoch gelegentlich zu den Geschehnissen im Leben seiner Patienten ab.

Die Grafenfamilie von Schloss Myntholm wurde eingehend geschildert, und Jack nahm an, dass es der Respekt vor der Obrigkeit war, der Fredrik Hammarberg dazu veranlasst hatte, diesen Abschnitt mit überschwänglichen Beschreibungen der robusten Gesundheit und der kräftigen Konstitution des Grafen einzuleiten. Die frische Haut und die klaren Augen der Gräfin bestätigten den Arzt in seiner Meinung, welch vortreffliche Wahl dieser mit seiner Gattin getroffen hatte.

Das Buch mit den Aufzeichnungen war dick, es durchzulesen würde eine ganze Weile dauern. Als Jack nach einer Stunde Lektüre beim Jahreswechsel 1872 angekommen war, machte er eine Pause. Beatrice war soeben geboren worden, und die Niederkunft war gut verlaufen. Mutter und Tochter waren wohlauf.

Jack legte sich auf den Rücken und schaute in den Wipfel

der Baumkrone. Ein Eichhörnchen flitzte die Zweige hin und her und erschreckte ein paar Vögel, die zwitschernd aufflogen. Er setzte sich wieder auf, holte die Thermoskanne heraus, und als ihm der Kaffeeduft in die Nase stieg, griff er nach dem Tabak. Gemächlich sog er den Rauch ein. Er war erstaunt, wie gut die Zigarette schmeckte, sogar besser noch, als er sich zu erinnern meinte.

Fredrik Hammarberg hatte moderne Ansichten gehabt. »Frische Luft und ein ordentlicher Spaziergang sind die Grundlage einer guten Gesundheit«, hatte er festgehalten. Bei seinen Besuchen in Myntholm zeigte er seinen Patienten Spiele im Freien und veranstaltete Wettkämpfe, ohne einen Unterschied zwischen Jungen und Mädchen zu machen. Als Gräfin Margareta im Winter 1869 an einer leichten Verstimmung litt, verschrieb Doktor Hammarberg ihr ein Schlittschuhlauftraining. Aus den Notizen ging nicht hervor, ob die Gräfin seinem Rat gefolgt war, allerdings war in Myntholm in der Vitrine vor dem Kinderzimmer ein großer Bestand an Schlittschuhen ausgestellt.

Alma war ein gesundes Kind gewesen. Die Kinderkrankheiten überstand sie mit Leichtigkeit, während ihr kleiner Bruder Edmund wochenlang im Bett lag. Vor allem seine Mumpserkrankung war schwer gewesen.

Jack drückte die Zigarette aus und beugte sich erneut über das Buch.

Beatrice entwickelte sich prächtig – die Aufzeichnungen enthielten einen Bericht der Amme, aus dem hervorging, dass das Mädchen stetig an Gewicht zunahm, sodass Doktor Hammarberg im Februar Spaziergänge und Schlittenfahrten für Mutter und Tochter empfahl.

Am dritten April war Fredrik Hammarberg abends zu einem Notfall nach Myntholm gerufen worden. Alma und Beatrice hatten einen Unfall gehabt, und als Jack die ersten Zeilen des Arztes darüber las, was den beiden Kindern zugestoßen war, wurde ihm eng ums Herz.

»Es gibt keine Worte, um die Gefühle der Trauer und des Versagens zu beschreiben, die mich heute Abend umtreiben«, so die einleitenden Worte des Arztes. »Aber, Gott helfe mir, ich werde für den Umstand, dass Gräfin Alma auf mein Anraten hin Schlittschuhfahren gelernt hat, weder mildernde Umstände noch eine Entschuldigung gelten lassen. Deshalb werde ich über den Verlauf der Ereignisse, die eine ganze Familie in tiefste Verzweiflung gestürzt haben, auch so exakt wie möglich Bericht erstatten.«

Jack blätterte um und stellte fest, dass Doktor Hammarbergs Handschrift mit einem Mal entschieden besser lesbar wurde. Es war beinahe so, als ob ihn der Schmerz dazu gezwungen hätte, jeden Buchstaben mit größter Sorgfalt aufs Papier zu bringen, und als ob er darin eine Art der Buße gesehen hätte.

Gräfin Alma verließ in der Dämmerung das Schloss und bettete ihre Schwester, ohne jemandem Bescheid zu geben, in einen Schlitten, den sie zum Myntsee zog. Als sie das Ufer erreicht hatte, schnürte sie ihre Schlittschuhe an und begab sich trotz des zu diesem Zeitpunkt beißend kalten Windes mit ihrer kleinen Schwester aufs Eis. Etwa zehn Meter vom Ufer entfernt brach das Eis, und die Gräfin wurde ins Wasser hinuntergezogen. Der Schlitten drohte hinterherzurutschen, während die Gräfin damit kämpfte, ihn über der Wasseroberfläche zu halten, und um Hilfe schrie.

Graf Edmund, der sich soeben im Park befand, hörte den Hilferuf und lief zum Ufer. Beim Anblick seiner im Wasser strampelnden Schwester packte er einen Ast und kroch auf das Eis.

Mithilfe ihres Bruders gelang es der Gräfin, sich aus dem Eisloch zu befreien, doch die Anstrengung, gleichzeitig den Schlitten festzuhalten, überwältigte sie. Der Schlitten wurde in die Tiefe gezogen, und das Bündel mit dem Säugling verschwand unter der Eisdecke. Da warf sich der junge Graf ins Wasser, packte den Säugling und schob ihn auf das Eis.

Jack legte das Buch weg. Edmund war zu spät gekommen. Beatrices Leben hatte nicht mehr gerettet werden können, und Alma war schuld am Tod ihrer kleinen Schwester gewesen. Selbst wenn ihr Umfeld klug genug gewesen war, Alma nicht offen zu verurteilen, muss die Schuld sie verfolgt haben.

Kurz vor fünf war Jack wieder in der Pannsmedsgatan. Er fand Artur auf dem Sofa schlummernd vor und schlich sich in die Küche. Auf dem Heimweg war er beim Supermarkt gewesen und hatte diverse Lebensmittel besorgt, ohne dafür zu bezahlen. Er legte den Thunfisch in die Marinade und setzte einen Topf Kartoffeln auf. Sie stammten von den Kanaren, und als er die Verpackung mit den Erdbeeren aus dem Rucksack nahm, sah er, dass sie aus Ägypten kamen. Er konnte Aino schon fragen hören, was denn bloß so falsch an schwedischen Steckrüben sei. Jack seufzte. Aino hatte zwar recht, aber momentan war ihm das egal. Er wollte mit dem einzigen Menschen auf der Welt feiern, der sich an ihn erinnern konnte.

Während er die Sahne schlug, fiel ihm auf, dass er zum ersten Mal an Aino gedacht hatte, ohne in schmerzhafte Grübeleien zu versinken.

Artur musste mit Erdbeeren vorsichtig sein. »Diabetes ist eine üble Krankheit, aber wenn man entsprechend lebt, kann man damit alt werden«, sagte er. »Ich lebe jetzt schon über dreißig Jahre damit. Kannst du dich noch an meinen ersten Zuckerschock erinnern? Du hast mir das Leben gerettet.«

»Du hast in einer Schneewehe gelegen, und Aino war überzeugt gewesen, dass du nur betrunken warst«, erwiderte Jack.

Artur schwieg. Draußen auf der Straße hielt ein Auto an, und das Quietschen der Bremsen ließ ihnen die Ohren klingeln.

»Artur?«

»Ja.«

»Hast du dir überlegt, was du von der ganzen Sache hältst?«

Artur zögerte mit seiner Antwort.

»Die Geschichte ist nicht leicht zusammenzubringen«, sagte er. »Kann es nicht sein, dass du nur etwas missverstanden hast?«

»Nein, es ist so, wie ich gesagt habe.«

»Dann ist's, wie es ist.«

Artur sah aus dem Fenster. Es war offensichtlich, dass er

nicht mehr über die Angelegenheit reden wollte. Also erhob Jack sich schulterzuckend und sagte:

»Ich kümmere mich um den Abwasch.«

Er deckte den Tisch ab, während Artur mit den Fingern auf Doktor Hammarbergs Notizbuch trommelte.

»Deine Mutter kommt morgen zum Frühstück«, sagte er. »Nur damit du's weißt. Um halb acht.«

»Dann mach ich einen kleinen Spaziergang. Wie lange bleibt sie meistens so?«

»Du musst nirgendwo hingehen. Warum sollten wir nicht zu dritt zusammen frühstücken können?«

Jack drehte sich um und sah Artur in die Augen.

»So recht willst du mir wohl doch nicht glauben. Willst du mithilfe meiner Mutter testen, ob meine Aussage stimmt?«

Artur wich seinem Blick aus und ging zur Tür.

»Es fällt mir eben schwer, mit dem, was du erzählt hast, umzugehen«, sagte er. »Sehr schwer sogar. Darf ich mir das hier leihen?«

Mit Doktor Hammarbergs Buch ging er in sein Zimmer.

14

Jeder hat seine Aufgabe

Als Ingrid am nächsten Morgen gegen acht Uhr in die Küche kam, hob Jack den Blick von der Zeitung und betrachtete seine Mutter. Er war schon früh aufgewacht und zwischen Küche und Wohnzimmer hin- und hergetigert, bis Artur ihn angefaucht hatte, sich endlich zu beruhigen.

Während Ingrid sein Gesicht musterte, stand er auf. Dann reichte sie ihm die Hand und neigte leicht den Kopf. »Artur hat mir schon gesagt, dass er Besuch hat«, sagte sie. »Ich heiße Ingrid Sjödell.«

Der Impuls, ihr über die Wange zu streicheln, war so stark, dass er seine Hand in die Hosentasche steckte. Ihre weißblonden Haare waren im Nacken aufgesteckt, und obwohl sie lächelte, wirkte sie traurig.

»Jack«, antwortete er, »schön, Sie zu treffen.«

Sie machte einen Schritt auf den Tisch zu, und er stellte ihr den Stuhl hin. Als sie Platz genommen hatte, drehte er sich um und verschwand aus ihrem Blickfeld. Während er die Kaffeekanne von der Maschine nahm, hörte er, wie sie Artur erzählte, dass sie keine Morgenzeitung bekommen habe.

»Das ist nun schon das zweite Mal diesen Monat. Heutzutage kann man sich auf die Zeitungsboten einfach nicht mehr verlassen!«

Da reichte ihr Jack von hinten die Kaffeekanne.

»Möchten Sie eine Tasse Kaffee?«

Sie zuckte zusammen und sah ihn erschrocken an.

»Wer sind Sie denn? Ich habe Sie gar nicht kommen gehört.«

Artur warf Jack einen entschuldigenden Blick zu und stellte ihn als einen entfernten Verwandten aus Jönköping vor.

»Sie klingen überhaupt nicht småländisch«, stellte sie fest und griff nach dem Grütztopf.

Im selben Moment, als Ingrid sich abwandte, fing er zu summen an. Seine Mutter musterte ihn eindringlich, als er sich neben sie setzte. Er wusste, was ihr durch den Kopf ging: Man singt nicht am Esstisch – das war eine ihrer ständigen Ermahnungen gewesen, die seinen Vater unzählige Male zum Verstummen gebracht hatte.

Sein Gesumme jedoch sorgte dafür, dass die Verbindung zwischen ihnen nicht abbrach, und so unterhielten sie sich eine ganze Weile darüber, wie gemütlich es doch sei, morgens bei einer Tasse Kaffee die Zeitung zu lesen. Als seine Mutter eine Hand auf Jacks Arm legte, um ihn um die Preiselbeermarmelade zu bitten, hörte Jack auf zu summen.

»Das ist das letzte Glas«, bemerkte Artur. »Im Herbst müssen wir wieder welche pflücken.«

Ingrid nickte, und am Tisch wurde es still. Die Hand aber lag immer noch auf Jacks Arm. Er ließ noch ein paar weitere Sekunden verstreichen, bis er sich zu Wort meldete.

»Ich pflücke meistens Pfifferlinge«, sagte er schließlich.

Als seine Mutter zugab, dass auch sie es vorzog, Pilze zu pflücken, erkannte er, dass Körperkontakt ebenso funktionierte, um den Kontakt beizubehalten, weshalb er während des Frühstücks abwechselnd Sicht- und Körperkontakt zu seiner Mutter hielt oder sprach. Das erforderte seine volle Konzentration. Erst als Ingrid sich gegen Ende hinabbeugte, um eine Serviette aufzusammeln, verpasste er sie um den Bruchteil einer Sekunde – trotzdem vergaß sie ihn nicht. Mit der Zeit würde er austesten, wie lange die Unterbrechungen sein durften, aber nicht jetzt – dafür genoss er die Begegnung viel zu sehr.

Später, als Artur und er wieder allein waren, sank Jack auf dem Sofa zusammen. Artur kam mit zwei Tassen herein. Sein sonst vergnügter Gesichtsausdruck war wie weggewischt, seine Stirn lag in tiefen Falten und sein Blick war besorgt.

»Also, nee, so was hab ich noch nicht erlebt«, meinte er, während er die Tassen abstellte. »Was ist bloß mit dir passiert, Jack?«

Jack dachte an die ersten Tage im Lusthaus zurück, an denen er sich buchstäblich seinen Kopf blutig geschlagen hatte, um zu verstehen, was vorgefallen war. Das Einzige, was seine Grübeleien ihm beschert hatten, waren noch mehr Ängste.

»Ich weiß nicht«, erwiderte er und nippte am Kaffee. »Es war, als ob ich dem Gedächtnis der Leute nach und nach entfiele, ganz so, als ob es ein paar Tage dauerte, um mich völlig aus dem Gedächtnis zu löschen. Jedenfalls war es so bei Aino.«

»Und du selbst hast nichts davon gemerkt? Hattest keine Schmerzen oder dich irgendwie seltsam gefühlt?«

»Nein.«

Er hatte seine Erinnerungen immer und immer wieder daraufhin durchforstet, ohne auf etwas Ungewöhnliches gestoßen zu sein – es war einfach so passiert.

»Ich habe mich genauso gefühlt wie immer«, fuhr er fort. »Habe gedacht, dass mit den anderen etwas nicht stimmt, und nicht, dass es an mir liegt. Wenn ich damit klarkommen will, was mir zugestoßen ist, muss ich lernen, damit zu leben.«

Er verstummte und wartete darauf, dass Artur etwas sagte. Doch dieser blieb still. Jack setzte sich auf und lehnte sich über den Tisch.

»Ich habe eine Idee, was wir dagegen unternehmen können, aber dafür brauch ich deine Hilfe.«

Artur fummelte an seiner Brille herum, schob sie auf die Nase und sah Jack zweifelnd an.

»Wenn ich kann«, sagte er.

»Wenn meine Mutter das nächste Mal zu dir kommt, hältst du sie und mich gleichzeitig fest, ohne dass sie und ich direkten Körperkontakt haben …«

»Wie ein Verbindungsglied in einer Kette, meinst du?«

»Genau. Genau so.«

Artur nickte nachdenklich, und nachdem sie im Detail durchgegangen waren, wie sie sich berühren konnten, ohne dass Ingrid Verdacht schöpfte, kehrte auf Arturs Gesicht wieder sein gutmütiger Ausdruck zurück. Er erhob sich rasch und ging in die Küche. Als er wiederkam, hatte er Doktor Hammarbergs Aufzeichnungen unterm Arm.

»Ich habe sie gestern Abend durchgelesen und über eine Sache nachgedacht, die diesen Edmund betrifft«, sagte er.

»Was ist mit ihm?«

»Er kommt in Hammarbergs Aufzeichnungen später nicht mehr vor. Hammarberg beschreibt, wie er Almas Leben rettet und die kleine Beatrice aus dem Wasser zieht, aber Edmund wird danach mit keinem Wort mehr erwähnt. Hat er denn noch nicht mal eine Erkältung bekommen, wo er doch so kränklich war? Hammarberg hätte wenigstens eine Randnotiz dazu machen müssen.«

»Das stimmt.« Jack nickte, während Artur sich lächelnd in den Sessel zurücklehnte. Es war offensichtlich, dass er zufrieden war mit seiner Entdeckung.

»Weißt du, was später aus Edmund geworden ist?«, fragte er Jack.

»Nein.«

»Wurde er auch in Myntholm begraben?«

Nein, Edmund war nicht in Myntholm beerdigt worden. Jack hatte keine Ahnung, was aus ihm geworden war. Er schaute auf das Buch mit dem verschlissenen Einband herab. Der Name Edmund fing mit dem Buchstaben E an. Und dann? L? Er wurde in seinem Gedankengang unterbrochen, als Artur einen Zeigefinger in die Luft hielt.

»Ich habe mir überlegt, was mit dem Jungen passiert ist. Er ist ertrunken.«

Jack hob zweifelnd die Augenbrauen, doch Artur ließ sich nicht beirren.

»Stell dir Folgendes vor: Edmund zieht Beatrice aus dem Wasser, schafft es dann aber nicht, sich selbst zu retten. Er wird hinabgezogen.«

»Aber Edmund ist nicht gestorben. Die einzige Beerdigung, die erwähnt wird, ist die von Beatrice.«

»Sie konnten ihn nicht begraben, weil sie den Leichnam nie gefunden haben.«

Artur lehnte sich zufrieden zurück und faltete die Hände auf dem Bauch. Jack lachte auf. Er wollte Arturs Freude keinen Dämpfer versetzen, aber alles, was er über die Grafenfamilie gelesen hatte, zeugte nicht davon, dass Edmund gestorben war.

»Okay«, sagte er nach einer Weile. »Das ist deine Theorie. Nun zu meiner.«

»Ich bin ganz Ohr.«

»Almas vollständiger Name war Alma Rosalind Ribe. Das R in der Inschrift kann also genauso gut für Rosalind wie für Ribe stehen. Wenn Edmunds zweiter Vorname mit L anfängt, könnte er E L sein.«

Artur legte den Kopf schief und sah Jack an.

»Und wie hieß er mit vollem Namen?«

»Das habe ich vergessen. Leonard vielleicht, aber ich bin mir nicht sicher.«

»Dann müssen wir das herausfinden.«

»Und wie?«

Artur strich sich die Haare aus der Stirn und setzte sich auf. »In den Landesarchiven wurde die schwedische Bevölkerung seit der Regierungszeit Gustav Vasas registriert. Mit vollem Namen sowie Geburts- und Sterbedatum. Myntholm gehört zum Landesarchiv Vadstena, dort müsste auch Edmund registriert worden sein.«

»Und?«

»Wenn der 3. April 1872 Edmunds Todestag war, muss er

ertrunken sein«, fuhr Artur fort. »Stimmst du mir da zu?« Arturs Zeigefinger zeigte diesmal direkt auf Jack. »Und dann bist du es, der sich irrt, und ich habe recht. Denn dann kann Edmund keine Initialen in das Nebengebäude des Schlosses geritzt haben.«

Das stimmte. Die Inschriften waren viel später entstanden. Aber je länger Jack über diese Sache nachdachte, desto sicherer war er sich, dass es sich bei dem rätselhaften E um Edmund handelte. Edmund und Alma hatten sich nahegestanden, sie waren fast gleichaltrig gewesen, waren zusammen unterrichtet worden und Spielkameraden gewesen. Wenn Almas Krankheit zur Folge gehabt hatte, dass ihnen der Kontakt untersagt worden war, konnten sie sich heimlich getroffen haben. Der Dachboden des Lusthauses hatte sich dafür sicherlich angeboten, und Edmund hatte bestimmt Angst gehabt, dem Verbot der Eltern, Zeit mit Alma zu verbringen, zu trotzen – weshalb er sich auch versteckt hatte.

Jack reckte sich und trat ans Fenster. Draußen hatten die Wolken die Sonne verdrängt und leichte Regentropfen benetzten die Scheibe. Artur stellte sich neben ihn.

»Vielleicht steckt ja ein Sinn dahinter, dass gerade ich mich an dich erinnern kann, Jack. Jemand oder etwas ...« Er machte eine unbestimmte Geste zu den Wolken am Himmel. »Vielleicht wollte jemand oder etwas, dass wir uns so begegnen. Das klingt verrückt, aber ich verstehe es so, als ob wir eine Aufgabe gestellt bekommen hätten.«

Jack wandte den Blick von den Wolken ab und sah in den Hof hinunter, in dem ein Mädchen in gelber Regenkleidung um die Linde radelte. Artur folgte seinem Blick, bevor er eine Hand auf Jacks Arm legte.

»Wir sollten dafür sorgen, dass Almas Geschichte ans Tageslicht kommt«, sprach er weiter. »Otto, der Archivar, und ich sind alte Freunde. Wenn du willst, bitte ich ihn, dir dabei zu helfen herauszufinden, was mit Alma geschehen ist.«

Das Mädchen in der gelben Regenkleidung trat weiter in die Pedale. Ohne zu schwanken, kreiste sie wie ein Himmelskörper um die Sonne. Ihre Lippen waren vor Eifer vorgeschoben. Das war ihre Aufgabe.

Jack nickte.

15

Einer wie er

Otto stand am Empfang und strahlte übers ganze Gesicht, als Artur ihm die Hand reichte. Artur hatte früher Ahnenforschung betrieben, und so hatten sich die beiden Männer vor vielen Jahren anlässlich eines Kurses kennengelernt. Seitdem waren sie mindestens einmal im Monat zusammen ein Bier trinken gegangen.

»Wir brauchen deine Hilfe, Otto. Können wir uns vielleicht irgendwo hinsetzen?«, fragte Artur.

»Aber ja, ich habe sowieso gerade nichts Besonderes zu tun«, antwortete Otto und stellte ein Schild mit dem Text *Bin gleich wieder da* auf den Tisch. »Wir können uns in eines der Studierzimmer setzen.«

Den klirrenden Schlüsselbund in der Hand hielt er auf die Treppe zu. Artur nahm im Vorbeigehen einen Stapel leere Bestellformulare mit und ging ihm nach, Jack folgte dicht hinter ihm.

Im Studierzimmer drängten sie sich zu dritt um einen Tisch. Im Raum war es düster. Während Artur mit seinem Stuhl dichter an Otto heranrückte, ließ er seine Hand auf Jacks ruhen.

»Das ist übrigens Jack Sjödell«, ergriff Artur das Wort. »Ich möchte dir unbedingt von einer historischen Entdeckung erzählen, die er gemacht hat.«

Mit erstaunlichem Scharfsinn erzählte Artur daraufhin von Alma und den Inschriften in Myntholm. Otto hörte ihm zu, ohne ihn zu unterbrechen, warf nur hier und da Jack einen fragenden Seitenblick zu, der die Geschichte mit wiederholtem Kopfnicken bekräftigte.

»Jack möchte jetzt einen Bericht über seine Entdeckung verfassen, wofür er Zugang zum Archivmaterial des Archäologisch-Topographischen Archivs und ein Studierzimmer braucht«, schloss Artur.

»Natürlich, das ist kein Problem«, antwortete Otto und machte Anstalten aufzustehen.

»Doch, das ist es«, unterbrach ihn Artur. »Und jetzt kommen wir zum komplizierten Teil.« Er sah Otto eindringlich an. »Vertraust du mir?«

»Klar!«

»Das, worum ich dich jetzt bitten möchte, wird ziemlich seltsam klingen.«

»Versuch es einfach.«

Arturs Augen ruhten einen Moment auf Ottos, bevor er urplötzlich aufstand, sodass die Verbindung zwischen Jack und Otto unterbrochen wurde. Dann fragte er mit einer Geste in Jacks Richtung: »Weißt du noch, wie mein Freund heißt?«

Sichtlich verwundert sah Otto in Jacks Richtung. Bekümmert schüttelte er den Kopf.

»Es ist mir furchtbar peinlich, aber ich kann mich wirklich nicht an Sie erinnern.«

»Mein Name ist Jack Sjödell, aber das ist nicht weiter wichtig«, meinte Jack.

»Das ist der Grund, weshalb die Angelegenheit schwierig ist und wir unkonventionell vorgehen müssen«, sagte Artur und nahm wieder Platz. Er warf einen Blick auf Otto und fragte dann: »Soll ich fortfahren?« Als Otto nickte, redete Artur weiter: »Leg bitte deine Hand auf meine Schulter. Und lass mich auf keinen Fall los!«

Etwas irritiert, aber dennoch mit festem Griff packte Otto Arturs Schulter, während dieser sich zu seiner Aktentasche hinunterbeugte und einen Stift herausnahm. Dann legte er Stift und ein Blatt Papier vor Otto hin.

»Du schreibst«, sagte er, »und dann musst du mich loslassen, in Ordnung?« Otto tat, worum er gebeten wurde. Artur legte eine Hand auf Ottos Schulter, räusperte sich und fing an zu diktieren: »Ich, Otto Kullenstein, habe Studierzimmer Nummer ... Welche Nummer hat der Raum?«, brach er ab.

»Zwei«, erwiderte Otto und legte mit einem Seufzer den Stift weg. »Aber wir müssen das nicht so machen, das ist völlig unnötig.«

»Schreib einfach, bitte!«, bat Artur und fuhr fort, ohne sich beirren zu lassen. »... Studierzimmer Nummer zwei für Jack Sjödell gebucht. Die wissenschaftlichen Abhandlungen, die dieser bestellt hat, werden ihm im Studierzimmer zur Verfügung gestellt und jede sonstige Hilfe, die von Jack Sjödell erbeten wird, soll ihm schnellstmöglichst erbracht werden.«

Otto schüttelte den Kopf, beugte sich aber trotzdem wieder über das Blatt und schrieb weiter. Artur verfolgte aufmerksam, was er schrieb.

»Falls sich herausstellen sollte, dass ich später nichts mehr davon weiß, werde ich zu Artur Sandberg Kontakt aufnehmen, der mir alles erklären kann«, diktierte er weiter.

Nachdem Otto den Punkt gesetzt hatte, lehnte sich Artur zurück, ließ seine Hand aber nach wie vor auf Ottos Schulter ruhen.

»Jetzt musst du nur noch unterschreiben und das Blatt einstecken«, schloss er.

Otto setzte seine Unterschrift auf das Papier, faltete es und steckte es in seine Westentasche.

»Das ist wirklich unnötig«, wiederholte er. »Warum sollte ich das vergessen?«

»Du wirst es vergessen, sobald ich meine Hand von deiner Schulter nehme. Da mein Bus nach Vadstena allerdings schon in einer halben Stunde geht, habe ich heute leider keine Zeit für weitere Erklärungen. Wir müssen das auf ein anderes Mal verschieben.«

Kurze Zeit später befand sich Jack allein im Studierzimmer. In den Bücherregalen standen Mappen mit Quellenmaterial, und neben ihm auf dem Tisch lagen die gesamten wissenschaftlichen Abhandlungen, zu denen er in Myntholm Zugang gehabt hatte. Auf dem Computerbildschirm vor ihm leuchtete ein leeres weißes Blatt. Er hatte alles, was er benötigte. Das Problem war nur, dass er nicht wusste, wo er anfangen sollte. Das Rätsel um die Inschriften oder die traurige Geschichte über die wahnsinnige Alma. Er zog die Schreibtischschublade heraus und starrte hinein, als ob die Inschrift irgendwo zwischen der Schere und der Tesarolle zu finden wäre, riss ein Stück Klebeband ab, holte Almas

Porträt aus seiner Brieftasche und befestigte es an der Wand. Dann lehnte er sich zurück und betrachtete ihr Gesicht. Ihre Augen sahen wie zwei blank polierte Steine aus. In ihrem Lächeln fand sich kein Anzeichen für eine Geisteskrankheit, nur Kampfbereitschaft. Sie sah aus wie ein Kind, das tapfer der Welt ihr Lächeln zeigte, während gleichzeitig eine große Verzweiflung ihr Herz zerriss.

Falls Artur recht behielt und Edmund auch ertrunken war, musste das unerträglich gewesen sein. Hatte sie Edmunds Tod verdrängt und weiterhin mit ihm gespielt, mit ihm gesprochen und ihn durch das wiederholte Einritzen seines Namens am Leben erhalten? Jack konnte den Blick nicht von dem Bild abwenden, auf dem Almas Züge vor Leben zu sprühen schienen. Trotz allem weiterzuleben – das war ihre Aufgabe gewesen, und Jack wusste nur zu gut, welche Kraft einem das abverlangte.

Er atmete tief ein und musste unwillkürlich lachen, als ihm ein Licht aufging. Die Erklärung war so simpel, dass es unfassbar war, dass er nicht schon eher darauf gekommen war. Edmund wurde nirgends erwähnt, weil sich niemand mehr an ihn erinnern konnte!

Edmund war nicht ertrunken, er war vergessen worden. Und so wie Artur der Einzige war, der sich an Jack erinnerte, war Alma die Einzige gewesen, die noch von Edmund wusste.

Das erklärte auch, weshalb Alma sich um einen Jungen hatte kümmern wollen und in wildes Geschrei ausgebrochen war, als man behauptete, dass es ihn nicht gäbe. Allmählich musste ihr klar geworden sein, dass ihre Umgebung Edmunds Existenz leugnen würde, sodass sie sich heimlich getroffen hatten. Bis sie im Lusthaus entdeckt wurden und Alma schließlich rund um die Uhr bewacht wurde. Jack ahnte, wie schmerzhaft das für Edmund gewesen sein musste. Ein Leben ohne Bestätigung anderer Menschen war wertlos.

Er setzte sich auf und legte die Hände auf die Tastatur. Es gab eine Erklärung für die Inschriften in Myntholm, und er würde sie aufschreiben. Er würde von geschichtlichen Fakten Gebrauch machen und gleichzeitig Edmunds Schicksal mit seinem verweben. Wenn er Glück hatte, stünde am Ende des Weges vielleicht der Beweis seiner Existenz.

16

Eine Liebesgeschichte

Jack kehrte bei Dämmerung in die Pannsmedsgatan zurück. Ohne sich die Schuhe auszuziehen, betrat er die Küche.

»Ich habe Neuigkeiten«, sagte er zu Artur, der mit einer Zeitung am Küchentisch saß. »Und ich bedauere, das sagen zu müssen, aber du hast dich geirrt. Edmund ist nicht ertrunken. Er wurde vergessen, genau wie ich.«

Jack holte die Seiten hervor, die er tagsüber geschrieben hatte, und legte sie auf den Tisch. Artur zog die Augenbrauen hoch, sagte aber immer noch nichts, sodass Jack weitersprach: »Du kannst lesen, was ich geschrieben habe, aber ich glaube nicht, dass wir einer Meinung sein werden, das sind wir schließlich nie.«

Die letzte Bemerkung war scherzhaft gemeint, aber Artur lächelte nicht, sondern schob die Papiere beiseite.

»Ich bin müde, Jack, der Tag hat mich sehr angestrengt. Aber das, was du herausgefunden hast, stimmt mit dem überein, was ich im Landesarchiv von Vadstena herausgefunden habe.«

Er berichtete, dass Edmunds Geburtsangaben zwar im Archiv zu finden gewesen seien, aber keine Notiz über seinen Tod existierte. Es habe noch nicht einmal eine Anmerkung wie »Verschollen« gegeben. Edmunds zweiter Vorname sei darüber hinaus Lesley gewesen.

Artur stützte seinen Kopf in die Hände und schloss die Augen. Jack betrachtete sein müdes Gesicht.

»Geht es dir nicht gut?«, fragte er.

Artur schnalzte trocken mit der Zunge und leckte sich über die Lippen. »Die Zeit ist so schnell verflogen, dass ich am Busbahnhof in Vadstena nur Fastfood essen konnte – Hamburger mit Pommes frites. Das tut meiner Diabetes nicht gut.«

»Möchtest du ein Glas Wasser?«

»Nein.« Seine Augen flackerten, und es gelang ihm nur mit Mühe, sie auf Jack zu richten. »Aber im Vorratsschrank steht eine Flasche Schnaps. Die kannst du holen, und zwei Schnapsgläser.«

Jack drehte sich eine Zigarette, aber als er Artur bat, ihm im Hof Gesellschaft zu leisten, winkte dieser ab.

»Wenn du möchtest, können wir stattdessen auf den Balkon gehen«, meinte er. »Da kannst du rauchen, und dort ist zu dieser Tageszeit niemand.«

Der erste Stern erschien am Himmel, als sie sich auf dem Zementboden des Balkons niederließen. Jack sah in den Himmel. Vielleicht saß Aino jetzt auch gerade in Ämtudden auf der Veranda und richtete ihren Blick auf denselben Stern. Er hielt Artur sein Glas hin. Artur schenkte ein, und Jack atmete den Geruch des Branntweins ein.

»Bist du jemals verliebt gewesen?«, wollte er wissen.

Artur hatte eine Decke um sich gelegt.

»Ja«, antwortete er, »das bin ich.«

Jack steckte sich seine Zigarette an. Der Rauch schwebte langsam über das Dach davon, löste sich auf und verschwand. Als Artur nach einer Weile anfing zu sprechen, flossen die Worte aus ihm heraus, als ob er lange darauf gewartet hätte, sie zu erzählen.

»Ich war gerade dreißig und hätte nie gedacht, dass die Liebe mein Leben verändern könnte«, fing er an. »Ich hatte viele Freunde, eine sichere Arbeitsstelle in den mechanischen Werkstätten in Jönköping und eine Wohnung im Zentrum.«

Der Hauch eines Lächelns glitt über sein Gesicht.

»An den Wochenenden ging ich meistens zum Tanzen aus, und zu der Zeit drängten sich die Mädchen noch grüppchenweise an den Wänden und warteten nur darauf, aufgefordert zu werden. Sie waren alle ganz reizend, aber es war nie eine darunter, die mein Herz höherschlagen ließ.«

Er rollte das Glas zwischen seinen Händen hin und her.

»Und dann kam dieser Abend, Mittwoch, der 27. Juli 1967. Im Stadtpark sollte Bengt Engharts spielen. Weißt du, wer das ist?«

Jack schüttelte den Kopf.

»Das ist Agnetha Fältskogs Tanzorchester. Dank ihr wurden sie später berühmt, zumindest in Jönköping.« Vorsichtig trank er einen Schluck, bevor er sich wieder gegen die Hausmauer lehnte. »Ich hatte Urlaub und den ganzen Tag am Ufer des Vätternsees verbracht und mich gesonnt. Braun gebrannt, wie ich war, stand mir das weiße Hemd besonders gut, und auf dem Rückweg erstand ich ein paar neue Manschettenknöpfe. Ich kann mich noch heute daran erinnern, wie sich in den Steinen der Knöpfe ein flammenähnliches Licht spiegelte, als ich die Arme auf das Geländer der Tanzfläche legte.«

Er tauschte einen Blick mit Jack.

»Im selben Augenblick, als ich von den Manschettenknöpfen aufsah, kam eine Frau quer über die Tanzfläche auf mich zu. Sie stammte nicht aus Jönköping, das konnte man sehen – alles an ihr war anders. Sie hatte das Haar hochgesteckt und trug ein dünnes Kleid, das um ihre Beine wehte. Es war ein ungewöhnliches Kleid, denn damals waren eigentlich Miniröcke in.« Artur schüttelte den Kopf, als ob superkurze Röcke etwas vollkommen Unsinniges seien. »Und das Seltsame war, dass sie mich aufforderte und nicht ich sie. Sie blieb vor mir stehen und fragte mich einfach, ob ich tanzen wolle. Ich nickte nur und führte sie, den Arm um ihre Taille gelegt, auf die Tanzfläche. Als wir anfingen zu tanzen, wusste ich, dass ich eine Frau im Arm hielt, die ich nie wieder loslassen wollte.«

Ein Vogel flog über sie hinweg. Vom Bürgersteig war das Geräusch von Stöckelschuhen zu hören, die in der Nacht davonklackerten.

»Und dann?«

»Sie begleitete mich nach Hause. Aber als ich am nächsten Morgen aufwachte, war sie weg. Sie hatte sich ohne ein Wort weggeschlichen. Jeden Tag habe ich auf einen Brief von ihr gewartet, aber es kam keiner.«

»Und du hast sie nie wieder gesehen?«

»Ich kannte nur ihren Namen und wusste, dass sie in Stockholm wohnte. Nach ein paar Tagen ging ich zum Postamt und suchte im Telefonbuch nach ihr. Und als meine letzte Urlaubswoche anbrach, nahm ich den Zug nach

Stockholm und suchte alle Adressen ab, wo jemand mit ihrem Nachnamen wohnte. Das hat ziemlich viel Zeit in Anspruch genommen, und weil ich niemanden in der Stadt kannte, ging viel Geld fürs Hotel dabei drauf. Sie war außer sich vor Wut, als ich sie endlich fand. Sie war verheiratet und hatte nie vorgehabt, ihren Mann zu verlassen. Sie erklärte mir sehr deutlich, dass sie ihren Mann liebte und ich ihr nicht das Geringste bedeutete.«

Jack sah Artur an, dem seine weißen Haare in die Stirn fielen. Einsamkeit hüllte ihn wie die Decke ein, in die er sich gewickelt hatte. Jack legte ihm eine Hand aufs Knie.

»Und wie bist du damit fertig geworden?«

»Überhaupt nicht.« Artur hob den Kopf und sah Jack an. »Ich ging nicht mehr zur Arbeit und wurde nach ein paar Monaten fristlos entlassen. Danach verlor ich die Wohnung. Ich war auf dem besten Wege, vollkommen zu verwahrlosen, als das Schicksal mir einen Wink gab, dass es trotz allem etwas gibt, für das es sich zu leben lohnt. Aber das ist eine andere Geschichte.«

17

Eine Wunde im Herzen

Niemand, der nicht am eigenen Leib erfahren hat, was es heißt, vergessen zu werden, kann sich das Ausmaß der Qualen vorstellen, die Edmund in den Tagen nach dem Unfalltod seiner Schwester Beatrice durchmachen musste. Er suchte selbstverständlich nach Erklärungen für das veränderte Verhalten seiner Umwelt und sah den Grund dafür mit aller Wahrscheinlichkeit in der Trauer, die Familie und Dienerschaft nach Beatrices Tod empfanden. Allmählich aber musste er den Tatsachen ins Auge sehen, dass es auf der ganzen Welt nur einen einzigen Menschen gab, der sich länger als nur einen Augenblick an ihn erinnern konnte. Auf ihn musste er bauen. Alma war die Luft, die er atmete, das Wasser, das er trank. Ohne Alma gab es kein Leben.

Alma war sich dessen bewusst. Ihr Bruder hatte sie vor dem Tod gerettet, jetzt war es an ihr, ihn zu retten. In den nächsten Jahren versorgte sie ihn mit Essen und Kleidung, richtete ihm im Spitzboden des Lusthauses eine Unterkunft ein und war seine Vertraute.

Jack nahm die Hände von der Tastatur und schloss die Augen. Er war müde, und das Licht des Bildschirms ließ weiße Flammen hinter seinen Lidern auflodern. Wie lange war er inzwischen vergessen? Siebenundzwanzig, achtundzwanzig Tage womöglich? Es war nur ein Bruchteil seines fast vierzigjährigen Lebens, und trotzdem kam es ihm vor, als wäre es bereits eine Ewigkeit her. Im Grunde war er wie tot.

An jenem Tag, an dem er im Stau die Scheibenwischer ausgestellt hatte, war er bei einem Autounfall gestorben. Seitdem war er ein Geist, und als er später, am gleichen Abend, nach Hause gekommen war, hatte Aino nicht ihn, sondern einen für sie völlig Fremden aus dem Haus gejagt.

Ein leises Klopfen gegen die Fensterscheibe riss ihn aus seinen Gedanken. Er öffnete die Augen. Auf dem Fenstersims saß ein Spatz und hackte Kitt vom Fensterbrett. Mit einer ruckartigen Bewegung hob der Vogel den Kopf, und seine klaren Augen sahen geradewegs in die von Jack. Für einen kurzen Moment bildete er sich ein, dass der Vogel ein Bote war und dass er ihn darum bitten könnte, Aino von ihm zu grüßen. Aber bevor er etwas sagen konnte, flatterte der Vogel davon.

Wenn er tatsächlich ein Geist war, dachte er sich, dann war Artur einer der wenigen, die Geister sehen konnten. Ingrid besaß diese Eigenschaft nicht, waren sie sich doch bei jedem Frühstück wieder als völlig Fremde begegnet.

Die Begrüßungszeremonie im Flur, bei der ihn Artur immer wieder als einen entfernten Verwandten vorstellte, war zu einem festen Ritual geworden. Aber die sich daran anschließende Unterhaltung floss jeden Tag natürlicher dahin, und er war zunehmend geschickter darin geworden, die Verbindung zu seiner Mutter nicht abreißen zu lassen.

Jack hatte Schwierigkeiten, sich wieder auf seinen Text zu konzentrieren und sich auszumalen, wie Edmunds Leben wohl ausgesehen hatte, nachdem Alma im Turm eingesperrt worden war. Zu ihrer Zeit war die Arbeitslosigkeit groß gewesen. Viele Menschen hatten kein Auskommen. Bettelscharen zogen von Ort zu Ort, darunter viele Kinder. Edmund hatte sich ihnen vermutlich angeschlossen. Der Vertrag der Bediensteten galt immer für zwölf aufeinanderfolgende Monate und war am ersten Oktober ausgelaufen. Das war der Tag, an dem jedes Jahr die Umzugsgespanne der Knechte, die all ihre Besitztümer enthielten, von Hof zu Hof fuhren. Auf der Fuhre saßen Mägde und Knechte, die voller Erwartungen waren, dass sich ihre nächste Anstellung besser als die vorherige erwies, was selten vorkam. Aber in diesem Zusammenhang war ausschlaggebend, dass es einen Tag im Jahr gab, an dem die Knechtekammer in Myntholm leergestanden haben musste, sodass Edmund Gelegenheit hatte, sich hineinzuschleichen, um seine und Almas Initialen in den Fußboden zu ritzen. Diese Annahme machte Sinn. Alle vier Inschriften datierten auf den 1. Oktober, und die Jahreszahl unter der letzten Inschrift war 1879 gewesen. Im Jahr darauf war Alma gestorben, und Edmund hatte keinen Grund mehr gehabt, nach Myntholm zurückzukehren.

Als Jack ein paar Stunden später die Wohnungstür aufschloss, hörte er aufgebrachte Stimmen aus der Küche und hielt inne. »Das ist nicht wahr«, empörte sich Ingrid.

Ein Zittern lag in ihrer Stimme. Leise wich er zurück ins Treppenhaus, als er Artur antworten hörte: »Weshalb sollte ich wegen so etwas lügen?«

Ein Küchenstuhl schabte über den Boden. Jack zog die Tür hinter sich zu. Er hatte keine Lust, beim Lauschen ertappt zu werden. Also eilte er ins Erdgeschoss und hörte kurz darauf, wie Ingrids Absätze die Treppen hochklapperten.

Als er zum zweiten Mal die Wohnung betrat, schloss er die Tür mit einem hörbaren Knall. Er rief »Hallo«, zog seine Jacke aus und betrat die Küche. Artur saß umgeben von Fotografien am Küchentisch.

»Du kommst spät«, sagte er.

Jack zuckte die Schultern und deutete auf die Fotografien.

»Was hast du da?«

Artur sammelte die Aufnahmen ein und reichte ihm wortlos den Stapel. Jack betrachtete das Bild, das einen kleinen Jungen zeigte, der in einem Kinderwagen saß und unsicher in die Kamera starrte. Er hatte das Foto noch nie gesehen, aber es fiel ihm nicht schwer, sich selbst auf der Aufnahme zu erkennen. Rasch blätterte er den Stapel durch und sah auf jedem Bild denselben kleinen Jungen – entweder allein oder mit Ingrid. Er hob den Kopf.

»Warum hast du so viele Fotos von mir und meiner Mutter?«

Artur seufzte.

»Du hast bestimmt vorhin mitbekommen, dass ich versucht habe, Ingrid begreiflich zu machen, dass sie einen Sohn hat.«

»Und, ist es dir gelungen?«

»Nein.«

Beide zuckten zusammen, als sie Ingrids Absätze im Treppenhaus hörten. Artur machte Anstalten, sich zu erheben, aber Jack streckte die Hand aus, um ihn zurückzuhalten.

»Aber warum hast du so viele Fotos von uns beiden?«, fragte er.

Artur schluckte. Dann wanderte sein Blick zum dunklen Flur, als ob die Antwort zwischen den Mänteln und Jacken zu finden sei.

»Ich habe nicht das Recht, dir das zu erzählen. Ich kann nur sagen, wie leid es mir tut«, antwortete er schließlich.

Eine Folge kurzer Klingeltöne brachte Bewegung in Artur. Er sah Jack an. In seinem Blick lag etwas Flehendes.

»Das ist Ingrid. Wir trennen uns nie im Streit, wir müssen später weiterreden.«

Jack nickte seiner Mutter im Vorübergehen zu und ging dann in den Innenhof. Er machte die Tür zum Fahrradschuppen auf, holte sein altes Fahrrad heraus und fuhr Richtung Innenstadt. In der Drottninggatan stieg er ab und ging zum Centralbadet. Sein Herz machte einen Sprung, als er von Weitem den Okarinaverkäufer sah. Sofort hielt er nach Marie Fogelberg Ausschau. Falls ihn neben Aino noch jemand in Gedanken beschäftigte, dann war sie es. Aber vor dem Eingang, vor dem sie gestanden hatte, war niemand, und während er sich zwischen den Fußgängern durchschlängelte, grübelte er darüber nach, wie er es anstellen sollte, die rätselhafte Frau wiederzusehen. Womöglich war es ebenso aussichtslos, sie zu finden, wie eine Nadel im

Heuhaufen zu suchen, doch als er die Olof Palmes gata erreichte, fasste er einen Entschluss. Er bog zum Norra Bantorget ab und radelte nach Midsommarkransen.

Die Svartmansgatan war eine breite, dunkle Straße, die von alten Mietshäusern gesäumt wurde. Die Fassaden waren gelb und braun verputzt. Jack radelte langsam die Straße entlang, blieb vor dem Kino des Viertels stehen, das einsam und verlassen dalag, lehnte das Rad gegen die Hauswand und setzte sich auf die Treppe.

Als er fast zehn Minuten gewartet hatte, ging endlich eine Haustür auf und ein älterer Mann betrat den Bürgersteig. Jack sprang auf und erwischte gerade noch rechtzeitig die Tür, bevor sie wieder zuschlug. Er schlüpfte ins Treppenhaus und überflog das Schild an der Wand, das die Mietparteien auflistete, ohne auf eine Fogelberg zu stoßen. Um ganz sicherzugehen, dass sie nicht im Haus wohnte, stieg er sogar die Treppe hoch und las jedes Türschild, bevor er zu seinem Aussichtsposten zurückkehrte.

Kurze Zeit später lief eine Frau in einem roten Ledermantel den Gehsteig auf der anderen Straßenseite entlang. Sie ging langsamer, als sie sich einem der Hauseingänge näherte. Jack beeilte sich und schaffte es gerade so, ihr die Tür aufzuhalten. Mit einem kurzen Nicken bedankte sie sich und folgte ihm, als er die Treppe hochging. Stockwerk um Stockwerk ließ er seinen Blick über die Namensschilder schweifen – nirgends eine Frau Fogelberg.

Zwei Stunden später drehte sich Jack seine vierte Zigarette. Alles in allem war es ihm gelungen, neun Häuser zu betreten. Die Straße hatte siebenundsechzig, was bedeutete, dass es ungefähr fünfzehn Stunden dauern würde, alle abzuklappern.

Als Jack abends nach Hause kam, lag Artur auf der Couch. Jack griff nach einer Decke. Er fror nach der Fahrradfahrt in der kalten Abendluft und rieb sich die Hände. Artur beobachtete ihn.

»Auf dem Herd steht Fischsuppe, du musst sie nur aufwärmen.«

Jack ging in die Küche und machte den Herd an. Während die Suppe langsam warm wurde, duschte er, dann kam er mit einem vollen Teller zu Artur in die Wohnstube zurück. Der Duft der Suppe stieg ihm in die Nase. Neugierig nahm Jack die Fischstücke unter die Lupe.

»Dorsch? Gelber Dorsch?«

»Safrandorsch.«

»Donnerwetter!«

»Wenn du Crème Fraîche mit Knoblauch dazu haben möchtest – sie steht im Kühlschrank.«

Jack ging wieder in die Küche. Im Spülbecken standen zwei tiefe Teller. Er lächelte Artur zu, als er wieder im Sessel Platz nahm.

»Hat meiner Mutter die Suppe geschmeckt?«

»Hm.«

»Kannst du mir jetzt eine Antwort auf meine Frage geben?«

»Auf welche Frage?«

»Warum du im Besitz so vieler Fotos bist, die mich und meine Mutter zeigen.«

»Es ist mir ein bisschen peinlich«, sagte er.

Ein Lastwagen röhrte laut auf der Straße, weshalb Jack

aufstand, um das Fenster zu schließen. Als er sich wieder hinsetzte, richtete Artur sich auf und strich sich die Haare aus der Stirn. »Wenn man so lange ein Geheimnis gehütet hat wie ich, ist es nicht leicht, es preiszugeben«, meinte er.

»Du musst es mir nicht erzählen.«

»Doch, es ist an der Zeit. Und wenn jemand ein Recht darauf hat, dann du.« Arturs Augen fixierten einen unbestimmten Punkt im Zimmer. »Ich weiß nicht, ob es dir schon klar geworden ist, aber bei der Frau, die ich an jenem Abend in Jönköping kennengelernt habe, handelte es sich um deine Mutter. Ingrid hat deinen Vater geliebt, das kann ich dir versichern, selbst dreißig Jahre nach seinem Tod hat sie behauptet, nie jemand anderen lieben zu können.«

Arturs Gesicht trug Spuren seines Kummers. Plötzlich sah Jack den Mann dahinter, den Mann, der all die Jahre über leise und unaufdringlich stets zur Stelle gewesen war, ohne jemals eine Gegenleistung zu verlangen. Artur hatte an den Wasserhähnen die Dichtungen ausgetauscht, den Abfluss gereinigt und ein neues Fernsehgerät installiert. Jede Woche hatte er ihre Läufer auf den Balkonaustritt getragen, und wenn Ingrid den Deckel eines Marmeladenglases nicht aufbekommen hatte, war sie zu Artur gegangen. Einen flüchtigen Moment lang spürte Jack die Einsamkeit, die Arturs Leben jahrelang geprägt hatte.

»Und du hast die Hoffnung nie aufgegeben?«

»Mal mehr, mal weniger, wie das im Leben so ist. Heute kommt es mir ziemlich deprimierend vor.«

»Und was ist passiert, nachdem ich von zu Hause ausgezogen bin?«

»Nichts. Ingrid meinte, dass ich an einem erhöhten Blutzuckerspiegel leiden würde und Hirngespinste hätte, was unsere gemeinsame Vergangenheit betraf.« Artur zog eine Grimasse. Sein Kopf auf dem mageren Hals schaukelte auf und ab, als er seine Schläfen massierte.

»Es endet immer wieder gleich«, fuhr er fort, und seine Stimme bekam einen bitteren Klang. »Ich lasse ihr ihren Willen und bereue es im Nachhinein, aber dann ist es zu spät, noch etwas daran zu ändern.«

»Aber weshalb bist du überhaupt in die Pannsmedsgatan gezogen? Wäre es nicht besser gewesen, in Jönköping zu bleiben und die ganze Sache zu vergessen?«

»Es mag weit hergeholt klingen«, sagte Artur, »aber ich glaube, dass ich so gehandelt habe, hat etwas mit meiner Mutter zu tun. Sie starb, als ich klein war.«

Artur streckte die Hand aus und knipste die Stehlampe an. Der Lichtschein ließ seine Falten tiefer erscheinen.

»Ich kann mich noch genau daran erinnern, wie ich zu weinen angefangen habe, als meine Mutter mir erklärte, dass ihre Krankheit unheilbar sei. Ihre Nieren seien am Ende, und damals gab es noch keine Dialyse.«

Nur das monotone Brummen des Verkehrs war derzeit zu hören. Jack wusste nicht, worauf Artur mit seiner Geschichte hinauswollte, nickte ihm aber aufmunternd zu.

»Als mir meine Mutter das erzählte, bekam ich furchtbare Schmerzen in der Brust«, sagte er, »und es war kein gewöhnlicher Schmerz. Ich zitterte am ganzen Körper und sank auf der Bettkante zusammen. Meine Mutter legte die Arme um mich und flüsterte, dass sie wisse, was ich empfand. Aber da sie keine Angst vor dem Tod habe, bräuchte ich auch keine zu haben. Da erzählte ich ihr von dem schmerzenden Loch in meinem Herzen, und sie nickte wieder, so als wüsste sie, wovon ich sprach. Natürlich müsste ich damit leben, aber ich würde mich daran gewöhnen, sagte sie. Und eines Tages würde ich ein Mädchen kennenlernen, das dieses Loch verschwinden ließe. Dann würde ich wissen, dass sie die Richtige sei, und wieder glücklich werden ... Was für eine Geschichte, nicht wahr?«, sagte er. »Aber damals hat sie mir Trost gegeben. Meine Mutter ist einen Monat später gestorben. Ich war damals neun Jahre alt.«

»Und du willst sagen, dass es meine Mutter war, die diese Wunde wieder heilen ließ?«

Artur nickte.

»Als ich sie kennenlernte, hatte ich das alles natürlich schon längst vergessen. Aber die wenigen Stunden, die ich mit Ingrid verbracht hatte, haben etwas in meiner Brust zum Schmelzen gebracht, ich habe sie in mein Herz geschlossen und dadurch schloss sich auch die Wunde. Da musste ich daran denken, was meine Mutter zu mir gesagt hatte, damals. Als Ingrid mir anschließend klarmachte, dass ich aus ihrem Leben verschwinden sollte, zerbrach ich daran. Ich bin nicht damit klargekommen.«

»Und trotzdem bist du hierhergezogen?«

»Nicht sofort. Als ich meine Wohnung verlor, bin ich zu meinem Vater und habe in meinem alten Kinderzimmer die Decke angestarrt. Mein Vater versuchte mich wieder auf die Beine zu bringen, und es tat mir weh zu sehen, welche Sorgen er sich um mich machte. In der ersten Zeit konnte ich mich nicht dazu aufraffen, etwas dagegen zu tun. An einem Sonntag aber riss ich mich zusammen und begleitete ihn in den Rathauspark, weil dort das Hornistenkorps der Heilsarmee spielen sollte. Als wir ihn kurz vor dem Konzert trafen, hatte der Dirigent eine Zeitung dabei, die er auf einer Bank liegen ließ, bevor er auf die Bühne ging.«

Artur wandte den Blick vom Fenster ab und sah Jack aus müden Augen an. »Es war Zufall, der reine Zufall«, sagte er.

»Was?«

»Nun, es war eine Zeitung aus Stockholm«, erläuterte er, »und darin stand, dass ein Hausverwalter für das Objekt in der Pannsmedsgatan 34 gesucht würde und eine Wohnung gestellt werden würde. Für mich war das wie ein Fingerzeig von oben. Ich bekam die Stelle und bin nach einem Monat hierhergezogen.«

»Und wie hat meine Mutter reagiert?«

»Sie bekam Angst. Sie dachte, dass ich sie verfolgen und Allan verraten würde, dass sie ihm untreu gewesen war. Ich habe ihr mein Versprechen gegeben, niemals jemandem zu erzählen, was passiert war. Und irgendwann hat sie sich wieder beruhigt.«

Jack nickte. Arturs Gegenwart musste sie unaufhörlich an ihre Untreue erinnert haben. Und Jack war überzeugt davon, dass sie seinen Vater geliebt hatte. »Und, hast du dein Versprechen gehalten?«, fragte Jack.

Artur stand auf und ging zum Schlafzimmer.

»Bis heute«, erwiderte er. Dann machte er die Tür hinter sich zu.

18

Eine Mutter

Auf den Mai folgte der Juni, und während die Obstbäume Knospen bekamen, blühten und Fruchtstände bildeten, saß Jack im miefigen Archiv und schrieb. Manchmal machte er sich die Mühe, nach Midsommarkransen zu radeln und schaffte es – wenn er Glück hatte –, vier, fünf Häuser abzuhaken, bevor es Zeit war, wieder nach Hause zu fahren. Artur war der einzige Mensch, zu dem er Zugang hatte.

Zu Hause fand er Artur wie üblich mit einer Abendzeitung am Küchentisch sitzen. Jack nahm sich eine Tasse Kaffee, und während Artur eifrig über dies und jenes drauflosredete, versuchte Jack die Erinnerung an die Freude, die ihn vor ein paar Wochen durchströmt hatte, als Artur ihn wiedererkannte, zurückzuholen. Doch alles, was er jetzt spürte, war ein vages Echo von etwas, das Dankbarkeit am nächsten kam.

Seine Apathie wollte sich nicht legen, und als er eine Woche später mit Almas Geschichte fertig war, fiel es ihm umso schwerer, morgens einen Grund zum Aufstehen zu finden. Also blieb er eines Tages einfach liegen und heftete seinen Blick an die Decke. Mit Aino war die Welt für ihn ein rätselhafter Ort gewesen, an dem er sich gedanklich gerieben hatte – bis er ihr zumindest teilweise etwas Sinn abgerungen hatte, bevor er sich vor ein neues Rätsel gestellt sah.

Es wurde gegen seine Tür geklopft. Als er den Kopf drehte, sah er Artur ins Zimmer kommen. Seine Wangen strahlten frisch rasiert, und er trug ein helles Sommerjackett.

»Willst du denn gar nicht aufstehen? Es ist schon nach zehn, und es gibt einiges zu erledigen«, sagte er.

»Was sollte das sein?«

Artur trat ans Fenster und öffnete die Jalousien. Sonnenlicht strömte herein und bildete ein Gitternetz auf dem Boden.

»Ingrid hat deine Geschichte über Alma und Edmund gelesen und möchte uns zum Mittagessen einladen«, sagte er und drehte sich um. Plötzlich sah er ihn abfällig an, und er rümpfte die Nase. »Du solltest duschen gehen, und zwar sofort!«

»Wird meine Mutter sich an einen Text erinnern können, den ich geschrieben habe?«

»Ja, und sie ist tief beeindruckt, dass ich den Autor persönlich kenne.« Artur wandte sich zur Tür. »Wir müssen ein Mitbringsel besorgen, und du solltest dir ein neues Hemd zulegen. Wenn wir zu Ahléns gehen, können wir auf dem Rückweg einen Abstecher zum Hötorget machen und ihr ein paar Blumen kaufen.«

Jack schlug die Decke zur Seite und stieg aus dem Bett. Die Abwechslung, nach der er sich gesehnt hatte, war da.

»Danke!«

Ingrid vergrub ihre Nase im Tulpenstrauß, und Jack nahm die Gelegenheit wahr, eine Verbindung zu ihr herzustellen.

»Kannst du bitte die Weinflasche öffnen?«, fragte sie Artur, als sie aus dem Zimmer eilte.

Artur verschwand umgehend in die Küche. Jack sah sich im Wohnzimmer um. Fast alles sah so aus wie immer, nur das Bücherregal, das er mal im Werkunterricht gezimmert hatte, fehlte. An der Stelle stand jetzt die antike Kommode, die die ganzen Jahre über im Schlafzimmer seiner Mutter gethront hatte.

Artur schenkte Wein ein, und sie setzten sich auf Ingrids Geheiß an den Tisch.

»Das ist eine wunderbare Erzählung«, sagte Ingrid und fuhr mit der Hand über Jacks Machwerk, das neben ihrem Teller lag. »Ich konnte gar nicht mehr mit dem Lesen aufhören. Wie ist Ihnen so etwas Sagenhaftes eingefallen?«

»Das hab ich mir nicht ausgedacht, alles ist wahr.«

Aus dem Augenwinkel bemerkte Jack, dass Artur ihren Arm berührte. Arturs Schuhspitze streifte Jacks Knöchel, und der Anflug eines Lächelns flog über das Gesicht des alten Mannes.

»Und wenn ich darf, erzähle ich Ihnen gerne noch eine andere sagenhafte Geschichte«, fuhr Jack fort.

So ruhig wie möglich erzählte er ihr, dass er in der Pannsmedsgatan aufgewachsen sei und sie und ihren verstorbenen Mann sehr gut kennen würde.

»Sie und Allan haben immer ein Spiel gespielt«, sagte er. »Einer von Ihnen beiden hat ein Wort gesagt, zum Beispiel

›Mond‹, und dann war es die Aufgabe des anderen, sich ein Lied, in dem das Wort ›Mond‹ vorkam, einfallen zu lassen.«

Jack konnte sich noch daran erinnern, wie seine rauhe Stimme im Badezimmer widerhallte. Ingrid legte ihr Besteck beiseite und starrte ihn an.

»Wie können Sie das wissen?«

»Ich war dabei. Aber das haben Sie vergessen«, sagte er.

Ingrids Augen wurden groß, und ein leiser Laut kam ihr über die Lippen. Dann fing sie sich wieder und griff erneut nach dem Besteck.

»Was Sie nicht sagen«, tat sie seine Antwort ab und spießte sich ein Stück Fleisch auf die Gabel. »Wenn ich an Ihrer Stelle wäre, würde ich dem ganzen Klatsch kein Gehör schenken, der hier im Haus kursiert.«

»Ich höre nicht auf Klatsch«, erwiderte er. »Das ist auch gar nicht nötig, schließlich bin ich in dieser Wohnung aufgewachsen.«

Sie gab keine Antwort, schüttelte nur irritiert den Kopf. Fest entschlossen nicht aufzugeben, schob Jack den Teller weg, lehnte sich vor und zwang sie, ihn anzusehen.

»Ich muss Ihnen noch etwas anderes erzählen«, setzte er an. »Ich war hier, weil Allan mein Vater und Sie meine Mutter sind. Ich bin Ihr Sohn!«

Ingrid wurde blass, und Jack sah, wie sie die Tischkante umklammerte, um Halt zu finden. Schnell lehnte er sich über den Tisch und griff nach ihrem Handgelenk.

»Sie haben doch in letzter Zeit Gedächtnislücken gehabt, oder? Und Kopfweh? Sie haben nicht richtig schlafen können und sind in der Wohnung umhergelaufen und haben

Dinge getan, an Sie sich dich später nicht mehr erinnern konnten, nicht?«

Seine Finger schlossen sich fester um ihr Handgelenk. Das Zimmer um ihn herum löste sich auf. In seinen Ohren rauschte es. Er zerrte sie, aggressiver als er gewollt hatte, vom Stuhl. Den Zeigefinger auf die Leerstelle an der Tapete gerichtet, rief er:

»Siehst du den hellen Fleck da? Weißt du nicht mehr, was dort gehangen hat?«

Mit einem Ruck zog er sie näher zur Wand und klopfte dagegen.

»Da hing mein Abifoto. Was ist damit passiert? Ist es auf dem Müll gelandet?«

Sie versuchte, sich aus seinem Griff zu befreien, aber seine Finger hielten ihr Handgelenk unnachgiebig umschlossen. So schleifte er sie hinter sich her durch das Zimmer.

»Und die Fotoalben, wo sind die?«, rief er aufgebracht und deutete auf die leere Stelle im Bücherregal. »Und meine LPs? Als ich ausgezogen bin, hieß es, dass ich sie dalassen kann. Und wo sind die Modelle von meinem Vater und mir? Hättest du nicht wenigstens die behalten können?« Tränen brannten in seinen Augen, seine Stimme brach, die Emotionen und die Wut, die er mit sich trug, übermannten ihn. »Die meisten davon hat doch Allan gebaut.«

Ingrid vermochte ihm nichts entgegenzusetzen. Mit hängenden Schultern ließ sie sich zum Klavier führen.

»Hier, genau an dieser Stelle, sollte immer der Weihnachtsbaum stehen«, sagte er heiser, weil ihm die Stimme wegblieb. »Aber Allan wollte jedes Mal, dass er an der Balkontür stand. Am Ende durfte ich entscheiden.«

Ihre Augen irrten zwischen dem Klavier und der Balkontür hin und her.

Sie schwankte, und Artur sprang auf, schlang einen Arm um ihre Taille. Einen winzigen Moment lang blieben sie zu dritt so stehen, und nur ihre tiefen Atemzüge waren zu hören. Jack erkannte sofort, wie grotesk die Situation eigentlich war, aber die Wut, die er plötzlich verspürte, war so groß, dass es ihm einfach nicht gelang, sich zu bändigen. Zornig stieß er Artur zur Seite.

»Misch dich nicht ein!«, zischte er.

»Ich bitte dich, Jack. Beruhige dich!«

»Das ist eine Sache zwischen meiner Mutter und mir.«

»Nicht ganz.«

Artur machte Anstalten, erneut den Arm um Ingrid zu legen, doch Jack erhob drohend die Faust.

»Lass sie los! Ich bin noch nicht fertig.«

Artur wich zurück, und Jack ließ die Hand sinken. Für einen Augenblick blieben sie so stehen und sahen sich an. Dann drehte Jack sich um und betrachtete Ingrid. Ihr Rücken war gebeugt, Strähnen hingen ihr ins Gesicht, die sich aus ihrem hochgesteckten Haar gelöst hatten. Sie suchte Halt an der Wand.

»Der Tannenbaum in der Zimmermitte sah so scheußlich aus«, murmelte sie und fuhr sich über die Augen. »Ich mochte es nie, wenn die Kabel über den Teppich liefen.«

»Mama? Erinnerst du dich jetzt, Mama?«

»Nein«, sagte sie und richtete sich geringfügig auf. Dann sah sie ihm in die Augen. »Aber ich glaube dir.«

Er führte sie zum Sofa und setze sich neben sie. In ihren Augen lag nun wieder etwas von ihrer alten Schärfe, und sie hob die Hand, um seine Stirn zu berühren. Dann strich sie mit den Fingern über seine Augenbrauen, den Nasenrücken bis zu seinem Mund. Wie eine Blinde las sie sein Gesicht und ließ ihre Fingerspitzen zuletzt auf der weißen Narbe auf seinem Kinn landen.

»Woher hast du die?«, fragte sie leise.

»Ich bin die Kellertreppe runtergefallen«, sagte er. »Ich musste mit zwei Stichen genäht werden. Auf dem Heimweg hast du mir ein Modellflugzeug gekauft.«

Es war das erste seiner Sammlung gewesen. Nachdem Allan krank geworden war, hatte Jack mit seinem Vater ein Flugzeug nach dem anderen gebaut. Ingrids Hand sank in den Schoß, aber ihre Augen ließen sein Gesicht nicht los.

»Allan war genauso dunkelhaarig und hatte ebensolche braunen Augen wie du«, sagte sie.

»Oder wie ich«, sagte Artur.

Artur setzte sich in den Sessel.

»Ingrid?«, hakte Artur nach.

Sie antwortete nicht. Stattdessen griff sie nach der Streichholzschachtel und zündete die Kerzen an, die auf dem Tisch standen.

»Kannst du noch einen Moment damit warten?«, bat sie ihn. »Zuerst muss ich etwas herausfinden.« Sie legte eine Hand auf Jacks Arm und sah ihm in die Augen. »Hast du mich gern?«, fragte sie.

Hatte er sie gern? Er sah ihren erwartungsvollen Gesichtsausdruck und wusste nicht, was er antworten sollte. »Du bedeutest mir viel«, antwortete er. »Du bist ein Teil von mir.«

Ingrid fasste ihre Haare im Nacken zusammen und steckte sie hoch. Artur verfolgte ihre Bewegungen.

»Jack hat niemanden außer mir«, sagte er.

Sie fingerte weiter am Haarknoten herum und korrigierte den Sitz der einen oder anderen Haarnadel.

»Das habe ich verstanden«, sagte sie.

»Wenn wir aufbrechen, wirst du ihn wieder vergessen.«

»Auch das habe ich verstanden.«

»Dann lass mich erzählen. Lass mich von uns erzählen.«

Mit einem knappen Nicken zog sie die Beine unter sich aufs Sofa. Artur stellte seine Kaffeetasse ab und seufzte tief. Er wandte sich an Jack.

»Ich habe etwas ausgelassen, als ich dir von meiner Begegnung mit Ingrid erzählt habe«, sagte er. »Zu meiner Verteidigung kann ich nur sagen, dass ich dachte, kein Recht dazu zu haben, dir gegenüber Rechenschaft über etwas abzulegen, was die Sache deiner Mutter war.« Er schielte zu Ingrid hinüber. »Du musst mich berichtigen, wenn ich etwas Falsches sage …«

Sie schüttelte nur leicht den Kopf, sodass Artur erneut ansetzte. »Als deine Mutter mich an jenem Abend in Jönköping sah, wusste sie, dass sie schon ziemlich lange nach jemandem wie mir Ausschau gehalten hatte. Ich wohnte in einer fremden Stadt, hatte dunkle Haare, braune Augen, war schlank und in etwa so groß wie Allan.«

Der unsichere Zug auf seinem Gesicht war verschwunden, seine Stimme klang jetzt fester.

»Allan hatte sich schon lange nach eigenen Kindern gesehnt, aber was deine Mutter und Allan auch versuchten, Ingrid wurde nicht schwanger. Zuletzt ließ sie sich untersuchen und erfuhr, dass es nicht an ihr lag. Statt Allan mit der Wahrheit zu konfrontieren, entschied sie sich dafür, das Problem auf ihre Art zu lösen.«

Artur hielt inne, als Ingrid sich plötzlich auf dem Sofa ausstreckte.

»Allan hatte gerade erfahren, dass er an Lungenkrebs erkrankt war«, sagte sie.

Artur zog die Augenbrauen hoch. »Vielleicht ist es besser, wenn du es ihm selbst erzählst«, sagte er. »Das würde es für Jack vielleicht leichter machen, alles zu verstehen.«

Es vergingen ein paar Sekunden, in denen Ingrid Artur schweigend ansah, dann nickte sie.

»Die Ärzte meinten, dass der Krebs operabel sei und Allan noch viele Jahre zu leben hätte. Aber er war völlig außer sich. Das Einzige, was ihn tröstete, war der Gedanke, Vater zu werden.« Sie verstummte und biss sich auf die Lippe. »Ich brachte es nicht über mich, ihm die Wahrheit zu erzählen, und als er schließlich zur Behandlung ins Krankenhaus eingewiesen wurde, entschied ich mich, einen Ersatz für ihn zu suchen.« Sie verstummte erneut und betrachtete ihre zitternden Hände. »Ich muss wohl nicht erst sagen, was für ein schwerer Entschluss das war«, sprach sie weiter, »und als es ans Eingemachte ging, verließ mich immer der Mut – bis ich Artur begegnete.«

Jack starrte Artur an, betrachtete seine tief liegenden Augen in dem kantigen Gesicht, die wenigen Haare, die von der Stirn abstanden, die schmalen Schultern. Für einen schwindelerregenden Moment sah er vor sich, wie er selbst in dreißig Jahren aussehen würde. Er atmete tief durch. Ingrid sah auf.

»Es war nur das eine Mal«, sagte sie.

Jack war nicht imstande, den Blick von Artur zu wenden. Arturs dunkle Augen glänzten im Schein des Kerzenlichts und ein unsicheres Lächeln spielte um seine Mundwinkel.

»An jenem Abend bist du entstanden. Für mich war es einer der glücklichsten Momente in meinem Leben«, sagte er. Er drehte sich zu Ingrid um. »Soweit erinnerst du dich, oder? Und von da an ist alles, was mit Jack zu tun hat, wie ausgelöscht?«

Jack löste mit Mühe seinen Blick von Artur und guckte seine Mutter an.

»Auch wenn du dich nicht an mich erinnern kannst, kannst du dich denn auch nicht daran erinnern, ein Kind geboren zu haben?«, fragte er.

»Nein. Es ist so, als wäre da ein Loch ... Ich erinnere mich an gar nichts.«

Artur lehnte sich zu Jack hinüber.

»Aber ich kann mich daran erinnern«, sagte er, »und ich habe genau verfolgt, wie es dir ging, schließlich warst du mein Sohn.« Sein Lächeln erlosch. »Ist das sehr schwer für dich?«, wollte er wissen.

»Was denn?«

»Na, dass dein Vater nicht Allan ist?«

Jack wusste es nicht. Plötzlich stand ihm die Erinnerung an einen Sommerabend lebhaft vor Augen. Er hatte hinter Allan auf dem Gepäckträger gesessen, und sein Vater war mit ihm den Hügel nach Borgsjön hochgestrampelt. In den Gesäßtaschen von Allans Hosen hatten zwei Lollies gesteckt.

»Mein Vater«, hatte er gedacht, »mein Vater.«

Jack sah Artur an und schüttelte den Kopf. Nein, es war nicht schwer für ihn. Allan war tot, und alles, was ihm blieb, war die Erinnerung, die sich auch durch das Gesagte nicht verändert hatte – Allan war sein Vater.

Jack, Ingrid und Artur sahen sich stumm an. Es war, als ob alles Wesentliche bereits gesagt worden war und dass das, was noch ausstand, nicht in Worte gefasst werden konnte.

Teil III

Siebzehnte bis vierundzwanzigste Woche

Ein Vogel wollte Hochzeit machen,
dem glücklichen Paar die Sonne lachen.
Stets wollten sie sich lieben,
doch sind sie bereits verschieden,
denn das war achtzehnhundertsieben.

19

Einer von vielen

Es wurde ein heißer Sommer. Jeden Tag brannte die Sonne aufs Neue vom Himmel, der in der unbarmherzigen Hitze auszubleichen schien. Die Menschen auf den Straßen hielten sich im Schatten der Hauswände, und in den Straßencafés zwinkerten Spatzen und Tauben träge den Touristen zu, während sie hier und da Krümel von Zimtschnecken aufpickten. Die Eisverkäufer machten das Geschäft ihres Lebens, auf dem Meer kräuselten sich die Wellen, und an den Ufern tummelten sich die Badelustigen. Wenn es Abend wurde und die ersehnte Abkühlung kam, schallte wie üblich ausgelassenes Kreischen vom Vergnügungspark Gröna Lund herüber.

Jack fühlte sich nicht in der Lage, den Sommer wie die anderen zu genießen. Als seine Mutter eines Tages einmal wieder bei Artur eintraf, um mit ihm zu frühstücken, konnte Jack die distanzierte Höflichkeit in ihren Augen nicht mehr ertragen und flüchtete. Die Tür schlug hinter ihm zu. Er lief über die Straße und setzte sich im gegenüberliegenden Park auf eine Bank.

Kleine Punkte tanzten vor seinen Augen, und ihm wurde

klar, was der eigentliche Grund für seine plötzliche Panik war. Dieser fremde Ausdruck in Ingrids Gesicht hatte nicht nur den Kummer über ihren Verlust wieder aufflammen lassen, sondern ihm auch den letzten vagen Hoffnungsschimmer genommen, dass Aino sich irgendwann einmal wieder an ihn erinnern könnte.

In den nächsten Tagen gelang es ihm nicht, sich zu irgendetwas aufzuraffen, und nur Arturs Wunsch nach Gesellschaft vermochte ihn aus seiner Apathie zu reißen. Durch seine Zeitungslektüre hielt er Jack auf dem Laufenden darüber, was die Welt bewegte, auch erzählte er ihm zwischendrin das Neueste von den Nachbarn.

»Wenn du das nächste Mal das Treppenhaus betrittst, pass auf!«, teilte er ihm eines Tages mit. »Lindströms haben sich einen Köter angeschafft, und zwar einen von der etwas reizbaren Sorte.«

Als Jack nicht antwortete, legte Artur die Zeitung weg und schob die Brille auf die Stirn.

»Ich habe mir Gedanken gemacht«, sagte er und rieb sich mit den Fingern den Nasenrücken. »Dein Trübsinn, hat der was mit mir zu tun?«

»Weshalb sollte er?«

Artur seufzte.

»Ich dachte, dass es vielleicht schwer zu verdauen ist, dass ich dein Vater bin. Und dass du dich hintergangen fühlst.«

»Nein.« Jack streckte die Hand aus und legte sie auf Arturs. »Mein Zustand hat nichts mit dir zu tun. Ich freue mich, dass ich dich habe.«

Hartnäckig bestand Artur darauf, dass sie etwas zusammen unternahmen. Und hätte er es nicht getan, so wäre Jack vermutlich den Rest des Sommers im Sessel sitzen geblieben und hätte die Wände angestarrt.

Artur machte Fahrradtouren mit ihm, und jeder Tag, der verging, brachte wieder etwas mehr Farbe zurück in Jacks Leben. Einmal, nach einem langen und schweißtreibenden Ausflug nach Värmdö, hatte Artur schließlich genug davon, in der Affenhitze zu radeln, und schlug vor, stattdessen Minigolf zu spielen.

Sie spielten eine Partie, bevor sie dann den Djurgardsvägen Park zum Freilichtmuseum Skansen entlangspazierten. Menschentrauben strömten zu den Eingangstoren, und von der Bühne wehte leise Musik herüber. Er sah Artur kurz von der Seite an, der mit gebeugten Schultern in der Hitze dahintrottete.

»Willst du nach Hause?«, fragte Jack.

»Nicht unbedingt. Heute Abend ist Allsång, wenn du Lust hast, können wir hingehen.«

»Nein, ich habe keine Lust, heute mit anderen gemeinsam zu singen«, antwortete er brüsk, und Jack hörte selbst, wie unfreundlich er klang, was aber nichts an der Tatsache änderte, dass er Zeit für sich brauchte und Arturs ständige Sorge um sein Wohlergehen als anstrengend empfand.

Jack machte einen Schritt auf die Straße. Erst als er auf der anderen Straßenseite unter den Bäumen im Schatten stand, drehte er sich um und hob die Hand zur Verabschiedung. Artur hatte sich nicht vom Fleck gerührt, und Jack verspürte einen Anflug von schlechtem Gewissen, während er um die Straßenecke bog und langsam auf den Eingang von Gröna Lund zusteuerte.

Vom Kai klang ein schabendes Geräusch herüber. Als er den Kopf drehte, sah er die Djurgardsfähre anlegen. Ein Strom von Passagieren stieg aus. Weit hinten in der Schlange erkannte er sie plötzlich. Ihre grauen Haare waren länger geworden, und sie trug statt des Wollpullis ein blaues Kleid, aber es war ganz eindeutig Marie Fogelberg. Er starrte die schmale Gestalt an, die mit gesenktem Kopf darauf wartete, an Land zu gehen. Wenig erinnerte ihn an die unerschrockene Frau aus der Drottninggatan. Trotzdem gab es keinen Zweifel – sie war es. Hastig lief er zur Fähre.

»Marie? Marie Fogelberg?«

Sie hörte ihn nicht, also rief er weiter ihren Namen und schwenkte dabei die Arme.

»Hier! Hier bin ich!«

Ohne Rücksicht auf die Menschenmenge drängelte er sich zur Gangway vor. Als sich die Reihen vor ihm schlossen, machte er Gebrauch von seinen Ellenbogen und erhielt zur Erwiderung einen Stoß in die Flanke. Er suchte nach Halt, verlor aber das Gleichgewicht und fiel.

»Idiot!«, rief er dem Mann hinterher, der ihn geschubst hatte, und rappelte sich wieder auf. Von Marie war keine Spur mehr zu sehen. Verzweifelt sah er sich um. Weiter vorne auf der Straße leuchtete ein blaues Kleid. Mit der stillen Bitte, dass er sich nicht getäuscht hatte, stürzte er hinterher. Am Eingang von Gröna Lund hatte er sie eingeholt und verlangsamte seine Schritte. Der Puls hämmerte in seinen Schläfen, und sein Mund war wie ausgetrocknet. Er schluckte, bevor er ihre Schulter berührte.

»Marie?«, keuchte er. »Marie Fogelberg?«

Sie drehte sich um und betrachtete sein verschwitztes

Gesicht mit einer Wunde auf der Stirn. Er ließ die Hand sinken. »Können Sie sich an mich erinnern?«

Nachdem sie ihn noch einen Augenblick gemustert hatte, lächelte sie.

»Ja, natürlich.«

»Mein Name ist Jack.«

»Marie.«

»Ich weiß«, erwiderte er. »Marie, Marie Fogelberg, nicht wahr?«

Sie lachte, und wilde Freude durchströmte ihn.

»Ich habe nach Ihnen gesucht, wissen Sie?«

»Abgesehen von der Wunde da scheinen Sie ja ganz gut klargekommen zu sein«, antwortete sie. »Es ist nicht leicht, vergessen zu werden.«

»Ich weiß. Aber die Frage ist, woher Sie das wissen?«

»Weil auch ich vergessen wurde.«

Er nickte, und um mit seinen überschäumenden Gefühlen fertig zu werden, fixierte er die Menschentraube, die sich die Anhöhe nach Skansen hochschlängelte. Tränen traten ihm in die Augen. Als sich eine Gruppe junger Mädchen mit Gesangsheften lärmend auf dem Gehsteig näherte, zog Marie ihn zur Seite.

»Ihre Wunde muss versorgt werden. Wenn Sie wollen, können Sie mit zu mir kommen, mein Boot liegt ganz in der Nähe.«

Er nickte erneut, bevor er sich an sie wandte.

»Wie viele Vergessene gibt es eigentlich?«

»Ziemlich viele. Allein in Stockholm sind wir an die dreißig. Aber vielleicht gibt es Hunderte, ja Tausende, von denen wir nichts wissen.«

20

Marie

Maries Boot lag am Strand von Beckholmssund. Bis in die achtziger Jahre hatte es als Fischerboot auf der Ostsee verkehrt, aber inzwischen war die Schraube von Rostflecken übersät und achtern hatte der Schiffsrumpf eine große Beule.

»Der Motor funktioniert allerdings noch, und es liegt gut im Wasser. Im Sommer halte ich mich vor allem hier auf«, erklärte Marie und verließ die Kajüte, nachdem sie ihm Verbandszeug gegeben hatte. Er säuberte die Wunde, und als Marie ihm zurief, er solle Gläser mit an Deck bringen, ließ er seinen Blick in dem engen Raum umherschweifen: Der Tisch war am Boden festgeschraubt, und an der Wand über dem Schlafplatz hingen ein Bücherregal und Schränke aus dunklem Holz. Er öffnete einen Schrank über der Küchenzeile und fand verschiedene Gläser. Auf dem Tisch stand eine Weinflasche.

»Eine hübsche Sammlung«, sagte er, als er an Deck kam. »Hast du gar keine Angst, bestohlen zu werden? Ich darf Sie doch duzen, oder?«

»Klar. Schenkst du ein?«

»Ich habe oft an dich denken müssen«, sagte sie und griff nach dem Glas. »Wie ist es dir ergangen?«

»Gut.«

»Das ist als Vergessener eigentlich eher selten.«

»Anfangs war es auch die Hölle.« Er lehnte sich in dem Stuhl zurück.

»Damals in der Drottninggatan«, setzte er an, »woher wusstest du, dass ich ein Vergessener war? Ich habe es zu der Zeit ja noch nicht einmal selber gewusst.«

»Das war nicht weiter schwer. Du hattest dich an mich erinnert, als du dich mit dem Okarinahändler unterhalten hast. Es kann sich nur ein Vergessener an einen erinnern.«

Er schüttelte den Kopf.

»Das stimmt nicht ganz«, wandte er ein und zögerte, weil er nicht wusste, wie er weitersprechen sollte. »Mein Vater ...«, begann er schließlich und ließ das Wort nachklingen, das ihm noch nicht so leicht über die Lippen kam. Er spürte keinen Widerwillen, sodass er es wiederholte: »Mein Vater erinnert sich an mich, und er ist kein Vergessener.«

Mitten in der Bewegung hielt Marie mit dem Weinglas in der Hand inne. Sie sah ihn skeptisch an.

»In diesem Fall ist dein Vater von unschätzbarem Wert«, erwiderte sie und stellte den Wein ab.

Sie faltete ihre Hände im Schoß und erklärte ihm, dass Menschen, die sich an Vergessene erinnern, Seltenheitswert besaßen. Man nannte sie »Links«, und soweit sie wusste, gab es bisher nur einen einzigen existierenden Link – Hanna Olofsson, die den Großteil ihrer Zeit damit verbrachte, sich um die Vergessenen zu kümmern. Marie musterte eindringlich sein Gesicht.

»Bist du dir da ganz sicher?«, fragte sie.

»Natürlich bin ich mir sicher.« Er lachte auf. »Was glaubst du denn? Denkst du, dass ich ihn nur erfunden habe?«

Sie zuckte die Schultern.

»Es ist nur so sonderbar, dass du einen Vater hast, der ein Link sein soll.«

»Ich wohne bei ihm, und das seit mittlerweile drei Monaten. Und ich kann dir versichern, dass er mich nicht vergessen hat, nicht einen einzigen Augenblick.«

»Das erklärt, warum es dir gut ergangen ist.«

Es klang fast wie ein Vorwurf. Er beobachtete sie, wie sie den Träger ihres Kleides zurechtrückte. Die Geste hatte etwas Mädchenhaftes an sich und stand im Gegensatz zu den Fältchen um ihre Augen.

»Seit wann bist du vergessen?«, fragte er.

»Von Geburt an«, sagte sie, lehnte sich vor und griff nach ihrem Weinglas. »Ich möchte deinen Vater gerne kennenlernen«, fuhr sie fort. »Vielleicht könnte er uns helfen. Hanna ist immer so beschäftigt, dass man es kaum wagt, sie um etwas zu bitten. Ist er zu Hause?«

»Wahrscheinlich, aber es wäre besser, wenn ich zuerst mit ihm rede.«

Marie sah aus, als wolle sie etwas einwenden. Eine Möwe flog kreischend übers Wasser, und Jack sah ihr hinterher. Eigentlich wollte er lieber den Abend an Bord dieses Schiffes verbringen als mit Artur.

»Du bist also schon von Geburt an vergessen worden«, sagte er und rückte mit dem Stuhl ein Stückchen näher an sie heran. »Wie um Himmels willen hast du es nur fertiggebracht zu überleben?«

Der Faltenkranz um ihre Augen verdichtete sich, als sie lächelte.

»Meine Eltern sind auch Vergessene. Meine Mutter lebt in Stockholm-Rinkeby. Die meisten von uns leben in diesem Vorort.«

»Hast du Geschwister?«

Sie schüttelte den Kopf.

»Nein, ich bin ein Einzelkind. Aber meine Eltern haben mir all die Aufmerksamkeit und Liebe gegeben, die ein Kind sich nur wünschen kann.«

»Wie sieht es mit dir aus? Ich habe Brot und Käse da und ein paar Tomaten. Wenn du mir von dir erzählen willst, kannst du das beim Essen tun.«

Während die Sonne unterging, erzählte er ihr von sich. Erzählte von seinem Leben mit Aino, seiner Arbeit in Myntholm und die Entdeckung der Inschrift, von seiner Zeit im Lusthaus und weshalb er von dort hatte fliehen müssen.

Als er fertig war, zündete Marie eine Petroleumlampe an. Der Lichtschein fiel auf ihr Gesicht, sodass er die müden Linien um ihren Mund und ihre Augen erkennen konnte.

»Warum wurde ich wohl vergessen?«, fragte er. »Von meinen Eltern ist niemand vergessen.«

»Ich weiß es nicht, und ich fürchte, dass es auch sonst niemand weiß.«

Aussagen von Vergessenen zufolge, die in Rinkeby gesammelt und archiviert worden waren, schien es jeden treffen zu können – Kinder, Erwachsene, Alte. Man konnte bisher keinen gemeinsamen Nenner finden. Marie machte eine resignierte Geste, lachte dann aber auf.

»Es gibt allerdings ein paar Anhänger einer Theorie, die

besagt, dass wir uns von anderen darin unterscheiden, dass wir die Fähigkeit haben, Kühe zu Tode zu erschrecken«, schmunzelte sie.

»Was meinst du damit?«

»Wenn ein normaler Mensch auf eine Kuhweide geht, glotzen die Tiere einfach nur, bestenfalls, oder?«

»Mmh.«

»Wenn sich aber ein Vergessener einer Kuh nähert, flieht diese total panisch.« Sie stand auf und trat an die Reling. »Das klingt verrückt«, sprach sie weiter, während sie einen Eimer aus dem Wasser hochholte, »aber Odd, der die Aussagen zusammengestellt hat, sagt, dass das der einzige Zusammenhang ist, den er erkennen kann.«

Sie beugte sich über den Eimer, tauchte die Hände ins Wasser und benässte sich den Hals. »Aber kein vernünftiger Mensch glaubt das. Es kommt allerdings nur in drei Zeugenaussagen vor, sodass man natürlich auch von purem Zufall sprechen kann. Willst du dich auch erfrischen?«

Jack richtete den Blick gen Himmel. Schwere Wolken ballten sich zusammen. Heute Abend würden dort keine Sterne zu sehen sein. Er hob den Eimer mit kaltem Wasser hoch, das schwach nach Dieselöl roch, und ließ es über seinen Kopf fließen, strich sich die Haare zurück, und während kalte Rinnsale zwischen seinen Schulterblättern hinabliefen, hörte er, wie in einem Haus am Kai eine Balkontür geöffnet wurde. Ein junger Mann mit nacktem Oberkörper bugsierte eine Matratze auf den Balkon. Von der Tür war die Stimme einer jungen Frau zu hören.

»Sind denn keine Mücken da?«

»Nein, Mücken gab es nicht.«

Als vom Balkon Gitarrenlaute herüberwehten, fühlte sich Jack schlagartig wohl.

»The long and winding road that leads to your door, will never disappear, I've seen that road before ...«

Die Worte des Lieds trafen Jack mit voller Wucht. Er sah zu Marie hinüber.

»It always leads me here, lead me to your door ...«

Er ging zu ihr und setzte sich neben sie. Ihre Hand ruhte auf der Armlehne des Stuhls. Er nahm sie und fuhr mit den Fingern darüber.

»Many times I've been alone and many times I've cried. Anyway you'll never know the many ways I've tried ...«

Der junge Mann auf dem Balkon sang nur für ihn. Zum zweiten Mal an diesem Tag stiegen Jack Tränen in die Augen. Er wusste nicht, ob das Lied oder Maries Gegenwart der Grund dafür waren. Vermutlich beides, aber das spielte keine Rolle. In ihn war Frieden eingekehrt.

Der Gesang verstummte plötzlich, und der junge Mann fluchte laut. »Mist, es fängt an zu regnen!« Jack blinzelte in die feinen Regenspritzer. Marie zog ihre Hand weg. Rasch sammelte sie Flaschen, Gläser und Stuhlkissen ein. Plötzlich öffnete der Himmel seine Schleusen. Marie lief auf die Kajüte zu.

»Beeil dich!«, rief sie.

Strömender Regen ergoss sich über ihn, und er legte den Kopf in den Nacken. Seine Augen füllten sich mit Regenwasser. Das Boot schaukelte. Marie rief seinen Namen aus der Kajüte.

Er wünschte, er könnte diesen Moment festhalten.

21

Die Kinder der Vergessenen

Die Petroleumlampe, die an einer Kette von der Decke hing, schaukelte hin und her. Schatten flackerten über die Wände der Kajüte. Es war immer noch stickig warm, obwohl sich Regen auf das Deck ergoss. Über den Himmel rollte Donnergrollen. Marie warf ihm ein Handtuch zu.

»Hier, zum Abtrocknen!«

Er rubbelte sich die Haare und hängte das Handtuch auf. Marie hatte es sich in der Koje bequem gemacht. Ihr Blick folgte ihm, als er sich ans Fußende setzte. Er lächelte und rutschte näher, genoss immer noch das Gefühl, mit sich und der Welt im Reinen zu sein. Behutsam legte er eine Hand auf Maries hochgelegten Fuß.

Sie zog ihn weg, und er hörte ihre Atemzüge durch das Prasseln des Regens. Als er sich genauer in der Kajüte umsah, entdeckte er an der gegenüberliegenden Wand mehrere Kinderfotos. Mit einem Nicken zu den Bildern fragte er: »Sind das deine?«

»Nein«, sagte sie schroff. »Es würde mir nie im Leben einfallen, Kinder in die Welt zu setzen. Das Risiko, dass sie unglücklich werden, ist viel zu groß.«

»Wessen Kinder sind es dann?«

Marie erzählte, dass die Kinder keine Vergessenen waren, obwohl sie von vergessenen Müttern geboren worden waren. Das älteste Kind hieß Andreas und war neun Jahre alt, Nellie war drei. Marie wies auf ein Bild, das einen Säugling zeigte, dessen Haare senkrecht nach oben standen. Das Kind sah nicht älter als einen Monat aus.

»Vielleicht hast du ja von ihr gehört. In den Zeitungen wurde ziemlich viel über sie geschrieben. Ihr Name ist Teresa.«

Sie streckte sich und griff nach einer Mappe, die auf dem Regal über der Koje lag. Mit der Mappe auf dem Schoß rückte sie dichter an ihn heran und zog eine Zeitungsnotiz heraus.

ERNEUTES FINDELKIND IN JORDBRO

Am frühen Sonntagmorgen wurde ein Säugling auf den Stufen der Kirche in Jordbro gefunden. Der Kirchendiener Erik Lindberg, der sich zufällig in der Kirche aufhielt, vernahm ein Weinen und fand gleich darauf das Neugeborene in eine Decke gewickelt vor der Kirchentür. Das Kind – ein Mädchen, wie sich herausstellte – ist bei guter Gesundheit und in die Obhut der Behörden gegeben worden. »Das Ereignis ist kein Einzelfall«, sagt Kriminalinspektor Herman Olin. »Seit dem Ende der 1990er Jahre hat es mehrere ähnlich geartete Fälle in Jordbro gegeben.« Bisher hat die Polizei noch keine Angaben darüber machen können, wer das Kind auf die Kirchenstufen gelegt hat oder aus welchem Grund es ausgesetzt wurde.

Marie reichte Jack einen weiteren Zeitungsausschnitt über das Ereignis in Jordbro. Jack überflog ihn. Es war ein Artikel aus der Abendzeitung, der bis auf die Angabe, dass das Mädchen zirka einen Monat alt war, keine neuen Fakten enthielt. Er sah vom Zeitungsausschnitt auf.

»Warum gebt ihr eure Kinder weg?«, fragte er.

»Wir geben unsere Kinder nicht weg, wir müssen unsere normalen Kinder weggeben.«

Sie nahm ihm den Artikel aus der Hand und sortierte ihn wieder ein. Peitschend schnappte das Gummiband um die Mappe zu.

»Was passiert deiner Meinung nach mit Kindern, die sich an keinen einzigen Menschen ihres Umfelds erinnern können?«, fragte sie ihn.

Er hatte nicht die geringste Ahnung.

»Sie sehen dich nicht an und lassen sich nicht trösten«, erläuterte sie. »Sie schlafen schlecht und nehmen nicht zu.«

Jack sah nach draußen in die Dunkelheit. Der Regen hatte aufgehört, und das Einzige, was noch von dem Gewitter zeugte, war ein dumpfes Grollen in der Ferne.

»Willst du noch mehr wissen?«

»Wäre es nicht besser, das Kind im Krankenhaus abzugeben? Oder im Kinderheim?«

»Schon, aber dann wären sie vermutlich nicht in die Zeitungen gekommen.«

Marie legte die Mappe weg. »Der Sinn der Sache, dass wir Teresa auf die Kirchenstufen gelegt haben, ist ja gerade, dass dann ausführliche Reportagen über sie geschrieben werden und wir so am ehesten noch in Erfahrung bringen können, wer ihre Pflegeeltern sind und wo sie wohnen wird.«

»Und was ist aus ihr geworden?«

Sie holte einen Karton mit Fotos aus einem Schrank und reichte ihn Jack.

»Teresa hat es gut getroffen«, sagte sie.

Jack blätterte die Fotografien durch, anscheinend war es Marie nur gelungen, sie flüchtig einzufangen – schräg von hinten im Kinderwagen oder von Weitem einen Parkweg entlangstolpernd.

»Schau hier«, sagte sie, »hier ist mir ein richtig gutes Bild gelungen.« Sie zeigte auf ein Foto, auf dem Teresa mit einem halb gegessenen Brötchen im Hochstuhl saß.

»Das war in einem Straßencafé«, erzählte Marie. »Teresas Pflegemutter hatte sie einen Augenblick allein gelassen.«

»Weißt du über alle weggegebenen Kinder Bescheid?«

Marie nickte. Wegen der erblichen Belastung sei das Risiko groß, dass die Kinder jederzeit vergessen werden konnten. Ihre Aufgabe bestünde darum darin, über sie zu wachen. Teresa und Nellie seien noch so klein gewesen, dass sie so gut wie nie von den Erwachsenen aus den Augen gelassen würden, aber Andreas sehe sie häufiger auf dem Schulhof, und manchmal leistete sie ihm sogar auf dem Rückweg vom Schwimmtraining Gesellschaft. Dann versuche sie ein Gespräch mit ihm anzufangen.

Sie sah auf ihre Armbanduhr. Jack folgte ihrem Blick. Es war schon nach drei Uhr nachts.

»Zeit zu gehen«, sagte er.

Marie begleitete ihn hinaus aufs Deck.

»Wann sehen wir uns wieder?«

Sie gab ihm ihre Prepaid-Handy-Nummer und steuerte auf die Kajüte zu.

»Ruf mich morgen an«, sagte sie, bevor sie die Tür zumachte.

In der Wohnung war es dunkel, als er sich an Arturs Schlafzimmertür vorbeischlich. Sein Gesicht im Badezimmerspiegel sah im Morgengrauen aus wie ein dunkler Fleck.

Er hatte es nicht eilig gehabt, nach Hause zu kommen, also hatte er seinen Spaziergang ausgeweitet, war durch die stillen Gassen geschlendert. Von allen Menschen in der Welt gab es jetzt zwei, die ihn kannten.

Als er aus dem Badezimmer trat, sah er Licht in der Küche brennen. Artur stand mit einer Teekanne in der Hand am Herd.

»Ich dachte, dass du vielleicht eine Tasse Tee möchtest«, sagte er und stellte die Kanne ab.

Das blasse Morgenlicht ließ Artur älter aussehen. Zwei scharfe Furchen zogen sich um seinen Mund, und er hatte dicke Tränensäcke. Seine Hand zitterte, als er sich müde die Haare aus der Stirn strich. Jack starrte seinen Vater an. Artur hatte zwar, nachdem Jack von seiner Begegnung mit Marie erzählt hatte, ohne Weiteres akzeptiert, dass es eine ganze Schar Vergessener gab, aber dass er ein Link sein sollte, damit war er nicht einverstanden.

»An mir ist nichts ungewöhnlich, ich bin ein völlig normaler Mensch«, protestierte er.

»An mir ist auch nichts ungewöhnlich«, wandte Jack ein, »abgesehen davon, dass mich alle bis auf dich vergessen.«

»Ich bin dein Vater.«

»Das hat damit nichts zu tun.«

Jack schenkte sich Tee nach. Mit einem Seufzer lehnte er sich über den Tisch und sah seinem Vater in die Augen.

»Sei nicht so stur«, bat er. »Andere Vergessene haben auch

Väter, und die erinnern sich nicht an ihre Kinder. Dafür braucht es etwas Besonderes, und das ist das, was du hast.«

»Ich will nicht in irgendetwas hineingezogen werden.«

»Was willst du damit sagen?«

Artur sah konzentriert auf die Tischplatte und fuhr mit den Fingern über einen unsichtbaren Fleck. »Mit diesen Leuten stimmt doch etwas nicht. Die können noch nicht einmal mehr ihren Lebensunterhalt bestreiten.« Er sah auf. »Wer weiß, was die so treiben.«

»Das gilt doch auch für mich.«

»Ich weiß, aber das ist etwas anderes. Dich kenne ich, und ein Vergessener mag ja noch angehen, aber ein ganzer Haufen, der sich zwischen uns bewegt, der auf wer weiß was für Ideen kommen könnte ... Das ist gefährlich.«

Artur schob die Brille auf die Stirn und rieb sich die Augen, bevor er die Hände sinken ließ.

»Sei bitte nicht enttäuscht deswegen«, bat er. »Dieser Sommer ist für mich unvergesslich. Jeden Abend, wenn ich ins Bett gehe, sage ich mir, da drinnen liegt mein Junge, und morgen werden wir ...« Er biss sich auf die Lippen und blinzelte ein paar Tränen fort. »Ich bin schon seit Ewigkeiten nicht mehr so glücklich gewesen«, sprach er leise weiter. »Und ich wünsche mir nichts sehnlicher, als dass es so bleibt.«

»Es muss sich nicht zwangsläufig etwas ändern.«

»Doch, das wird es. Das wird es.«

22

Kühe erschrecken

Artur sprach am nächsten Tag kaum ein Wort. Grimmig nahm er das Porzellan aus den Küchenschränken, um es zu putzen und um das Papier, mit dem die Schränke ausgelegt waren, zu wechseln.

»Und das mache ich am liebsten allein«, sagte er, als Jack anbot, ihm zu helfen.

Jack ließ den Wischlappen ins Spülbecken fallen und ging ins Wohnzimmer. Er nahm einen Atlas aus dem Bücherregal, legte sich damit aufs Sofa, stopfte sich ein Kissen unter den Kopf und schlug die Karte vom Großraum Stockholm auf.

In der Küche mischte sich unter das Rascheln von Papier Schlagermusik aus dem Radio. Jack ertrug sie eine Zeit lang, weil er wusste, dass Artur sich bei dieser Art von Musik an die Triumphe erinnerte, die er einst auf der Tanzfläche gefeiert hatte. Aber als Sonja Aldéns »Weil es dich gibt« verklang und von einer blechernen Werbeunterbrechung abgelöst wurde, wurde es ihm zu viel. Er ging in die Küche.

»Könntest du dir vorstellen, Maries Bekanntschaft zu machen?«, fragte er und lehnte sich gegen den Türrahmen.

Artur sah von dem Tellerstapel auf, den er in der Hand hielt, und schüttelte den Kopf.

»Ein anderes Mal vielleicht. Ich habe Otto versprochen, ihm zu helfen, die Bremsbeläge an seinem Wagen auszutauschen, und das sollte man am besten gleich erledigen.«

Artur stellte einen Stapel Geschirr in den Schrank und griff nach einem anderen. »Otto muss seine Verwandten in Deutschland besuchen, und dort fahren sie auf der Autobahn wie die Verrückten.«

Jack zuckte mit den Schultern. »Wie du willst«, erwiderte er, bevor er zurück ins Wohnzimmer ging, sein Handy aus der Tasche nahm und Maries Nummer wählte.

»Ich bin's, Jack«, meldete er sich.

»Ja?«

Sie klang außer Atem. Im Hintergrund waren Autos zu hören. Jack sprach lauter, um das Verkehrsrauschen zu übertönen.

»Wo bist du? Ich kann dich kaum verstehen.«

»Bei Strandvägen, ich fahre Rad. Im Moment nur mit einer Hand am Lenker. Was gibt's?«

Das waren keine guten Voraussetzungen für ein vertrauliches Gespräch. Jack überlegte rasch.

»Treff mich doch beim Sergelfontänen, in zehn Minuten am Brunnen. Ich komme mit dem Fahrrad.«

»Und was wollen wir machen?«

»Eine Fahrradtour. Nach Lovö.«

»Hast du vor, dem König einen Besuch abzustatten?«

»Nein, was Besseres.«

Mehr wollte er nicht verraten und legte auf.

Die Sonne brannte auf seinen Schultern, als er mit Marie am Schloss Drottningholm vorbeiradelte. Der nächtliche Regen hatte die Blätter an den Bäumen wieder aufleben lassen. Wasser spritzte um ihre Räder auf, als sie auf einen nassen Schotterweg einbogen.

Links und rechts ragten Steilhänge auf, die mit Eichen bewachsen waren. Jack atmete den Geruch von feuchter Erde und Moos ein, strampelte an Marie vorbei und sauste in hohem Tempo einen Hügel hinab. Vor ihm breitete sich die Landschaft aus, sanfte Weidegründe fielen zum Wasser hin ab. Unter einer Gruppe Erlen am Ufer stand eine Herde Kühe. Er bremste, und Marie schloss zu ihm auf. Sie keuchte, ihr Gesicht glänzte.

»Warum hältst du an?«, fragte sie.

»Komm!«

Er legte sein Fahrrad in den Graben und deutete auf die Kühe am See. Marie sah ihn erstaunt an.

»Du willst doch wohl nicht sagen, dass du daran glaubst, oder?«

»Doch!«

Sie schüttelte den Kopf, legte ihr Fahrrad neben seines und kroch hinter ihm unter dem Zaun durch. Die Kühe hatten sich noch nicht vom Fleck gerührt. Im Schutz der grasbewachsenen Buckel schlich er in Richtung Seeufer. Hinter sich hörte er Marie kichern.

»Das wird nicht funktionieren«, wandte sie ein.

Sie bewegten sich auf die Mitte der Weide zu und gingen dann in einem weiten Bogen zur Wasserkante. Die Kühe blieben ruhig, wedelten gemächlich mit den Schwänzen, während ein Fliegenschwarm um sie herumsummte.

»Sie haben uns noch nicht gesehen«, flüsterte er. »Sollen wir ihnen einen Stock hinschmeißen?«

Beim Klang von Jacks Stimme hob eine Kuh den Kopf und sah sie an. In wildem Tempo stob sie über die Wiese davon, die anderen hinter ihr her. Jack starrte ihnen nach.

»Das kann nicht wahr sein ...«

Die Kühe drängten sich gegen das Gatter am Waldrand. Jack und Marie gingen langsam auf sie zu. Je näher sie kamen, desto stärker fingen sie an, unruhig mit den Köpfen zu wedeln und laut zu muhen.

Marie blieb stehen. »Mir reicht's«, sagte sie. »Lass uns abhauen!«

»Ich glaub's nicht«, sagte er.

Marie machte einen Schritt über den Graben, stolperte und verzog vor Schmerz das Gesicht. Er nahm ihren Arm.

»Nicht weiter schlimm«, sagte sie, »ich bin nur ein bisschen steif.«

Sie ließen die Fahrräder liegen und spazierten den Hügel hoch. Mit Blick auf die Kühe, die inzwischen wieder ruhig am Wasser weideten, setzten sie sich in den Schatten eines Baumes. Jack holte eine Thermoskanne heraus, schenkte Kaffee ein, reichte Marie einen Becher und drehte sich eine Zigarette.

»Erzähl mir von den Vergessenen in Rinkeby«, bat er sie und befeuchtete das Papier mit der Zunge. »Was können sie noch, außer Kühe in Angst und Schrecken zu versetzen?«

Marie hatte sich gegen den Baumstamm gelehnt und die Hände in den Schoß gelegt.

»Da gibt es nicht viel zu erzählen. Sie sind wie die meisten Leute.«

»Sind sie das?«

Sie sah auf.

»Ehrlich gesagt bin ich nicht so oft in Rinkeby.«

»Warum?«

»Weil es dort jemanden gibt, der es genießt, andere herumzukommandieren. So was mag ich nicht. Zufrieden?«

»Nein.«

Sie schüttelte resigniert den Kopf und lächelte dann plötzlich jenes Lächeln, an das er sich von der Drottninggatan erinnerte. Er stieß leicht gegen ihre Schulter.

»Nun sag schon!«

»Erst, wenn du damit aufhörst, mich einzunebeln.«

Er drückte die Zigarette aus, und Marie erzählte von Odd Brobakken, den sie für ziemlich machtlüstern hielt und der irgendwo in Sörmland auf einem Bauernhof aufgewachsen war. Im Gegensatz zu dessen Vater, der ein hohes Tier bei der Zentrumspartei gewesen war, wollte Odd den Jusos beitreten. Sein Vater war ausgeflippt und hatte ihm gedroht, ihn vom Hof zu jagen, wenn er jemals seinen Fuß in ein Sozilokal setzen würde, was Odd aber nicht daran gehindert hatte. Er wollte Politiker werden und hatte sich eben für die Sozialdemokraten entschieden. Er war nicht älter als fünfzehn, als er seine sieben Sachen packte, von zu Hause wegging und den Jusos beitrat. Danach dauerte es nicht lange, bis er sich zur Bezirksebene hochgearbeitet hatte, und sobald er volljährig geworden war, landete er auf dem neunten Platz der Parlamentsliste. Zwar reichte es nicht für einen Sitz, doch wusste er, dass er schon bei der nächsten Wahl an erster Stelle stehen würde.

Marie seufzte. Sie sah Jack an.

»Du ahnst bestimmt, was dann passiert ist.«

»Er wurde vergessen?«

»Genau.«

Langsam radelten sie über die Insel Lovön zurück. Marie war müde und stieg am Brommaplan ab. Sie deutete auf den Zeitungskiosk.

»Ich brauche unbedingt etwas zu trinken. Holst du mir was?«, fragte sie und setzte sich auf die Treppe eines Elektrogeschäfts. Als Jack mit ein paar Wasserflaschen zurückkam, streckte sie ihm ihre Hände entgegen.

»Schau mal, wie geschwollen sie sind.«

Jack setzte sich neben sie und reichte ihr eine Flasche.

»Tut es weh?«

»Ja.« Sie nahm die Wasserflasche und drehte sie zwischen ihren steifen Händen. »Hanna verschreibt mir zwar Medikamente«, fuhr sie fort, »aber es hilft nicht immer. Ich hasse es, mich nicht uneingeschränkt bewegen zu können.«

Jack wollte gerade fragen, ob sie Rheuma hätte, als ein Mädchen von etwa zwölf Jahren vor ihnen auf den Gehsteig fuhr und vom Fahrrad abstieg.

»Du solltest einen Fahrradhelm tragen!«, sagte Marie streng.

Das Mädchen stellte ihr Rad ab und zuckte mit den Schultern.

»Was geht Sie das an?«

Marie lehnte den Kopf gegen das Treppengeländer. Ihr Blick folgte dem Mädchen, während es an ihnen vorbei die Stufen zum Geschäft hochlief.

»Zumindest, wenn du in der Stadt Fahrrad fährst«, rief sie dem Mädchen noch hinterher.

Das Mädchen drehte sich um und äffte sie frech nach. Dann schlug die Ladentür mit einem Knall hinter ihr zu. Jack sah Marie verblüfft an.

»Wie hast du das gemacht? Sie hatte dir doch den Rücken zugedreht!«

»Mit Luft.«

Sie atmete ein, spitzte die Lippen und pustete ihn an. Ein kaum spürbarer Luftzug glitt über seine Stirn, seinen Nasenrücken und über seinen Mund. Fassungslos sah er sie an.

»Wie lange kannst du das durchhalten?«

»Lange. Ich habe von klein auf geübt.«

Sie radelten zurück in die Stadt und waren am späten Nachmittag in der Pannsmedsgatan. Marie stützte sich auf den Lenker. Ihr T-Shirt war schweißnass, und die Haare fielen ihr ins Gesicht.

»Ich bin völlig am Ende«, stöhnte sie, »aber es war ein sehr schöner Tag.«

Die Tür zum Hof ging mit einem Quietschen auf. Jack drehte sich um. Ingrid betrat den Gehsteig und hinter ihr Aino. Sie hatte das Haar zurückgekämmt, nur ein paar Locken fielen über ihre Wange. Sie trug die grüne Bluse, die er ihr vor ein paar Jahren in Norrtälje gekauft hatte.

Jack atmete tief durch. Das Fahrrad entglitt seinen Fingern. Es schepperte zu Boden. Er konnte nicht aufhören, Aino anzustarren, aus Angst, sie könnte sich sonst jeden Moment in Luft auflösen.

Wie in Zeitlupe hob er seinen Fuß und machte einen Schritt auf sie zu. Sie stand neben Ingrid und hielt, eine Hand auf den Arm seiner Mutter gelegt, nach einer Lücke im Verkehr Ausschau.

»Aino?«, fragte er.

Sie hörte ihn nicht.

Da machte er noch einen Schritt in ihre Richtung. Aino drehte den Kopf, und für den Bruchteil einer Sekunde streifte ihr Blick den seinen. Dann wandte sie sich wieder den Autos zu, die sich aus der Gegenrichtung näherten, lief auf die Straße und zog Ingrid mit sich.

Er blieb stehen und sah sie im Park verschwinden. Hinter sich konnte er Maries Stimme hören.

»Ich fahr dann jetzt.«

Marie hatte sich wieder aufs Fahrrad gesetzt. Er streckte eine Hand aus und packte ihren Gepäckträger.

»Fahr nicht!«, bat er sie, »komm mit hoch.«

Im Kühlschrank fand er ein Stück Lachs, im Vorratsschrank Reis und Gemüse.

»Die ältere Frau«, begann sie und zog das Schneidebrett raus, »war das deine Mutter?«

Er nickte und reichte ihr die Tomaten.

»Ja.«

»Sind deine Mutter und Aino eng befreundet?«

»Befreundet ist zu viel gesagt, aber meine Mutter mag sie von Kindheit an.«

»Haben sie sich schon häufiger ohne dich getroffen?«

»Soweit ich weiß nicht. Warum fragst du?«

»Weil es nicht ungewöhnlich ist, dass Menschen, die

einer Person nahegestanden haben, die vergessen worden ist, die Nähe Gleichgesinnter suchen.«

Er zuckte mit den Schultern und tat die Tomaten, die Marie geschnitten hatte, zum Salat.

»Aino hat abgenommen.«

»Vielleicht hat sie es auch nicht leicht.«

Jack kniete sich vor die Ofenluke. Vielleicht hatte sie es tatsächlich nicht leicht. Dieser Gedanke war irgendwie tröstlich.

Artur kam im selben Augenblick herein, als das Essen auf dem Tisch stand. Beim Anblick des dampfenden Lachses tätschelte er Jacks Schulter. Dann lächelte er Marie an.

»Und wen haben wir da?«, fragte er.

»Marie«, sagte sie und reichte ihm die Hand.

»Artur.«

Er zeigte auf seine ölverschmierten Hände.

»Sie müssen entschuldigen, ich werde Sie gleich richtig begrüßen. Ich muss nur meine Hände waschen.« Dann verschwand er im Badezimmer.

Marie legte sich eine Portion Lachs auf ihren Teller. Als Artur wieder hereinkam, musterte er sie neugierig.

»Wir haben Besuch?«, fragte er.

Jacks Augenbrauen zogen sich zusammen. Gereizt zog er Artur einen Stuhl heran.

Marie reichte Artur über den Tisch die Hand.

»Jetzt können wir uns begrüßen«, meinte sie.

Artur sah Marie verunsichert an, schüttelte aber ihre Hand.

»Artur Sandberg«, stellte er sich mit einer kurzen Verbeugung vor.

Jack legte Gabel und Messer hin und beäugte Artur skeptisch.

»Was ist mit dir los?«, fragte er. »Willst du sagen, dass du dich nicht mehr an Marie erinnerst?«

Marie hatte sich über den Tisch gelehnt und legte eine Hand auf Arturs Arm.

»Können Sie sich denn nicht daran erinnern, dass wir uns hier in der Küche getroffen haben, bevor Sie rausgegangen sind, um sich die Hände zu waschen?«

»Nein. Sind wir uns wirklich schon mal begegnet?« Artur klang aufrichtig bekümmert. »Ich kann mich nicht daran erinnern.«

»Ich möchte dich etwas fragen«, sagte Jack, legte seine Hand auf Arturs Arm und hielt mit der anderen Maries umfasst. Er erzählte Artur von seiner Begegnung mit Aino und Ingrid.

»Weißt du, ob sie sich regelmäßig treffen?«

»Nicht dass ich wüsste. Aber als du heute Vormittag aufgebrochen bist, kam Ingrid zu mir und meinte, dass Aino angerufen habe. Sie hatte etwas in der Stadt zu erledigen und wollte sich mit ihr treffen. Ingrid hatte überlegt, sie in ein Restaurant einzuladen.«

»Wahrscheinlich waren sie vorhin unterwegs zu Robertinos. Aino liebt italienisches Essen«, sagte Jack.

Eine Falte bildete sich zwischen den Augenbrauen des alten Mannes.

»Du willst doch wohl nicht hingehen, oder?«, fragte er.

»Nein.« Jack erinnerte sich an den gleichgültigen Ausdruck, der in Ainos Augen gelegen hatte. »Ich weiß, dass das aussichtslos ist. Vollkommen aussichtslos.«

23

Die Vereinigung der Vergessenen

Die U-Bahn nach Rinkeby fuhr an und verließ den Bahnhof. Jack legte den Blumenstrauß auf seinen Schoß. In der vergangenen Woche hatte er Marie mehrmals darum gebeten, die anderen Vergessenen kennenlernen zu dürfen. Schließlich sagte sie: »Ich habe mit Hanna gesprochen. Sie meldet sich, sobald sie Zeit für dich hat.«

Jetzt waren sie endlich unterwegs. Jack betrachtete Marie, die sich in die Ecke des Abteils kauerte und ihr eigenes Spiegelbild in der Scheibe betrachtete.

Viel hatte sie ihm nicht über die Vergessenen erzählen wollen, und so wusste er nur, dass sie einen Verein gegründet hatten, den sie »Vereinigung der Vergessenen« nannten und der dazu diente, die Vergessenen zu unterstützen. Hanna Olofsson war ihr führender Kopf. Von den etwa dreißig Mitgliedern wohnten fünf Erwachsene und zwei Kinder in einem der Mietshäuser in Rinkeby. Ihre Wohnungen lagen in einem Hausteil, den nur sie bewohnten. Die anderen Vergessenen lebten verteilt in der näheren Umgebung oder in anderen Stadtteilen.

Die Bahn fuhr donnernd aus dem Untergrund. Maries

Augen waren jetzt geöffnet. Graue Mietshäuser blitzten hinter den von der Sommerhitze verdorrten Birken auf. Jacks Finger umklammerten den Blumenstrauß fester, als der Zug seine Geschwindigkeit verlangsamte – sie waren da.

Die Sonne fiel auf den Marktplatz, und Jack konnte dem Impuls nicht widerstehen, an einem der Marktstände einen Pfirsich zu klauen. Es herrschte eine unglaubliche Hitze, und ihm klebte die Zunge am Gaumen. Er biss hinein, sog den Saft ein und streckte Marie die Frucht entgegen.

»Magst du auch mal?«

Sie schüttelte den Kopf.

Sie verließen das Zentrum und steuerten auf eine Ansammlung Mietshäuser zu. Maries Gesicht war verschlossen, und ihre Schultern unter der dünnen Bluse wirkten angespannt. Er nahm an, dass sie wieder Schmerzen hatte, und ging langsamer. Nach ein paar Minuten zeigte sie auf ein zweistöckiges Haus an einer Grünanlage.

»Der letzte Hauseingang ist unserer«, sagte sie.

Trotz der Hitze saßen ein Stück vom Haus entfernt ein paar Leute und sahen einem Fußballspiel zu. Nach einem Blick auf die Uhr zog Marie sich in den Schatten der Hausfassade zurück.

»Wir sind zu früh.«

Jack versuchte seine Ungeduld zu zügeln, und sah den Kindern zu, die keuchend dem Ball hinterherjagten. Er musste lächeln. Marie deutete auf ein Mädchen im blaugelben Trikot, das allein am Spielfeldrand stand.

»Das ist Tove.«

Im selben Augenblick flog der Ball in weitem Bogen auf das Mädchen zu. Es stürmte auf den Platz, und sein blonder Pferdeschwanz wippte, als es den Ball mit der Brust annahm, ihn zwischen den Füßen landen ließ und ihn an den auf ihn zustürmenden Gegnerinnen vorbeidribbelte und aufs Tor zurannte. Sieben, acht Meter davor schoss es. Der Ball landete zwischen den Pfosten. Jack lächelte anerkennend.

Das vereinzelte Händeklatschen verlor sich rasch. Der Torwart warf den Ball aufs Feld zurück, und Tove stand wieder am Rand des Spielfelds, als ob nichts gewesen wäre.

Jack sah auf den Blumenstrauß in seiner Hand. Ein paar Lilien waren kaum das, wonach sich eine Zehnjährige sehnte, trotzdem nahm er eine heraus und deutete damit aufs Spielfeld.

»Wollen wir ihr nicht zum Tor gratulieren?«

»Das geht nicht, da hinten sitzen Åsa und Patrick.«

Er folgte Maries Blick zu einem Paar, das abseits des Publikums dicht nebeneinandersaß. Unter dem Kleid der Frau wölbte sich ihr Bauch. Ihr Kopf lehnte an der Schulter des Mannes. Jack wandte sich Marie zu und zog fragend die Augenbrauen hoch.

»Und?«

»Vergessene, die in Grüppchen auftauchen, sind für andere Menschen furchteinflößend. Je mehr es sind, desto schlimmer – manchmal reichen schon zwei. Ist dir das noch gar nicht aufgefallen?«

»Nein, woher? Aber sobald wir weg sind, geraten wir doch sofort wieder in Vergessenheit. Wo liegt das Problem?«

»So einfach ist das nicht. Wenn wir zu Tove gehen und

Åsa und Patrick so dicht danebensitzen, lassen sie uns nicht aus den Augen.«

Er betrachtete die Eltern der Kinder, die friedlich miteinander plauderten. Was hatte Artur noch gleich gesagt? Ein Vergessener mag ja noch angehen, aber ein ganzer Haufen?

»Meinst du, sie würden gewalttätig werden?«

»Ja. Wenn wir ihnen nicht entkommen, dann schon. Wollen wir los?«

Mit einem Blick auf die mutmaßlichen Gewalttäter folgte Jack ihr ins Haus.

Der Name Olofsson stand an der Wohnungstür. Marie klingelte zweimal hintereinander, kurz darauf wurde die Tür von einer Frau mit einer übers Kleid gebundenen Schürze geöffnet. Ihre Wangen glühten, eine Haarsträhne hatte sich gelöst.

»Ich bin Elene«, stellte sie sich Jack vor und reichte ihm die Hand. »Hanna ist noch nicht da, aber Odd wartet schon in der Bibliothek.«

Ihre Stimme hatte einen schwachen Akzent, und als sie sich mit einem Lächeln entschuldigte, weil sie nach dem Brot im Ofen sehen müsse, fragte sich Jack, ob sie Dänin war.

»Es gibt also auch in Dänemark Vergessene?«, wollte er von Marie wissen, nachdem Elene sich in die Küche zurückgezogen hatte.

»In Dänemark, Finnland, England – vermutlich überall. Im letzten Jahr kamen wir mit einer Frau aus Eritrea in Kontakt. Sie wurde nur einen Monat nach ihrer Immigration nach Schweden vergessen.«

Jack hielt nach einer Toilette Ausschau. Marie zeigte auf eine Tür am Ende des Flurs.

»Odds Vater stammte zum Beispiel aus Norwegen«, fügte sie noch hinzu, bevor er im Badezimmer verschwand.

Er besprengte sein erhitztes Gesicht mit Wasser. Als er nach dem Handtuch griff, hielt er inne. Über jedem Haken hing ein gemaltes Bild, dessen Durchmesser höchstens fünf Zentimeter maß. Er erkannte sofort Elene und nahm an, dass es sich bei dem Mann mit den buschigen Augenbrauen um Odd handeln musste. Jack ließ seine Augen über die anderen Personen schweifen, bis sein Blick an dem Bild einer jungen Frau hängen blieb. In ihrem blassen Gesicht flossen verschiedene Nuancen von Weiß und Grau ineinander. Ihr Mund bestand aus einem einzigen flimmernden Pinselstrich, und ihre Augen waren nur als zwei dunkle Flecke angedeutet.

Mit dem Gefühl, einen Geist erblickt zu haben, trocknete er sich ab und ging in die Bibliothek.

Das Zimmer war groß. Sonnenstrahlen fielen auf den hellen Holzfußboden, und an den Wänden erstreckten sich Bücherregale. Noch mehr Bücher lagen auf den Fensterbänken und stapelweise auf dem Couchtisch verteilt. Hinter einem Schreibtisch saß ein Mann, der etwas in einen Computer tippte.

»Odd Brobakken«, stellte er sich vor und ergriff mit beiden Händen Jacks Hand, bevor er sie heftig schüttelte. »Wie schön, dass Sie uns gefunden haben!«

»Eigentlich hat Marie mich gefunden«, erwiderte Jack.

Jack sah zu Marie hinüber, die gerade die Jalousien

schloss, und befreite seine Hand aus Odds Griff, was nicht so leicht war.

»Es ist so heiß hier, können wir vielleicht ein bisschen lüften?«, fragte er.

Ohne die Antwort abzuwarten, ging er zum Balkon und machte die Tür auf. Frischluft strömte herein, im Hintergrund war das Spiel der Kinder zu hören. Jack holte tief Luft. Odd stellte sich neben ihn.

»Marie hat schon ein bisschen erzählt, was Ihnen widerfahren ist«, sagte er und legte einen Arm um Jacks Schultern, »aber ich hätte nichts dagegen, noch mehr zu hören. Wollen wir uns setzen?«

Er wies aufs Sofa, aber Jack beugte sich zu seinem Rucksack hinunter.

»Ich habe meine Erlebnisse aufgeschrieben. Es ist eine lange Geschichte, die sich nicht nur mit mir befasst.«

Er reichte Odd sein Manuskript. Dieser überflog die erste Seite. Als er wieder aufsah, leuchteten seine Augen.

»Spannend. Das muss ich sofort lesen« sagte er und setzte sich in den nächstbesten Sessel. Jack suchte in der Hosentasche nach dem Päckchen Tabak und drehte sich zu Marie um.

»Kommst du mit?«, fragte er.

Marie nickte und kam zu ihm auf den Balkon.

»Was für ein Typ«, flüsterte er und deutete hinein.

Marie schwieg. Er steckte sich die fertig gedrehte Zigarette an.

»Wer hat die Porträts im Bad gemalt?«, fragte er.

»Git.«

Marie lehnte sich gegen das Geländer des Balkons und

erzählte, dass Git neunzehn sei und eine kleine Tochter namens Memory habe. Git habe Glück gehabt, da das kleine Mädchen ebenfalls von Geburt an vergessen wurde, sodass sie gemeinsam eine der Wohnungen im Haus beziehen konnten.

»Ich glaube, ich weiß, wie Git aussieht«, sagte er. »Sie hat ein kalkweißes Gesicht und einen diffusen Blick.«

»Willst du damit sagen, dass du Gits Selbstporträt nicht magst?«, fragte sie.

»Nun ja«, sagte er, »es wirkt irgendwie so leblos auf mich.«

»Das Bild sagt für mich alles darüber aus, was es heißt, vergessen zu sein.« Sie drückte sich bei diesem Satz vom Geländer weg und ging zurück in die Bibliothek. Nachdem Jack seine Zigarette ausgedrückt hatte, folgte er ihr.

Odd saß unverändert da. Jack setzte sich neben Marie auf das Sofa und streckte die Beine aus. Während er den Zigarettenstummel zwischen den Fingern drehte, überlegte er, ob er wieder in den Hof gehen sollte, als eine tiefe Frauenstimme vom Flur her erklang. Odd fuhr hoch.

»Das ist Hanna.«

Die Frau, die die Bibliothek betrat, sah ganz und gar nicht so aus, wie Jack sie sich vorgestellt hatte. Sie war keineswegs kräftig, sondern eine Frau mittleren Alters mit dunklen Augenringen und von kleiner Statur. Er stopfte den Zigarettenstummel in die Hosentasche und reichte ihr die Hand.

»Jack, Jack Sjödell«, stellte er sich vor. »Ich habe Blumen für Sie dabei, weiß aber gerade nicht, wo sie abgeblieben sind«, fuhr er fort und sah sich suchend nach dem Strauß um.

»Auch so sind Sie herzlich willkommen.«

Ihre Stimme vibrierte leicht, und die nervöse Energie, die von ihr ausging, schien ansteckend zu sein. Seine Wangen glühten, und er überlegte, was er sagen könnte. Hanna legte eine Hand auf seinen Arm.

»Ich kann mir vorstellen, dass Sie am liebsten nicht in dieser Situation wären. Es schmerzt, vergessen zu werden.«

»Das tut es. Aber es fällt mir leichter, es zu ertragen, seitdem ich weiß, dass es noch mehr von meiner Sorte gibt.«

»Die Vergessenen«, entgegnete sie, »sollten zusammenhalten. Einer für alle, alle für einen.«

Er hörte Marie seufzen, kümmerte sich aber nicht darum. Von Hanna ging etwas Magisches aus – etwas, das ihn ihre Nähe suchen ließ, von dem er sich angezogen fühlte. Er wollte ihr gefallen.

»Einer für alle, alle für einen«, nahm er Hannas Worte auf.

Hanna nickte. »Ich hoffe, Sie haben Hunger mitgebracht. Elene hat Ihretwegen den ganzen Morgen in der Küche gestanden.«

Im Esszimmer lag ein Duft von Sonntagsbraten, und der Tisch war mit langstieligen Gläsern und Leinenservietten gedeckt. An der Wand hing das Porträt einer Frau, die ein Seidenkleid trug. Die dünne Gardine, die im Fenster hing, flatterte im Luftzug. Im Stillen fragte sich Jack, ob die Vergessenen immer ihr Sonntagsessen auf diese Art einnahmen oder ob sie ihn als Neuankömmling feierten. Während er seinen Stuhl heranzog, sah er nacheinander die sechs Personen am Tisch an. Sie erwiderten sein Lächeln, und Jack gefiel es, hier zu sein. Sie hatten sich zu einem Familienessen versammelt, und die Hauptsache war, dass er dabei sein durfte. Er blinzelte und begegnete Hannas Blick, als er sich setzte. War es Einbildung oder eine Bitte um Hilfe, die er in den Tiefen ihrer Augen zu erkennen glaubte? Nichts würde er lieber tun, als ihr zur Seite zu stehen. Er nahm die Schüssel entgegen, die Marie ihm reichte, und bediente sich. Als er wieder aufsah, hatte Hanna den Kopf gesenkt. Also richtete er seine Aufmerksamkeit auf Elene.

Sie hatte die Schürze abgenommen und schnitt geschickt einen Pfannkuchen in kleine Stücke. Die Marmelade tropfte über den Tellerrand, und Memory, die neben ihr saß, warf sich in ihrem Hochstuhl nach vorne. Ungeduldig klopfte sie mit ihrem Löffel auf den Tisch.

»Memory liebt Pfannkuchen.« Elene streichelte dem Mädchen über den hellen Lockenkopf.

Memorys Mund schloss sich um das Pfannkuchenstück. Noch einmal schlug sie mit dem Löffel auf die Tischplatte, und ihre kleine Faust umklammerte fest den Stiel, als Git versuchte, ihr den Löffel wegzunehmen.

»Ich glaube, wir haben uns noch gar nicht vorgestellt«, sagte sie und stand auf.

Er schüttelte ihre Hand und wollte gerade fragen, ob sie das Bild an der Esszimmerwand gemalt hatte, als sie sich wieder hinsetzte und sich erneut ihrer Tochter zuwandte.

Jack nahm sich noch eine Scheibe Roastbeef. Elene schenkte sein Glas nach. Das Stimmengewirr wurde lauter, und er schob Odd die Salatschüssel zu.

»Konnten Sie zu Ende lesen, was ich geschrieben habe?«

»Fast.«

Odd spießte eine Kartoffelspalte auf und steckte sie in den Mund, klopfte dann ans Glas, räusperte sich und stand auf.

»Meine Freunde«, begann er, »ich habe euch etwas mitzuteilen.« Mit einem weiteren Räuspern legte er eine Hand auf Jacks Schulter. »Dieser Mann hat uns heute nicht nur mit seiner Gesellschaft erfreut, sondern ...«, er wartete, bis alle zuhörten, »... sondern er hat zudem noch eine für uns bedeutende Entdeckung gemacht.«

Odds Worte hatten die gewünschte Wirkung. Alle verstummten.

»Und jetzt wollt ihr bestimmt hören, was ich zu sagen habe, oder?«, sagte er lachend und griff nach seinem Glas. »Ich kann euch mitteilen, dass Jack uns einen neuen Ahnen geschenkt hat – einen Mann namens Edmund Ribe, geboren 1864, der damit sechzehn Jahre älter als unsere Bea ist.«

Odd hob sein Glas, und die anderen am Tisch folgten seinem Beispiel. Lächelnde Gesichter wandten sich Jack zu, und Hannas Augen leuchteten auf.

»Haben Sie schon von unserer Bea gehört?«, fragte sie.

Hannas tiefe Stimme zog die Aufmerksamkeit aller sofort auf sie, aber bevor Jack antworten konnte, fing Memory zu heulen an und schmiss ihren Teller auf den Boden.

»Kann sich denn nicht mal jemand um das Kind kümmern?«, klagte Odd.

Git nahm Memory auf den Arm. Ihre kleinen Beine strampelten wild, sodass Git das Mädchen auf den Fußboden setzte.

»Wir gehen zur Sandkiste«, sagte sie.

Mit Memory an der Hand verschwand sie. Odd stellte sein Glas hin und wischte sich die Finger an einer Serviette ab. Mit einem Seitenblick auf Jack deutete er auf das Gemälde an der Wand.

»Das ist unsere Bea«, sagte er.

Jack nahm die Frau auf dem Porträt in Augenschein. An ihrer Gestalt war irgendetwas Vertrautes, doch dauerte es ein paar Sekunden, bis er darauf kam, was es war – das Gesicht mit der hohen Stirn erinnerte an Selma Lagerlöf. Bea besaß dieselben klugen Augen und ihre aufrechte Haltung.

»Bea Velander war eine äußerst bedeutende Person«, nahm Odd den Faden wieder auf. »Bis heute war sie nicht nur als unsere bisher älteste Vergessene bekannt, sondern auch die Initiatorin unserer Stiftung. Ohne sie würden wir heute nicht hier zusammensitzen. Wir können Bea gar nicht genug danken, hat sie doch die Vereinigung ins Leben gerufen und sie auf solide finanzielle Füße gestellt.«

»Wodurch denn?«, wollte Jack wissen.

»Bea war ein Link und erbte irgendwann zu Beginn des 20. Jahrhunderts eine Immobilie in Roslagen. Gemeinsam mit ihrem Mann Oskar eröffnete sie ein Hotel für Badegäste, wobei es ihr, obwohl Oskar und ihre beiden Söhne Vergessene waren, gelang, das Hotel zu betreiben und nach wenigen Jahren gewinnbringend zu führen. Sehr gewinnbringend möchte ich sagen.«

»Wo genau in Roslagen hat es gelegen?«

»Der Ort heißt Harunda.«

Jack sah den Strand von Harunda vor sich, den weichen Sand, in den die Wellen ein geriffeltes Muster gegraben hatten. Als er klein war, war er mit seinen Eltern zum Baden dorthingefahren. Er erinnerte sich noch an die Sandburgen, die er gebaut hatte, und wie die Schiffswellen der vorbeifahrenden Finnlandfähren über seine Mauern und Türme geschwappt waren. Er erinnerte sich auch an die Stichlingsschwärme, die blitzschnell geflohen waren, wenn der Schatten seiner Hand über sie gefallen war.

Er nickte.

»Ich kenne Harunda, es ist nicht weit von Ämtudden entfernt. Dort habe ich früher gewohnt.«

Marie blickte plötzlich von ihren Händen auf und sah ihn an.

»Ich bin in Harunda aufgewachsen. Bea war meine Urgroßmutter«, sagte sie.

»Wie lange hast du dort gewohnt?«

»Bis ich elf war. Das Haus war damals schon ziemlich verfallen und ließ sich nur schwer heizen. Mein Vater war der Ansicht, dass er auf Haparandas Grund und Boden nicht noch mehr Bäume fällen konnte, deswegen sind wir umgezogen. Aber wenn ich hätte wählen können, hätte ich lieber gefroren. Ich wollte nicht in die Stadt ziehen.«

Odd lehnte sich in den Stuhl zurück und verschränkte die Arme vor der Brust.

»Das Haus in Harunda muss renoviert werden«, sagte er.

Es klang, als ob die Notwendigkeit einer Renovierung eine Tatsache war, auf die er schon unzählige Male hingewiesen hatte, ohne auf Zustimmung zu stoßen. Hanna nickte.

»Das Haus befindet sich in einem bedauernswerten Zustand. Wir wissen nur nicht, wie wir es anstellen sollen, es wieder herzurichten.«

»Was ist das Problem? Geld?«, fragte Jack.

»Bea war steinreich«, warf Odd ein. »Sie hat mit dem Hotel ein riesiges Vermögen angehäuft und alles der Vereinigung der Vergessenen hinterlassen.«

»Und ihr eigenes Kind ging leer aus.« Maries Stimme klang angespannt. Odd zog seine Schultern hoch. Am Tisch wurde es still. Mit einem Blick auf Marie, die wieder ihre Hände musterte, schob Jack seinen Stuhl zurück.

»Ich brauche eine Zigarette, kommst du mit?«, fragte er sie.

Er machte Anstalten aufzustehen, setzte sich aber wieder, als Hanna nach ihrer Tasche griff.

»Wenn Sie nichts dagegen haben, leiste ich Ihnen Gesellschaft«, sagte sie und hakte sich bei Jack unter.

Das Sonnenlicht blendete so stark, dass Jack die Augen zusammenkneifen musste, als sie den Balkon betraten. Hanna lehnte sich gegen die Wand und öffnete die Handtasche.

»Wenn Sie noch einen Moment Zeit haben, können Sie mich in meine Praxisräume begleiten, die einen Stock höher liegen«, sagte sie. »Ich würde Ihnen gerne Blut abnehmen und einen DNA-Test machen.«

»Sie sind Ärztin?«

Er war ehrlich erstaunt. Er wusste nicht, was er angenommen hatte. Psychologin oder Pfarrerin vielleicht. Verstohlen sah er auf den schwarzen Zigarillo, der zwischen ihren Fingern glomm.

»Haben Sie eine eigene Praxis? Sind Sie auf eine Fachrichtung spezialisiert?«

»Ich habe eine Teilzeitstelle im Danderyds Hospital«, informierte sie ihn kurz. »Den Rest meiner Zeit widme ich den Vergessenen.« Aus der Bibliothek waren Schritte zu hören. Sie sah zur Tür.

»Und wenn ich Glück habe, bleiben mir manchmal noch ein paar Stunden für die Forschung.«

Als Jack sich umdrehte, sah er Odd auf den Balkon treten. Er hielt eine Mappe in der Hand.

»Hanna ist eine äußerst tüchtige Wissenschaftlerin, müssen Sie wissen«, sagte er zu Jack. »Wenn sie nur etwas mehr Zeit hätte, würde es nicht lange dauern und sie hätte mithilfe des DNA-Materials das Rätsel um die Vergessenen gelöst. So aber ...« Er schüttelte den Kopf, seufzte und reichte Jack dann die Mappe. »Ich dachte mir, dass Sie das interessieren könnte. Das ist eine Kopie unserer ältesten Dokumente. Bea Velanders Testament und die Gründungsschrift der Stiftung. Es ist vielleicht nicht ganz leicht, sich durchzukämpfen, lässt aber keine Zweifel aufkommen, dafür lege ich meine Hand ins Feuer.«

Die Praxis sah wie eine gewöhnliche Arztpraxis aus. Hanna bat ihn, sich auf die Untersuchungsliege zu legen. Während er die Hand zur Faust ballte und Hanna die Nadel einstach, heftete er seinen Blick auf den Fusionsständer.

»Ich nehme Ihnen eine größere Menge ab. Es ist wichtig, ausreichend Blutreserven zu haben, falls Sie mit Menschen in Kontakt treten möchten, die nicht vergessen sind«, erklärte sie.

»Wie lange kann man mit Hilfe von Blut mit jemandem in Kontakt bleiben?«, fragte er.

»Auf den sensiblen Stellen der Haut, wie am Hals, im Ohr

oder der Innenseite der Handgelenke, bis zu einer Viertelstunde, vielleicht auch zwanzig Minuten.«

»In der Mundhöhle funktioniert es sogar noch besser, und wenn Sie die besagte Person dazu bringen können, einen Zentiliter davon zu trinken, zeigt sich die Wirkung bis zu mehreren Stunden. Am wirkungsvollsten ist eine Bluttransfusion. Ein halber Deziliter Blut hält eine Verbindung sechs, sieben Tage aufrecht. Das schwankt ein bisschen aufgrund der körperlichen Konstitution des Empfängers.«

»Wie haben Sie das herausgefunden?«

»Durch Forschungen. Elene hat nichts dagegen, als Versuchskaninchen zu agieren. Außerdem hat sie Blutgruppe 0, was sie zu einem perfekten Spender macht. Zudem kommt es recht häufig vor, dass ich meinen Patienten in Danderyd Bluttransfusionen verschreiben muss.«

»Und dann?«

»Dann lasse ich sie Elenes Bekanntschaft machen und untersuche, wie lange der Patient sich an sie erinnern kann.«

Hanna wischte die Einstichstelle mit einer Kompresse ab und klebte ein Pflaster auf. Mit ihrem Schreibtischstuhl rollte sie an den Schreibtisch.

»Wenn Ihnen schwindelig ist, bleiben Sie bitte noch einen Moment liegen«, sagte sie. Sie schaltete den Computer an und erklärte, eine Patientenakte für ihn anzulegen. Er betrachtete ihren gebeugten Nacken, und als sie mit einem Mausklick das Dokument schloss, stützte er sich auf die Ellenbogen.

»Sie haben mich noch gar nicht gefragt, wie ich auf Edmund gestoßen bin«, sagte er. »Odd hat ja eine ziemlich große Sache daraus gemacht, dass wir einen neuen Ahnenvater haben.«

Hanna drehte sich um.

»Wenn Sie mir davon erzählen wollen, höre ich Ihnen gerne zu.«

Kurz und knapp schilderte er ihr, was Edmund seiner Meinung nach widerfahren war. Als er fertig war, stand Hanna auf und zog ihren Arztkittel aus.

»Aber einen wirklichen Beweis, dass Edmund vergessen wurde, gibt es nicht«, sagte sie. »Und Sie brauchen Beweise, damit Ihre Nachforschungen wertvoll werden.«

Dass Hanna seine Theorie abtat, enttäuschte ihn. Es dauerte einen Moment, bis er darauf reagieren konnte.

»Es gibt jede Menge Hinweise«, sagte er schließlich, »die eingeritzten Buchstaben in der Knechtekammer zum Beispiel, oder die Tatsache, dass der Name Edmund urplötzlich aus Doktor Hammarbergs Aufzeichnungen verschwunden ist. Was mich persönlich so sicher macht, ist die Tatsache, dass er nirgends in den Unterlagen des Landesarchivs auftaucht.«

»Das kann ein Versehen sein. Menschliche Schlamperei ist keine Seltenheit.«

Er zuckte die Schultern. Hanna hängte ihren Kittel an einen Haken und setzte sich neben ihn auf die Pritsche.

»Fangen Sie an, Belege dafür zusammenzutragen, dass Edmund vergessen wurde«, sagte sie. »Wenn Ihnen das gelingt, erweisen Sie sich und allen anderen Vergessenen einen großen Dienst.«

»Und wie?«

»Ich habe einen Verwandten, der im 19. Jahrhundert

nach Amerika ausgewandert ist. Viele Jahre später kamen seine Nachfahren zu Besuch nach Schweden. Alle wollten wissen, woher sie kamen«, fuhr sie fort, »und es spielte keine Rolle, ob ihre Vorväter religiöse Freidenker oder bettelarme Häusler waren. Wichtig für meine Verwandten war nur, ihre Geschichte zu kennen. Das gab ihnen einen Lebenssinn, und so geht es auch den meisten von uns.«

Sie stand auf, griff nach ihrer Handtasche und ging zur Tür. Jack lief voraus, um sie ihr zu öffnen.

»Wenn ich wieder in den Archiven stöbern soll, brauche ich Hilfe«, sagte er, als er ihr zur Treppe folgte. »Der Archivar, den Artur beim Archäologisch-Topographischen Archiv kennt, hat gerade Urlaub.«

»Kein Problem. Geben Sie mir einfach eine Aufstellung darüber, was Sie haben wollen, dann kümmere ich mich darum.«

24

Für die Kinder

Hanna besorgte ihm nicht nur das Forschungsmaterial, sondern sorgte auch dafür, dass er einen eigenen Schlüssel für das Studierzimmer im Archiv erhielt. Er war ihr dankbar, obwohl man in dem stickigen Raum kaum Luft bekam.

Er setzte sich an den Schreibtisch und schaltete den Computer an. Eine Weile verbrachte er damit, Fußnoten an den entsprechenden Stellen im Text einzufügen. Die Arbeit langweilte ihn, und als sein Blick zum zweiten Mal zum Bücherregal wanderte, stand er auf, um die Mappe mit Sophie Dahls Namen zu holen.

Sie war ziemlich dünn. Er blätterte Zeugnisse und ein paar Empfehlungsschreiben durch, bevor er das Einzige aus der Mappe nahm, das ihm interessant erschien – ein Notizbuch. Als er es aufschlug, stieg der Geruch von vergilbtem Papier auf.

Aufzeichnungen, die ich während meiner Anstellungen als Lehrerin geführt habe. Myntholm, den 3. September anno 1870.

Sophie Dahl.

Die Worte auf dem Vorsatzpapier waren mit schwarzer Tinte geschrieben. Jack rührte ihr feierlicher Ausdruck. Es fiel ihm leicht, sich auszumalen, wie die junge Gouvernante in ihrer Kammer gesessen und ihre Aufgabe mit größtem Ernst wahrgenommen hatte. Er blätterte um und stieß auf Sophies Entwurf für die erste Unterrichtsstunde.

Morgengebet.
Einführung auf Französisch: »Je m'apelle ... Tu t'apelles ...«
Ausspracheübungen samt Beugung der einfachen Verben.
Pflanzenstudium im Park. Chrysantheme.
Klavierlektion, Alma: Altmans Etüde Nr. 7 in G-Dur.
Klavierlektion, Edmund: »Kleiner Vogel«.

Jack las Sophies Notizen mit schwindendem Interesse durch. Als er auf der letzten Seite angekommen war, schlug er das Buch zu und schob es weg.

Die Thermoskanne in der Hand verließ er den Raum, nickte der Urlaubsvertretung am Empfang zu und ging auf den Hof. Die Luft flirrte in der Hitze, weshalb er Abkühlung im Schatten eines Baumes suchte. Den Rücken gegen den rauhen Stamm gelehnt, goss er sich einen Kaffee ein und betrachtete die Hausfassaden auf der anderen Straßenseite. Dahinter lag Nybroviken, und dahinter wiederum dümpelte Maries Boot. Es war schon ein paar Tage her, dass er sie gesehen hatte, und ihn überkam die Sehnsucht, sich mit einem Buch in der einen und einem kalten Bier in der anderen Hand in einem ihrer Liegestühle an Deck auszustrecken. Mit einem Seufzer trank er seinen kalten Kaffee aus und kehrte in die stickige Kammer im ersten Stock zurück.

Wenig ließ darauf hoffen, dass sich unter den Anstellungszeugnissen etwas befand, das bewies, dass Edmund vergessen worden war. Trotzdem sortierte er sie der Reihenfolge nach und fing an zu lesen.

Graf Carl war Sophies erster Arbeitgeber gewesen. Sie war gerade neunundzwanzig geworden, als sie im Herbst 1870 eingestellt wurde, um Alma und Edmund zu unterrichten. Kost und Logis waren inbegriffen, und die Stellung belief sich auf ein halbes Jahr. Nach ihrem Dienst in Myntholm hatte Sophie noch elf weitere Anstellungen gehabt.

Er legte die Zeugnisse beiseite und nahm die Empfehlungsschreiben in Angriff. Das Schreiben, das Myntholms Wappen zierte, war von Gräfin Margareta verfasst worden und datierte auf den 4. Januar 1873. Das hieß, dass Sophie nach Beatrices Tod noch fast ein Jahr in Myntholm beschäftigt gewesen war.

Mit warmen Worten rühmte Gräfin Margareta Sophie für ihre Pünktlichkeit, ihre geschliffene Bildung und ihre tugendhafte Lebensführung. Aus dem Schreiben ging hervor, dass Sophie ein Händchen für Blumenarrangements jeglicher Art hatte.

Kaum hatte Jack die Grußformel gelesen, flogen seine Augen schon wieder zum Anfang des Schreibens zurück. Nicht das, was in dem Schreiben stand, ließ seinen Puls schneller schlagen, sondern das, was nicht darin stand. Nachdem er den Text noch einmal Wort für Wort durchgegangen war, war er sich sicher – Gräfin Margareta hatte ihm einen weiteren Beweis dafür geliefert, dass Edmund vergessen worden war, wurde er doch in dem Empfehlungsschreiben mit keiner Silbe erwähnt.

Im Anstellungszeugnis stand klar und deutlich, dass Sophie eingestellt worden war, um sowohl Alma als auch Edmund zu unterrichten, und den Aufzeichnungen der Gouvernante zufolge, hatte der Knabe an ihren Lektionen teilgenommen. Im Empfehlungsschreiben fand indes nur Alma Erwähnung.

Jack schlug Sophies Notizbuch noch einmal auf. Bis zu dem Tag, an dem Beatrice ertrank, wurde Edmunds Name – wie Almas – regelmäßig erwähnt. Aber danach: kein Edmund mehr.

Jacks Hände zitterten vor Aufregung, als er Kopien vom Anstellungszeugnis und dem Empfehlungsschreiben machte. Auf jeden Fall war er überzeugt davon, den Beweis gefunden zu haben, den er suchte. Und dass seine Nachforschungen im Archiv damit beendet waren – für heute jedenfalls. Er hatte Artur versprochen, Ottos Blumen zu gießen, und entschloss sich nach einem Blick auf die Uhr, einen Abstecher in dessen Wohnung zu machen, bevor er sich auf den Weg nach Rinkeby begeben würde.

Die Sonne stand hoch am Himmel, als Jack die U-Bahnstation verließ und am Rinkeby torg ausstieg. Die Blumenrabatten waren vertrocknet. Ein Junge ging, die Baseballkappe tief in die Stirn gezogen, mit schleppenden Schritten zum Spielplatz. Als der Junge sich auf eine der Schaukeln setzte, sah Jack Memory in der Sandkiste sitzen. Ihr blondes Haar glänzte in der Sonne. Ringsum spielten Kinder mit ihren Eimern und Schaufeln. Am Rand der Sandkiste kniete Git.

Plötzlich lachte Memory laut auf und drosch mit ihrer

Schaufel auf einen Sandhaufen ein. Git rutschte vorsichtig vom Rand der Sandkiste. Mit einer kaum wahrnehmbaren Bewegung nahm sie eine Haarspange aus Memorys Haar und steckte sie in das Haar eines anderen Kindes. Der Vorgang dauerte nur einen Augenblick, während die Schaufeln der Kinder ein klatschendes Geräusch von sich gaben. Memorys Augen strahlten. Diesmal jedoch nicht unbemerkt. Eine der Mütter erhob sich von der Bank, zog das Kind an sich und starrte Git argwöhnisch an.

»Was tun Sie da?«

Git zog Memory an sich.

»Nichts«, flüsterte sie.

Die anderen Mütter waren jetzt ebenfalls aufgestanden.

Aus Angst, die Situation zu verschlimmern, hatte Jack nicht gewagt, sich ihnen zu nähern, aber als eine Mutter einen Schritt auf Git zumachte, raste er auf den Sandkasten zu. Er packte Gits Arm. Memory brach in Geheul aus, als Git sie hochhob.

»Komm! Wir müssen hier weg.«

Memory an sich gedrückt ließ Git sich von Jack vom Spielplatz schieben. Mit gesenktem Kopf stolperte sie vorwärts. Jack warf einen Blick zurück und sah, dass die Mütter ihnen immer noch nachstarrten.

»Beeil dich, wir müssen außer Sichtweite!«, sagte er.

Git nickte, und er schob sie weiter zur Lichtung hinter dem Fußballfeld.

Auf der anderen Seite der Lichtung fiel der Boden zu einem Teich hin ab. Nachdem Jack sich versichert hatte, dass ihnen niemand gefolgt war, setzte er Memory am Ufer ab. Sie sah ihn ernst an, und da beugte er sich herunter und las ein paar Steine vom Ufer auf, die er einen nach dem anderen ins Wasser warf. Memory lächelte.

Sie lachte und griff nach seiner Handfläche. Vollkommen konzentriert wählte sie den größten Stein aus und schleuderte ihn ins Wasser. Kaum war er gelandet, griff sie schon nach dem nächsten.

Git saß am Ufer des Sees und rupfte trockene Grashalme aus. Nachdem Memory und er noch ein Weilchen miteinander gespielt hatten, nahm er Memorys Hand und ging zu Git.

»Ich kann nicht länger bleiben«, sagte er. »Ich habe eine Verabredung mit Hanna.«

Git warf die Grashalme ins Wasser und stand auf.

»Ich komme mit, Memory muss sowieso ihren Mittagsschlaf machen.«

Jack nickte und streckte Memory die Arme entgegen. Ohne zu zögern sprang sie in seine Arme, schlang die Beine um seine Taille und legte den Kopf an seine Brust. Als sie durch die Senke zurückgingen, wurde Memory auf seinem Arm immer schwerer. Vor dem Hauseingang rutschte ihr Kopf in seine Armbeuge.

»Sie schläft«, flüsterte er.

Er trug sie die Treppe hoch in die Wohnung und das Kinderzimmer. Ein blaues Licht senkte sich über den Raum, während Git das Rollo hinunterzog und er Memory in ihr Bett legte. Mit einem Seufzen rollte sie sich auf den Bauch und zog die Beine unter sich.

Git machte die Tür hinter ihm zu und sah ihn an.

»Einen Moment kannst du doch sicher noch bleiben, oder?«

Sie stand dicht vor ihm, ihr Maskara war leicht verwischt. Er folgte ihr ins Wohnzimmer und blieb auf der Türschwelle stehen. Ein dicker Teppich bedeckte den Fußboden. Schwere Samtgardinen bauschten sich um die Fenster. »Es war schön am Teich«, sagte sie, setzte sich auf die Couch und lehnte sich zurück in die Kissen. Ihre Schultern hoben sich weiß vom dunklen Stoffbezug ab. »Aber Memory ist einsam«, fuhr sie fort. »Sie braucht Spielkameraden.«

Er nickte und wollte gerade anbieten, sich ab und zu um Memory zu kümmern, als sein Blick auf die Tapete hinter Git fiel. Sie war voller Vögel – Sperlinge, Spechte und Fitis. Er berührte mit dem Finger eine Zwergseeschwalbe, bevor er sich neben Git setzte.

»Hast du die Vögel gemalt?«

»Gefallen sie dir?«

Ja, das taten sie. Jeder Vogel war mit feinen Pinselstrichen aufgetragen worden. Ihre Gefieder sahen aus, als ob sie sich im Wind bewegen würden. Git zeigte auf ein pechschwarzes Exemplar mit langen Flügeln, das sich nach oben streckte.

»Das ist mein Lieblingsvogel, ein Mauersegler«, sagte sie. »Sie tun alles in der Luft – jagen, essen, sich paaren ...«

»Eier legen, brüten, schlafen, sterben ...?«

Sie lachte.

»In der Luft schlafen sie tatsächlich auch«, sagte sie. »Sie steigen so hoch auf, wie sie können, und lassen sich dann im Schlaf durch die Luft fallen.«

Er schüttelte erstaunt den Kopf und wies auf einen Raben, der scheinbar an der Fußbodenleiste hockte.

»Zum Glück kenne ich mich mit Raben aus. Sie sind nicht so anspruchsvoll, essen, was ihnen über den Weg läuft, und geben sich damit zufrieden, riesige Nester zu bauen.«

»Jack!«

Der plötzliche Ernst in ihrer Stimme überraschte ihn. Er wandte sich zu ihr.

»Würdest du gerne Vater werden?«, fragte sie und wurde rot.

Er lächelte, sowohl über die unerwartete Frage wie über die Art, in der sie sie stellte.

»Nicht in meiner jetzigen Lage«, sagte er. »Aber bevor ich vergessen wurde, hätte ich nichts dagegen gehabt.«

»So meine ich das nicht«, sagte sie, und die Röte stieg von ihren Wangen in die Stirn. »Ich meine, ob du dir vorstellen könntest, der Vater meines Kindes zu werden?«

»Memorys Vater?«

Er zog die Augenbrauen hoch.

»Nicht Memorys. Ich meine eines neuen Kindes.«

Sie sah ihn eindringlich an, und für einen Moment konnte er nicht anders als stumm zurückzustarren.

»Wie kommst du darauf?«

»Weil du …« Sie biss sich auf die Lippe. »Du sollst nur dafür sorgen, dass ich schwanger werde«, fuhr sie fort. »Um den Rest brauchst du dich nicht zu kümmern. Um mich braucht sich niemand kümmern, falls es das ist, wovor du Angst hast.«

Er wandte den Blick ab, legte die Hände auf seine Knie und räusperte sich.

»Tut mir leid, das möchte ich nicht«, sagte er. Seine Füße sanken in den Teppich, als er sich erhob. Für ein paar Sekunden dehnte sich eine unangenehme Stille aus. »Wenn ich Vater würde, dann möchte ich mich auch um das Kind kümmern. Und das geht nicht, wenn ich nicht in die Mutter verliebt bin.«

Git war tiefer in die Sofaecke gekrochen und sah ihn reglos an. Es lag keine Enttäuschung darin, nur großer Kummer. Er seufzte, hob unbeholfen die Hand und winkte.

»Es tut mir leid. Dafür musst du dir jemand anderen suchen.«

25

Harunda

Jack schloss die Tür von Gits Wohnung, sah auf die Uhr und atmete die etwas kühlere Luft des Treppenhauses ein. Die Zeit drängte. Hanna hatte gesagt, dass sie bis um drei in Rinkeby sein würde, und jetzt war es schon ein paar Minuten nach drei.

Die Tür zur Wohngemeinschaft war angelehnt. Aus der Bibliothek war ein tiefes Brummen zu hören, wie bei tibetanischem Gebetsgesang. Er sah Hanna über den Schreibtisch gebeugt dasitzen. Der dumpfe Ton schien aus den Tiefen ihres Inneren zu kommen, während sie gleichzeitig etwas notierte. Vorsichtig klopfte er gegen den Türpfosten. Da sie nicht erkennen ließ, dass sie sein Klopfen gehört hatte, klopfte er erneut. Das Brummen hörte auf, und sie hob den Kopf.

»Tut mir leid, dass ich mich verspätet habe«, sagte er.

Sie nickte kurz und winkte ihn herein. Er ließ sich auf einen Stuhl sinken.

»Ich habe heute eine neue Entdeckung gemacht«, sagte er und holte die Kopien hervor. »Etwas, das mich sicher macht, dass Edmund vergessen wurde.«

So sachlich er konnte, berichtete er von dem Fehlen von Edmunds Namen im Empfehlungsschreiben, und als er fertig war, sah er, dass sich Hannas Augenausdruck verändert hatte. Sie war jetzt hellwach.

»Wenn Sie genügend solcher indirekter Belege finden, wird es am Ende reichen. Aber nur, wenn sie sich gegenseitig stützen.«

»Das tun sie.«

»Gut, dann scheint es, dass Sie ein ganzes Stück weitergekommen sind.«

Ein ganzes Stück weitergekommen? Er verschränkte die Hände vor der Brust, während Hanna seine Kopien wegschob und einen Zettel aus einer Schreibtischschublade holte.

»Es ist auf jeden Fall gut, Sie zu sehen«, sagte sie und reichte ihm den Zettel. »Ich brauche Informationen von Ihnen, um Ihren Gesundheitszustand beurteilen zu können.«

Es handelte sich um ein Standardformular. Die Angaben zu Gewicht und Größe, Kinderkrankheiten und Allergien bereiteten ihm keine Schwierigkeiten.

Er legte den Stift weg. Hanna überflog seine Antworten, bevor sie das Formular in eine Mappe steckte und ein Taschentuch herausholte.

»Können Sie mir etwas mehr über Artur erzählen?«, bat sie ihn.

Er lehnte sich zurück. Vor seinem inneren Auge sah er, wie Artur an jenem Morgen ausgesehen hatte, als er am Küchentisch gesessen und zum ersten Mal von den Vergessenen gehört hatte. Seine Schultern waren nach vorne gesunken. Er hatte Angst gehabt, Jack zu verlieren.

»Er ist zweiundsiebzig und hat als Hausmeister gearbeitet«, antwortete Jack. »Er ist bei allen beliebt und ein freundlicher Zeitgenosse.«

»Das klingt gut, denn wie Sie wissen, kommen die Vergessenen ohne einen Link nicht zurecht. Ihr Vater könnte uns wirklich von Nutzen sein. Zum Beispiel, wenn jemand Hilfe von einem Klempner braucht oder Ähnliches. Und ich habe sehr viel um die Ohren.«

»Aber Artur kann sich leider an niemanden erinnern, nur an mich«, sagte er. »Wir haben es an Marie ausprobiert.«

»Das kann ich mir nicht vorstellen. Wenn er sich an Sie erinnern kann, warum sollte er sich dann nicht auch an Marie erinnern können?« Sie machte ihre Tasche zu und stand auf. »Ich muss los. Wenn Sie wollen, kann ich Sie in die Stadt mitnehmen.«

Wenig später saß Jack in Hannas Wagen. Ein angenehm kühler Luftstrom wehte um seine Stirn. Er betrachtete die Industrieanlagen, die die Straßen ins Zentrum von Stockholm umgaben. Ohne den Kopf zu drehen fragte er:

»Sie wohnen nicht in Rinkeby, oder?«

Hanna verneinte und erzählte, dass sie in einem Einfamilienhaus auf der Insel Lidingö wohnen würde, ihrem Elternhaus, das sie nach dem Tod ihres Vaters wieder bezogen habe. Ihr Vater sei Oberarzt am Karolinska gewesen und habe seine Arbeit mit demselben strengen Regiment geführt, wie daheim den Haushalt.

»Ich habe meinen Vater immer bewundert, deshalb bin ich auch Ärztin geworden«, sagte sie.

»Lebt Ihre Mutter noch?«

»Nein, ich habe sie nie kennengelernt. Sie war eine Vergessene, sonst wäre ja kein Link aus mir geworden.«

Jack wandte den Blick erneut zum Fenster und betrachtete die Mietshäuser, die sich hinter den spärlichen Kiefernbeständen von Bergshamra erhoben. Als Hanna die Spur wechselte, richtete er sich in seinem Sitz auf.

»Darf ich mir Ihr Auto leihen?«, fragte er.

Die Frage blieb unbeantwortet, während sie von der E18 abbogen und die Richtung zu Danderyds Hospital einschlugen. Vor dem Eingang zog Hanna die Handbremse an und reichte ihm die Autoschlüssel.

»Ich habe Spätschicht und um vierundzwanzig Uhr Feierabend. Wenn Sie mich anschließend nach Hause fahren, können Sie das Auto erstmal behalten.«

»Und wie lange?«

»So lange, wie Sie es brauchen. Wir haben mehrere Autos.«

Als Jack die Küche betrat, sah Artur auf. Vor ihm stand eine leere Kaffeetasse, seine Brille hing auf der Nasenspitze.

»Wie ist es in Rinkeby gelaufen?«

»Gut. Ich habe ein Auto leihen können, einen Ford. Ich habe mir gedacht, dass wir vielleicht einen Ausflug machen könnten.«

»Wohin denn?«

»An einen Ort namens Harunda. Er liegt nicht weit von Ämtudden entfernt.«

»Wie bist du denn darauf gekommen?«

Artur klang misstrauisch, sodass Jack ihm von dem kleinen am Meer gelegenen Ort erzählte, in dem er als Kind gewesen war, bevor er ihm von Bea Velander und ihrem Hotel für Badegäste berichtete. Als er erläuterte, dass es notwendig sei, das Haus zu renovieren, weil die Vergessenen dafür auf Hilfe angewiesen seien, bildete sich eine steile Falte zwischen Arturs Augenbrauen.

»Worauf willst du hinaus? Dass ich ein Hotel umbauen soll?«

»Ich dachte, dass du vielleicht Lust hättest, uns zu helfen.«

Artur schob seine Brille auf die Stirn und rieb sich die Augen.

»Für Renovierungen braucht man gelernte Handwerker.«

»Du sollst die Arbeiten ja auch nicht ausführen. Du sollst dich nur um die Beschaffung des Materials kümmern und die Handwerker einstellen – Dinge, die die Vergessenen eben nicht können.«

»Hundert Kilometer von hier entfernt?«

»Siebzig. Und ich hab mir gedacht, dass wir währenddessen in Harunda wohnen und die Sache zusammen angehen könnten.«

»Ein Ausflug kann ja nicht schaden«, meinte Artur und lächelte milde. »Wir nehmen Proviant und eine CD von Carola mit, das Auto hat doch sicher ein Autoradio.«

Etwa eine Stunde später bog Jack auf den leeren Kiesparkplatz vor einem Supermarkt in Harunda und stellte den Motor aus. Auf der Treppe zum Eingang stand ein roter Plastikeimer mit ein paar verwelkten Dillbüscheln. Kein Mensch war zu sehen.

»Soweit ich weiß, soll das Hotel auf einer Anhöhe liegen.« Jack zeigte zur Klippe auf der anderen Straßenseite. »Wenn es dir nicht zu viel wird, können wir dorthin spazieren.«

Sie überquerten die Landstraße und fanden einen Weg, der sich zwischen Bäumen dahinschlängelte. Nach ein paar Minuten keuchte Artur vor Anstrengung, sodass sie den felsigen Hang langsamer erklommen. Als sie den Fuß einer Treppe erreichten, sank Artur auf die unterste Stufe und lehnte sich gegen das wackelige Treppengeländer. Jack sah zur Terrasse hoch, die über ihren Köpfen zu sehen war.

»Jetzt ist es nicht mehr weit«, sagte er.

Er setze sich neben Artur und ließ seinen Blick über die Ålandsee schweifen, wo sich unzählige Schären ausbreiteten. Seine Augen blieben an der Silhouette von Skröjskär hängen. Die beiden Klippen, die er häufig von der Veranda in Ämtudden betrachtet hatte, verschmolzen von hier aus gesehen zu einer.

»Nicht schlecht die Aussicht, oder?«

Arturs Gesicht war schweißgebadet. Widerwillig benutzte er seinen Hemdsärmel, um sich damit die Stirn abzuwischen.

»Es ist schön«, gab er zu, »aber ich weiß nicht, ob es die Anstrengung wert ist.« Er erhob sich und deutete mit einem grimmigen Nicken auf die Treppe. »Lass uns den Rest des Weges in Angriff nehmen, bevor es zu spät ist!«

Das Gebäude war ein zweigeschossiges Holzhaus. Die Längsseiten wurden jeweils von schmalen Türmchen begrenzt, dazwischen lag ein Altan. Artur fuhr mit den Fingern über den verrosteten Eisenzaun.

»Es ist eine Schande, ein so schönes Haus verfallen zu lassen«, murrte er, während er auf das moosbedeckte Schieferdach schielte.

Er ging weiter zur Glasveranda, bei der ein Großteil der Sprossenfensterscheiben beschädigt war. Vor dem Haus lagen Glasscherben, und es knirschte unter den Schuhsohlen.

»Aber das Holz ist noch in gutem Zustand«, rief er. »Es sieht sogar so aus, als ob es jemand vor nicht allzu langer Zeit eingeölt hätte.« Er schnupperte an seinem Finger und streckte ihn Jack hin. »Riech mal!«

Während Artur mit seiner Inspektion fortfuhr, steckte Jack eine Hand durch eine kaputte Fensterscheibe, tastete nach dem Haken und öffnete das Fenster.

Er schwang die Beine über das Fensterbrett und sprang auf der anderen Seite auf den Fußboden. Tote Fliegen lagen auf den Fenstersimsen, von der Decke hingen Spinnweben. Er schwenkte die Arme, um keine klebrigen Fäden ins Gesicht zu bekommen, und öffnete Artur die Tür.

Die Räume im Erdgeschoss waren großzügig geschnitten. Das Abendlicht, das durch die hohen Fenster hereinfiel, tauchte die Wände in ein zartes Rosa. Der alte Holzfußboden war nachgedunkelt, und in dem Zimmer, das einst der Aufenthaltsraum des Hotels gewesen sein musste, thronte ein Kamin. In der Feuerstätte lag noch Asche, und als Jack die Treppe hochging, fragte er sich, ob das die Reste des Feuers waren, das Maries Vater darin entfacht hatte.

Im Obergeschoss gingen vom Flur mehrere Zimmer ab, deren Türen identisch aussahen. Bis auf ein Zimmer standen alle leer. Er ließ seinen Blick von den Kerzen zur Matratze auf dem Fußboden schweifen. Sie sah neuwertig aus, und die Zeitung, die achtlos danebenlag, war nicht mehr als ein Jahr alt.

Er kehrte ins Untergeschoss zurück und fand Artur auf allen vieren kniend vor der Spüle in der Küche. Ein hohler Laut drang aus dem Abfluss, als Artur mit den Fingerknöcheln gegen die rostigen Rohre klopfte.

»Die Fallstränge müssen vermutlich ausgewechselt und neue Stromleitungen gezogen werden. Das kann teuer werden.«

»Das spielt keine Rolle, Geld ist vorhanden«, sagte Jack.

Jack gab wieder, was er am Abend zuvor in Bea Velanders Testament gelesen hatte – neben dem Haus in Harunda hatte Bea der Vereinigung der Vergessenen ihren gesamten Aktienbesitz und ihr ganzes Erspartes vermacht. Die Summe belief sich auf 2800000 Kronen und musste 1931 ein kleines Vermögen wert gewesen sein.

»Das mag ja sein«, meinte Artur, »doch auch wenn das damals viel Geld war, kommt man heute nicht besonders weit damit.«

»Das Geld ist angelegt worden. Die Stiftung ist steinreich«, sagte Jack.

Um Artur zu beruhigen, berichtete er ihm, wie die Vereinigung der Vergessenen organisiert war. Bea Velanders Vorschriften zufolge standen ihr drei Personen vor, die sich nicht nur um die Finanzen kümmerten, sondern denen auch die Aufgabe zukam, das Regelwerk zu aktualisieren. Wenn sich zeigte, dass jemand gegen die Regeln der Stiftung verstieß, hatte der Vorstand das Recht, Strafen zu verhängen.

»Die Art und Weise, wie die Vergessenen ihre Angelegenheiten regeln, sollte sogar einen Pedanten wie dich zufriedenstellen.«

Artur nickte und ging in den Aufenthaltsraum. Er blieb vor dem Kamin stehen und zog am Luftzugregler. Mit einem Rasseln fielen Mörtelkrümel und Unrat aus dem Rohr.

»Wir können damit anfangen, den Schornstein überprüfen zu lassen«, sagte er und lächelte vielsagend. »Und wenn alles gut geht, können wir im Herbst vorm Feuer sitzen und Bratäpfel braten.«

26

Die Regel vom Ausschluss

Falls Jack erwartet hatte, dass Hanna sich freute oder wenigstens dankbar dafür war, dass Artur sich um die Renovierung kümmern würde, hatte er sich geirrt. »Dann brauche ich Arturs Blutprobe«, war alles, was sie erwiderte, als er sie vom Krankenhaus abholte. Danach bat sie Odd telefonisch um die Zusammenstellung aller erforderlichen Unterlagen zur Renovierungsbesprechung. Den Rest des Weges nach Lidingö saß sie mit geschlossenen Augen da und ergriff erst wieder das Wort, als er vor ihrem Haus hielt.

»Bereiten Sie bitte Artur darauf vor, dass ich vor der Besprechung seine Erinnerung testen werde«, teilte sie ihm mit. »Nur Odd kennt die Details, weshalb es am praktischsten wäre, wenn Artur sich an ihn erinnern könnte.«

Artur sah ein, dass es nötig war, sich mit Odd zu treffen, konnte aber keinesfalls nachvollziehen, wozu es gut sein sollte, eine Blutprobe abzugeben. So setzte er sich am nächsten Tag auch nur widerwillig zu Jack ins Auto.

In der Praxis angekommen legte er sich jedoch ohne Zögern auf die Untersuchungsliege und krempelte seine

Hemdsärmel hoch, als Hanna ihn darum bat. Jack ging zur Tür.

»Wir sehen uns dann gleich«, sagte er.

Aber die Blutabnahme zog sich hin, und als Artur eine gute halbe Stunde später neben Jack in den Sessel sank, war er blass und zittrig. Mit schwacher Stimme bat er Hanna um etwas zu essen.

Hanna musterte ihn kurz, bevor sie aus dem Zimmer ging. Artur rutschte dichter an Jack heran, und Jack merkte, dass Arturs Atem einen bitteren Geruch verströmte.

»Was ist passiert? Warum hat das so lange gedauert?«

»Wenn du mich nicht so inständig darum gebeten hättest, hätte ich mich niemals in die Nähe dieser Frau begeben«, zischte Artur, »niemals!« Er tippte sich an die Stirn. »Irgendwas stimmt mit der nicht. Irgendwas ... Gravierendes.«

»Du machst dir unnötig Sorgen«, sagte er. »Hanna ist Ärztin. Sie weiß, was sie tut.«

»Mich schert es einen Dreck, ob sie Ärztin ist.« Artur nahm eine Pastille, die ihm Jack reichte, und steckte sie in den Mund. »Sag, was du willst, aber wer aus solchen Augen guckt, kann nicht ganz richtig im Kopf sein.«

»Beruhige dich. Mit Hanna ist alles in Ordnung.«

Im selben Augenblick war Geschirrklappern zu hören, und Artur begnügte sich damit, den Kopf zu schütteln. Hanna tauchte im Türrahmen auf, Elene im Schlepptau, die Artur einen Teller mit Butterbroten hinstellte.

»Ich hoffe, sie schmecken«, sagte sie und ging zur Tür. »Sagen Sie einfach Bescheid, wenn Sie mehr möchten.«

Artur nickte zum Dank. Hanna setzte sich an den Schreibtisch. Sie wartete, bis Artur ein Brot gegessen hatte.

»Artur«, sagte sie und sah ihn auffordernd an. »Können Sie mir sagen, wer die Frau war, die gerade das Zimmer verlassen hat?«

»Wer?«

»Sie haben Elene in meiner Praxis getroffen, erinnern Sie sich?«

»Nein.«

»Danach hat sie Ihnen diese belegten Brote gebracht.«

»Hat sie das?«

Hanna notierte etwas in ihren Unterlagen. Dann hob sie die Hand und machte eine Geste zur Tür. Im nächsten Moment betrat Odd den Raum.

»Mein Name ist Odd Brobakken«, sagte er.

»Artur Sandberg.«

Artur machte Anstalten, sich zu erheben, setzte sich aber wieder, als Odd nach einer kurzen Verbeugung das Zimmer verließ. Hanna ließ Artur nicht aus den Augen.

»Und?«, fragte sie.

Artur sah sie verständnislos an.

»Was meinen Sie?«

»Sie können sich also auch nicht an Odd erinnern?«

Artur zuckte die Schultern. Auf ein weiteres Zeichen von Hanna hin betrat Odd erneut den Raum. Diesmal reichte er ihm die Hand, als er sich vorstellte.

»Odd Brobakken«, sagte er und lächelte Artur an. »Kassenwart und zweiter Vorsitzender der Vereinigung der Vergessenen.«

»Artur Sandberg.« Artur nahm Odds Hand. »Zurzeit Versuchskaninchen. Ansonsten fröhlicher Rentner.«

Mit einem kurzen Blick zu Hanna zog Odd seine Hand zurück und verließ wieder das Zimmer. Artur nahm sich eine neue weitere Stulle.

»Alle Achtung!«, sagte er und nickte Hanna zu. »An ihn kann ich mich erinnern. Ist er Norweger? Brobakken ist ein norwegischer Name, oder?«

»Wischen Sie sich die Hände ab!«

Zwischen Arturs Augenbrauen bildete sich eine Falte. Er sah Hanna forschend an, während er seinen Bissen herunterschluckte und das Papiertaschentuch nahm, das sie ihm reichte.

»Na, da gehorche ich der Frau Doktor doch lieber«, bemerkte er, rieb sich penibel die Finger ab und gab Hanna mit einer übertrieben höflichen Geste das Taschentuch zurück. »Heißt das, wir sind endlich fertig?«

»Ich fürchte, es dauert noch einen Moment.«

Hanna faltete die Hände auf dem Schreibtisch, und ihre Stimme bekam einen wärmeren Klang, als sie weitersprach.

»Brobakken ist ein norwegischer Name, das sehen Sie ganz richtig. Odds Vater war Mitglied der Widerstandsbewegung und musste wie so viele andere nach Schweden fliehen. Danach dauerte es nicht lange, bis er ein Mädchen kennenlernte, das ihn heiraten wollte.« Sie lächelte Artur zu. »Würden Sie ihn bitten, erneut hereinzukommen?«

Es tat weh, Arturs Verwirrung zu beobachten. Jack richtete sich im Sessel auf.

»Reicht das nicht langsam?«, fragte er. »Es ist doch völlig offensichtlich, dass Artur nicht …«

Sie unterbrach ihn mit einer Handbewegung.

»Lassen Sie mich das entscheiden!«

Jack verstummte. Auf ein neues Zeichen von Hanna betraten Odd, Elene und Git gleichzeitig das Zimmer. Rote Flecken breiteten sich auf seinen Wangen aus, er atmete heftig.

»Gehen Sie …!«, keuchte er. »So gehen Sie doch!«

Odd verschwand hinter ein Bücherregal, die beiden Frauen gingen rückwärts. Den Blick auf die Tür geheftet, ließ Artur sich zurück in den Sessel fallen. Seine Knöchel wurden weiß, krampfartig umklammerte er die Armlehnen. Jack ging vor ihm auf die Knie und griff nach seiner Hand. Arturs Puls hämmerte gegen Jacks Fingerspitzen. Er schien sich nur langsam wieder zu beruhigen.

»Wenn du willst, fahren wir jetzt nach Hause.«

»Es tut mir leid, wenn ich Ihnen Unannehmlichkeiten bereitet habe«, sagte Hanna. »Es war jedoch nötig, und das Ganze lässt nur einen Schluss zu: Sie sind ein bemerkenswerter Mensch, Artur. Vielleicht der bemerkenswerteste, der mir je untergekommen ist.«

Artur schüttelte sich, als wolle er Hannas Kompliment nicht an sich heranlassen.

»Wie wäre es, wenn wir uns einfach auf das Wesentliche konzentrieren«, keuchte er, noch immer ganz außer Atem. »Beispielsweise auf das Haus in Harunda. Das ist schließlich der Grund dafür, weshalb ich überhaupt hergekommen bin.«

Hanna nickte.

»Das Problem ist nur, dass Sie sich nicht an Odd erinnern können«, sagte sie. »Aber wir haben ein Mittel gefunden, das dagegen hilft. Wenn Sie bereit sind, ein paar Tabletten zu nehmen, dann können Sie sich eine Weile an ihn erinnern. Jedenfalls so lange, um die Renovierung zu besprechen.«

»Woraus bestehen die Tabletten?«

»Aus Körperzellen. Aber hauptsächlich aus Wasser und Mehl. Elene stellt einen Teig her, aus dem sie kleine Kugeln formt, die sie mit Eiweiß bestreicht. Wenn das Eiweiß erstarrt ist, verpackt sie die Kügelchen in Folie und versieht sie mit dem Datum und dem Namen des Spenders. In diesem Fall Odds.«

Hanna nickte, und Odd nahm ein Blechdöschen aus der Hosentasche. Artur sah auf die grauen Kügelchen hinab, die nicht viel größer als Erbsen waren.

»Wenn Sie mir ein Glas Wasser geben, werde ich sie schon irgendwie runterkriegen«, erklärte er, ohne wirklich überzeugt davon zu sein.

»Es dauert einen Moment, bis sie wirken«, erläuterte Odd. »Ich hole inzwischen die Entwürfe.«

Jack hatte schon länger das Verlangen nach einer Zigarette verspürt, und nachdem er sich versichert hatte, dass Artur alleine klarkam, verließ er die Bibliothek. Er fingerte nach dem Tabak und wünschte, sich vorab eine Zigarette gedreht zu haben. Schnell streifte er seine Schuhe über und öffnete die Wohnungstür, hielt aber mitten auf der Türschwelle inne. Auf dem Treppenabsatz stand Odd und schaute einen Jungen an, der gerade die Treppe hochstieg. Als der Junge oben angekommen war, lächelte er und zog einen dicken Umschlag unter seinem Hemd hervor.

»Hier!«, sagte er.

Odd schob die Hände in die Hosentaschen und presste abweisend die Lippen aufeinander. Der Junge hielt ihm den Umschlag hin und sah Odd flehentlich an.

»Es sind sechzigtausend«, sagte er.

»Hau ab!«

Odd nahm die Hand aus der Tasche und zeigte zur Tür. Das Lächeln auf dem Gesicht des Jungen verschwand.

»Es sollte eine Anzahlung sein, aber das scheint dich ja nicht zu interessieren.«

Mit diesen Worten drehte der Junge sich um und ging langsam wieder hinab. Als die Haustür hinter ihm ins Schloss fiel, waren nur noch Odds schwere Atemzüge zu hören.

»Was war das denn?«, wollte Jack wissen.

»Ich weiß nicht, wie viel Sie gesehen haben«, begann Odd, »aber der Junge dachte, dass er mich bestechen könnte. Doch so leicht kommt er nicht davon. Wenn man gegen die Regeln verstößt, muss man auch die Strafe dafür auf sich nehmen.«

Odd ging ein Stockwerk höher, Jack folgte ihm. »Was hat der Junge denn getan? Er sah doch noch ziemlich jung aus.«

»Isaak ist siebzehn, und da ist man alt genug, um nicht mehr für alles einen Freibrief zu haben.« Odd steckte den Schlüssel ins Schloss seiner Wohnung. »So sehe ich das jedenfalls, aber vielleicht sind Sie ja anderer Ansicht?«

Im Flur roch es muffig, und Jack sah in einer Ecke einen Haufen Sportkleidung, bevor Odd ihn ins Wohnzimmer führte. Der Fußboden war mit Papierstapeln und alten Zeitungen übersät, auf dem Tisch vor dem Fernseher stand ein Teller mit Essensresten.

Scheinbar unberührt von dem Durcheinander legte Odd ihm einen Arm um die Schultern und zeigte auf ein Bild an der Wand über der Couch.

»Mein Elternhaus. Für zwei Millionen Kronen verkauft.«

Jack betrachtete das rot gestrichene Bauernhaus, während Odd auf eine Tür zusteuerte, die hinter einem Vorhang versteckt war. Der Raum dahinter wurde von Tageslicht erhellt, das durch ein Dachfenster hereinflutete. Jack betrachtete den Schreibtisch aus Stahl und Glas, den Laptop und die roten und schwarzen Ordner, die die Regale an den Wänden füllten. Der Kontrast zu der sonst so ungepflegten Wohnung war so groß, dass Jack sein Erstaunen nur schwer verbergen konnte. Odd stellte sich vor den Schreibtisch und machte eine ausladende Geste.

»Hannas neuestes Werk. Nicht übel, oder?«

»Hier betreibt sie also ihre Forschungen?«

»Nein, nein! Hannas Forschungsmaterial ist unersetzlich, und in Rinkeby ist man nicht vor Einbrüchen sicher.«

Odd griff nach einer Rolle mit Entwürfen auf einem Regal, während Jack überlegte, dass Kleinkriminelle aus Rinkeby wohl kaum ein Interesse an Hannas Forschungsergebnissen haben dürften.

»Ist es das, was Isaak getan hat? Hat er Forschungsmaterial gestohlen?«

Odd drehte sich um. »Isaak ist total durchgeknallt«, sagte er und bat Jack, Platz zu nehmen. »Isaak hat schon fast alles durch, was man sich vorstellen kann«, seufzte er. »Aber dem wirklich einen Riegel vorschieben mussten wir erst, als er auf andere Leute losging, sich volllaufen ließ und Schlägereien anzettelte. Einem Barkeeper, der ihn daran hindern wollte, wie ein Berserker zu wüten, hat er zwei gebrochene Rippen und ein völlig zermatschtes Gesicht beschert.« Odd schüttelte den Kopf. »Ich möchte nicht wissen, was passiert wäre, wenn ich nicht eingegriffen hätte. Es war nicht einfach, ihn zu besänftigen, aber nachdem ich Isaak am Kinn getroffen hatte, konnte ich ihn endlich stoppen. Um den Rest hat Hanna sich gekümmert. Der Barbesitzer hatte gottlob eine Versicherung, die die Schäden an der Einrichtung abdeckte. Und später haben wir Isaak bestraft. Es gibt schließlich Regeln, an die sich alle halten müssen!« Er stand auf und sah Jack an. »Wollen wir runter?«

»Welche Strafe hat Isaak denn bekommen?«

»Die gängige. Uns blieb kaum eine andere Wahl, als ihn für eine gewisse Zeit auszuschließen. Isaak musste seine Wohnung aufgeben, und Hanna hat ihn aus ihrer Obhut entlassen. Niemand darf ihn unterstützen.«

»Und für wie lange?«

»Wir haben sein Alter berücksichtigt und ihm sechs Monate gegeben. Eigentlich hätte er ein Jahr kriegen müssen.«

Jack erinnerte sich unwillkürlich an die einsamen Tage im Lusthaus. Er selbst hätte es nicht lange ausgehalten. Vielleicht einen Monat, maximal zwei.

»Was meinst du mit ›wir‹?«, fragte er. »Wer hat ihn denn zum Ausschluss aus der Vereinigung verurteilt?«

»Der Vorstand.«

»Und wer gehört dem an?«

»Die Vorsitzende ist Hanna. Ich bin Kassenwart, und Elene ist die Sekretärin. Wir sind sozusagen diejenigen, die den ganzen Laden schmeißen.«

Odd nahm die Zeichnungen unter den Arm und ging zur Wohnungstür. Jack folgte ihm, aber als Odd vor der WG stehen blieb, um ihm die Tür aufzuhalten, ging Jack weiter. »Fangt doch schon mal ohne mich mit der Besprechung an, ich brauche erstmal eine Zigarette.«

Der Teich lag genauso verlassen da wie zuvor. Er inhalierte den Rauch und starrte auf die unbewegliche Wasseroberfläche. Erst vor ein paar Monaten hatte er am Ufer des Myntsees gesessen und sich gefragt, wie er die Kraft aufbringen sollte weiterzuleben. Vor allem die Einsamkeit hatte ihm zugesetzt. Erst als er Marie kennengelernt und erfahren hatte, dass es noch mehr Menschen gab, die vergessen waren, war er so etwas wie glücklich gewesen. Wenn ihn die Zeit als Vergessener eines gelehrt hatte, dann, dass Menschen auf die Gesellschaft anderer Menschen angewiesen waren, um zu überleben.

Ein Windstoß fegte über den See. Jack fröstelte. Vergessen zu sein, war eine Sache, aber dass Odd, Hanna und Elene Isaak bewusst ausgeschlossen hatten, ging zu weit.

Er schnippte die Kippe ins Wasser, stand auf und sah zu, wie sie im Wasser nach unten sank. Dann setzte er sich wieder hin und machte sich daran, sich eine neue Zigarette zu drehen. Die Lust, Odd oder Hanna zu treffen, war ihm vergangen.

27

Maries Lesezeichen

Ein paar Stunden später saß Jack mit Artur im Auto und fuhr zurück in die Stadt. Der Gedanke an Isaak ließ ihn nicht los. Er beschleunigte das Tempo, da es schon fast zehn war und er noch bei Marie vorbeischauen wollte.

Er bog Richtung Nortull ab und warf einen Blick auf Artur, der in einen Baumarktkatalog versunken war. Überwog bei Artur zunächst die Skepsis den Vergessenen gegenüber, so hatte die Renovierungsbesprechung jegliche Zweifel zerstreut. In seiner Stimme hatte sogar eine Spur von Bewunderung gelegen, als er schilderte, wie gründlich Odd die Umbauvorschläge mit ihm durchgegangen sei und jedes noch so kleine Detail erläutert hatte.

»Ich hatte befürchtet, dass es Ärger mit den Behörden geben könnte«, hatte Artur gesagt, als sie ins Auto gestiegen waren. »Aber mit Odds Papieren hat alles seine Ordnung, sogar die Baugenehmigung wurde schon erteilt.«

»Heißt das, dass du nach Harunda ziehen willst?«

»So schnell wie möglich, wenn du nichts dagegen hast.«

Obwohl er sich vor ein paar Tagen nichts sehnlicher gewünscht hatte, als die anderen Vergessenen kennenzulernen, war ihm jetzt die Lust dazu vergangen. Einzig mit Marie wollte er noch Zeit verbringen.

Ein paar Minuten später bog er in die Pannsmedsgatan ein. Er ließ den Motor laufen und wandte sich Artur zu.

»Kommst du allein klar?«, fragte er.

Artur sah ihn argwöhnisch an.

»Kommst du denn nicht mit, damit wir noch Pläne machen können? Ich dachte, die Renovierung eilt?«

»Lass uns das morgen machen, ja? Ich muss noch mit Marie sprechen.«

Artur nahm die Kataloge und stieg aus dem Auto. Er knallte die Autotür zu und ging, ohne sich noch einmal umzudrehen, ins Haus.

Es war nach halb elf, als Jack den Steg zu Maries Boot hocheilte. Das Kajütenfenster war schwach erleuchtet. Er wollte Marie erzählen, was er von der Behandlung der eigenen Leute hielt. Und dass sie ihm eine einleuchtende Erklärung gab, wie das angehen konnte – sofern es überhaupt eine gab. Er klopfte an die Tür. Als niemand aufmachte, drückte er die Klinke herunter und betrat mit einem gedämpften »Hallo!« die Kajüte.

Das Laken der Koje war zerknittert, so als ob Marie vor Kurzem auf der Decke gelegen hätte. Vermutlich hatte sie gelesen. Auf dem Nachttisch lag eine Gedichtsammlung, zwischen den Seiten ragte ein Lesezeichen heraus. Er drehte die Petroleumlampe heller, holte sich ein Bier aus dem Kühlschrank und streckte sich in der Koje aus.

Einen Augenblick lang lag er einfach nur da und lauschte den Wellen, die gegen den Rumpf schwappten. Als ihm die

Augen zuzufallen drohten, stopfte er sich ein paar Kissen unter den Kopf und nahm den Gedichtband in die Hand. Er hatte Eselsohren, und als er willkürlich eine Seite aufschlug, fiel sein Blick auf eine Strophe, die Marie dünn unterstrichen hatte:

In meinem Schatten werde ich getragen
wie eine Geige
in einem schwarzen Kasten.

Tomas Tranströmer war eine Strophe eingefallen, die ihm unmittelbar einleuchtete. Als er sich aufsetzte, um das ganze Gedicht zu lesen, fiel das Lesezeichen auf den Fußboden. Es war eine Fotografie. Ein Bild von Marie, in Harunda, vor dem Kamin. Sie mochte vielleicht acht oder neun Jahre alt gewesen sein. Er hielt das Foto ins Licht und erkannte das Gemälde im Hintergrund. Er starrte den Fuchs an, der auf einem Bett von Seerosen lag. Es waren der gleiche Fuchs und die gleichen Seerosen wie auf Almas Bild. Sogar die Wellen, die sich auf dem See kräuselten, waren die gleichen. Als er die Lampe noch heller geregelt hatte, fiel ihm auf, dass sich das Gemälde auf der Fotografie in einem Punkt von Almas Bild unterschied: Im Schatten des schlafenden Fuchses verbarg sich ein weiterer Fuchs.

Er sah ungeduldig auf die Uhr, die mittlerweile schon halb zwölf zeigte. Er sollte nach Hause fahren, allerdings hatte er jetzt noch einen weiteren Grund, um auf Marie zu warten. Er steckte die Fotografie in die Hosentasche, holte sich noch ein Bier und ging an Deck. Eine Straßenlampe tauchte den Kai in ein schwaches Licht. Jack setzte sich in den Korbstuhl.

Maries Taschenlampe weckte ihn. Das Licht tat seinen Augen weh, weshalb er abwehrend die Hand hob, während er den Traum abzuschütteln versuchte, der immer noch in seinem Bewusstsein umherspukte. Isaak hatte ihm ein belegtes Brot gegeben, und er hatte es in den See geworfen. Als es nicht über die Wasseroberfläche hüpfte, hatte Isaak zu weinen angefangen.

Marie senkte die Taschenlampe.

»Was machst du hier?«

»Ich habe auf dich gewartet. Wo warst du?«

Sie richtete den Lichtstrahl abermals auf ihn. Er wandte den Kopf ab und griff nach ihrer Hand.

»Lass das, ich muss mit dir reden.«

Ein flüchtiges Lächeln huschte über ihr Gesicht, und sie schaltete die Lampe aus. In der plötzlichen Dunkelheit fühlte er, wie ihre Haare ihn an der Stirn kitzelten. Dann spürte er, wie sie eine Hand auf seine Brust legte. Ohne nachzudenken beugte er sich vor, um sie zu küssen.

»Du stinkst nach Bier«, sagte sie und wandte den Kopf ab. »Worüber wolltest du mit mir reden?«

Sie räumte die leeren Flaschen beiseite und setzte sich neben Jack, während er versuchte, seine Gedanken zu ordnen. Schließlich begann er zu erzählen, was er in Rinkeby erlebt hatte.

Marie hörte ihm aufmerksam zu, ohne ihn zu unterbrechen.

»Isaak ist ein schwieriger Fall«, sagte sie. »Nachdem er seine Strafe bekommen hatte, habe ich ihn eine Zeit lang bei mir wohnen lassen, aber es war hoffnungslos. Zuletzt musste ich ihn rausschmeißen.«

»Du hast ihn einfach so gehen lassen?«

»Ich habe getan, was ich konnte. Und außerdem kennst du nicht die ganze Geschichte.«

Sie sah aufs Wasser. Jack legte seine Hand auf ihre.

»Und was ist die ganze Geschichte?«, hakte er nach.

»Eine Person, die zum Ausschluss verurteilt wird, ist wie ein Paria. Du darfst ihm nicht helfen, nicht mit ihm verkehren, nicht mit ihm reden. Wenn du dabei erwischt wirst, wirst du selbst ausgeschlossen.«

Sie zog ihre Hand weg und verschränkte die Finger im Schoß.

»Verzeih«, sagte er. »Ich hätte wissen müssen, dass du nicht …« Er schüttelte den Kopf, bevor er fortfuhr: »Aber es ist doch vollkommen unmenschlich, jemanden auszuschließen. Warum machen die so was?«

»Wir«, berichtigte sie ihn, »warum machen wir so was.«

»Okay. Warum?«

»Die Vorschrift ist neu. Der Vorstand hat sie erst vor etwa einem Jahr durchgebracht. Ein Vergessener war zu seiner Frau zurückgegangen und hatte sie totgeprügelt. Er hatte es nicht verkraftet, dass sie sich nicht mehr an ihn erinnerte.«

Sie schaltete die Taschenlampe wieder an und leuchtete über das Deck hin zur Kajüte. »Es ist schon spät. Ich muss ins Bett.«

»Eine Sache noch.«

»Bitte, ich bin müde.«

Er betrachtete ihre Hand, die die Taschenlampe hielt. Ihre Finger waren geschwollen.

»Ich wollte dir etwas zeigen, aber die Sache kann bis morgen warten.«

28

Ein Fuchspaar

Schloss Myntholms graue Türme schimmerten durch das Blätterwerk der Ulmen, als Jack mit Marie auf dem Parkplatz hielt. Ihm war, als ob seit seinem letzten Besuch eine Ewigkeit vergangen wäre, und er wusste nicht, ob das Kribbeln, das er empfand, auf seine Vorfreude oder seine Begleiterin zurückzuführen war.

Er zog die Handbremse an und streifte dabei flüchtig ihr Knie.

»Mein Arbeitsplatz«, sagte er, »ganz schön beeindruckend, oder?«

Er hatte ihr noch nicht von Almas Zeichnungen erzählt, auch nichts von der Fotografie. Er wollte, dass sie Almas Füchse unvorbereitet sah. Wenn sie sie wiedererkannte, hatte er sich nicht geirrt.

Sie stiegen aus, und sie folgte ihm zur Pforte.

»Am meisten vermisse ich die Kollegen«, erzählte er Marie, während sie zum Park gingen. »Vor allem Sven.« Er sah zum Nebengebäude des Schlosses. »Aber eigentlich kann er einem leid tun. Immerhin wurde sein Gedächtnis gelöscht, nicht meins.«

Er zog sie mit sich auf die Rückseite des Schlosses. Hinter dem Brandbergen war die Sonne untergegangen, und im Schein des Abendlichts erhob sich der Turm des Schlosses wie eine finstere, uneinnehmbare Festung. Marie schob die Hände tief in die Taschen. Er war sich nicht sicher, ob sie fror oder ob es der Ort war, der sie frieren ließ. Bei dem Geräusch eines Astes, der im Wind gegen eine Fensterscheibe schlug, wies er hoch zum Turmzimmer, in dem Alma eingesperrt gewesen war.

»Das war der Ast, auf den Alma rausgeklettert ist, wenn sie sich zu Edmund geschlichen hat«, sagte er, dicht an ihrem Ohr.

Sie roch leicht nach Seife und etwas, das er nicht ganz deuten konnte.

»Was meinst du, wie groß der Baum vor hundertdreißig Jahren gewesen ist?«

Den Arm um ihre Schultern gelegt, führte er sie weiter zum Obstgarten. Die Bäume trugen zahlreiche Früchte, und er reichte Marie eine unreife Pflaume, während er ihr berichtete, wie Alma und Edmund sich mit zu vielen Pflaumen den Magen verdorben hatten, was quälende Bauchschmerzen und eine Predigt der gottesfürchtigen Gouvernante zur Folge gehabt hatte, die beteuerte, dass die Bauchschmerzen die Strafe des Herrn für das gestohlene Obst seien.

Marie biss hinein und gab ihm den Rest.

»Lecker«, sagte sie.

Seine Mundhöhle zog sich zusammen. Das Gesicht zu einer Grimasse verzogen, spuckte er den Bissen aus und holte Marie ein, die sich lachend wieder bei ihm einhakte.

»Es ist schön hier«, meinte sie.

Als sie sich dem Lusthaus näherten, warf er einen Blick zu Gregers Jagdhütte. In den Fenstern brannte kein Licht. Er deutete auf das Seeufer.

»Weiter hinten sind ein paar Felsen. Wollen wir uns einen Moment dorthin setzen?«

Sie gingen am See entlang und zwängten sich durch immer dichteres Gehölz. Er konnte ihre Atemzüge hören, als sie nebeneinander auf der Klippe Platz nahmen. Sich jeder ihrer Bewegungen bewusst, zog er die Beine zu sich heran und schlang seine Arme um die Knie.

Marie saß regungslos da und betrachtete den See, auf dessen Wasseroberfläche Nebelschleier aufstiegen. Jack löste den Griff um seine Knie und verfolgte eine einzelne Haarsträhne, die von ihrer Schläfe auf ihren Hals hinabfiel. Der Ausschnitt ihres Pullovers gab den Spalt zwischen ihren Brüsten preis, und als sie sich zu ihm umdrehte, spürte er, wie ihm heiß wurde. Er wollte ihr nah sein, die Hand auf ihre Hüfte legen, mit den Lippen über ihren Hals fahren. Er zögerte kurz, bevor er sich ihr zuwandte.

»Mir ist kalt. Wollen wir los?«, fragte sie.

Schweigend gingen sie durch den Park zurück, während Jack seine Schwäche verfluchte. Wäre er ein anderer, hätte er sie in die Arme genommen und geküsst. Aber er war und blieb derselbe, ob er nun vergessen war oder nicht. Und so gingen er und Marie nebeneinander her, jeder in seiner Einsamkeit gefangen.

»Eine Sache gibt es noch, die ich dir zeigen möchte«, sagte er. »Du musst es dir unbedingt ansehen.«

Er öffnete die Tür zum Schloss. Marie folgte ihm in den Flur. Ihre Schritte hallten zwischen den Steinwänden wider, und als sie sich die Treppe hochtasteten, machte er sein Feuerzeug an. Im flackernden Lichtschein gingen sie zur Bibliothek. Marie folgte ihm, als er zum Schreibtisch ging und Almas Bilder herausnahm.

Den Stapel Zeichnungen in der Hand lief er die Treppen zum Turmzimmer hoch. Hinter sich hörte er Marie keuchen, und als sie Almas Zimmer betraten, suchte sie Halt an der Wand. Jack zündete die Kandelaber in der Fensternische an.

»Du kennst keine Gnade, oder?«, sagte sie. »Sechsundachtzig Stufen ohne Pause!« Mit steifen Fingern zog sie ein Tablettendöschen aus der Tasche. »Ich brauche einen Schluck Wasser, sonst bekomm ich die Tabletten nicht runter.«

»Ich hol dir welches, setz dich so lange!«

Er zog den Bettvorhang zur Seite, und Marie ließ sich auf Almas Bett fallen. Im Schein des Kerzenlichts wirkten die Inschriften am Betthaupt plastischer als sonst.

»Ist es das, was ich mir ansehen sollte?«

Er schüttelte den Kopf und reichte ihr die Zeichnungen. Obenauf lag der Fuchs auf dem Seerosenbett.

»Als ich klein war, hatten wir ein Bild mit genau dem gleichen Fuchs«, sagte sie nach einer Weile und sah auf. »Woher wusstest du …?«

»Ich habe das Foto gesehen, das in deinem Gedichtband lag.«

Sie nickte.

»Das Gemälde hing in Harunda, aber ich weiß nicht, wer es gemalt hat.«

»Und wo ist das Bild jetzt?«

»Keine Ahnung. Vielleicht steht es irgendwo in Rinkeby.«

Sie blätterte den Stapel durch und betrachtete dann wieder den Fuchs.

»Glaubst du, es handelt sich um einen Zufall? Vielleicht hat ja jemand Almas Zeichnung gesehen und sie dann kopiert.«

»Ich hatte gehofft, dass du mir das sagen könntest.«

»Tut mir leid.« Sie streifte die Schuhe ab und robbte höher aufs Bett. »Aber eines weiß ich«, fuhr sie fort. »Das Gemälde, das bei uns daheim hing, zeigte drei Füchse – einen, der saß und zwei, die lagen.« Sie schwenkte energisch die Zeichnungen. »Kannst du jetzt nicht endlich das Wasser holen? Ich habe immer noch Schmerzen.«

Als er wiederkam, hatte Marie es sich mit den Kissen am Kopfende gemütlich gemacht und die Zeichnungen auf dem Bett ausgebreitet. Sie rutschte ein Stück beiseite und deutete auf ein paar der Bilder.

»Siehst du auch, was ich sehe?«, fragte sie.

Jack sah sich die Füchse an, die sich entweder hinter Zweigen duckten oder aneinandergeschmiegt am Rand einer Senke lagen.

»Sie leben im Wald«, sagte er, »zwischen Fichten.«

»Und?«

»Sie ... frieren?«, schlug er vor.

Marie hatte den Kopf schief gelegt. Ihre Haare fielen über ihre Wange.

»Sie verstecken sich«, sagte sie. »Alma muss gewusst haben, dass Füchse gut daran tun, sich zu verstecken.« Sie streckte den Nacken wieder und strich sich die Haare hinter die Ohren. »Aber als Alma diese Zeichnungen hier angefertigt hat, hat sie nicht an Füchse gedacht, sondern sich selbst und Edmund vor sich gesehen.«

Mit steifen Fingern nahm sie ein paar Bilder auf und reichte sie ihm.

»Mit diesem Fuchs könnte Edmund gemeint sein.«

Dem einsamen Fuchs, der über ausgedehnte Felder oder an verlassenen Ufern entlanglief, haftete etwas Trauriges an. Alma hatte den Fuchs sehr klein gemalt, so als ob er sich weit entfernt vom Betrachter befände. Auf dem letzten Bild lief der Fuchs einen sich dahinschlängelnden Weg entlang, der auf den Horizont zuführte, gegen den sich die Silhouetten von Dächern abzeichneten.

»Edmund ist unterwegs in die Stadt«, stellte er fest.

»Genau. Und jetzt sieh dir das an!«

Sie reichte ihm noch ein paar Zeichnungen. Er blätterte immer wieder zwischen den Darstellungen vor und zurück und versuchte die Füchse mit ihren Augen zu sehen.

»Es scheint, als hätten sich Alma und Edmund immer nur nachts getroffen«, bemerkte er. »Auf jedem Bild ist der Mond zu sehen.«

»Und siehst du das? Es ist immer Halbmond.« Sie zeigte auf eine Reihe von Mondsicheln. »Der Halbmond könnte das Zeichen gewesen sein, sich zu treffen«, fuhr sie fort.

Jack sah von den Füchsen auf, die hinter einem Baumstamm hervorlugten, und sah Marie an. Er hatte ihr nicht von seiner Vision erzählt – dass Alma am Fenster des Turmzimmers gestanden und vor der Sichel des Halbmonds geknickst hatte.

»Jack? Hörst du mir überhaupt zu?«

Marie hatte eine Hand auf sein Bein gelegt, ihr Gesicht war nur wenige Zentimeter von seinem entfernt. Er lehnte sich vor, und diesmal streiften seine Lippen ihre. Sie waren rauh und schmeckten salzig. Er hob den Kopf und sah, wie sich eine leichte Röte auf ihren Wangen ausbreitete, bevor sie sich abwandte und nach einer weiteren Zeichnung griff.

»Hast du die hier gesehen?«, fragte sie.

Sie legte die Zeichnung vor ihn hin, und er sah sich die beiden Füchse an, die an einem See auf einem Klippenvorsprung saßen. Die Sträucher standen immer noch am Ufer, und er zeigte auf den grau gemalten Klippenvorsprung.

»Da haben wir gesessen«, sagte er. »Vorhin, als dir kalt war.«

»Sieh dir die Füchse an!«

Die Füchse saßen dicht beieinander im Mondschein. Der kleinere Fuchs hatte seinen Kopf an die Brust des größeren gelegt. Sie sahen sich in die Augen. Marie nahm das Bild.

»Sie sind verliebt.«

29

Der Meistgeliebte

Als Jack vor der Haustür in Rinkeby anhielt, war es nach Mitternacht. Marie und er hatten auf der ganzen Heimfahrt geschwiegen. Er fühlte sich gelöst und entspannt.

Jack zog die Handbremse an und musterte Marie, die sich auf dem Beifahrersitz räkelte. Sie blinzelte, als ob sie ein Weilchen geschlafen hätte und sich noch nicht ganz bewusst war, wo sie sich befand.

»Es ist spät. Wenn du willst, können wir mit dem Bild auch bis morgen warten.«

Sie schüttelte den Kopf.

»Nicht doch! Das Gemälde ist groß, es zu finden wird nicht lange dauern.«

Sie stieg aus dem Auto und schlug die Tür hinter sich zu. Jack holte sie ein, bevor sie den Eingang erreichte. Er hielt ihr die Tür auf. Im selben Moment, als sie das Treppenhaus betraten, kam aus einer der oberen Wohnungen lautes Getöse. Eine Tür wurde zugeschlagen, eine andere geöffnet. Zu Schritten mischten sich Stimmen, dann war wieder ein Knall zu hören. Sie liefen die Treppe hoch und sahen Git und Elene, die eine Trage schleppten. Hinter ihnen tauchte

Odd mit einem Handy am Ohr auf. Elene machte mit der Trage Platz, um ihn durchzulassen.

»Versuch im Auto weiter Hanna zu erreichen!«, rief sie Odd zu, der die Treppe hinunterhetzte. »Womöglich ist sie gar nicht zu Hause. Sie könnte auch im Krankenhaus oder wer weiß wo sein!«

Odd verschwand durch die Tür, und Elene trieb Git zur Eile an, die erneut die Trage packte. Besorgt öffnete Elene die Tür zu Åsas und Patricks Wohnung und wandte sich Jack und Marie zu.

»Könnt ihr uns helfen?«, fragte sie. »Åsa liegt in den Wehen und muss ins Krankenzimmer.«

Sie folgten ihr in die Wohnung. Aus einem der Zimmer war ein Keuchen zu hören. Åsa saß zusammengekrümmt auf dem Bett und wimmerte.

Sie halfen, sie auf die Trage zu legen, und trugen Åsa in den ersten Stock. Jacks Armmuskeln zitterten, sodass er sich dankbar aufrichtete, nachdem sie die Trage endlich in der Praxis abstellen konnten. So vorsichtig wie möglich rollten sie Åsa von der Trage ins Bett.

»Das machst du toll«, sagte Elene tröstend zu Åsa und tupfte ihr Gesicht mit einem Handtuch ab. Åsas Körper krampfte sich in einer neuen Wehe zusammen. Elene sah auf die Uhr. »Die Wehen kommen in vierminütigem Abstand«, stellte sie fest. »Es wird nicht mehr lange dauern ...«

Von Åsa kam ein erneutes Wimmern, und Elene gab ihnen zu verstehen, dass sie das Zimmer verlassen sollten. Als Jack die Tür hinter sich schloss, war das Wimmern in wildes Stöhnen übergegangen.

»Am besten, wir bleiben hier, um zu sehen, wie es Åsa geht«, sagte Marie.

Jack nickte. Schweigend begaben sie sich in die Bibliothek. Marie zog eine Schreibtischschublade auf und holte ein Kartenspiel hervor.

»Weißt du, wie man Plump spielt?«, fragte sie.

Jack nickte abermals.

Marie spielte unkonzentriert, ständig sah sie zur Decke, doch aus der Praxis waren keine Geräusche mehr zu hören.

»Hundertzwölf zu sechsundneunzig. Du hast schon wieder verloren.«

»Ich mag nicht mehr.« Marie sah erneut zu den Deckenplatten.

»Es ist schon nach zwei. Ich sollte nach Hause fahren und schlafen gehen«, sagte Jack.

Marie antwortete nicht. Sie hatte den Kopf schief gelegt, als ob sie lauschte. Da waren auf der Treppe plötzlich Schritte zu hören, und die Wohnungstür flog auf. Einen Moment später stand Elene auf der Schwelle, die Haare hingen ihr ins Gesicht.

»Ich schaff es nicht mehr allein«, rief sie. »Die Wehen haben ausgesetzt. Ich brauche Hilfe.«

Åsa rührte sich nicht und hatte die Augen geschlossen. Im Licht der Leuchtstoffröhren schimmerte ihr Gesicht bleichgelb, Haarsträhnen klebten auf ihrer Stirn. Jack spürte, wie ihm übel wurde. Er wich zurück zur Tür, während Marie zu Åsa lief und ihre Hand nahm.

»Åsa!«, sagte sie mahnend. »Åsa, hörst du mich?«

Åsa sah Marie teilnahmslos an.

»Kommt das Kind bald?«, flüsterte sie.

Dann schloss sie die Augen wieder.

»Erzähl mir, was passiert ist. Schnell!«, sagte Marie zu Elene.

»Zuerst lief alles gut. Die Wehen waren stark, und der Muttermund war schon etwa vier Finger weit geöffnet, als ...« Sie schluckte und knetete ein Handtuch zwischen den Händen. »Dann fing sie wieder an zu bluten, und ich konnte die Herztöne des Kindes nicht mehr hören ...«

»Was ist dann passiert?«

Als Elene nur stumm den Kopf schüttelte, wurde Marie immer wütender. »Was hast du gemacht?«, schrie sie sie an.

»Ich habe ihr eine Spritze gegeben.«

»Haben die Wehen dann wieder eingesetzt?«

»Ja, aber die Blutungen fingen danach erst richtig an und wollten einfach nicht aufhören.«

»Hast du eine Bluttransfusion gelegt?

»Ich habe ihr gegeben, was da war, aber das hat nicht gereicht. Åsa hat Blutgruppe B, und Hanna hat versprochen, neue Blutkonserven mitzubringen, aber ... Hanna ist nicht gekommen. Und Odd ist auch nicht wieder zurück, und ich ...« Elene fing an zu schluchzen und vergrub ihr Gesicht in den Händen. Jack betrachtete Åsas lebloses Gesicht, das auf dem Kissen ruhte.

»*Ich* habe Blutgruppe B«, sagte er.

Kurz darauf lag Jack neben dem Krankenhausbett auf der Pritsche und starrte auf die Kanüle in seinem Arm.

»Wer sind Sie?«

Åsa war wieder aufgewacht und sah ihn an. Ihr Blick war klar, und in ihr Gesicht war wieder etwas Farbe zurückgekehrt. Er nannte seinen Namen und sah, wie etwas in ihren Augen aufleuchtete.

»Der Legendäre«, sagte sie.

»Inwiefern?«

»Heißt er nicht Artur? Dein persönlicher Link?«

Er wollte gerade antworten, als Åsa vor Schmerzen aufstöhnte und sich krümmte. Schweiß trat auf ihre Stirn, ihre Knöchel wurden weiß, während sie mit den Händen die Bettkante umklammerte.

Jack sah sich im Zimmer um. Die Morgensonne strahlte herein. Die Tür zur Praxis war geschlossen. Er hob den Kopf vom Kissen, war aber gezwungen, sich wieder hinzulegen.

Er sah erneut zu Åsa hinüber. Die Wehe hatte ihren Höhepunkt überschritten, und sie entspannte sich allmählich wieder.

»Mein Kind soll Johannes heißen«, sagte sie.

»Der Meistgeliebte.«

Åsa zog fragend die Augenbrauen hoch.

»Johannes war der Lieblingsjünger Jesu.«

Sie nickte und fing wieder schneller an zu atmen. Dann stieß sie dumpfe Schmerzlaute aus, und Jack rief verzweifelt nach Elene und Marie, doch niemand reagierte. Åsa krümmte sich unter Schmerzen zusammen und schrie laut auf. Der Schlauch löste sich von der Kanüle, als Jack von der Liege sprang. Er kam aber nicht weit, bevor ihm schwarz vor Augen wurde und er auf dem Fußboden zusammenbrach.

Als er wieder zu Bewusstsein kam, lag er auf der Pritsche, und der Schlauch war erneut mit der Kanüle verbunden. Åsa hockte im Bett, Marie stützte ihren Rücken. Elenes Hände vollführten Bewegungen zwischen Åsas Beinen.

»Noch einmal«, bat sie. »Bitte Åsa, press fester! Nur einmal noch!«

Åsa brüllte und fiel zur Seite.

Dann war es still.

Åsa lag da, die Augen geschlossen. Elene stand am Fußende des Bettes, hielt den Jungen an ihre Brust gedrückt und wiegte ihn hin und her.

Aber Johannes blieb stumm. Und rührte sich nicht.

30

Johannes

Åsa wusch den Säugling mit lauwarmem Wasser. Zuerst das Gesicht, dann den Hals, die Ohren, den Brustkorb. Sie hob seine Ärmchen und wusch die Achselhöhlen, zog den Waschlappen durch die Armbeugen und bog behutsam seine zu Fäusten geballten Hände auf. Sie trocknete ihn, liebkoste ihn, ja berührte jeden noch so kleinen Teil von ihm und summte unentwegt unverständliche Worte. Dann wickelte sie ihn in ein Handtuch und trocknete ihn ab. Ihr Gesang hörte auf, als sie ins Bett kroch und ihn an die Brust legte.

Es brauchte kein großes Wunder, in diesem kalten Zimmer im ersten Stock eines Mietshauses in Rinkeby hätte ein schmatzender Laut aus einem Kindermund gereicht. Aber er blieb aus.

Åsa wimmerte und wiegte Johannes immer wieder hin und her. Jack blinzelte seine Tränen weg. Sie hatte gewollt, dass er noch etwas blieb, als die anderen das Zimmer verließen, und er hatte ohne zu zögern eingewilligt. Er streichelte behutsam Åsas Arm.

»Wo ist Patrick?«, fragte er.

»Bei Tove, seiner Tochter«, antwortete sie.

»Und Johannes? Was ist mit ihm?«

»Johannes gehört nur mir.«

Den Jungen fest an sich gedrückt, schlüpfte sie unter die Decke. Nach einer Weile konnte Jack an ihren Atemzügen hören, dass sie eingeschlafen war. Er legte sich auf die Pritsche neben ihrem Bett.

Als er wach wurde, saß Marie auf der Kante seiner Liege. Dem Licht nach zu urteilen, musste es Nachmittag sein. Er sah zu Åsas Bett. Sie schlief noch immer. Ihre Arme waren leer. Jemand hatte Johannes in einen Korb gelegt und ihn neben das Bett gestellt.

Marie reichte Jack ein Glas Wasser, das er in einem Zug austrank. Sie schenkte ihm nach, während sie ihm im Flüsterton mitteilte, dass Hanna zurück sei und angeordnet habe, dass er noch liegenbleiben solle. Er habe viel Blut verloren, weshalb es ein Weilchen dauern würde, bis er sich wieder erholt hätte.

»Hanna sieht später nach dir. Möchtest du etwas essen?«

Er nickte, und sie verschwand durch die Tür.

Als Hanna eintrat, tat sie es nicht, um nachzusehen, wie es Jack ging, sondern um Johannes an sich zu nehmen.

Åsa hatte ihn wieder aus dem Korb gehoben und die Arme fest um ihn geschlungen.

»Ich möchte nicht, dass er obduziert wird«, sagte sie.

»Es ist wichtig, die Todesursache zu erfahren, Åsa.«

»Nein! Das ist überhaupt nicht wichtig.«

Hanna trat an die Bettkante, lehnte sich über Åsa und legte ihr eine Hand auf den Arm.

»Johannes kann uns sehr nützlich sein. Vielleicht kann sein Körper uns Aufschluss darüber geben, weshalb ihr vergessen werdet. Willst du uns das wirklich vorenthalten?«

»Wenn du ihn aufschneidest, wird er nicht mehr derselbe sein.«

»Johannes ist tot«, sagte Hanna und ließ Åsas Arm los.

Åsa sah zu Hanna hoch. Die Lippen aufeinandergepresst, ihre Augen schwarz vor Verzweiflung.

»Geh!«, klagte sie. »Kannst du nicht einfach gehen?«

Jacks Blick fiel auf das tote Kind in Åsas Armen.

»Kannst du nicht tun, was Åsa sagt?«, forderte er Hanna auf. »Einfach gehen?«

Hanna drehte noch nicht einmal den Kopf in seine Richtung, sondern musterte weiterhin Åsa.

»Wenn ich zurück bin«, sagte sie, »musst du mir den Leichnam geben.«

Sie ließ sie allein. Åsas Weinen wurde allmählich schwächer. In der wachsenden Stille horchte Jack nach Geräuschen, die daran erinnerten, dass das Leben außerhalb der vier Wände des Krankenzimmers normal weiterging. Aber niemand benutzte die Treppe, kein Wasser rauschte in den Leitungen. Sogar der Kinderlärm draußen war verstummt.

»Wenn Johannes begraben wird ...«, setzte Åsa an, »kommst du dann?«

Er nickte.

»Patrick ist ein guter Tischler«, fuhr sie fort. »Er wird einen schönen Sarg zimmern. Und Tove und ich haben einen Stoffhund genäht, den können wir hineintun. Ich wünsche mir, dass gesungen wird. Ein Wiegenlied vielleicht.«

»Wo soll Johannes denn beerdigt werden?«

»In Harunda.«

Ihr Gesicht verzog sich erneut. Ihre Nasenflügel zitterten vor unterdrücktem Weinen, Angst lag in ihren Augen.

»Aber Hanna wird nicht lockerlassen«, schluchzte sie. »Das tut sie nie, und ich habe ihr nichts entgegenzusetzen. Johannes wird obduziert werden.«

Jack sah Åsa an, die neben ihm haltlos schluchzte. Er war ihr gegenüber nicht verpflichtet, trotzdem hatte er keine andere Wahl.

»Wenn du willst, verstecke ich ihn vor Hanna bis zur Beerdigung.«

So ruhig er konnte, ging er mit dem Leichnam zur U-Bahn. Den toten Körper zu halten war schlimmer, als er gedacht hätte. Als er die U-Bahnstation erreichte, zitterte er am ganzen Körper. Gerade fuhr ein Zug ein, und er zwang sich, die letzten Schritte zu laufen, um ihn zu erreichen, bevor die Türen zugingen. Erschöpft fiel er auf einen Sitz. Kalter Schweiß brach ihm aus, zuerst auf seiner Stirn, dann am ganzen Körper. Er legte den Kopf an die Glasscheibe. Sie fühlte sich kühl an und tat ihm gut, und allmählich legte sich seine Übelkeit wieder. Er brauchte dringend etwas zu trinken.

Als er das Haus erreichte, in dem Otto wohnte, musterte er die Autos auf den Anwohnerparkplätzen. Kein Audi war zu sehen. Otto schien tatsächlich noch im Urlaub zu sein. Er holte die Schlüssel zu Ottos Haustür aus seiner Hosentasche und schloss auf.

Als Erstes trank er ein Glas Wasser nach dem anderen,

bis sein schlimmster Durst gelöscht war. Dann sah er sich in der Küche um. Der Kühlschrank war leer, der Strom ausgeschaltet. Er machte ihn wieder an und stellte den Thermostat auf die höchste Stufe, bevor er das unterste Gitter herausnahm und ein Kissen auf den Kühlschrankboden legte. Dann löste er Johannes aus seinen Armen und bettete ihn auf das Kissen.

Der Himmel im Osten rötete sich schon, als er erschöpft in der Pannsmedsgatan ankam.

31

Zu wem hältst du?

Das Zuknallen der Flurtür ließ ihn aus dem Schlaf hochfahren. Irgendetwas sagte ihm, dass er lange geruht hatte. Ihm war ganz flau vor Hunger, und obwohl er vor dem Zubettgehen literweise Wasser getrunken hatte, war sein Mund völlig ausgetrocknet. Er ging in die Küche und nickte Artur zu, der zeitungslesend am Tisch saß, bevor er sich über das Spülbecken beugte und den Kopf unter den Hahn hielt.

Artur zeigte auf den Küchenschrank.

»Wir haben auch Gläser.«

»Entschuldige. Wer war das vorhin?«

»Hanna.«

»Was wollte sie?«

»Sie hat gesagt, dass sie dich sofort sprechen muss. Ich habe ihr gesagt, dass du nicht zu sprechen bist und ihr die Tür vor der Nase zugemacht. Aber du musst sie mächtig wütend gemacht haben.«

Jack nahm sich eine Tasse aus dem Schrank und schenkte sich Kaffee ein. Als er sich umdrehte, begegnete er Arturs besorgtem Blick. Wenn er diesen freundlichen Augen weitere Beunruhigung ersparen könnte, würde er es tun, aber dafür war es zu spät. Artur war bereits in die Sache hineingezogen. Die Hände um den Kaffeebecher gelegt, setzte sich Jack an den Tisch und erzählte ihm die ganze Geschichte.

Artur hörte ihm zu, ohne ihn zu unterbrechen. Als Jack fertig war, nickte Artur nachdenklich.

»Ich möchte auch nicht obduziert werden. Oder verbrannt. Nur dass du's weißt.«

»Du findest also nicht, dass ich falsch gehandelt habe?«

»Nicht im Geringsten.«

Jack beugte sich vor und küsste Arturs rauhe Wange.

»Danke«, sagte er. »Aber du darfst dir mit dem Sterben ruhig noch etwas Zeit lassen, ich brauche dich noch.«

»Was kann ich für dich tun?«

»Nichts. Nur deine Kamera, die kannst du mir vielleicht leihen.«

Sonnenlicht fiel durch das Fenster in Ottos Wohnzimmer. Auf dem Sofa lag ein honigfarbenes Plaid, das er um den Jungen drapierte, sodass die Steifheit des Leichnams nicht so ins Gewicht fiel. Die kleinen Hände lugten zaghaft unter der Decke hervor. Jack machte ein Foto nach dem anderen, während er hier und da an der Decke zupfte. Viele Variationsmöglichkeiten gab es nicht, aber er tat, was er konnte. Als er fertig war, legte er Johannes zurück in den Kühlschrank und machte sich auf den Weg nach Rinkeby.

Die Tür zur Praxis war verschlossen, auch als er bei Åsa und Patrick klingelte, machte niemand auf. Jack ging über den Treppenabsatz und öffnete die Tür zur WG.

Aus der Bibliothek war Hannas Stimme zu hören. Jack blieb im Flur stehen. Er konnte nicht verstehen, was sie sagte, aber das war auch nicht weiter nötig. Was immer Hanna über die Sache denken mochte, Arturs schlichte Antwort hatte ihn davon überzeugt, dass er vollkommen richtig gehandelt hatte.

Er ging zur Tür und sah, dass Hanna sich über Odd beugte, der etwas auf einem Blatt notierte. Es war so still im Zimmer, dass man hören konnte, wie der Stift übers Papier kratzte. Patrick hatte das Kinn in die Hände gestützt und starrte ins Leere. Elene lehnte aufrecht mit geschlossenen Augen an der Wand. Ihr Haarknoten hatte sich gelöst

Die Szenerie erinnerte Jack an ein Tableau aus der Sonntagsschule.

»Störe ich?«, fragte er beim Eintreten.

Odd sah vom Papier auf, und ein paar Sekunden vergingen, bevor er den Stift weglegte und sich zurücklehnte.

»So, so, der Kindsräuber ist also wieder da.«

»Wenn du es so sehen willst …« Jack zog sich einen Stuhl heran und setzte sich.

»Und wer ist hier die Engelmacherin? Elene?«

Er bedauerte seine Wortwahl, als Elene ein Schluchzen von sich gab.

Hanna richtete sich auf. Ihre Stimme klang ruhig, als sie sich Jack zuwandte.

»Was haben Sie mit Johannes gemacht?«

»Ich habe ihn in einen Kühlraum gelegt. Wo ist Åsa?«

»Das geht Sie nichts an.«

Jack zuckte mit den Schultern und stellte die Frage erneut. Als Hanna schwieg, sah er Patrick an.

»Ich muss Åsa sprechen. Wo ist sie?«, beharrte er.

»Ich weiß nicht, ob ich Ihnen das sagen darf.«

»Weshalb nicht?«

Patrick machte eine Geste in Hannas Richtung, und als Jack Hanna ansah, wusste er auf einmal, was Artur einmal gemeint hatte, als er gesagt hatte, dass kein normaler Mensch aus solchen Augen guckte. Ihre Augen waren so ausdruckslos und kalt wie zwei Glasknöpfe.

»Was Patrick meint«, setzte sie hörbar wütend an, »... was Patrick meint, ist, dass es vieles gibt, von dem Sie keine Ahnung haben. Sie mischen sich einfach in das Leben anderer Menschen ein, ohne auch nur zu wissen, was Sie damit anrichten. Also sagen Sie mir jetzt, was Sie mit Johannes gemacht haben.«

»Bevor ich nicht mit Åsa gesprochen habe, sage ich gar nichts.«

»Johannes muss obduziert werden. Sie werden es nicht verhindern.«

»Wo ist sie?«

In der darauffolgenden Stille richtete er seinen Blick erneut auf Patrick, der sich das lange, in der Mitte gescheitelte Haar aus dem Gesicht strich.

»Lasst ihn Åsa treffen!«, sagte er. »Das macht jetzt auch keinen Unterschied mehr.«

Die Jalousien in Åsas und Patricks Schlafzimmer waren heruntergelassen. Åsa lag zusammengerollt unter der Decke, und ihre Pupillen waren so sehr geweitet, als ob sie lange ins Dunkle gestarrt hätte.

Jack blieb am Fußende des Bettes stehen. Åsa hatte ihn

nicht begrüßt, sie lag mit abgewandtem Kopf da und starrte Patrick an.

»Kannst du mir bitte etwas Wasser geben?«

Patrick griff nach dem leeren Wasserglas. Dann sah sie Jack an. In ihren Augen lag eine Qual, die über Trauer hinausging. Der Impuls, sie in Frieden zu lassen, war so stark, dass Jack beinahe gegangen wäre, aber dann riss er sich zusammen. Åsa setzte sich auf. Sie lächelte schwach. Patrick streichelte ihre Wange.

»Zuerst das Wasser, dann gibt's Kaffee«, sagte er.

Er verschwand in die Küche. Åsa schob sich ein Kissen in den Rücken, bevor sie sich umdrehte und Jack ansah.

»Danke, dass du mir gestern geholfen hast«, sagte sie.

»Keine Ursache«, antwortete Jack und zog sich einen Stuhl an die Bettkante. »Alles ist gut gegangen«, sagte er. »Johannes ist bei einem Freund von mir.«

Das Lächeln erlosch. Mit den Fingernägeln zeichnete sie den Saum des Lakens nach.

»Es tut mir leid. Aber du hättest Johannes nicht verstecken müssen.«

»Wie meinst du das?«

»Dass ich meine Meinung darüber geändert habe, weil es für alle am besten ist, wenn Johannes obduziert wird. Und Patrick ...«

Sie unterbrach sich, als Patrick mit dem Glas Wasser ins Zimmer kam, das sie in einem Zug leerte. Sie bat um ein weiteres. Jack seufzte.

»Womit hat Hanna dir gedroht? Mit Ausschluss?«, wollte er wissen.

Åsa presste ihre Lippen zu einem Strich zusammen. Während sie schluckte, um die aufsteigenden Tränen zu unterdrücken, kam Patrick zurück. Sie griff nach dem Glas. Dann nickte sie.

»Geh mit Patrick in die Küche«, sagte sie. »Er kann dir alles erklären.«

Auf dem Küchentresen blubberte die Kaffeemaschine. Um den Tisch standen vier Küchenstühle mit rotweiß karierten Sitzen. Der Linoleumboden war hellgrau, und vor der Tür stand eine unausgepackte Sporttasche, aus der ein blaugelbes Trikot der Nationalelf guckte.

»Wo ist Tove?«, fragte er.

»Beim Fußball. Marie hat sie mit nach Rasunda genommen.« Patrick stellte die Kaffeebecher hin. »Setzen Sie sich doch!«

Jack sah sich weiter in der Küche um und war erstaunt, wie sehr sie anderen Küchen ähnelte, in denen er sich schon in seinem Leben befunden hatte. Nichts daran deutete darauf hin, dass die Familie, die hier wohnte, sich in irgendeiner Form von der sonstigen Menschheit unterschied. An der Wand hingen gerahmte Fotografien von Tove, und an der Kühlschranktür war mit einem Magnet ein Zettel befestigt, der über die Termine für die Sperrmüllabfuhr Auskunft gab. Aus der Abendzeitung war das Kreuzworträtsel ausgeschnitten worden, und auf der Fensterbank standen ein paar Azaleen. Als er aufsah, merkte er, dass Patrick ihn mit der Kaffeekanne in der Hand beobachtete.

»Woran denken Sie?«, fragte er.

»Dass nichts so ist, wie es scheint.«

»Sobald ich Ihnen alles erzählt habe, werden Sie bestimmt verstehen, weshalb Åsa ihre Meinung geändert hat.«

Patrick schenkte Kaffee in die Becher und nahm Jack gegenüber Platz.

»Im letzten Winter sprachen Åsa und ich über Kinder. Ich habe ja schon Tove, aber Åsa hat keine eigenen Kinder.«

»Wer ist Toves Mutter?«

»Sie kennen sie nicht. Sie ist keine von uns.« Patrick drehte seinen Becher zwischen den Händen. »Tove und ich wurden fast zur selben Zeit vergessen. Sie war damals erst drei Jahre alt.«

Er massierte sich die Stirn, als ob er die Erinnerung daran vertreiben wolle, und trank einen Schluck Kaffee.

»Wie ich schon sagte, wollten Åsa und ich also Kinder haben. Wir haben uns an den Vorstand gewandt, um die Einwilligung einzuholen, und waren ziemlich verblüfft, als uns das verboten wurde. Stattdessen bot Hanna Åsa eine künstliche Befruchtung an. Ich habe natürlich protestiert, was aber nichts genützt hat. Hanna sagte, dass ein neuer Link allen dienen würde und dass Åsa und ich einen solchen nie zustande bringen würden, weil das voraussetzte, dass ein Teil des Elternpaares normal sei. Aber Åsa gehörte zu mir, und wenn sie ein Kind bekommen würde, dann nur mit mir als Vater.«

»Und was wollte Åsa?«

»Sie wollte ein Kind mit *mir*. Doch als es hart auf hart kam, hatte sie nicht den Mut, Hanna die Stirn zu bieten, weshalb sie bei Elene einzog und die Pille absetzte. Während ihrer fruchtbaren Tage durfte ich nicht mehr in ihre Nähe kommen.«

Patrick sah von seinem Becher auf. Ein plötzliches Lächeln zog über sein Gesicht.

»Aber als Elene mit dem Sperma nach Hause kam, wusste ich, was ich tun würde«, sagte er, und sein Lächeln wurde noch breiter. »Ich brachte Tove dazu, Elenes Schlüssel zu stehlen und bin nachts in die Praxis geschlichen. Ich habe den Spermabehälter geholt, der so eiskalt war, dass ich ihn kaum tragen konnte, und schließlich habe ich ihn fallen gelassen. Kurz darauf wurde im Obergeschoss eine Wohnungstür geöffnet. Ich hatte gehofft, dass es Git sei, aber es war Odd.«

»Und was ist dann passiert?«

»Ich bin ausgeschlossen worden. In der ersten Nacht gelang es mir, in einer Obdachlosenunterkunft unterzuschlüpfen, aber im Bett neben mir lag ein alter Mann, der so hustete, dass ich Angst hatte, mich anzustecken. Ich wagte nicht zu bleiben. Was, wenn ich krank werden würde? Ohne Hanna käme ich nicht an Medikamente ran.«

»Du hättest doch nur in die Notaufnahme gehen müssen und nach bewährter Art eine Verbindung herstellen können.«

Patrick warf ihm einen matten Blick zu.

»Bist du noch nie in einer Ambulanz gewesen? Da sitzen die Krankenschwestern hinter großen Glasscheiben, und die Ärzte verstecken sich hinter verschlossenen Türen. Wie, bitte, soll man das anstellen?«

Jack zuckte mit den Schultern.

»Jedenfalls war es Januar und kalt draußen«, fuhr er fort. »Ich bin die Straßen entlanggelaufen, um nicht auszukühlen, was nicht wirklich geglückt ist. Am Morgen bin ich völlig durchgefroren in einem Café eingenickt. Und so ging es ein paar Tage, bis Marie mich vor dem Haus im Gebüsch fand. Ich hatte mich dort versteckt, um Tove und Åsa beobachten zu können.«

Er verstummte. Jack sah auf die Uhr.

»Marie hat mir geholfen, obwohl sie wütend auf mich war«, sagte Patrick. »Sie hat mir die Schlüssel für Harunda gegeben.«

Jack betrachtete Patricks Hände, die über die Tischplatte strichen. Seine Fingerspitzen zeichneten die Maserung des Holzes nach.

»Wie lange warst du ausgeschlossen?«

»Die Strafe belief sich auf drei Monate, aber ich bekam noch einen Zuschlag. Der Mann im Obdachlosenheim hatte mich vermutlich angesteckt, und als das Fieber auf vierzig Grad stieg, hab ich Hanna angerufen. Sie hat mir Penicillin gegeben, was mich einen Monat extra gekostet hat – der längste Monat meines Lebens. Und als ich wieder nach Hause kam, war Åsa schwanger. Hanna hatte eigenmächtig eine künstliche Befruchtung vorgenommen.«

Er stützte das Kinn in die Hände.

»Du musst Johannes wiederbringen«, sagte er. »Einen Ausschluss würde Åsa nie im Leben verkraften.«

Jack nickte, und im selben Moment ging die Tür auf. Als Jack sich umdrehte und Marie sah, seufzte er erleichtert. Er sprang auf, küsste sie auf die Wange und griff nach ihren Händen.

»Hört zu«, sagte er, »wir müssen Hanna nicht gehorchen. Es gibt eine einfache Lösung: Wenn keiner von uns Åsa ausschließt, kann sie auch nicht ausgeschlossen werden. Dann hat die Strafe keine wirklichen Konsequenzen.«
Auf Patricks Gesicht zeichnete sich keine Reaktion ab. Jack

wandte sich an Marie. »Es geht nur darum, sich zu weigern. Schwieriger als das ist es nicht, und Git wird bestimmt zu uns halten.«

Marie befreite sich aus seinem Griff und schüttelte den Kopf.

»Ich glaube, du verstehst nicht.«

Patrick war aufgestanden und sammelte die Kaffeebecher ein.

»Du hast etwas, das wir nicht haben«, sagte er, ging zur Spüle und stellte die Becher unsanft ins Spülbecken. »Du hast einen Link. Einen eigenen Link.«

Marie sah Jack an.

»Wenn die Kinder nicht wären, hätten wir das schon längst getan«, sagte sie. »Aber was machen wir, wenn Tove oder Memory krank werden? Oder etwas noch Schlimmeres geschieht? Sie könnten sich verirren, von einem Auto angefahren werden oder eine Blinddarmentzündung bekommen. Wir brauchen Hanna.«

32

Das Begräbnis

Es wurde September, und in Harunda tanzten die Blätter wie Schmetterlinge über das Grundstück. Jack öffnete das Badezimmerfenster, damit der Wasserdampf hinausströmen konnte, und sah über den bewaldeten Hang aufs Meer. Ein kühler Windzug ließ ihn frieren, sodass er nach einem Handtuch griff, es um die Taille schlang und hinunter in die Küche ging. Artur war nach Norrtälje aufgebrochen, um ein paar Besorgungen zu machen und würde nicht vor vier Uhr zurück sein. Jack setzte sich mit einer Tasse Kaffee an den Tisch.

Es fühlte sich gut an, mit Artur zusammenzuarbeiten. Anfangs hatte sich Jacks Einsatz noch darauf beschränkt, Nägel aus morschen Brettern zu ziehen, doch inzwischen hatte er dazugelernt und im Laufe der vergangenen Woche die neue Küche eingebaut. Die Dielenböden im Erdgeschoss waren abgeschliffen, und es war sein Verdienst, dass sie geölt waren. Die Zeit war vergangen wie im Flug.

Ihm gefiel es in Harunda, und als er frühmorgens vom Telefon geweckt worden war, hatte er ein Klingeln nach dem anderen verstreichen lassen, bevor er abnahm. Der Gedanke an Hannas Triumph nagte immer noch an ihm, weshalb er den Kontakt zu den anderen Vergessenen gemieden hatte.

Als er damals mit Johannes zurückgekommen war, hatten sich alle in der Bibliothek versammelt gehabt, in der Hanna eine Rede darüber gehalten hatte, wie wichtig es sei, sich einig zu sein. »Zusammen sind wir ein Organismus«, hatte sie erklärt, »aber wenn dieser ein Glied einbüßt, fällt es ihm schwerer, zurechtzukommen.«

Er hatte sich den Blödsinn ohne Protest angehört, war aber im selben Moment, als Hanna das Treffen für beendet erklärt hatte, gegangen und mit ihrem Wagen weggefahren. Keiner hatte ihn seither danach gefragt oder mit ihm gesprochen, so wie auch er zu niemandem Kontakt aufgenommen hatte. Es war, als hätte er sich selbst ausgeschlossen.

Nachdem er am Morgen schließlich den Telefonhörer abgenommen und Maries Stimme am anderen Ende der Leitung gehört hatte, hatte er sich gefreut.

»Könntest du dir vorstellen, mit mir zu reden?«, hatte sie ihn gefragt.

»Worum geht's?«

»Ich möchte euch besuchen kommen. Darf ich?«

Er hatte zugestimmt und aufgelegt.

Marie hatte ihre grauen Haare abgeschnitten. Ihre rotbraunen Stoppeln glänzten im Sonnenlicht, als sie unter den Apfelbäumen im Garten auf ihn zukam. Er hielt sie auf Armlänge von sich und betrachtete sie.

»Gut siehst du aus«, sagte er, lehnte sich vor und küsste sie auf die Wange.

»Heißt das, dass du mir verzeihst?«

Er nickte und sah Marie zufrieden an. Sie lächelte und reichte ihm ihre Tasche. Sie war so schwer, dass er sie sich über die Schulter hängte, während er auf das Haus wies.

»Die Türen und alle Fenster im Erdgeschoss sind isoliert«, sagte er, »wir haben richtig geackert.« Dann ging er aufs Haus zu und hielt Marie die Tür auf.

»Willkommen im wilden Durcheinander!«

Doch nicht nur Jack und Artur hatten gearbeitet, auch die Handwerker waren ziemlich gut vorangekommen, sodass bereits die neuen Stromleitungen verlegt waren. Jack zeigte ihr seine Blasen.

»Du ahnst ja nicht, wie ich geschuftet habe.«

»Könntest du dir vorstellen, noch ein bisschen weiterzuschuften?«

Marie stellte den Rest ihres Gepäcks auf den Boden. Eine Tüte aus dem Spirituosenladen, die am Rucksack lehnte, und eine zusammengerollte Isomatte ließen vermuten, dass sie bei ihnen übernachten wollte.

»Was soll ich denn machen?«, fragte er.

»Heute Abend ist Johannes' Beerdigung, und ich brauche jemanden, der mir dabei hilft, das Grab auszuheben«, sagte sie.

Als sie einen Spaten aus dem Gartenschuppen holten, zeigte Marie auf einen rostigen Spieß in der Ecke.

»Den nehmen wir besser auch mit, der Boden ist steinig.«

Er folgte ihr über den Rasen zum bewaldeten Hang hinter dem Haus, der steil anstieg. Bald folgten auf Birken, die rings um den Garten standen, Eschen und Eichen.

Stillschweigend gingen sie voran, und als der Weg sich verengte, hörte er, wie Maries Atemzüge immer schwerer wurden.

»Wir sind gleich da«, sagte sie.

Nachdem sie einen weiteren Felsblock umrundet hatten, lichtete sich der Wald. Marie machte eine ausladende Geste.

»Der Friedhof der Vergessenen.«

Vor ihnen erstreckte sich eine lange Wiese. Jack sah sich nach Resten eines aufgerichteten Grabsteins, einem Kreuz oder etwas anderem, das an ein Grab erinnern würde, um, doch dergleichen gab es nicht, noch nicht mal einen Erdhügel. Ein Eichhörnchen flitzte einen Ulmenstamm hinauf. Kleeblätter wanden sich um verblühte Schlüsselblumen und Johanniskraut. Der Anblick war vertraut, und doch passte etwas nicht ins Bild. Als er sich umdrehte, fiel sein Blick auf einen Baum hinter Marie.

»Eine Buche?«, fragte er erstaunt. »Das ist ziemlich untypisch für diese Gegend.«

Marie lachte.

»Ja, stimmt. Aber das ist Reidars Baum, er stammt aus Schonen.«

Sie strich über die glatte Borke und erzählte Jack, es sei bei den Vergessenen Tradition, dass die Kinder den Baum aussuchten, der eines Tages auf ihrem Grab wachsen sollte. Sie selbst sei vierzehn gewesen, als sie mit ihren Eltern eine Zaubernuss auf der Wiese gepflanzt hatte. Wenn sie einmal starb, würde sie darunter begraben werden.

»Mein Vater wollte eine Zypresse«, sagte sie und deutete auf einen schattigen Platz zwischen hohen Bäumen.

Der starr aufragende Nadelbaum nahm sich seltsam zwischen den Laubbäumen aus, und als Jack zwischen den Stämmen hindurchlugte, entdeckte er einen dornigen Busch mit gelben durchscheinenden Blättern.

»Und wessen Baum ist das?«

»Der ist von irgendeiner Frau aus Örebro, ich habe ihren Namen vergessen.«

»Woher weiß man, wem welches Grab gehört?«

Sie ging zur Zypresse. Nach ein paar Spatenhieben beugte sie sich hinunter, klaubte einen flachen Stein aus der Erde und reichte ihn Jack. Darauf war eingemeißelt:

Ich bin so gern gewesen
in Feldern, Wald und Flur
nun bin ich heimgegangen
zum Schöpfer der Natur

Ernst Fogelberg
23. 10. 1975

Jack gab Marie den Stein zurück, die ihn wieder vergrub.

»Wie ist dein Vater gestorben?«

»Wir waren gerade in die Stadt gezogen, als er auf dem Rückweg vom Supermarkt einen Herzinfarkt bekam. Ich sehe noch vor mir, wie ein Glas Marmelade auf die Straße gerollt ist, nachdem er die Einkaufstüten fallen gelassen hatte.«

Sie ging weiter und zeigte ihm andere Bäume. Unter

Rhododendrenbüschen lagen Elenes Kinder. Ganz unten am Hang stand Gits Grabbaum. Es war eine Trauerweide, die ihre Zweige über ein paar spärliche Sumpfdotterblumen ausbreitete.

Sie legten Johannes' Grab weiter oben am Hang an. Zwar sei die Erde dort schlechter, aber die Vogelbeere sei auch nicht so anspruchsvoll, erklärte Marie. Sie markierte die Stelle mit ein paar Stöcken, woraufhin Jack anfing, das Grab auszuheben. Fast eine Stunde lang arbeiteten sie Seite an Seite, bis Marie fand, dass es tief genug wäre. Sie stützte sich auf den Spaten und sah in die gut einen Meter tiefe Grube.

»Wir müssen noch die Wurzeln kappen, die sind nicht schön.«

Sie reichte Jack eine Baumschere und streckte sich im Gras aus. Die Anstrengung hatte ihre Gelenke wieder anschwellen lassen. Sie massierte sich die Fingerknöchel.

»Würdest du auch einen Grabbaum haben wollen?«, fragte sie.

Er beseitigte etwas Wurzelgeäst und warf es ins Gras.

»Ja. Gerne.«

Er fand den Gedanken schön, in einem Baum aufzugehen. Er schnitt noch eine Handvoll Wurzelgestrüpp ab und sah zur Ulme hoch, die weit oben auf dem Hang thronte.

»Ich könnte die Ulme nehmen«, sagte er.

»Das geht leider nicht. Die Ulme ist ein Schutzbaum, sie gehört allen, die hier liegen.

»Dann nehme ich die Kastanie.«

»Das geht leider auch nicht, die ist schon besetzt.«

Marie presste ihre Handflächen gegen die Knie und richtete sich stöhnend auf. Auf steifen Beinen ging sie zum Baum und bedeutete ihm, ihr zu folgen.

»Siehst du?«, sagte sie und zeigte auf den Stamm. »Das ist der Baum von Bea und Oskar. Sie wollten einen gemeinsamen Baum haben.«

Oskar und Beatrice. Jack blieb einen Augenblick stehen und studierte die in den Stamm geritzten Namen. Dann drehte er sich um und lief zur Ulme. Die knorrige Borke machte es schwer, Einkerbungen zu sehen, aber etwa acht, neun Meter über dem Boden meinte er, eine Abweichung zu erkennen. Er zog sich am untersten Ast hoch und begann zu klettern. Ein paar Meter höher hielt er inne und stützte sich gegen den Stamm. Unter einer Moosschicht schimmerte etwas hindurch.

Er rief nach Marie, die sich humpelnd dem Baum näherte. Man sah, dass sie Schmerzen hatte, und so schwang er sich wieder zu Boden. Den letzten Meter sprang er und landete mit einem Plumps im Gras.

»Ich weiß, dass es nicht einfach ist, Marie, aber du musst da rauf«, sagte er.

»Das kann ich nicht.«

»Wenn es sein muss, hebe ich dich hoch, aber du musst unbedingt da hoch.«

»Ich muss gar nichts.«

»Doch, das musst du. Da ist etwas, dass wir uns gemeinsam ansehen sollten.«

Sie sah an dem Baum hoch, dann wieder zu ihm und nickte.

Er hob sie hoch, sodass sie den untersten Ast zu fassen bekam. Dann schlang sie ein Bein fest um den Stamm und zog sich hoch, bis sie sicher, den Rücken gegen den Stamm gelehnt, saß. Sie hatte die Lippen fest aufeinandergepresst, und ihre Knie zitterten, als sie sich aufrichtete. Er kletterte hinterher und half ihr auf den nächsten Ast. Dicht vor der moosbedeckten Stelle sagte sie: »Ich kann nicht mehr.«

Jack kletterte auf den Ast neben ihr und setzte sich.

»Wir haben keine Eile«, sagte er.

Er wischte sich das Gesicht mit dem Hemdsärmel ab und spähte durch das Blätterwerk. Von einem benachbarten Baum flog ein Vogel auf.

»Ein Eichelhäher«, sagte sie. »Lass uns versuchen, weiter hochzuklettern.«

Er reichte ihr eine Hand, und sie kletterten das verbleibende Stück hoch. Als Jack das Moos von der Borke rieb, wurde die Inschrift sichtbar:

A R. E L.

21. 4. 1880

†

Edmund

11. 3. 1917

†

Alma

12. 9. 1919

Marie starrte mit offenem Mund auf die Inschrift.

»Ich verstehe nicht ...«, sagte sie, »wie können Alma und Edmund sich hier verewigt haben? Hier in Harunda?«

Jack zeichnete mit dem Finger die Buchstaben nach und sah über den Wald, der sich um sie herum erstreckte. In der Ferne, im Westen, ging er in den Brandberg über.

»Stell dir vor, du wärst Alma. Du sitzt in Myntholm im Turmzimmer und ahnst, dass du wohl nie wieder rauskommen wirst. Die Jahre vergehen und alle glauben, dass du verrückt bist. Der Einzige, der weiß, dass mit dir alles stimmt, ist Edmund.«

»Genau. Und von dem alle anderen behaupten, er existiere nicht«, stimmte sie zu. »Alma muss selbst ab und an daran gezweifelt haben.«

»Vielleicht. Aber nicht, als es wirklich drauf ankam. In dem Fall hätte sie ihren Eltern gehorcht und sich nicht weiter um Edmund geschert. Aber das tat sie nicht. Sie ist stattdessen mit ihm nach Harunda geflohen.« Er sah die Skepsis in ihren Augen und beeilte sich fortzufahren. »Das ist nicht so seltsam, wie es klingt. Teile von Harunda unterstanden Myntholm, und das Haus könnte durchaus Almas Taufgeschenk gewesen sein, das war zu der Zeit recht üblich.«

»Aber Alma ist gestorben. Sie ist in Myntholm begraben.«

Jack lehnte sich gegen den Stamm und ließ seine Augen wieder Richtung Brandberg schweifen.

»In Almas Grab liegt niemand«, sagte er.

»Was willst du damit sagen?«

»Dass Alma nicht gestorben ist – jedenfalls nicht 1880. Ich glaube nicht, dass das ihre Schrift ist. Ich bin mir sicher, dass sie die Buchstaben in die Ulme geritzt hat.«

»Aber wenn sie nicht gestorben ist, weshalb haben ihre Eltern dann eine Beerdigung abgehalten?«

»Weil sie sich schämten. Sie hatten sich schon viele Jahre für Alma geschämt. Zuerst hat sie ihre kleine Schwester ertrinken lassen, und dann wurde sie obendrein geisteskrank. Als sie bemerkten, dass sie geflohen war, hatten sie nicht die Kraft, einen weiteren Skandal durchzustehen. Da war es einfacher zu behaupten, dass sie gestorben sei.«

Marie nickte langsam und sah ihn einen Moment schweigend an. Dann griff sie nach dem Ast vor ihr und begann, vom Baum herunterzuklettern.

»Und jetzt muss ich dir was zeigen«, verkündete sie.

Ohne mehr zu verraten, humpelte Marie über die Wiese davon. Jack sammelte die Werkzeuge auf und holte sie auf halbem Weg ein. Als endlich das Haus zwischen den Birkenstämmen auftauchte, bog Marie vom Weg ab und hielt auf ihr Auto zu, das auf der Auffahrt stand. Ihre Finger waren so angeschwollen, dass sie beide Hände zu Hilfe nehmen musste, um den Schlüssel ins Schloss zu stecken. Jack half ihr, die Heckklappe zu öffnen. Ein in braunes Packpapier eingeschlagenes Paket lehnte gegen den Rücksitz. Über seinen Inhalt konnte kein Zweifel herrschen – es war ein Gemälde. Staunend sah er Marie an.

»Wo hast du es gefunden?«

»Im Schuppen. Es ist nicht signiert, aber auf der Rückseite steht eine Jahreszahl: 1882.«

Jack wartete mit dem Entfernen des Packpapiers, bis sie vor dem Kamin im Wohnzimmer standen. Marie stellte das Bild auf den Kaminsims. Dann trat er einen Schritt zurück und musterte die Füchse, die auf ihrem Bett aus Seerosen ruhten.

»Ich denke, du hast recht, dass Almas Eltern sich geschämt haben«, sagte sie.

»Aber der Grund dafür scheint mir nicht Almas Irrsinn gewesen zu sein, sondern etwas weit Schlimmeres.«

Sie zeigte auf das Fuchsjunge, das sich zwischen den Pfoten der Füchsin zusammengerollt hatte. »Wenn es so ist, wie ich vermute, und die Füchse Alma und Edmund darstellen, muss dieses Fuchsjunges ihr Kind gewesen sein.«

»Aber Alma und Edmund waren doch Geschwister!«

Marie sah zum Fenster, das zum Garten hinausging, dann zur Verandatür, dem verblichenen Muster der Tapete und zur Treppe, die in den ersten Stock führte.

»Bea wurde in diesem Haus geboren«, sagte sie. »Am Mittsommerabend 1880. Neun Monate, nachdem Edmund zum letzten Mal Myntholm besucht hat. Für mich ergibt das alles einen Sinn.«

Jack starrte auf die Füchsin, die das Junge umschlang, als ob sie es vor dem See beschützen wollte. Warum hatte Alma das Gemälde nicht signiert, wenn sie es gemalt hatte? Dann hätten sie ganz sicher sein können, dass sie nicht 1880 in Myntholm gestorben war. Er trat näher an das Bild heran und studierte es eingehend. Schließlich wandte er sich Marie zu, die sich aufs Sofa gesetzt hatte.

»Bist du dir so sicher?«

»Absolut sicher. Bea hieß eigentlich Beatrice. Alma und Edmund haben sie nach ihrer verstorbenen Schwester benannt. Alma war die Großmutter meines Großvaters.«

Die Begräbnisgesellschaft traf ein, als es dämmerte. Jack und Marie nahmen sie an der Auffahrt in Empfang. Odd stützte Elene, die mit gesenktem Kopf aus dem Auto stieg. Gits Kleid schleifte über den Kies. Åsa hielt den Kindersarg im Arm. Ihre Schultern waren vorgebeugt, als hätte sie Angst, dass jemand ihn ihr entreißen könnte. Jack ging auf sie zu, um sie zu begrüßen, und sah den Kummer in den Augen.

»Ich bin soweit. Wir können gehen«, brachte sie hervor.

Sie schlossen sich den anderen an, die am Waldrand warteten, um gemeinsam den Hang hochzuschreiten. Patrick legte einen Arm um Åsa und stützte mit der anderen den Sarg. Ab und an waren Åsas Schluchzer zu hören. Zwischendurch blieben sie stehen, um sich zu erholen, und als sich endlich die Wiese vor ihnen erstreckte, atmeten alle erleichtert auf.

Sie setzten den Sarg im Gras ab, und Patrick öffnete den Deckel. Im Licht der Kerzen, die Odd rings um das Grab entzündete, betrachtete Jack den toten Jungen. Patrick legte einen gepunkteten Stoffhund zwischen Johannes' Hände, während Git eine Flasche Wein entkorkte und Elene mit einem Korb umherging und Brot austeilte.

»Auf Johannes!«

Odd war an den Sarg getreten. Er ging auf die Knie und legte für den Jungen ein Geschenk ab. Dann richtete er sich auf und verneigte sich. Nach und nach trat jeder Einzelne vor.

Als Jack an der Reihe war, nahm er einen Apfel aus der Hosentasche und rieb ihn an seiner Jacke blank. Er duftete, und Jack legte ihn in den kleinen Sarg. Dann hielt er noch einen Moment inne und betrachtete den Kranz von Geschenken, die den Körper des Jungen einrahmten: ein Ball, eine Rassel, Süßigkeiten. Er erhob sich und machte Patrick Platz, der sich hinabbeugte und ein Messer in die Nähe von Johannes' Hand legte.

Danach fassten sie sich an den Händen. Åsa summte, erst leise, dann immer lauter. Es klang wie ein Volkslied, und immer mehr stimmten in die Melodie mit ein.

Danach ließen sie Johannes hinab in die Erde.

Im selben Augenblick, als die erste Schaufel Erde auf den Sarg fiel, flackerte zwischen den Baumstämmen weiter oben am Hang ein Lichtschein. Ihm folgten weitere. Odd ließ den Spaten los. Bald schon war das Trampeln von Schritten zu hören, und Marie drückte Jacks Hand fester, als ein Junge von etwa zehn Jahren auf die Wiese gerannt kam, gefolgt von einer ganzen Schar Kinder.

Gut zehn Meter vom Grab entfernt blieb der Junge abrupt stehen. Die Taschenlampe fiel ihm aus den Händen, und ein Schrei war zu hören.

Marie presste die Fingernägel in Jacks Handfläche.

»Senk den Kopf!«, flüsterte sie, »und rühr dich nicht!«

Der Junge war ins Gras gesunken. Weitere Schreie und Rufe von der Gruppe hinter ihm wurden laut. Eine Frau kam auf die Lichtung. Jack starrte sie an, als sie auf den Jungen zulief und an seinem Arm zerrte. Auch ohne den Schein der Taschenlampe erkannte Jack, dass es sich um Aino handelte. Den Jungen an der Hand, drehte sie sich um. Ihr Bauch wölbte sich vor, als ob sie einen Fußball unter dem Pfadfinderhemd trug.

Sie trieb die Kinder zur Eile an. Sie liefen wie erschreckte

Kaninchen in Richtung Wald. Aino folgte ihnen, aber ihre Schritte waren schwerfällig. Jack atmete tief durch – Aino war schwanger.

Er riss sich von Marie los und rief: »Warte, Aino! Warte!«

Beim Klang seiner Stimme drehte sie sich um und starrte ihn ängstlich an. Er wollte auf sie zurennen, doch sofort hinderten ihn ein paar kräftige Arme daran weiterzulaufen. Odd rief: »Rühr dich nicht von der Stelle!«

Das Kinn gegen Odds Schulter gepresst, sah Jack Aino im Wald verschwinden. Als sich Odds Umklammerung lockerte, schob Jack die Hände in die Hosentaschen.

»Alles okay«, sagte er und nickte Odd zu, der ihn nicht aus den Augen ließ. »Ich hab's kapiert.«

Odd machte einen Schritt zurück. Ungeduldig nahm er wieder seinen Spaten auf.

»Hilf mir!«, forderte er Jack auf und fing wieder an, Erde auf den Sarg zu schippen. »Wir müssen hier weg!«

»Sie haben uns doch schon vergessen.«

»Nicht das Gefühl, das sie in unserer Gegenwart hatten, dafür waren wir zu viele.«

So rasch wie möglich halfen sie, die Spuren des Grabes zu beseitigen. Als sie kurze Zeit später den Weg zum Haus hinuntereilten, drangen Stimmen durch den Wald.

33

Empfangen vom Heiligen Geist

Jack löste die Tampen vom Steg und lenkte das Boot in die Bucht von Harunda. Der Wind wehte aus Nordost. Er kauerte sich auf die Bank am Achterdeck. Sein hagerer Körper war einfach nicht für niedrige Temperaturen geschaffen. Auf der Höhe von Skröjskär fielen die ersten Regentropfen, und er zog eine Plane über sich.

Endlich war er unterwegs nach Ämtudden.

In den Tagen nach Johannes' Beisetzung war er rastlos gewesen und hatte sich dabei ertappt, Marie insgeheim zu verwünschen. Er wollte seine Ruhe haben. Immer wenn sie mit ihm reden wollte, hatte er sie unter dem Vorwand unterbrochen, dass er etwas Wichtiges zu erledigen hätte. Aber auf lange Sicht war das keine Lösung, und so war sie am Abend zuvor in sein Zimmer gekommen und hatte ihn scharf angesehen.

»Wenn du willst, dass ich gehe, musst du es nur sagen.«

»Das ist es nicht.«

Er hatte Mühe gehabt, ihrem Blick standzuhalten.

»Du bist ein Feigling«, stellte sie fest. »Ich habe gesehen, dass Aino schwanger ist, aber wenn du nicht drüber reden willst, bitte … Oder denkst du, dass mich das nichts angeht?«

»Bitte, lass es gut sein.« Er hob hilflos die Hände. »Gib mir etwas Zeit«, bat er sie. »Ich muss nachdenken.«

»Wenn du damit fertig bist, melde dich, okay?«

Mit diesen Worten war sie aus dem Zimmer und mit ihrem Wagen in die Dunkelheit gerauscht.

Sein Griff um die Ruderpinne wurde fester, als er das Boot von der Uferlinie weglenkte. Artur hatte ihn vor den Klippen vor Ämtudden gewarnt, deren lange Ausläufer unter Wasser mehr als einen Skipper auf Grund hatten laufen lassen. Der Regen machte es schwer, etwas zu erkennen. Er hüllte sich fester in die Plane. Vor ihm tauchten die bewaldeten Umrisse von Killingholm im Dunst auf.

Ainos Bauch war gut sichtbar gewesen, und er fragte sich, ob sie wohl im fünften Monat war. Solange war es her, seit sie sich zum letzten Mal geliebt hatten.

Das Boot glitt in den Sund zwischen Södra Ämt und Killingholmen. Vor ihm erstreckte sich die ihm so vertraute Bucht. Er machte den Motor aus. Mit vor Kälte steifen Fingern holte er das Fernglas hervor und ließ es über das Grundstück schweifen. Niemand war zu sehen. Auch lehnte Ainos Fahrrad nicht wie üblich an der Kiefer. Er packte das Fernglas ein, ließ das Boot mit dem Wind in den Schutz der Erlen treiben und sah zu Lindgrens Haus, das wie immer verlassen war. Dann vertäute er das Boot am Steg.

Unter dem Schutz der Bäume lief er durch den Garten, strich sich die nassen Haare aus der Stirn und klopfte an Ainos Tür. Als niemand aufmachte, öffnete er und betrat das Haus. Er atmete die bekannte Mischung aus Ruß und altem Holz ein. Im Halbdunkel blieb er stehen und betrachtete einen Fleck auf Ainos gelber Jacke, bevor er ihre Gummistiefel aufsammelte, die auf dem Flurteppich lagen, um sie an den Heizkörper zu stellen. Er fror, sodass er den Thermostat andrehte. Als die aufkommende Wärme die Heizung zum Knacken brachte, zog er seine Schuhe aus, stellte sie neben Ainos Stiefel und tappte ins Arbeitszimmer.

Auf dem Fußboden türmten sich Bücher und Zeitungen. Er fegte einen Haufen Kleidung vom Stuhl, setzte sich vor den Computer und rief Ainos Kalender mit dem heutigen Datum auf.

14. September
Ingrid um 11.30 Uhr in Norrtälje abholen. Hat gesagt, dass sie bleibt. Hoffe ein paar Tage.

Erstaunt starrte er auf die Notiz. Ingrid hatte sich auf dem Land noch nie wohlgefühlt und pflegte bei ihren seltenen Besuchen in Ämtudden immer von Zimmer zu Zimmer zu gehen und einen Blick aus jedem Fenster zu werfen. »Hier liegt der Hund begraben«, hatte sie dann stets gesagt, um daraufhin den nächstbesten Bus zu nehmen, der in die Stadt zurückfuhr.

Er sah auf die Uhr und blätterte zum Jahresanfang zurück, überflog kurz Ainos Notizen auf der Suche nach Angaben zu ihrer Menstruation. Mitte Januar stieß er auf die erste, darauf folgten regelmäßige Aufzeichnungen für Februar, März und April. Danach war Schluss.

Er lehnte sich zurück und rieb sich das Gesicht. Selbst wenn Aino im April schwanger geworden war, hieß das nicht unbedingt, dass er der Vater war. Ihm gelang es nicht, das Bild von Jonas loszuwerden, der ihn wie einen Fremden von seinem eigenen Grundstück gejagt hatte.

Jack beugte sich erneut über den Kalender.

18. Juli
Die Signalpfeife funktioniert. Die große Robbe ist nicht mehr aggressiv. Der Abstand zwischen uns belief sich nur auf ein paar Meter. Er ähnelt Ho Chi Minh.

Und ein paar Tage später:

Meine Übelkeit will anscheinend gar nicht mehr weggehen. Ich muss besser aufpassen, was ich esse.

21. Juni, Mittsommerabend
Musste heute früh brechen, bin aber trotzdem mit dem Kanu zu den Norrkobborna gepaddelt. Vier Robben waren noch da. Ich habe sie nach Sotsten gelotst und bin die ganze Nacht bei ihnen geblieben.

7. Juli
Keine Arbeit in Sicht. Aber das macht nichts. Ich habe mich entschieden, Urlaub zu machen. Es wird schön sein, eine Zeit lang seine Ruhe zu haben.

Für den restlichen Monat gab es keine Eintragungen. Erst am vierten August nahm sie ihre Aufzeichnungen wieder auf. Als Jack die Zeilen überflog, klopfte sein Herz wie verrückt.

Ich bin schwanger. Die Hebamme von Danderyds Hospital dachte, ich sei verrückt, als ich sagte, dass ich mit niemandem geschlafen habe. Aber ich weiß ... ich WEISS ... dass ich es nicht getan habe und kann nicht fassen, wie das passiert sein soll. Wenn ich nicht die Ultraschallbilder gesehen hätte, hätte ich gedacht, die Hebamme sei verrückt. Was soll ich nur tun? Ich weiß nur, dass ich das Kind behalten will.

Jetzt hatte er Gewissheit: Er würde Vater werden. Er stand auf und ging in die Küche. Er würde Vater werden. Mit den Händen trommelte er gegen die Küchenschränke und ließ die Bewegung in einem triumphalen Trommelwirbel auf dem Tisch gipfeln.

Als er einen Moment später den Kopf hob, wurde er sich plötzlich seiner brennenden Handflächen bewusst. Er stand auf und presste sie gegen die kalten Fensterscheiben. Ein kalter Luftzug drang durch die schlecht isolierten Fenster, und er fröstelte. Im Haus waren bestimmt nicht mehr als fünfzehn, sechzehn Grad. Mit wenigen Schritten war er beim Feuerholzkorb und machte Feuer. Dann lief er zum Schuppen, um Nachschub zu holen.

Er sollte die Fenster kitten. Und die maroden Dachziegel austauschen.

Er pflückte sich einen Apfel, ging zurück ins Haus und legte Holz nach. Als sich die Wärme allmählich im Haus ausbreitete, setzte er sich wieder vor den Computer.

8. August
Heute Morgen hat das Baby wie ein kleiner Fisch in meinem Bauch gezappelt. Es ist so eigenartig. Wenn ich wüsste, wie das passiert ist, könnte ich mich richtig freuen. Als ich im Bett lag, musste ich plötzlich an die Pannsmedsgatan denken. An die Gerüche aus den Wohnungen. Bei Tante Märta roch es nach Hund und Hefebrötchen, bei Ingrid und Allan nach Zigarettenrauch. Es duftete dort immer so gut. Und ich selbst stinke ziemlich nach Robbe – ob das dem Baby gefällt?

10. August
Grüble viel. Versuche mich zu erinnern, was in den Tagen geschehen ist, bevor ich das Laken mit den Spermaflecken gefunden habe. Aber ich kann mich nur an die Robben erinnern und dass Jonas zu der Zeit viel da war.

13. August
Gestern war ich in Stockholm und habe Ingrid besucht. Ich habe ihr erzählt, dass das Baby keinen Vater hat. Ingrid hat ihre Hilfe angeboten. Sie ist genauso einsam wie ich. Aber mir geht's jetzt besser. Die Übelkeit ist verschwunden. Am Morgen bin ich wieder zu meinen Lieblingen gepaddelt.

18. August
Gestern war Jonas wieder hier und hat mir wegen der Robben in den Ohren gelegen. Er sagte, dass wir endlich mit jemandem Kontakt aufnehmen und beweisen sollten, was wir mit der Signalpfeife bewerkstelligt haben. Was für ein Quatsch! Ich habe ihm gesagt, dass ich seine Töle umbringen würde, wenn er es wagt, jemandem von den Robben zu erzählen.

24. August
Ingrid war da. Wir haben Krebse gegessen. Sie glaubt nicht an die unbefleckte Empfängnis und behauptet, dass die Jungfrau Maria von einem römischen Soldaten vergewaltigt worden sei. Ich habe ihr von dem Laken mit den Spermaflecken erzählt, und da hat sie gemeint, ich solle zur Polizei gehen. Sie war der Meinung, dass ich vergewaltigt worden sei und es anschließend verdrängt habe.

29. August
Ich habe noch nie etwas verdrängt, wie schlimm es auch war. Ich habe noch nie mit jemandem geschlafen und es danach vergessen. Ich bin nicht verrückt.

3. September
Heute Nachmittag waren zwei Typen von den Zeugen Jehovas hier und wollten mich erlösen. Ich habe ihnen gesagt, dass das nicht nötig sei, da ich schon vom Heiligen Geist erfüllt sei. Da sind sie gegangen.

6. September
Gestern war ich in Stockholm, habe mir einen neuen Schlafsack und zwei neue Paddel bei Sportmax gekauft und bei Ingrid übernachtet. Die Geräusche im Treppenhaus sind noch genau die gleichen wie in meiner Kindheit. Das dumpfe Plumpsen, wenn Müll in den Schacht geworfen wird und das Klappern, wenn jemand gegen das Treppengeländer schlägt. Bei Artur roch es immer noch nach Fensterputzmittel und Old Spice. Ich bin mit Ingrid mitgegangen, als sie seine Geranien gegossen hat.

11. September
Gestern war ich mit den Pfadfindern auf einem nächtlichen Orientierungslauf in Harunda. Die Kinder sind felsenfest davon überzeugt, im Wald Gespenster gesehen zu haben. Sie waren völlig außer sich.

14. September
Ingrid um 11.30 Uhr in Norrtälje abholen. Hat gesagt, dass sie bleibt. Hoffe ein paar Tage.

Jack machte den Computer aus und sah aus dem Fenster. Der Regen hatte aufgehört, stiller Nieselregen war an seine Stelle getreten. Mit einem Gefühl von Wehmut erhob er sich und begann durchs Zimmer zu gehen. Aino und er würden ein gemeinsames Kind bekommen, und all sein Streben, seine Hoffnung und sein Sehnen mündeten in eine einzige Bitte. Er musste einen Weg finden, um zu Aino durchzudringen.

Als er von Lindgrens Steg davontuckerte, sah er Aino mit Ingrid im Schlepptau zum Haus hochgehen. Seine Mutter stolperte auf hohen Absätzen vorwärts, und die Räder ihres Koffers holperten über den steinigen Boden.

34

Erinnerung in Flaschen

Jack zog die Nadel aus der Armbeuge und presste eine Baumwollkompresse auf die Einstichstelle. Der blasse Schein der Herbstsonne, der durchs Fenster fiel, verlieh dem Inhalt der Flasche auf dem Tisch einen roten Schimmer. Er drehte den Verschluss ab, und als er einen großen Schluck nahm, entfaltete sich ein Frucht- und Eisengeschmack in seinem Mund. Es handelte sich um Blutsaft, den Inbegriff alles Gesunden, den man im Reformhaus von Norrtälje bekommen konnte. Er schluckte den nährstoffreichen Saft hinunter und verzog das Gesicht, wusste aber, dass Aino nichts dagegen hätte, ihn zu trinken – sie schwor auf Gesundheitskost.

Er gab den Inhalt der Spritze hinein, schraubte die Flasche wieder zu und schüttelte sie, bis sich das Blut gleichmäßig in der Flüssigkeit verteilt hatte.

Zufrieden ging er zu Artur hinüber, der in der Küche eine Maräne ausnahm. Artur hatte darauf bestanden, ein Geschenk mitzubringen, wenn er Ingrid und Aino in Ämtudden besuchte, und was eignete sich da besser als ein frisch gefangener Fisch? Heute Morgen hatte Artur endlich eine

Maräne eingeholt. Dunkel wie ungeputztes Silber hatte sie ausgesehen. Jack hatte den Kopf abgewandt, um nicht sehen zu müssen, wie Artur das Messer ansetzte. Aber der Fisch hatte seinen Zweck erfüllt, denn als Artur später Ingrid angerufen und ihr angeboten hatte, ihr eine Maräne nach Ämtudden zu bringen, war sie begeistert gewesen, sowohl vom Fisch als auch von seinem Vorschlag, zu ihnen zu kommen.

Jack folgte Artur zum Steg und blieb so lange stehen, bis das Boot hinter der Landzunge verschwunden war. Er beobachtete eine Möwe, die zwischen den Bootshäusern herumstolzierte. Als sie aufflog und mit einem Kreischen Richtung Meer verschwand, entfernte er sich vom Steg.

Irgendwann hatte er Aino einmal gefragt, weshalb sie gerade ihn liebte.

Sie hatte ihm in die Augen gesehen und ohne zu zögern geantwortet: »Weil du mich kennst und mich trotzdem magst.«

Es war keine Kunst, jemanden zu lieben, mit dem man nur Gemeinsamkeiten hatte. Die Schwierigkeit war, das Konträre zu lieben. Aino war störrisch, nachlässig und wollte oft ihre Ruhe haben, selbst dann, wenn es ihm schlecht ging und er Trost brauchte.

Als sie sich kurz darauf von hinten an ihn herangeschlichen und die Arme um seine Taille geschlungen hatte, hatte er sich ihrer Umarmung überlassen. Sie war immer aufrichtig und machte nie viel Aufhebens von sich.

Er wusste immer noch, wer sie war – das Problem war nur, dass sie nicht mehr wusste, wer er war.

Als Artur ihn eine halbe Stunde später anrief und ihm berichtete, dass Aino sich über die Mitbringsel gefreut habe und sie auf Arturs Empfehlung hin sogar gleich einen Schluck davon gekostet hatte, holte Jack den Benzinkanister aus dem Keller und ging zum Auto. Mit hoher Geschwindigkeit raste er den steilen Hang hinab und legte eine Vollbremsung hin, als ihm Maries Fiat in der Kurve zur Landstraße entgegenkam. Er schlug hart das Lenkrad ein und sah, wie die Panik in Maries Gesicht einem erleichterten Lächeln wich.

Sie signalisierte ihm, dass er zum Haus zurücksetzen solle. Als er verneinend den Kopf schüttelte, stieg sie aus. Hastig kurbelte er die Fensterscheibe hinunter.

»Ich muss weg«, sagte er.

»Wohin willst du denn?«

»Zu Aino.« Sie machte den Mund auf, als ob sie etwas sagen wollte, schloss ihn aber gleich wieder und schob die Hände in die Hosentaschen. Er seufzte und stellte den Motor aus. »Ich habe dich immer wieder angerufen, aber du bist nie rangegangen. Es war übrigens, wie ich dachte. Ich werde Vater.«

Ihre Hände gruben sich tiefer in die Taschen. »Woher weißt du, dass es dein Kind ist?«, fragte sie nach.

»Lass uns heute Abend darüber reden, ja?«

»Lass dich von mir nicht aufhalten«, sagte sie, rührte sich aber nicht von der Stelle. Umständlich manövrierte er an ihrem gelben Fiat vorbei.

Die Wellen rauschten gegen die Klippen von Ämtudden. Aino stand an den Trockengestellen und hängte Netze auf.

Neben ihr stand ein blauer Eimer, der halbvoll mit Fischen war. Als sie sich umdrehte, wurde sie von der Sonne geblendet.

Sein Griff um den Benzinkanister wurde fester. Er ging die letzten Schritte auf sie zu.

»Mein Name ist Jack Sjödell«, sagte er.

»Ich weiß. Artur hat erzählt, dass Sie kommen.«

Sie sah ihn mit zusammengekniffenen Augen an und warf ein Büschel Seetang beiseite. Ihre Hand, die aus dem grünen Fleecepulli lugte, sah rauh aus. Sie stand so dicht vor ihm, dass er ihren Duft riechen konnte. Um seine Nervosität zu überspielen, reichte er ihr den Kanister.

»Welch ein Glück, dass ich zu Hause war, sonst würde Artur das Boot nicht nach Hause kriegen. Wenn Sie möchten, kann ich Ihnen dabei behilflich sein«, sagte er und deutete auf die Netze. »Ich bin geschickt im Netze säubern ...«

»Gerne«, erwiderte sie, »ich bin nicht für Wirrwarr geschaffen.«

»Ich weiß.«

Er hätte sich die Zunge abbeißen können. Verwundert sah sie ihn an, während er verzweifelt nach einer Möglichkeit suchte, den Satz zu vollenden, ohne dass er seltsam klang. »Ich meine ... Ich weiß, wie man mit so einem Wirrwarr umgeht«, brachte er hervor. »Je mehr Enden, desto besser.«

»Gehen Sie häufiger fischen?«

Sie nickte und erzählte ihm von ihrem Alltag in Ämtudden und von der Flüchtlingsfamilie aus Serbien, die einen Winter lang in Fredrikssons Sommerhäuschen gewohnt hatte. Als sie darauf zu sprechen kam, wie Goran ihr beigebracht hatte, Saiblinge mit in Krebssud getunkten Teigkügelchen zu ködern, schüttelte er ungläubig den Kopf, wohl wissend, dass das ganz hervorragend funktioniert hatte.

»Sie glauben mir wohl nicht?«

»Nein. Aber vielleicht ist Artur ja für den Tipp dankbar.«

Er kannte die Geschichte bis ins Detail, trotzdem erschien sie ihm irgendwie fremd. Es war, als ob die Erzählung zu einer anderen wurde, wenn er nicht mehr darin vorkam.

»Wollen Sie zum Abendessen bleiben?«

Er erwiderte das Lächeln und hoffte, dass er aussah wie jemand, der sich freute, eine neue Bekanntschaft gemacht zu haben.

Aino bat ihn einzutreten. Als er über die Küchenschwelle trat, legte Artur eine Hand auf Ingrids Schulter und streckte die andere Jack entgegen. Aber das war gar nicht nötig – Ingrids Blick ruhte beständig auf ihm, als er das kurze Stück zum Herd ging, vor dem sie stand.

»Jack Sjödell«, stellte er sich vor und reichte ihr die Hand. »Ich muss mich entschuldigen, dass ich hier so unangemeldet hereinplatze.«

»Sie sind uns herzlich willkommen«, antwortete sie. »Artur hat erzählt, dass Sie alte Freunde sind.«

Jack nickte und beobachtete Artur, der sich gerade über den Eimer beugte, den Aino abgestellt hatte. Zwischen den wenigen Barschen und Schollen lagen vor allem Döbeln und Rotfedern. Artur schüttelte den Kopf.

»Was für ein Müll, willst du das etwa essen?«, fragte er Aino.

»Das ist nicht für mich«, erklärte sie. »Die sind für eine Handvoll Robben bei Sotsten.«

»Aber Aino, du willst doch wohl nicht schon wieder raus?« Ingrid klang besorgt. Aino vermied es, sie anzusehen.

»Ich brauche Bewegung, das ist wichtig, wenn man schwanger ist.«

»Aber was ist, wenn du mit dem Kanu kenterst?«

»Was macht das schon? Dann klettere ich eben wieder rein.«

Aino ging zur Spüle und drehte den Wasserhahn auf. Einen Moment lang war nur das Plätschern in der Küche zu hören. Jack sah zu Ingrid, die ihre Hände vor der Brust zu Fäusten geballt hatte. Er konnte ihre Sorge nachvollziehen.

»Ich komme gerne mit, um mir mal die Robben anzuschauen«, sagte Jack. »Wir können das Boot nehmen, das ist sicherer.«

Aino schnipste eine Schuppe fort, die sich an ihren Ellenbogen geheftet hatte, und sah hinaus. Die Robben waren ihre Entdeckung, er wusste, dass sie darüber nachdachte, ob sie diese mit ihm teilen wollte.

»Wir werden sehen«, sagte sie.

Nach dem Essen lehnte sich Jack zurück und beobachtete seine Mutter, die mit ihrem Besteck akribisch die Reste des Saiblings sezierte. Artur spülte ab, und Aino stand am Küchentresen und goss Kaffee in eine Thermoskanne. Unter ihrer Bluse wölbte sich ihr Bauch.

Jack schaute hinaus. Draußen spiegelte sich der Herbsthimmel auf der Meeresoberfläche.

»Wollen wir aufbrechen?«, fragte er abrupt.

Aino nickte und setzte sich den Rucksack auf. Er griff nach dem Fischeimer und folgte ihr zum Boot.

Die vier Kegelrobben lagen auf der Ostseite von Sotsten. Aino drosselte die Geschwindigkeit, und das Boot glitt zwischen zwei Felsen hindurch. Der schwache Wind führte einen erstickenden Geruch von Kot und Tran mit sich.

Eine der Robben hob den Kopf. Dick wie Reifen lagen die Falten um ihren Nacken, und aus ihrem geöffneten Maul drang ein leises Röcheln. Aino nahm den Eimer und lehnte sich gegen die Reling.

»Bleiben Sie lieber im Boot! Das ist ein Warnruf, den Hannibal ausstößt.«

Jack hielt das Boot an der Klippe, und Aino kletterte an Land. Schwerfällig robbten die Meeresbewohner über die rauhe Felsplatte. Der scharfe Klang von Ainos Pfeife ließ sie innehalten. Aino ging mit dem Eimer in die Knie, während die Robben sich in einem Halbkreis um sie scharten.

Aino lachte, als Fisch um Fisch durch die Luft flog, und beendete die Fütterung mit einem erneuten Pfeifen, woraufhin die Robben zum Wasser stürzten. Einen Augenblick später waren sie verschwunden. Aino setzte sich auf die Klippe neben das Boot.

»Noch sind wir nicht fertig«, sagte sie. »Es gibt noch mehr zu sehen. Reichen Sie mir mal das Ruder, bitte.«

Das Ruder in den Händen lief sie zur Wasserkante. Jack wollte ihr schon zurufen, wegen des Kindes langsam zu machen, schwieg aber. Sie nahm nur selten Ratschläge an.

Die Robben antworteten auf ihr erneutes Pfeifen. Der dunkelgraue Bulle, den Jack auf mindestens drei Meter schätzte, hievte seinen schwerfälligen Körper aus dem Wasser und robbte überraschend schnell auf Aino zu. Sie ließ wieder einen Pfeifton hören und schlug das Ruder gegen den Fels. Mit einem lang gezogenen Brüllen warf sich der Hüne dagegen. Aino ließ das Ruder fallen und zog sich zurück.

Jetzt hatten zwei weitere Robben das Ruder erreicht. Der Bulle legte triumphierend den Kopf in den Nacken, dann warf er ihn zur Seite, öffnete das Maul und fauchte. Das Ruder hüpfte über die Klippe. Die beiden kleineren Robben hechteten hinterher.

Aino pfiff, und der Kampf hörte augenblicklich auf. Sie teilte ein paar Fische an die Robben aus und ging zur vierten Robbe, die an der Wasserkante lag. Ohne sich in das Kräftemessen einzumischen, hatte sie ausgestreckt im seichten Wasser gelegen und träge das Schauspiel verfolgt. Aino kraulte ihren Nacken, bis die Robbe mit einem Flossenschlag ins Wasser tauchte.

Nachdem alle vier wieder im Meer verschwunden waren, signalisierte Aino Jack, an Land zu kommen. Er umruderte die Klippe und zog das Boot ans Ufer.

»Was würde passieren, wenn die Robben zurückkommen und ich hier säße?«, wollte er wissen.

Sie lachte. »Sie haben doch nicht etwa Angst?«

»Doch.«

»Sofern Sie mich nicht bedrohen, tun sie Ihnen nichts«, sagte sie und suchte in der Hosentasche nach der Signalpfeife. »Pusten Sie mal hinein!«, forderte sie ihn auf.

Er drückte den Rand der Signalpfeife gegen seine Unterlippe und stieß einen Pfiff aus.

»Gut, jetzt haben Sie sie gerufen.«

Er erhob sich und ging zur Wasserkante. Als die Tiere sich ihm näherten, hämmerte sein Herz wie wild. Ihr Gestank war widerwärtig. Erneut hob er die Pfeife an den Mund und stieß die beiden kurzen Töne aus, die Aino gebraucht hatte, um die Robben zu dirigieren.

Sie hielten augenblicklich inne. Der große Bulle öffnete das Maul, als ob er gähnen wollte. Seine weißen Barthaare standen in alle Richtungen ab.

»Ich habe keinen Fisch«, flüsterte er.

Hinter sich hörte er Aino im Rucksack kramen. Wortlos drückte sie ihm eine Plastikdose mit Saiblingsresten in die Hand, woraufhin er ein Stück Fisch in die Luft warf und die Robben es auffingen.

Als alle Reste verfüttert waren, zogen sie sich zurück und rotteten sich zu einem Haufen zusammen. In der Dämmerung verschmolzen ihre Körper mit dem Fels.

Er stand auf und reichte Aino die Pfeife.

»Ich werde das sicherlich nicht wiederholen.«

»Sagen Sie das nicht! Ich schenke Ihnen die Signalpfeife, ich habe noch mehr davon.«

Als sie wieder im Boot saßen und den Heimweg antraten, war plötzlich ein eigentümlich tiefer Ton zu hören, wie Wind, der durch ein Kellergewölbe zieht, schallte es von den Klippen bei Sotsten herüber.

»Hören Sie das?«, sagte sie. »Das ist Ho Chi Minh. Er sagt uns Lebewohl.«

Teil IV

Zweiunddreißigste bis siebenunddreißigste Woche

Es ist das Ticken einer Uhr,
das durch die Wand
in eine andere Kammer dringt
und den ewigen
Schlaf mit sich bringt.

35

Von Alltag und Tapeten

Es wurde November. Schleichend brach die Dämmerung herein. Die Konturen des Apfelbaumes verschwanden, und die Hügel verschmolzen mit der aufkommenden Dunkelheit. Jack kroch vorsichtig übers Dach – es war fertig. Die letzte Dachlatte saß an Ort und Stelle, und unter den Geruch von Farbe mischte sich der von gefallenem, nun langsam vermoderndem Laub.

Er setzte sich auf die Dachkante und ließ die Beine in der Luft baumeln. In den vergangenen Wochen hatte er Birkenscheite im Holzschuppen aufgestapelt und die kaputten Dachziegel gegen neue ausgetauscht. Im Flur schloss sich die Haustür jetzt mit einem leisen Seufzen um die Isolierung.

Als das Licht von Ainos Fahrrad auf dem Hügel sichtbar wurde, streckte er sich auf dem Dach aus. Er schloss die Augen und spürte einsetzende Kopfschmerzen.

Mit Aino zusammen zu sein war nicht so leicht, wie er sich das vorgestellt hatte. Der enorme Druck, sich nicht zu versprechen oder mit einem Gesichtsausdruck zu verraten, dass er bereits wusste, wovon sie sprach, ließ ihn verkrampft und unnatürlich wirken. Er rieb sich die Stirn und starrte in den Himmel. Es war seltsam, wie sehr die Gegenwart in den Hintergrund trat, wenn zwei Menschen sich neu kennenlernten.

Jack stützte sich auf die Ellenbogen, als Aino mit ihrem Fahrrad über die Kiefernwurzeln holperte und aufs Grundstück bog. Keuchend stellte sie es ab. Auf dem Weg zum Haus stöhnte sie auf, öffnete die Tür und schaltete die Flurlampe ein. Sie ging gebeugt, schwer wölbte sich ihr Bauch nach vorne.

Als er die Leiter hinabstieg, vibrierte sein Handy. Er sah Maries Namen aufleuchten und drückte sie weg. Er hatte schon ein paar Wochen lang nichts mehr von ihr gehört, und wenn sie irgendwann miteinander sprechen würden, wollte er das lieber in aller Ruhe tun.

»Mit den Dachlatten bin ich fertig«, sagte er, die Küche betretend, »morgen sind die Regenrinnen dran.«

»Prima.«

Aino saß zusammengesunken auf einem Stuhl, die Hände auf ihrem Bauch.

»Tobt sie?«

»Beim Fahrradfahren ist es schlimmer.«

»Dann fahr doch nicht Rad. Ich hab dir doch angeboten, dass ich dich bringe.« Sie antwortete nicht. Er beugte sich runter, um den Werkzeugkasten unter der Küchenbank herauszuziehen. »Im Kühlschrank steht eine Käsequiche, du brauchst sie nur aufzuwärmen«, fuhr er fort.

Aino setzte sich auf, und Jack merkte, dass sie gereizt war.

»Warum machst du das alles?«, fragte sie und stand auf. »Du baust das Haus um, kaufst ein, kochst. Und du gehst mit meinen Sachen um, als gehörten sie dir. Ich verstehe das nicht.« Sie öffnete die Kühlschranktür und griff nach der Milch. »Du beobachtest mit Argusaugen, wie viel ich esse, wie viele Stunden ich schlafe und ob ich meinen Blutsaft trinke. Das ist doch nicht normal.«

Er erwiderte nichts, zuckte nur mit den Schultern und nahm das Werkzeug aus seinen Taschen. Sorgfältig legte er es in die entsprechenden Fächer. Aber Aino war noch nicht fertig. Sie trank einen Schluck und stellte die Milch mit einem Knall vor ihm auf den Tisch.

»Du hinderst mich daran, so zu leben, wie ich es will«, sagte sie aufgebracht.

»Es ist wohl besser, wenn ich dich jetzt allein lasse«, sagte er.

»Nein! Ich will, dass du hierbleibst und auf meine Frage antwortest.«

Sie trennte nur der Küchentisch, aber für Jack hätten sie sich genauso gut auf verschiedenen Planeten befinden können. Er senkte den Blick und musterte seine mit Farbklecksen übersäten Hände.

»Wenn ich nur wüsste wie.«

»Versuch's einfach!«

Er ließ sich ihr gegenüber auf einen Stuhl fallen und massierte seine Schläfen. Wenn er ihr sagte, wie es sich tatsächlich verhielt, würde sie ihm nicht glauben und ihn womöglich nie wiedersehen wollen. Trotzdem musste er es versuchen. Er richtete sich auf und umfasste die Tischkante.

»Ich weiß, dass ich dir nichts bedeute, aber ich möchte mich trotzdem um dich kümmern.«

»Weshalb?«

»Um meinem Leben einen Sinn zu geben.«

»Ich bin also jemand, den du dazu benutzt, dich gut zu fühlen?«

In ihrer Stimme lag kein Zorn mehr, nur Ernüchterung.

»Das war noch nicht die ganze Wahrheit«, fuhr er fort.

Ihre Blicke trafen sich.

»Ich liebe dich«, sagte er.

Im selben Moment, als er die Worte aussprach, wusste er, dass sie nicht mehr zu trafen. Er atmete tief durch und hielt die Luft an, als ob der Sauerstoff, der seine Lungen füllte, seine Liebe zu ihr wieder aufflackern lassen könnte. Aber da war nichts. Nur eine leere Hülle von dem, was einmal gewesen war. Er atmete wieder aus und zwang sich, Aino anzusehen. Auf ihrem Gesicht lag ein Lächeln.

»Warum hast du mir das nie gesagt?«

Sie verflocht ihre Finger mit seinen, und er winkelte automatisch den Daumen an und streichelte ihre Fingerknöchel.

»Ich dachte, dass du das nicht hören willst.«

»Nun verstehe ich wenigstens, warum du das alles für mich tust«, sagte sie. »Und ich freue mich.«

Er nickte. Sie griff nach der Terpentinflasche, die auf dem Küchentresen stand.

»Du solltest die Flecken gleich entfernen. Die Farbe geht schlechter ab, wenn sie erst eingetrocknet ist.«

Er betrachtete die Linie ihres Rückens, als sie sich vorbeugte, um einen Lappen aus dem Schrank zu nehmen, und stellte sich vor, wie seine Hände ihre Hüften umfassten. Normalerweise wuchs jetzt die Begierde in ihm, doch alles, was er empfand, war eine überwältigende Müdigkeit. Sein Blick wanderte zu ihrer Brust. In Gedanken schloss er seinen Mund um ihre Brustwarze und ließ seine Hand unter ihren Slip gleiten. Aber so sehr er sich auch bemühte, es wollte ihm nicht gelingen, das Bild zum Leben zu erwecken. Als Aino ihm einen Lappen zuwarf, entkorkte er die Terpentinflasche und fing an, sich die Farbe von den Fingern zu reiben.

Im nächsten Moment waren sie schon in ein Gespräch verwickelt über das, was auf Ämtudden noch an Instandsetzungsmaßnahmen anstand. Aino zeigte ihm die feuchten Flecken unter dem Fenster im Arbeitszimmer und war mit ihm einer Meinung, dass die Fußleisten rot gestrichen werden sollten.

Nachdem sie alle praktischen Probleme erörtert hatten, stand er auf, um sich auf den Weg zu machen. Sie begleitete ihn in den Flur, und er zog sich die Jacke an.

»Warte kurz«, sagte sie.

Er ließ die Arme sinken. Sie schmiegte sich an ihn, drehte sich um, nahm seine Arme und legte sie um sich. Er vergrub die Nase in ihren Nacken und streichelte den gewölbten Bauch. Dies war ein Moment, von dem er monatelang geträumt hatte, doch nichts geschah. Er hätte genauso gut ein Kissen im Arm halten können.

Da spürte er etwas unter seinen Fingerspitzen. Die plötzliche Bewegung des Kindes ließ sein Herz einen Sprung machen. Einen schwindelerregenden Moment lang fühlte er sich wie der Schöpfer, der die ganze Welt in seinen Armen hielt. Er schloss die Augen. Das Kind drückte seinen Fuß fester gegen seine Hand.

Als Jack eine halbe Stunde später in Harunda eintraf, schlug ihm der Geruch von Spachtelmasse und frischen Hobelspänen entgegen. Er ließ die Hand eine Weile auf dem Türgriff liegen und atmete tief durch. Wie immer? Nichts war mehr wie immer – er hatte gespürt, wie sein Kind sich bewegte, und seitdem war nichts mehr, wie es war.

Er klopfte die Lehmflecken von der Jacke, bevor er sie an den Garderobenhaken hängte und sich zwischen den an den Wänden aufgereihten Werkzeugen einen Weg bahnte. Als er nach dem Lichtschalter tastete, wurde die Wohnzimmertür aufgerissen, und Artur stand im Türrahmen.

»Endlich«, rief er. »Warum gehst du nicht ans Telefon? Wir haben auf dich gewartet.«

Artur drehte sich auf dem Absatz um, und Jack starrte ihm irritiert hinterher. Da fiel ihm Maries Anruf ein, den er nachmittags nicht angenommen hatte. Er zog seine Schuhe aus und folgte Artur.

Auf der Couch saß Otto. Die Luft war so stickig, dass sogar der elegant gekleidete Archivar seinen Schlips gelöst und die Hemdsärmel aufgekrempelt hatte. Bei Jacks Anblick richtete er sich auf und verbeugte sich kurz. Jack nickte und sah zur Oktoberausgabe von *Heimatkundefreunde* hinüber, die auf dem Tisch lag. Artur trommelte ungeduldig mit dem Fuß.

»Es ist schon spät, Otto muss gleich wieder in die Stadt zurück«, sagte er, schob die Hand in die Hosentasche, holte ein breites Gummiband hervor und schwenkte es in der Luft.

»Legt eure Hände aneinander!«

Otto streckte gehorsam seine Hand aus, und Jack schob seinen Hemdsärmel hoch. Artur legte das stramm gespannte Gummiband um die Handgelenke der Männer und ließ es los. Es schnappte zu. Als Artur wieder das Wort ergriff, klang seine Stimme so, als würde er einen auswendig gelernten Text herunterbeten.

»Otto. Die Person neben dir heißt Jack und gehört, wie ich schon früher erwähnte, zu den Vergessenen. Er hat den Artikel über Alma und Edmund verfasst, der in deiner Zeitschrift steht, und er soll entscheiden, was weiter geschehen soll.«

In ihren miteinander verbundenen Händen klopfte Jacks Puls. Bevor Jack einen Finger unter das Band steckte, um das Gummi zu lockern, sah er Otto an. In den Tagen nachdem Marie und er Almas und Edmunds Initialen in der Ulme entdeckt hatten, hatte er überlegt, was er tun könne, um die Geschichte der Geschwister publik zu machen. Hanna hatte er nicht um Hilfe bitten wollen, und so hatte er sich schließlich an Artur gewandt.

»Wir fragen Otto. Vielleicht ist das ja etwas für seine Zeitschrift«, hatte er gesagt.

Noch am selben Abend hatte Jack seinen Text zu einem Artikel umformuliert. Otto hatte der Artikel gefallen und ihn im Oktober veröffentlicht.

Jack ließ das Gummiband wieder los und richtete seinen Blick auf Otto.

»Soweit ich es verstanden habe, hat niemand den Artikel ernst genommen«, sagte er, »noch nicht einmal du.«

»Ich habe es für eine tolle Geschichte gehalten, aber jetzt

hat sich sogar die Landesdenkmalbehörde in die Sache eingemischt.«

Sven Vallgren hatte persönlich mit Otto Kontakt aufgenommen. Die Besucherzahlen in Myntholm seien nach der Veröffentlichung des Artikels beträchtlich angestiegen, und die geläufige Theorie von Almas Geisteskrankheit sei zunehmend angezweifelt worden. Eine Delegation aus Hamlinge habe behauptet, dass der Artikel die mündlich überlieferte Tradition im Ort stützen würde, und so hätten sich auf Initiative einiger Vereine alle zusammengetan und angeboten, einen Teil der Kosten zu übernehmen, falls die Landesdenkmalschutzbehörde erwäge, Almas Grab exhumieren zu lassen. Sven habe das ans Landesmuseum und die Behörde weitergegeben, die sich nach einigem Hin und Her positiv zu dem Vorschlag geäußert hätten.

»Und da der Artikel unter Arturs Namen publiziert wurde, habe ich natürlich Kontakt zu ihm aufgenommen«, erläuterte Otto. »Sven Vallgren möchte den Verfasser des Artikels natürlich persönlich kennenlernen und meinte, dass er äußerst neugierig auf das Quellenmaterial ist, insbesondere auf Doktor Hammarbergs Aufzeichnungen.«

»Und was hat er zu der Theorie gesagt, dass Edmund vergessen wurde? Und dass bis heute Vergessene unter uns leben?«

»Das hat er als stilistischen Kniff aufgefasst, so wie alle. Keiner nimmt das ernst.«

Jack erinnerte sich, wie sehr er darauf gehofft hatte, über die Geschichte von Alma und Edmund seine Existenz als Vergessener beweisen zu können. Das war, bevor er Marie kennengelernt hatte und sein Traum, wieder mit Aino vereint zu sein, ihm unerreichbar erschienen war. Das war jetzt anders.

»Du kannst Sven Hammarbergs Buch, Almas Zeichnungen und das Fuchsgemälde ruhig veröffentlichen«, sagte er an Otto gewandt. »Aber kein Wort von Harunda! Harunda musst du da rauslassen.«

»Und welchen Grund soll ich anführen, dass der Verfasser des Artikels nicht in Erscheinung tritt?«

»Sag einfach, dass er menschenscheu ist.«

»Bist du enttäuscht, dass dir niemand glaubt, dass die Vergessenen wirklich existieren?«, wollte Artur wissen.

Jack löste das Gummiband und massierte seine taube Hand.

»Ich bin zufrieden mit dem, was ich habe«, antwortete er.

36

Drei Ellen unter der Erde

Es schneite, aber die Wolkendecke war so dünn, dass sie ein paar Sonnenstrahlen durchließ. Die meisten von denen, die sich auf Myntholms Schlossfriedhof vor der Absperrung versammelt hatten, waren schon älter, vermutlich Rentner, und konnten sich ihre Zeit selbst einteilen. Jack hielt sich abseits hinter einer kleinen Baumgruppe versteckt. Es war so kalt, dass er sein Gesicht tiefer in seinem Schal vergrub.

Die Exhumierung von Almas Grab hatte begonnen. Der Grabstein war zur Seite geschafft worden, und die Grassoden lagen sorgfältig aufeinandergestapelt neben der Grube. Erde wurde herausgeschaufelt und durchgesiebt.

Langsam und unerbittlich breitete sich die Kälte in seinem Körper aus. Jack trat auf der Stelle, während die Stunden vergingen. Er zweifelte keinen Moment daran, dass das Grab leer sein würde. Trotzdem harrte er aus, um mit eigenen Augen zu sehen, was er bereits wusste. Mittags klaffte ein metertiefes Loch in der Erde. Greger deckte die Grube mit einer Plane ab und trottete hinter den Arbeitern her, die in Richtung Schloss liefen. Die Zuschauer packten trotz der Kälte ihre Butterbrote aus und setzten sich auf die faltbaren Campinghocker, die sie mitgebracht hatten. Leises Geplauder klang über den Friedhof. Jack biss von einem Apfel ab und stöhnte auf, als die Kälte durch seine Zähne zog. Eigentlich könnte er genauso gut nach Norrtälje fahren und sich ein warmes Mittagessen gönnen, statt hier zu stehen und zu frieren. Außerdem musste er noch eine neue Flasche Blutsaft besorgen, die alte ging zur Neige.

Gegen drei Uhr nachmittags gerieten die Grabungsarbeiten ins Stocken. Sven kletterte in die Grube, obwohl sie noch nicht den Grund erreicht haben konnten. Jack, der sich hinter ein paar Weidenbüschen versteckt hielt, wurde von einer plötzlichen Unruhe ergriffen und ging ein paar Schritte auf die Absperrung zu.

Die Zuschauer drängelten sich dicht vor dem Absperrband. Er fand eine Lücke im Gedränge und trat noch näher. Er stellte sich auf die Zehenspitzen und sah, dass Sven etwas in der Hand hielt, als er wieder aus der Grube geklettert kam. Es war offensichtlich, dass man irgendeinen Fund gemacht hatte. Unter den Zuschauern hatte sich ein ungeduldiges Murmeln breitgemacht, als Sven endlich auf eine Holzkiste kletterte und die Arme hinter dem Rücken verschränkte. Mit einer Geste zu den alten Eichen, die auf dem Schlossfriedhof standen, sagte er: »Wir können von Glück reden, dass die Familie Ribe ihre Eichenwälder nicht abgeholzt hat. Eichen versehen den Boden mit Gerbsäure. Zusammen mit dem relativ hohen Kalkgehalt des Bodens rings um den Brandberg ist etwas entstanden, das wir als Konservierungsmittel bezeichnen könnten und das dazu führt, dass der Zerfall von organischem Material langsamer als andernorts vonstatten geht. Das ist wahrscheinlich auch der Grund dafür, dass der Sarg in Almas Grab noch ziemlich gut erhalten ist – wir sind auf Teile des Sargdeckels gestoßen.«

Er hielt ein Holzstück in die Luft. Gedämpfter Applaus erhob sich, als Sven den morschen Holzrest über seinem Kopf schwenkte, bevor er mit einer Verbeugung von der Kiste kletterte und sich wieder zu den Arbeitern gesellte.

Es dauerte lange, bis die morschen Holzstücke aus dem Grab befördert und in feuchte Stofftücher eingewickelt waren. Als es zu dämmern begann, stellte Greger nach und nach Baustrahler um den Grabungsort auf.

»Jack!«, vernahm er plötzlich hinter sich die gedämpfte Stimme von Marie. Als er sich umdrehte, sah er sie zwischen den Bäumen auftauchen. »Oben von der Kapelle hat man einen besseren Blick. Komm!«

Der Platz an der Grabkapelle war leer. Er ging die Treppe hoch, um besser sehen zu können. Marie stellte sich neben ihn und zeigte auf das Grab.

»Was glaubst du? Haben wir uns geirrt? Ob sie Alma vielleicht doch gefunden haben?«

Er blickte auf die Ausgrabungsstelle, wo die Arbeiten erneut aussetzten. Greger stützte sich auf einen Spaten, und eine Frau, die Jack noch nie zuvor gesehen hatte, kniete an der Grabkante. Sie hielt eine Kamera in der Hand und kam vermutlich von irgendeiner Lokalzeitung.

»Dass der Sarg gefunden wurde, hat nichts zu sagen. Er ist leer«, behauptete Jack.

»Ich frage mich nur, weshalb sie das Grab fotografieren, wenn da nichts drin ist.«

»Lass uns wieder runtergehen, sie scheinen etwas Neues entdeckt zu haben.«

Kaum dass Jack wieder unten war, stellte er sich auf die Zehenspitzen, konnte aber nichts erkennen. Ohne sich um Maries Proteste zu kümmern, kroch er unter der Absperrung durch und steuerte auf die Eiche zu, die nur ein paar Meter von der Graböffnung entfernt stand.

Über eine Plane gebeugt, musterte Greger im gleißenden Licht der Baustrahler die Einzelteile eines Skelettes. Erde rieselte von seinen Händen, als er ein Knochenstück aufsammelte und es zwischen den Fingern drehte.

»Sven?«

Gregers rauhe Stimme erhob sich über das aufgeregte Gemurmel am Grab.

»Dieser Knochen ...«, setzte er an. »Das sind keine Menschenknochen.«

37

Luciadisco

Marie nahm die Einladung an, ihn nach Harunda zu begleiten. Während die Scheinwerfer über den Schnee glitten, der alle Geräusche dämpfte, wurde es warm im Auto. Marie war es, die das Schweigen brach. Ihre Stimme klang belegt.

»Du bist ein Idiot, weißt du das? Ein verfluchter Idiot! Du bringst alle dazu, für dich und das, was du für richtig hältst, in die Bresche zu springen, und verschwindest dann einfach. Und kümmerst dich einen Dreck darum, was aus denen wird, die dich unterstützt haben.«

Schneeflocken tanzten im Licht der Scheinwerfer, und die Sicht wurde immer schlechter. Er schaltete einen Gang herunter und das Abblendlicht an.

»Wenn du darauf anspielst, dass ich dich in Harunda stehen gelassen habe … Da war ich in Eile«, verteidigte er sich.

»Du bist feige, weißt du das?«

Jack biss sich auf die Zunge. Vielleicht war er feige, aber das wollte er sich nicht von Marie sagen lassen.

»Ich habe dir erzählt, dass ich in Ämtudden war, und du wusstest, was ich für Aino empfand«, wandte er ein. »Ich habe dich nicht betrogen. Von Liebe war nie die Rede.«

Marie schnaubte abfällig.

»Oder ist es gar nicht das, was du gemeint hast?«, fügte er hinzu.

»Doch, das auch.«

Für einen Augenblick war nur das gleichmäßige Brummen des Motors zu hören. Marie hatte ihren Kopf weggedreht und musterte die Tannen, die die Straße säumten.

»Zuerst hast du mich dafür benutzt, deinen Kummer wegen Aino bei mir abzuladen. Dann hast du eine Lösung gefunden, wie du wieder mit ihr zusammen sein konntest, und plötzlich war ich dir nicht mehr gut genug. Das war mir gegenüber nicht fair. Sollte ich dir als eine Art stille Reserve dienen, falls es zwischen euch nicht funktioniert?«

Jack fiel keine Erwiderung ein. Sie hatte recht. Er war ein Feigling und hatte ihr nicht erzählt, wie es um seine Beziehung zu Aino bestellt war. Der Gedanke daran, dass er – wie immer es auch laufen würde – ja immer noch Marie hätte, war ihm mehr als einmal gekommen.

»Verzeih. Ich bin wirklich ein Idiot.« Er streckte eine Hand nach ihr aus und berührte ihre Schulter.

»Verzeih mir, Marie ...«, sagte er.

Sie schüttelte den Kopf und stieß seine Hand weg.

»Sag mir endlich, wie du zu all dem stehst. Dann können wir weitersehen«, sagte sie.

Es fiel ihm nicht schwer, ihr zu sagen, wie sehr er sich darauf freute, Vater zu werden. Komplizierter war es, davon zu erzählen, dass seine Liebe zu Aino im selben Moment erloschen war, als sie sie erwiderte. Das machte ihn traurig und ließ alles so trostlos erscheinen.

»Was hast du jetzt vor?«, wollte sie wissen. »Willst du bei Aino bleiben?«

»Zumindest bis das Kind geboren ist, dann werden wir sehen. Falls es ein vergessenes Kind ist, werde ich es entführen und mich mit dir in Harunda niederlassen.«

Ihr ernster Gesichtsausdruck verschwand endlich. Plötzlich lachte sie befreit auf. Dann fischte sie einen Schokokeks aus der Tasche, brach ihn und reichte ihm eine Hälfte.

»Wieso habe ich dich damals bloß angesprochen?«, sagte sie und leckte sich einen Schokoladenkrümel ab, der an ihrer Lippe klebte.

»Kannst du dich noch daran erinnern, was ich zu dir gesagt habe?«

Er wusste nur zu gut, wie die ersten Worte des Liedes gelautet hatten, das der Okarinaverkäufer in der Drottninggatan gespielt hatte, als er noch geglaubt hatte, nicht ganz bei Verstand zu sein.

»Wahre Freundschaft soll nicht wanken.« Er summte die Melodie, während die Schneeflocken im Licht der Scheinwerfer tanzten. Ab und zu warf er ihr einen Blick von der Seite zu, doch als sie weder in das Lied einstimmte noch sein Lächeln erwiderte, hörte er auf zu singen.

»Jetzt bist du an der Reihe«, sagte er. »Erzähl mir, wie es dir ergangen ist.«

»Schlecht.«

Der Wald lichtete sich, und der Schnee, der von den Feldern hereingeweht war, türmte sich an den Straßenrändern zu Schneewehen auf. Jack drosselte das Tempo. Marie legte ihre Mütze auf den Schoß und umfasste sie mit den Händen.

»Darüber wollte ich eigentlich schon länger mit dir sprechen. Aber das ist kein schönes Gesprächsthema, und das Schlimmste ist, dass ich glaube, dass du daran nicht ganz unschuldig bist.«

»Vermutlich ist alles mein Fehler.«

»Es geht um Hanna.«

Maries Tonfall machte deutlich, dass das kein Augenblick für Scherze war, und das Gefühl von Unbeschwertheit verflüchtigte sich. Er hatte den ganzen Tag über nichts gegessen, und während Marie erzählte, was im Herbst in Rinkeby geschehen war, wurde ihm immer übler.

Die ersten Anzeichen dafür, dass Hanna Åsa nicht ungestraft davonkommen lassen wollte, weil sie sich geweigert hatte, Johannes zur Obduktion freizugeben, hatten sich schon ein paar Tage nach der Entbindung gezeigt. Åsa war davon wach geworden, dass ihre Brust schmerzte, und als sie immer mehr anschwoll, wusste sie, dass sie einen Milchstau hatte. Sie bekam Fieber, das immer höher wurde. Sie wandte sich an Elene, um mit ihrer Hilfe die Milch abzupumpen. Elene hatte sich jedoch geweigert. Ohne Hannas Einwilligung dürfe selbst sie den Schlüssel zur Praxis nicht herausgeben, in der die Milchpumpe lag.

Da sich die Brustschmerzen jedoch nicht legten, rief Åsa schließlich Marie an, der es gelang, ihr endlich eine Handpumpe zu beschaffen.

Aber der Zwischenfall hatte Åsa Angst gemacht, und als Hanna auch nicht zu Johannes' Beerdigung kam, nahm ihre Besorgnis zu. Åsa wusste, dass sie in Ungnade gefallen war, und wartete nur noch auf das Urteil.

Und das fiel Anfang November. Hanna tauchte immer

seltener in Rinkeby auf, und wenn sie es tat, war sie so abweisend, dass weder Åsa noch jemand anderes sie um etwas bitten mochten. Mit dem Hinweis, dass sie mehr Zeit für ihre Forschungsarbeit benötige, verkürzte Hanna die Praxisöffnungszeiten auf ein Minimum.

Und so war es eine eingeschüchterte Schar Vergessener gewesen, die sich am vorigen Sonntag auf Odds Einladung hin versammelt hatte, um das Ergebnis der letzten Vorstandssitzung zu erfahren. Alle hatten mit weiteren Repressalien von Hannas Seite gerechnet. Hanna aber hatte ihnen mit einem Lächeln ihre Besorgnis genommen und ihnen mitgeteilt, dass die Forschungen, die sie den ganzen Herbst so in Beschlag genommen hätten, kurz vor dem Durchbruch stünden. Von nun an würde sie wieder ihre normale Tätigkeit für die Vergessenen aufnehmen können. Sie beendete ihre kleine Rede damit, dass sie das Rätsel um die Vergessenen bald gelöst haben würde. Åsa müsste sich ihren Forschungen zur Verfügung stellen, dann würde die Chance steigen, dass sie endlich ein Heilmittel fände.

Marie verstummte. Die ersten Lichter von Norrtälje erhellten den Himmel, und statt nach Harunda weiterzufahren, nahm Jack die Abfahrt, die stadteinwärts führte.

»Ich habe Hunger, ich brauch was zu essen!« Marie nickte, und Jack bog auf die E18. »Was soll Åsa für Hanna tun?«

»Schwanger werden und einen Link produzieren.«

Marie hatte die Arme verschränkt und starrte ausdruckslos durch die Fensterscheibe. Jack schüttelte den Kopf.

»Wie soll denn das gehen? Links werden ja nicht gerade auf Bestellung geboren.«

»Hanna zufolge passiert es, wenn Vergessene und Normale ein Kind zeugen, weshalb Links auch so selten seien.«

Jack wandte seinen Blick von Marie ab und betrachtete das dichter werdende Schneetreiben. Wenn Hanna recht hatte, würde sein Kind ein Link werden und sich an beide Elternteile erinnern können.

»Und was sagt Åsa dazu?«

»Nichts. Åsa glaubt, keine andere Wahl zu haben.«

Ein paar Rücklichter leuchteten schwach durch den Schnee, der immer stärker durch die Luft wirbelte. Er bremste hinter dem Lastzug ab, der die lang gezogene Steigung vor der Einfahrt nach Norrtälje hinaufkroch.

»Git hat sich ebenfalls angeboten, ein Kind zu bekommen. Sie ist fest entschlossen, Memory ein Geschwisterchen zu schenken, was ich gut verstehen kann.«

Er spürte ihren Blick auf sich und fragte sich, ob Git ihr von ihrem Wunsch erzählt hatte, ihn als Vater zu haben. Der Lastzug bog nach Kapellskär ab, und die Stadt kam in Sicht. Jack bremste vor einer Ampel ab.

»Und wie soll das Ganze zugehen? Soll es wieder eine künstliche Befruchtung geben?«

Marie schüttelte den Kopf. Die Ampel sprang auf Grün. Er fuhr über die Kreuzung, und sie zeigte auf ein Hotelschild, das zwischen ein paar Kiefern am Straßenrand sichtbar wurde.

»Bist du da schon mal gewesen? Da gibt es auch einen Club im Keller.«

»Nein, aber ich weiß, dass sie Weihnachtsbüfetts anbieten.«

Sie antwortete nicht, musterte aber weiter das Schild, das eine bunte Lichterkette schmückte. Gelbe und rote Lämpchen blinkten einladend in der Dunkelheit.

»Git und Åsa sind gerade dabei, sich da drinnen aufzuhübschen, um Typen aufzureißen«, sagte sie. »Heute ist der Abend, an dem sie schwanger werden sollen, wenn es nach Hanna geht.«

Das Schild verschwand hinter ihnen im Schneetreiben. Eine weitere Sekunde verging, bevor Jack das Lenkrad herumriss.

Marie seufzte, als er zum Hotel zurückfuhr.

»Das nützt nichts. Åsa wird nicht auf dich hören, sie wird tun, was Hanna sagt.«

Ohne sich um ihren Einwand zu kümmern, fuhr er vor dem Eingang vor, fand einen leeren Parkplatz und stellte den Motor aus.

»Darum geht es nicht«, sagte er.

»Worum dann?«

Darauf hatte er keine Antwort.

Als sie das Hotelfoyer betraten, zogen sie Mütze und Handschuhe aus. Marie stampfte den Schnee von den Schuhen.

»Ich habe einen Bärenhunger, und bevor dir irgendwelche anderen Ideen kommen, will ich lieber etwas essen«, sagte sie.

Sie ging voran in den Speisesaal, in dem Kerzen brannten und die Tische mit roten Tischdecken gedeckt waren. Eine Parade von Schneemännern stand auf den Fensterbänken und drehte dem Schnee vor den Fenstern demonstrativ den Rücken zu. Jack blieb auf der Türschwelle stehen. Die

Weihnachtsstimmung war erdrückend. Marie zog an seinem Arm.

»Beweg dich, bevor uns jemand bemerkt.«

Die Gefahr war jedoch gering. Die Hotelgäste waren vollauf damit beschäftigt, sich ums Büfett zu drängen, dessen krönenden Mittelpunkt ein glasierter Schweinskopf bildete. Niemand kümmerte sich um sie, als Jack und Marie sich die Teller vollhäuften. Jack schnappte sich eine Bierflasche.

»Wo setzen wir uns hin?«, fragte er, doch Marie steuerte schon auf die Tür zu.

»Lass uns bei Git im Zimmer essen, sie wird dankbar über etwas Gesellschaft sein.«

Gits Augen wirkten noch durchscheinender als sonst. Schwarzer Kajal umrahmte ihre Lider, und ihre Wimpern waren stark getuscht.

Jack lehnte sich gegen den Türrahmen und versuchte erfolglos, Gits Blick im Badezimmerspiegel aufzufangen. »Weißt du wirklich, auf was du dich da einlässt?«, wollte er wissen.

»Ja, Jack, das weiß ich.«

»Es ist nicht ganz ungefährlich. Du hast doch keine Ahnung, auf wen du triffst.«

Im Bett lag Memory und schlief tief und fest, die Faust um eine Duplofigur geballt.

Git rauschte an ihm vorbei ins Zimmer, beugte sich über Memory und streichelte ihren Lockenkopf. Dann küsste sie sie auf die Wange, nickte Marie zu und verließ den Raum.

Die Bässe aus dem Keller waren bis hierher hörbar. Marie hatte kein Wort gesagt, als er versucht hatte, Git von ihrem Vorhaben abzubringen. Jetzt hob sie den Kopf.

»Git geht's nicht besonders, und du hast es nicht eben besser gemacht.«

»Ich hab's versucht, aber es sieht ganz so aus, als könnte ich ihr nicht helfen.«

Jack starrte sie an, während sie Memorys Buch vom Nachttisch nahm. Nichts in ihrem Gesichtsausdruck ließ darauf schließen, was sie sich von ihm erhoffte. Während er darauf wartete, dass sie noch etwas sagte, nahm er seinen Tabak heraus. Nach einer Weile steckte er ungeduldig die Zigaretten in die Tasche und stand auf.

»Ich drehe eine kleine Runde. Bleibst du hier?«

Sie nickte, ohne von ihrem Buch aufzusehen.

Er schlenderte an den Rauchern vorbei, die sich vor dem Eingang des Foyers drängten, und ging zur Rückseite des Hotels. Aus den Kellerfenstern sickerte Licht durch die schneebedeckten Büsche, die an der Hauswand standen.

Jack zündete sich eine Zigarette an, warf rasch einen Blick über die Schulter, dann zwängte er sich ins Gebüsch. Schnee fiel ihm in den Nacken, als er sich vorbeugte, um durch die Fensterscheibe zu spähen. »I am not a sinner, nor a saint.« Alcazar dröhnte aus den Lautsprechern, und eine Discokugel sandte Lichtblitze durch den Raum. Die Menschen auf der Tanzfläche bewegten sich ruckartig. Es dauerte ein wenig, bis er Git entdeckte, die sich mit geschlossenen Augen an einen Mann schmiegte und tanzte, die Arme um seinen Hals geschlungen.

Jack erhob sich, klopfte sich den Schnee von den Knien,

schnippte seine halbgerauchte Zigarette weg und ging zurück ins Foyer.

Auf einem Barhocker an der Bar des Lokals saß Åsa, ein leeres Weinglas in den Händen, sichtlich beschwipst. Ein Mann stand neben ihr, die Hand um ihre Taille gelegt. Neben Åsa hatte Hanna auf einem der Barhocker Platz genommen.

Jack blieb stehen. Das hochgeschlossene schwarze Kleid ließ Hanna wie die Hauptfigur in einer griechischen Tragödie aussehen. Einen flüchtigen Moment lang war er erneut von der Kraft, die sie ausstrahlte, gefesselt. Sie drehte sich um, und als sie ihn sah, verdunkelten sich ihre Augen.

Jack tauchte in der Menge der Tanzenden unter. Er wich einem tanzenden Paar aus und sah Gits Arme, die sich fest um ihren Tanzpartner schlangen.

Mit ein paar Schritten war er bei ihr, legte dem Mann eine Hand auf die Schulter, und entriss ihm Git.

»Wir müssen hier weg!« Er brüllte, um die Musik zu übertönen, und schleifte sie dann wie ein störrisches Kind durch das überfüllte Kellerlokal zu den Toiletten.

Dort herrschte Ruhe, er ließ ihr Handgelenk los. Im nächsten Moment versetzte sie ihm einen Stoß.

»Du hast alles kaputtgemacht.«

Sie spuckte die Worte geradezu aus und schlug weiter auf ihn ein, sodass ihm nichts übrig blieb, als erneut ihre Handgelenke zu umfassen.

»Hör mir zu, bevor du etwas tust, das du später bereust!«, sagte er.

Ihre Kraft erlahmte, und sie ließ die Arme sinken.

»Ich weiß nicht, was Hanna behauptet hat, aber du kannst nicht davon ausgehen, eine Spielkameradin für Memory zu kriegen oder einen Link zu produzieren. Das Kind könnte ebenso gut ein normales Kind werden, das du weggeben musst.«

»Nicht, wenn du dich bereit erklärst, mich zu schwängern.«

In ihrer Stimme war keine Wut mehr zu hören, nur eine trockene Feststellung. Er betrachtete das Vogeltattoo auf ihrer Schulter, ein Mauersegler mit weit ausgebreiteten Schwingen, der zu einem Stern flog. Er hob den Kopf, und ihre Blicke trafen sich. Dann nickte er und folgte ihr in die Toilette.

Hanna sah Git keine Sekunde lang an, als sie aus der Kabine traten. Ihr Abscheu galt allein Jack.

»Ihr seid zu weit gegangen«, sagte sie. »In Zukunft werde ich nichts mehr für euch tun.«

Ihr schwarzes Kleid raschelte, als sie aus der Tür rauschte. Jack trat ans Waschbecken, benetzte sein Gesicht und beugte sich tiefer, um zu trinken. Git beobachtete ihn im Spiegel.

»Danke«, sagte sie.

»Keine Ursache.«

Er legte die Hände auf ihre Schultern.

»Bist du okay?«

Sie nickte.

Er hielt ihr die Tür auf. Im selben Moment erklang von der Treppe ein Schrei. Als Jack sich umdrehte, sah er Åsa, die sich mit einer Hand am Treppengeländer abstützte. Mit der anderen hielt sie den Mann fest, der mit ihr an der Bar gesessen hatte.

»Lass mich los, zum Teufel!« Sein Protest klang lautstark durch den Raum, alle sahen zur Treppe.

»Dann geh doch!«, schrie sie. »Geh einfach!«

Jack eilte zu Åsa, wollte sie von der Treppe wegziehen, als der erste Schlag ihn ins Kreuz traf. Er schnappte nach Luft. Keuchend drehte er seinen Kopf und hob schützend die Arme, um den nächsten Schlag abzuwehren. Aus den Augenwinkeln sah er gerade noch, wie Git sich gegen das Treppengeländer stemmte und mit dem Fuß den Mann im Schritt traf. Er krümmte sich vor Schmerzen und taumelte rückwärts gegen die Wand. Sofort packte Jack Gits Hand und zog sie die Treppe hinunter, während es schmerzhaft in seinem Arm pochte.

»Wir müssen hier raus!«, sagte sie. »Aber jeder für sich, sonst werden die anderen noch auf uns aufmerksam.«

Jack nickte. »Ich mache den Anfang.«

Kalte Luft strömte ihm entgegen, als er die Tür aufstieß, durch die Menge schlitterte und sich hinter einem parkenden Auto versteckte. Er ließ ein paar Sekunden verstreichen, und die Menschenmenge feierte unbeirrt weiter. Zitternd vor Aufregung wählte er Maries Nummer. Sie nahm beim ersten Klingeln ab.

»Wir nehmen gerade die Feuertreppe auf der Rückseite«, flüsterte sie.

»Warte dort auf uns!«

38

So finster die Nacht

Innerhalb weniger Minuten saßen sie im Auto. Um Memory nicht zu wecken, die an Git gelehnt auf der Rückbank schlief, senkte Jack seine Stimme, als er Marie erzählte, was vorgefallen war. Wer sie nicht kannte, konnte meinen, dass seine Worte sie nicht berührten. Aber dem war nicht so. Spätestens als er zu den Geschehnissen in den Toilettenräumen kam, ballten sich ihre Hände zu Fäusten.

»Das hat ja prima geklappt. Das war doch das, was du wolltest, oder?«, sagte Marie und nickte Git zu.

Marie heftete ihren Blick auf einen Punkt in der Dunkelheit. Jack lehnte sich zu ihr herüber.

»Du wolltest doch, dass ich das tue«, sagte er leise. »Du hast es sogar mehr oder weniger vorgeschlagen.«

»Was soll das heißen?«, mischte sich Git ein. »Hättest du es nicht getan, wenn Marie dich nicht dazu aufgefordert hätte?«

»Was spielt das für eine Rolle?«

»Es ist, als ob ich nicht zähle. Als ob du und Marie einfach beschlossen hätten, dass ich ein Kind bekommen sollte.«

Marie hatte sich umgedreht. »Du kannst beruhigt sein,

ich habe Jack zu nichts überredet. Was ihr getan habt, hat nichts mit mir zu tun.«

Git ließ die Rückenlehne wieder los. Die Abfahrt nach Harunda kam näher. Jack legte die Hand auf den Schaltknüppel. Ein schmerzhafter Stich fuhr durch seinen Arm, und er biss die Zähne zusammen. Der Schlag des Mannes hatte ihn am Ellenbogen getroffen, der bei der kleinsten Bewegung wehtat.

»Hast du mich nicht einen Feigling genannt?«, sagte er an Marie gerichtet. »Und mir vorgeworfen, nicht ehrlich zu dir gewesen zu sein und dir nicht erzählt zu haben, was ich fühle?«

Marie zuckte die Schultern.

»Worauf willst du hinaus?«

»Darauf, dass du mir sagst, wie du eigentlich zu mir stehst.«

Er bog von der Autobahn ab. Marie sammelte ihre Handschuhe auf, die auf den Fußboden gefallen waren. Nervös zupfte sie an ihnen herum.

»Ich finde nicht, dass du falsch gehandelt hast, im Gegenteil. Aber ich möchte einfach nicht darüber nachdenken, dass du mit einer anderen Frau zusammen warst, denn es tut mir weh.« Sie drehte sich zum Rücksitz um. »Aber ich hätte auch nicht mit dir tauschen wollen«, sagte sie zu Git. »Ich würde weder mit Jack noch mit einem anderen Mann nur Sex haben wollen – ich will geliebt werden.«

Git schüttelte den Kopf.

»Wir haben uns bestimmt nicht geliebt, das kann ich dir versichern«, erwiderte sie.

Marie lächelte schwach, und Jack legte seine Hand auf ihre.

»Glaubst du mir, wenn ich dir sage, dass ich auch nie etwas anderes gewollt habe?«, fragte er.

»Nein.«

»Wohin fahren wir eigentlich?«, fragte Git, die sich gegen den Vordersitz lehnte und die verschneiten Tannen musterte.

»Nach Harunda.«

Nach dem, was geschehen war, dachte Jack gar nicht daran, Git und Memory nach Rinkeby zu fahren. Hanna würde ihn und Git für das, was sie getan hatten, zur Rechenschaft ziehen, und er zweifelte nicht einen Augenblick daran, dass das seinen Ausschluss bedeuten würde. Was ihn betraf, war das nicht so wichtig, aber die Frage war, was aus Git werden würde. Als ob sie seine Gedanken gelesen hätte, sagte sie: »Hauptsache, Hanna tut Memory nichts an.«

Marie schüttelte den Kopf.

»Davor brauchst du keine Angst zu haben. Hanna geht es einzig und allein um Jack.«

»Jack hat immerhin Artur.«

»Das nützt ihm nichts. Hanna weiß, dass Jack ein Ausschluss nicht treffen wird. Sie wird sich etwas anderes einfallen lassen.«

»Und was sollte das deiner Meinung nach sein?«, fragte Jack. »Ich wäre froh, nichts mehr mit ihr zu tun haben zu müssen.«

»Glaub bloß nicht, dass du ihr entkommst. Sowie Hanna deinen schwachen Punkt gefunden hat, wird sie zuschlagen und nicht eine Sekunde lang zögern. Die ganze Geschichte ist zu ihrem persönlichen Anliegen geworden.«

Sie näherten sich Harunda, und Jack drosselte die Geschwindigkeit und manövrierte den Wagen langsam durch die Schneewehen. Auf dem Platz vor dem Versammlungshaus, aus dem Saxophonklänge drangen, standen verteilt in Grüppchen ein paar Menschen. Ein Mann torkelte über den Platz, in der Hand hielt er eine Flasche. Jack bremste vorsichtig ab. Während der Mann die Flasche hob und »Prost« grölte, entdeckte Jack im Rückspiegel ein paar Scheinwerfer. Der Mann torkelte auf unsicheren Beinen weiter und blieb schließlich mitten auf der Straße stehen. Der Wagen hinter ihnen musste abbremsen, geriet ins Schleudern und schlitterte auf den Platz. Erst da erkannte Jack, dass es Hanna war, begleitet von Odd und den anderen.

Kurz darauf hielt Jack auf der Auffahrt in Harunda. Schnell stieg er aus und eilte zu Artur. Er musste ihn dringend vorwarnen, dass ungebetener Besuch ins Haus stand.

Artur lag auf der Couch vor dem Kamin. Sein Gesicht hob sich flammend rot von den hellen Sofakissen ab. Auf dem Tisch stand eine Flasche Schnaps.

»Du kommst spät«, sagte er. »Ich habe auf dich gewartet, wir müssen reden.«

»Jetzt nicht. Hanna ist im Anmarsch, die anderen im Schlepptau. Am besten ziehst du dich zurück.«

Artur richtete sich unbeholfen auf und sah ihn an. »Hör zu, ich habe hier etwas ...«

Er blätterte fahrig in den Papieren auf dem Tisch. Sein Pyjamaoberteil klebte ihm am Rücken, die Hände zitterten.

»Bist du okay?«

»Es ist nur der erhöhte Blutzuckerspiegel«, antwortete Artur. »Es ist ein Brief angekommen, ein anonymer Brief.«

»Wir kümmern uns morgen darum.«

»Aber jetzt hör doch mal! Das muss ein richtiges Arschloch sein, der das geschrieben hat, und er hat herausgefunden, dass irgendwas nicht mit rechten Dingen zugeht ... Hier, in unserem Haus.«

»Bitte, Artur, nicht jetzt!«

Er legte einen Arm um ihn und führte ihn die Treppe hoch. Artur lehnte seinen weißen Schopf gegen Jacks Schulter. Bevor Jack das Zimmer verließ und das Licht löschte, streichelte er seinem Vater über die Wange.

Als er ins Wohnzimmer zurückkehrte, thronte Hanna in einem Sessel, flankiert von ihren Anhängern. Odd starrte, die Arme über der Brust verschränkt, streitlustig vor sich hin, während Elene auf ihre Hände hinabsah, die über eine Falte ihres Rockes strichen. Git und Marie hatten Memory zwischen sich aufs Sofa gelegt. Der Adventsstern, der im Fenster leuchtete, warf ein sanftes Licht auf ihr schlafendes Gesicht. Åsa saß auf einem Sitzkissen auf dem Boden und sah in die Flammen, die im Kamin um ein Holzscheit tanzten.

Jack ging zum Tisch. Er spürte Hannas Blick auf sich, als er die Schnapsflasche wegstellte, die Papiere einsammelte, in die Tasche steckte und sich auf einen Sprossenstuhl setzte. Hanna stellte den Kerzenständer beiseite, der zwischen ihnen auf dem Tisch stand, und fing an zu sprechen.

»Jack, für das, was Sie getan haben, werden Sie ausgeschlossen. Gleich morgen werden Sie Harunda verlassen.«.

Jack sah in die Kerzenflammen, deren Strahlen kleine Heiligenscheine über dem Docht bildeten. Dann hob er den Kopf und sah Hanna an.

»Nein«, sagte er, »das werde ich nicht tun.«

»Ich hatte gehofft, Sie würden gleich einsehen, dass Ihnen keine andere Wahl bleibt. Wenn Sie Harunda nicht freiwillig verlassen, werden Sie morgen Vormittag rausgeschmissen.« Hanna verstummte und fuhr immer wieder mit der Hand über die Armlehne des Sessels. »Ist es bei Aino nicht bald soweit?«, fuhr sie fort. »Ich habe im Danderyds in ihrer Kartei gesehen, dass das Kind um den 23. Januar zur Welt kommen soll.«

»Aha.«

»Wie Sie wissen, wird es aller Wahrscheinlichkeit nach ein Link ...«

Sie wurde von Git unterbrochen, die stinksauer vom Sofa aufsprang.

»Ich werde nicht länger zu dir halten!«, schrie sie und schob den Tisch mit einem Ruck von sich, sodass die Tischkante gegen Hannas Bein stieß. »Du kannst immer nur drohen und anderen wehtun. Scher dich zum Teufel!«

Sie presste die Lippen aufeinander und ließ sich wieder aufs Sofa fallen. Marie legte eine Hand auf ihren Arm, während die anderen wie versteinert ins Leere starrten. Keiner rührte sich, als Hanna den Tisch zurückschob und sich an Git wandte.

»Zu dir komme ich noch. Aber wenn ich an deiner Stelle wäre, würde ich in erster Linie an Memory denken«, drohte sie.

Da rappelte Åsa sich auf: »Ich werde deine Entscheidungen auch nicht länger mittragen, und ich sage dasselbe wie Git – du kannst dich zum Teufel scheren!«

Sie wandte ihr den Rücken zu und sah Jack an. »Kann ich heute Nacht hier schlafen?«

Er nickte. Åsa stellte sich neben ihn, und Marie rückte näher an Git heran und legte ihr einen Arm um die Schultern.

»Wir werden auch hier schlafen.«

So einfach war das. Das Gewicht, das auf Jack gelastet hatte, ließ nach. Hannas Schultern fielen herab, und ihr Brustkorb hob sich, als ob sie keine Luft mehr bekäme.

Plötzlich kam Artur die Treppe heruntergeschlurft. Sein Gesicht war aschfahl, seine Hände umklammerten krampfhaft das Treppengeländer.

»Da ist jemand im Garten«, keuchte er.

Alle Gesichter wandten sich Artur zu, dem beim Anblick der Vergessenen unwohl zumute wurde. Seine Gesichtszüge verzerrten sich vor Schreck. Jack stürmte in Richtung Treppe. »Artur!«, rief er, »Artur, schau mich an!«

Aber Arturs Blick wurde wie magisch von dem Grüppchen vor dem Kamin angezogen. Seine Beine gaben unter ihm nach, er ließ das Geländer los und verlor das Gleichgewicht.

Jack erreichte Artur im selben Moment, als er fiel. Das unerwartete Gewicht des schlaffen Körpers ließ Jack gegen das Geländer prallen. Mit Artur im Arm brach er auf den Treppenstufen zusammen.

Arturs Augen waren weit aufgerissen, seine Lippen zitterten, und seine Finger umklammerten Jacks verletzten Arm.

»Du hast einen Schock«, flüsterte Jack, »aber die Gefahr ist jetzt vorbei. Die Vergessenen ziehen sich gerade in die Küche zurück.«

Der Griff lockerte sich. Jack befreite seine Hand, Schweiß rann ihm von der Stirn. Arturs Lippen bewegten sich, als ob er etwas sagen wollte, aber kein Ton kam heraus. Jack legte die Arme um Artur, stand auf und stolperte mit seinem Vater im Arm zum Sofa. Als Artur endlich in den weichen Kissen lag, krümmte er sich wie im Krampf zusammen. Jack bekam Angst.

»Ich hole Hanna«, sagte er. »Und etwas Wasser. Bleib einfach liegen.«

Artur hatte die Augen geschlossen. Er atmete stoßweise, und Jack stürzte zur Küche. Als er die Tür aufriss, sah er Hanna an der Spüle stehen und auf einen Lichtschein vor dem Fenster starren.

»Artur geht's nicht gut, ich brauche Hilfe!«, rief er.

»Legen Sie ihn auf den Boden!«

Sie schob den Tisch weg und kniete sich neben Artur, legte die Hände auf seinen Brustkorb und begann sogleich mit der Herzmassage.

»Er benötigt eine Mund-zu-Mund-Beatmung.«

Arturs Gesicht hatte sich dunkel verfärbt, sein Mund stand offen. Jack umschloss seine Nase und blies Luft in Arturs Lunge.

»Lieber Gott, hilf ihm!« Jack holte erneut Luft. Als der Schwindel übermächtig wurde, sank er neben Artur zu Boden und schloss die Augen. Aus der Ferne nahm er nur noch ein klirrendes Geräusch wahr, und als er nach einer Weile wieder zu sich kam, wirbelten weiße Punkte wie

Schneeflocken durchs Zimmer. Langsam rappelte er sich auf. Plötzlich schlugen von der Veranda Flammen herein, und er begriff, was los war – jemand hatte ein Fenster eingeschlagen und Harunda in Brand gesteckt.

Hanna ließ von Artur ab und rannte zur Tür. Hinter ihm ertönte erneut Fensterklirren. Sofort flammten die Gardinen auf.

Arturs Kopf schlug gegen die Dielen, als Jack seine Arme packte, um ihn von den Flammen wegzuziehen. Die Deckenlampe fiel unter einem Funkenregen zu Boden, das Sofa fing Feuer. Schnell legte sich Jack flach aufs Parkett, um dem schwelenden Rauch zu entgehen, Artur neben sich mit flatternden Lidern.

Dann sah er nichts mehr. Der Rauch wurde dichter. Tränen rannen ihm aus den Augen, während er, ohne Artur loszulassen, zur Haustür weiterkroch, die nur wenige Meter von ihm entfernt war.

Als er den Korkteppich unter seinen Knien spürte, wusste er, dass er den Flur erreicht hatte. Kurz darauf stieß seine Schulter gegen den Türpfosten. Er öffnete die Augen und erblickte den Hof. Mit letzter Kraft zog er Artur über die Schwelle der Haustür, zerrte ihn die Treppe hinunter und brach neben ihm im Schnee zusammen.

39

Ein Schrei im Wind

Als Jack die Augen aufschlug, lag Artur nicht mehr neben ihm. Langsam stand er auf. Auf dem Hügel vor ihm brannte Harunda lichterloh. Ein Funkenregen stob gen Himmel und wurde vom Wind aufs Meer getrieben.

Die Hose klebte an seinem Bein, und er nahm einen brennenden Schmerz in der Wade wahr. Er hinkte den Weg hinunter und hörte durch das Tosen des Feuers das Geräusch von Stimmen. Die Vergessenen waren zu den Autos gerannt, ihre Schatten flackerten über die Schneedecke, die sich im Schein des Feuers rot färbte. Als er sich näherte, löste sich Hanna von den anderen und ging ihm entgegen.

Auf dem Boden hinter ihr lag in eine Decke gewickelt ein Körper. Jack ging an Hanna vorbei und spürte, dass seine Knie zitterten. Er sank in den Schnee und schlug die Decke zurück.

Arturs Augen starrten ihn an. Seine Pupillen hatten sich zu zwei winzigen schwarzen Punkten zusammengezogen. Ohne nachzudenken, schob Jack die Arme unter die Decke, drückte Artur fest an sich, hob ihn auf und trug ihn zum

Auto. Dort setzte er ihn auf den Beifahrersitz, griff nach dem Sicherheitsgurt, schnallte ihn an, schob sacht die Autotür zu und machte auf dem Fahrersitz Platz.

»Artur ist tot, Jack«, sagte Hanna.

»Ich weiß.«

Als er mit Artur allein war und über die Landstraße fuhr, löste sich allmählich die Schockstarre, und eine tiefe Trauer überkam ihn.

»Das kannst du nicht machen! Du kannst mich doch jetzt nicht einfach alleine lassen!«

Er wollte weinen, aber es kamen keine Tränen. Mit brennenden Augen starrte er durch die Windschutzscheibe. Die Lichtkegel der Scheinwerfer wanderten über die einsame Landstraße. Es hatte aufgehört zu schneien, und es herrschte völlige Windstille. Die Baumstämme ragten wie Eisenstangen aus dem Schnee, die Tannenspitzen streckten sich wie Speerspitzen in den Himmel.

Der Tod hatte seine Hand über die Welt gebreitet.

Als er eine Stunde später in der Pannsmedsgatan parkte, ließ er Artur zunächst im Auto und betrat den Innenhof. Niemand hatte sich die Mühe gemacht, Schnee zu schippen, der ihm bis zu den Knien reichte. Jedes Mal, wenn der kalte Schnee mit seiner Wunde in Berührung kam, stöhnte Jack auf. Sein Brustkorb schmerzte, während er zur Haustür stapfte, sie feststellte und zum Auto zurückging, um Artur zu holen. Arturs Beine schleiften über den schneebedeckten Hof, und Jack warf besorgte Blicke zu den dunklen Fenstern hoch.

Aber nichts rührte sich hinter den geschlossenen Gardinen. Zitternd fischte er den Schlüssel aus der Hosentasche, bugsierte Artur in den Flur, und als er endlich die Tür hinter sich zumachen konnte, brach er an der Wand zusammen.

In der Wohnung war es stickig. Es roch nach abgestandenem Wasser. Jack trug Artur ins Wohnzimmer und legte ihn auf den Boden. Dann fiel er neben ihm auf die Knie.

Vor nicht allzu langer Zeit hatte er so mit Johannes dagesessen und seine kalte Hand gehalten. Jack starrte auf Arturs schmutzigen Pyjama, an dessen Hosenbeinen sich Schneeklumpen festgesetzt hatten. Er wusste, was er zu tun hatte. Aber erst, nachdem der ganze Schnee weggeschmolzen war und sich Flecken auf dem Stoff ausbreiteten, stand er auf und öffnete Arturs Schrank.

Neben Stapeln mit gefalteter Unterwäsche lag ein Haufen frisch gebügelter Pyjamas. Jack nahm den obersten und vergrub sein Gesicht darin. Der Gedanke daran, wie Artur ihm einst den gestreiften Pyjama gereicht hatte, ließ ihm Tränen in die Augen steigen.

Von Weinkrämpfen geschüttelt, entkleidete er Artur. Die nassen Hosenbeine klebten an seinem Körper. Er rieb die klamme Haut mit einem Handtuch trocken, bevor er Artur mit Feuchtigkeitslotion eincremte und ihm den sauberen Pyjama anzog. Dann schleifte er Artur über den Fußboden, hievte ihn über die Schwelle, schleppte ihn ins Schlafzimmer. Als er endlich unter seiner Decke ruhte, lehnte sich Jack vor, um sein Gesicht zu betrachten.

Arturs Mund stand offen, und seine Zunge war erstarrt. Flecken breiteten sich rings um seine offen stehenden Augen aus, seine Haare waren angekokelt.

Jack strich ihm die schwarzen Strähnen aus der Stirn und legte die Hände um Arturs Kopf. Wie klein er doch war. Er schloss seinen Mund, und die Gesichtszüge erinnerten wieder an den lebenden Artur.

Am Morgen ging Jack ins Badezimmer, streifte seinen Pullover ab und stellte die Dusche an.

Der Seifenschaum färbte sich schwarz vor Ruß, und der Brandgeruch, der ihm in der Nase gehangen hatte, verflüchtigte sich wie das Büschel angesengter Haare, das im Abfluss verschwand. Eine Kompresse lose auf die Brandwunde auf seiner Wade gelegt, stellte er sich vor den Spiegel und zog Arturs Kleidung an.

Dann hielt er nach der Kamera Ausschau. Sie lag noch dort, wo er sie zuletzt hingelegt hatte, als er Bilder von Johannes gemacht hatte. Er legte sich zu Artur ins Bett und machte mehrere Aufnahmen.

Am nächsten Tag warf die Sonne schwach ihren Schein über die schneebedeckten Straßen. Je näher er der Innenstadt kam, desto lauter wurde das Getöse der Schneepflüge und Lkws. Er überquerte den Sveavägen, bog ab in eine noch ungeräumte Seitenstraße und stapfte den ganzen Weg bis zu Ottos Wohnung durch unberührten Schnee.

Der Klingelton hallte in der Stille des Treppenhauses wider. Jack legte die Hand auf die Klinke. Wenn Otto sich weigerte, ihn einzulassen, weil er ihn nicht wiedererkannte, würde er sich notfalls auch mit Gewalt Zutritt verschaffen. Als Schritte zu hören waren, richtete er sich auf und holte tief Luft. Die Tür ging auf, und er sah geradewegs in Ottos Augen, die ihn höflich anblickten.

»Hallo. Mein Name ist Jack Sjödell. Ich brauche deine Hilfe.«

Otto runzelte die Stirn. Schnell legte Jack eine Hand auf seinen Arm.

»Es ist wichtig. Darf ich hereinkommen?«

Mit einer Heftigkeit, die ihn selbst erstaunte, drängte Jack Otto in den Flur und schloss die Tür.

»Ich möchte nur kurz mit dir reden!«, sagte er, als sich Otto aus seinem Griff zu befreien versuchte. Aber Otto hörte ihm nicht zu, sondern verpasste ihm einen Tritt, sodass Jack das Gleichgewicht verlor und zu Boden fiel.

Otto stürzte zur Wohnungstür. Im Handumdrehen war Jack wieder auf den Beinen und warf sich auf ihn. Ottos Hände schlugen auf ihn ein. »Artur ist tot!«, rief Jack. »Artur ist tot, und du musst mir helfen! Ich bin ein Vergessener, aber wir kennen uns. Wir haben zusammen den Artikel in *Heimatkundefreunde* verfasst. Artur hatte gestern einen Herzinfarkt«, fuhr er fort. »Er liegt tot in seinem Bett. Ich möchte, dass du dafür sorgst, dass er beerdigt wird.«

»Und wer sind Sie?«

»Ich bin Arturs Sohn.«

Otto starrte ihn an.

»Ich heiße Jack Sjödell, und ich weiß, dass du eine geblümte Weste besitzt. In deren Tasche steckt eine Notiz, die Artur dir im Frühling diktiert hat. Am besten, wir holen sie.«

»Davon weiß ich nichts.«

»Nun hol schon die Weste, dann sehen wir weiter!«

Otto stand auf und ging mit Jack voran durch den Flur. Im Schlafzimmer blieb er stehen und öffnete die Schranktür. Zwischen Anzügen und Jacketts hing die blumenbedruckte Weste. Erstaunt zog den gefalteten Zettel heraus. Er hielt ihn hoch. Jack nickte.

Otto überflog die Zeilen der Notiz, hob den Kopf und sah Jack an.

»Ich verstehe das nicht«, sagte er.

»Was steht drauf?«

Otto schluckte, und las laut vor: »Ich, Otto Kullenstein, habe Studierzimmer Nummer zwei für Jack Sjödell gebucht. Die wissenschaftlichen Abhandlungen, die dieser bestellt hat, werden ihm im Studierzimmer zur Verfügung gestellt und jede sonstige Hilfe, die von Jack Sjödell erbeten wird, soll ihm schnellstmöglichst erbracht werden.« Er verstummte. »Das ist meine Handschrift.«

Jack nickte erneut, und Otto beugte sich wieder über den Zettel.

»Falls sich herausstellen sollte, dass ich das vergesse, werde ich zu Artur Sandberg Kontakt aufnehmen, der mir alles erklären kann.« Er sah Jack unsicher an. »Ich verstehe das nicht. Ist Artur wirklich tot?«

»Ja.«

Otto faltete den Zettel zusammen und steckte ihn in die Tasche. Jack erzählte so kurz wie möglich, was passiert war, und als er damit fertig war, zog Otto den Zettel erneut heraus und las ihn noch einmal, bevor er den Kopf hob, um Jack anzusehen.

»Wie kann ich helfen?«

Jack nahm den Film aus der Jackentasche, auf dem die Fotos von Johannes und auch von Artur waren.

»Ich möchte dass du den entwickeln lässt. Danach nimm bitte Kontakt zu Ingrid Sjödell auf und hilf ihr dabei, Arturs Begräbnis zu organisieren.«

40

Wir wandeln im Schatten

Jack hatte sich die Zeit als eine Schlange vorgestellt, die sich in den Schwanz beißt und die Welt umspannt. Manchmal hatte er sie im Gatt zwischen Killingholmen und Ämtudden gesehen und die Luft angehalten, wenn er für den Bruchteil einer Sekunde Zeuge geworden war, wie sich die Zeit wie ein Lichtstreifen über den Horizont schlängelte.

Sie war unermüdlich und hielt nie inne, hinterließ aber eine Spur, die über all das Auskunft gab, was jemals geschehen war. Jeder Abdruck in dieser Spur stand für ein Ereignis, ein nie enden wollendes Jetzt, das zwischen Licht und Dunkelheit, zwischen vollkommener Stille und ohrenbetäubendem Lärm wechselte.

Jack starrte auf die Fotografien, die vor ihm auf dem Tisch lagen. Es waren Schnappschüsse, die für einen Moment die Zeit eingefangen hatten, doch als er mit seinem Finger über die Aufnahme des toten Arturs fuhr, verströmte sie keine Wärme. Die Aufnahme konnte ihn allenfalls daran erinnern, wie Artur ausgesehen hatte.

»Artur?«

Aber die Schlange kannte nur eine Vorwärtsbewegung,

und so rieb er sich die Stirn, als könne er dadurch die Hoffnungslosigkeit vertreiben, die ihn nicht loslassen wollte. Er stand auf und lief erneut in Arturs Wohnung auf und ab.

Seit Arturs Tod bewegten sich seine Gedanken beständig in denselben Bahnen. Vor gut einer Woche hatten sie eine Schneise durch sein Gedächtnis geschlagen, die mittlerweile ebenso ausgetreten war wie der Pfad im Hof, den sie von Schnee freigeräumt hatten.

Wenn Hanna nicht mitbekommen hätte, was Git und er getan hatten, wenn Hanna ihnen nicht nach Harunda gefolgt wäre, wenn Hanna nicht darauf bestanden hätte, mit hineinzukommen, wenn Hanna ...

Aber das war jetzt irrelevant. Artur war tot, und nichts würde etwas daran ändern.

Mit dem Gefühl, alles und jeden, aber vor allem sich selbst satt zu haben, durchwühlte er seine Taschen nach Tabak. Aus den letzten trockenen Krümeln des Päckchens drehte er sich eine Zigarette und ging damit vor die Tür.

Odd hatte wie üblich auf der Straße Posten bezogen. Seinen kräftigen Körper stützte er auf Krücken, und sein Fuß, der Verbrennungen erlitten hatte, steckte in einem Filzstiefel. Als er Jack sah, wartete er, bis dieser ihm den Rücken zugedreht hatte. Dann erst folgte er ihm.

Es wäre keine große Kunst gewesen, Odd abzuschütteln, aber Jack ging davon aus, dass Hanna es nicht bei einem Wachposten in seiner Nähe belassen hatte. Und all diese Menschen hatten nur ein Ziel, nämlich dafür zu sorgen, dass er keinen Kontakt zu seinen Freunden hatte. Die Entscheidung, ihn auszuschließen, war in all seiner Konsequenz so schmerzhaft und effektiv wie ein Skalpell.

Ein grauer Audi schloss neben ihm auf. Jack sah zum Fahrer, dessen Mütze tief in die Stirn gezogen war. Beim Kiosk angekommen, bremste der Mann ab, blieb aber im Wagen sitzen. Jack betrat das Geschäft. Kurze Zeit später war der Audi verschwunden.

Kaum war Jack wieder zu Hause, begann er durch die Wohnung zu tigern. Auf der Straße rollte ein nicht versiegender Strom von Autos vorbei, und aus dem Küchenfenster beobachtete er ein Eichhörnchen, das eine Linde hinabflitzte. Eine Frau in kariertem Mantel ging über den Innenhof. Als sie den Kopf hob und zu seinem Fenster hinaufwinkte, sah er, dass es Åsa war. Er öffnete das Fenster.

»Åsa! Komm nicht her! Odd hält auf der Straße Wache.«

Sie nickte, hielt aber trotzdem unbeirrt auf das Haus zu. Im nächsten Augenblick tauchte Odd in der Einfahrt auf. Jack rannte zur Wohnungstür. Åsas breites Lächeln begrüßte ihn auf der Treppe.

»Hallo! Willst du mich nicht hier haben?«

»Doch, aber hast du Odd denn nicht gesehen? Er ist dir gefolgt.«

Sie zuckte mit den Schultern und holte eine Papiertüte aus der Tasche.

»Tove und ich haben Luciagebäck gemacht.«

Åsa machte einen gelösten Eindruck. Sie drückte ihm die Tüte in die Hand, und er folgte ihr in die Wohnung.

Während der Kaffee kochte, rechnete er jeden Moment damit, dass Odd an der Tür klingeln würde. Doch nichts geschah. Odd stand nach wie vor auf seinem Posten an der Hofeinfahrt. Jack wandte sich Åsa zu.

»Åsa, du musst damit rechnen, ausgeschlossen zu werden«, sagte Jack.

»Ja. Aber das ist mir egal. Und diese Erkenntnis ist dein Verdienst.«

»Wie meinst du das?«

»Kannst du dich denn nicht mehr daran erinnern? Du hast Nein gesagt, als Hanna wollte, dass du Harunda verlässt.«

Er nickte. Sie nahm einen großen Bissen, ein paar Krümel fielen auf den Tisch. Sie fegte sie zu einem kleinen Haufen zusammen.

»Es war so mutig, dass du es ausgesprochen hast«, fuhr sie fort. »Ausnahmsweise hat Hanna mal geschwiegen, und ich bekam plötzlich wieder Luft. Ich konnte seit vielen Jahren zum ersten Mal wieder frei atmen. Weißt du, was ich meine?«

Er nickte. Hoffnung keimte in ihm auf, zaghaft wie ein Spross unter einer Schicht Erde.

»Und was hat Patrick dazu gesagt, dass du Hanna widersprochen hast?«, fragte er.

»Zuerst war er wütend, weil er Angst hatte – vor allem um mich und Tove. Wenn wir nicht gewesen wären, hätte er schon längst mit Hanna gebrochen. Dann hat er darüber nachgedacht, was wir jetzt machen sollen, und wir sind zu dem Schluss gekommen, dass es am besten ist, Rinkeby zu verlassen. Irgendwann nach Weihnachten brechen wir auf.«

»So bald schon? Darf ich raten, wohin?«

»Rate!«

»Nach Norrland.«

Åsa brach in schallendes Gelächter aus und schüttelte den Kopf.

»Im Leben nicht! Ich bin in Stensele aufgewachsen, und das war furchtbar öde. Weit gefehlt! Wir wollen nach Frankreich oder vielleicht nach Italien. Wenn es uns irgendwo nicht gefällt, fahren wir einfach weiter. Wir haben uns einen Campingbus angeschafft, der auf einem Parkplatz in Solna steht. Du kannst mitkommen, wenn du willst.«

Jack nahm sich noch ein Gebäck und schüttelte den Kopf.

»Ich bleibe hier. Wie lange werdet ihr fort sein?«

»Das hängt davon ab, wie wir zurechtkommen. Ein Jahr vielleicht, oder wir sind nächste Woche wieder da.«

Sie lächelte. Von der Zerrissenheit, die seit Johannes' Tod in ihrem Lächeln gelegen hatte, war nichts mehr zu sehen.

»Zum ersten Mal in meinem Leben fühle ich mich frei und bin so glücklich wie schon lange nicht mehr.«

Jack biss dem Mann aus Hefekuchenteig den Kopf ab. Auf seinem dicken Bauch saßen in zwei Reihen Rosinen, rechts und links quollen zwei dicke Ärmchen heraus.

»Ich werde dich und dein Luciagebäck vermissen. Danke, dass du gekommen bist.«

Nach einer Weile holte er die Aufnahmen von Johannes heraus. Er wünschte, dass er ihr mehr hätte geben können. Als sie den dünnen Stoß Fotos an ihre Brust drückte, beugte er sich vor und küsste sie auf die Wange.

»Danke, dass du gekommen bist.«

»Ich habe dir zu danken«, erwiderte sie.

Als die Tür hinter ihr zugefallen war, rief er Marie an. Beim Geräusch ihrer Stimme machte sich erneut dieser zarte Spross in ihm bemerkbar. Wie eine Pflanze, deren Blütenkelche sich dem Regen entgegenstreckten, richtete er sich langsam auf.

Ein paar Stunden später verließ Jack die Wohnung. Odd stand an der Hauswand und trat im Schnee auf der Stelle. Seine Augen tränten, in seiner Pelzmütze hing Eis. Jack legte eine Hand auf seinen Arm.

»Ich gehe jetzt zum Supermarkt. Wollen Sie mitkommen? Dann können Sie sich einen Moment aufwärmen.«

Odd zog seinen Arm weg und sah einem vorbeifahrenden Auto hinterher. »Danach wollte ich zur Stadtbibliothek gehen«, fuhr Jack fort. »Sie können auch direkt dahin, wenn Sie wollen. Und zuletzt wollte ich noch Alkohol kaufen. Kommen Sie nun mit?«

Im Supermarkt stopfte Jack den ganzen Rucksack mit Lebensmitteln voll, während Odd gelangweilt die Zettel an der Pinnwand studierte. Jack klopfte ihm im Vorbeigehen aufmunternd auf die Schulter und ging schließlich zur Bibliothek.

»Du musst dir mal das Weihnachtsoratorium von Tunström ausleihen«, hatte Marie gesagt. »Ich habe geweint, als ich es das erste Mal gelesen habe, auch beim zweiten Mal noch.« Jack ließ seinen Finger über die Buchrücken wandern, bis er es fand, und lächelte Odd zu, der sich mit einem Taschentuch den Schweiß von der Stirn wischte.

»Jetzt müssen wir nur noch einen guten Tropfen für Weihnachten besorgen«, sagte Jack.

Lange Schlangen hatten sich an den Kassen des Systembolagets gebildet, und in den Gängen drängten sich die

Leute. Jack bahnte sich einen Weg zwischen den Regalen hindurch und griff nach einer Flasche Whiskey, während er auf das Weinsortiment zuhielt. Odd war ihm in gebührendem Abstand auf den Fersen. Als Jack unentschlossen vor der Fülle an Rotweinsorten stehen blieb, begab Odd sich zum Sektregal.

Jack griff nach einem Rawsons Retreat, duckte sich hinter einen Stapel Bierkästen und lief so schnell er konnte auf die Hintertür zu. Eine Verkäuferin starrte ihm hinterher, vergaß ihn aber sogleich wieder, als er von der Laderampe gesprungen und quer über den Hof gerannt war. Von Odd war keine Spur zu sehen. Schnell eilte er zurück zur Stadtbibliothek.

Marie sah von der Zeitung auf. Sie lächelte, als Jack den Lesesaal betrat. Mit ein paar Schritten war er bei ihr, zog sie vom Stuhl hoch und umarmte sie fest.

»Danke«, flüsterte er ihr ins Ohr, »danke, dass du da bist.«

Sie erwiderte die Umarmung kurz und schob ihn dann von sich.

»Hier sind die Schlüssel. Die Seekarte und das Benutzerhandbuch liegen in der Kajüte.«

»Kommst du mich mal besuchen?«

Sie schüttelte den Kopf.

»Das wird erstmal dauern, Git braucht meine Hilfe«, erklärte sie.

»Ist sie schwanger?«

Eine kaum sichtbare Falte bildete sich auf ihrer Stirn.

»Es ist noch zu früh, um das zu sagen. Sie wird nach Weihnachten einen Test machen.«

»Wieso dann?«

»Git will nicht in Rinkeby wohnen bleiben, und ich spiele mit dem Gedanken, sie bei mir aufzunehmen.«

»Åsa und Patrick wollen auch fortgehen.«

Rasch erzählte er ihr von Åsas Plänen. Maries Stirn glättete sich.

»Prima. Wann wollen sie los?«

Die Vergessenen würden wie üblich Weihnachten zusammen feiern. Marie wusste, dass Jacks Überwachung vorübergehend eingestellt werden würde, hatte Hanna doch alle im Blick, mit denen er möglicherweise Kontakt aufnehmen könnte.

»Das gemeinsame Weihnachtsfest wird schon zu Mittag beginnen. Du kannst also ziemlich früh aufbrechen.«

»Artur wird am zweiten Weihnachtsfeiertag beerdigt«, sagte er.

»Umso besser«, sagte sie. »Dann wird niemand annehmen, dass du die Stadt verlassen würdest.«

Er sah aus dem Fenster. Es dämmerte allmählich. Er hatte schon Abschied von Artur genommen. Bestattungen waren für diejenigen gedacht, die ihren Kummer mit anderen teilen konnten. Das war ihm nicht vergönnt.

»Am schwersten wird es mir fallen, dich zu verlassen«, sagte er.

»Irgendwann werde ich zu dir kommen«, sagte sie, »aber wann, kann ich nicht sagen.«

Er drückte sie an sich und fühlte ihr Herz schlagen.

41

Auge um Auge, Zahn um Zahn

Die alljährliche Disneyparade flackerte über die Mattscheibe, während Jack seine Taschen packte. Viel nahm er nicht mit - Kleidung, Fotos, Arturs Dansbandplatten und eine fast volle Flasche Old Spice.

Als er die Taschen musterte, musste er daran denken, wie traurig er gewesen war, dass Aino sich all seiner Sachen entledigt hatte. Inzwischen jedoch schmerzte ihn die Erinnerung an sein unwiederbringlich verloren gegangenes Eigentum nicht mehr.

Er stellte den Fernseher aus und ging von Zimmer zu Zimmer, atmete ein letztes Mal den vertrauten Geruch der Wohnung ein. Dann öffnete er die Tür.

Nach den Weihnachtsfeiertagen würden Ingrid und Otto Arturs Habseligkeiten mitnehmen, die Wohnung würde vermietet werden, und Jack würde nie mehr in die Pannsmedsgatan zurückkommen. Seine Finger zeichneten die Inschrift im Hofdurchgang nach. Er hob die Hand zu einem letzten Gruß.

Die Straße lag verlassen da. Niemand folgte ihm, als er aus der Parklücke fuhr. Er bog in die Odengatan ab und kam nach einer Weile an einer Tankstelle vorbei. Er tankte, füllte die Kanister und fuhr auf den Valhallavägen. Es herrschte nur wenig Verkehr, kein einziges Auto kam ihm entgegen, als er über die Lindingöbrücke weiter Richtung Bosön fuhr. Aus den Fenstern der alten Holzvillen, die hinter den Bäumen flüchtig aufblitzten, schien Licht. Er drosselte das Tempo und suchte nach der richtigen Adresse.

Hannas Haus war eines der wenigen Gebäude, die im Dunkeln lagen. Er parkte das Auto ein Stück weiter entfernt und stieg aus. Stimmengemurmel drang aus der geöffneten Balkontür des Nachbarhauses, und irgendjemand, vermutlich ein Kind, klimperte auf einem Klavier.

Im Schutz der Büsche betrat Jack Hannas Grundstück und stapfte durch den Schnee auf die Rückseite des Hauses zu. Ein bewaldeter Hang ließ das Licht der Straßenlampen nur spärlich durchschimmern. Er schaltete die Stirnlampe an.

Vor der Verandatür blieb er stehen, holte ein Stemmeisen aus dem Rucksack, wickelte seinen Schal um den Bügel und schlug zu. Es klirrte. Er hielt einen Moment die Luft an, lauschte in der darauffolgenden Stille, ob irgendjemand etwas davon bemerkt hatte. Als er nichts hörte, öffnete er die Tür.

Der Lichtkegel seiner Stirnlampe fiel auf den Deckel eines glänzenden Flügels. Er ließ das Licht über die vertäfelten Wände wandern, durchquerte das Zimmer und ging den Flur hinunter bis zum Arbeitszimmer. Dann bog er um eine Ecke, kam in die Küche und lief durch das Esszimmer. Im Nebengebäude lag Hannas Schlafraum, auf dem Nachttisch eine Brille, daneben ein aufgeschlagenes Fotoalbum.

Er blieb vor dem Foto stehen, das Hanna mit Abiturhut zeigte. Sie hielt den Kopf leicht schräg. Ihr Blick war auf die Kamera gerichtet. Das unbehagliche Gefühl, dass Hanna ihn in ebendiesem Moment betrachtete, ließ ihn das Fotoalbum zuschlagen und ins Arbeitszimmer zurückgehen. Dort sah er sich gründlich um. Auf dem Schreibtisch stand Hannas Computer, daneben stapelten sich Nachschlagewerke und Ordner. Irgendwo musste sie ihre Sicherungskopien aufbewahren. Jack wühlte die Schreibtischschublade durch, danach nahm er sich den Aktenschrank vor und schüttete den Inhalt der Mappen und Zeitschriftenkartons auf den Boden. Haufenweise Papier lag zu seinen Füßen. Er ließ den Schein der Stirnlampe über die leeren Regale schweifen, ging zurück ins Schlafzimmer und zog die Nachttischschublade auf. Neben einem Stoß Taschentücher lag eine externe Festplatte.

Den schwarzen Kasten in der Hand kehrte er ins Arbeitszimmer zurück und verband die Festplatte mit dem Computer. Nach weniger als einer Minute hatte er die Informationen, die er brauchte, entfernte den USB-Stick und steckte ihn in den Rucksack. Dann holte er den Benzinkanister, den er zuvor auf die Veranda geschleppt hatte.

Er kippte das Benzin aus und verfolgte, wie der Teppich die brennbare Flüssigkeit aufsog. Er gab ein paar Spritzer auf die Gardinen, die Ordnerstapel und goss auch etwas über das graue Schafsfell, das auf dem Sessel in der Ecke lag.

Rückwärts verließ er das Zimmer und zog mit dem Rest aus dem Kanister eine dünne Spur über den Boden in Richtung Wohnzimmer. Er wartete kurz, zündete ein Streichholz an und ließ es auf den Teppich fallen. Eine Feuerschlange breitete sich von seinen Füßen Richtung Arbeitszimmer aus. Noch bevor sie die Schwelle erreichte, hatte er sich umgedreht und war hinausgelaufen.

Wenig später saß er im Wagen, startete den Motor und fuhr langsam an dem brennenden Haus vorbei. Im Rückspiegel verfolgte er, wie die Flammen auf die Veranda schlugen.

Als er auf die Lidingöbrücke bog, kamen ihm die Blaulichter von Feuerwehr und Notarzt, gefolgt von einem Streifenwagen, entgegen. Zum ersten Mal war er dankbar dafür, dass er so schnell vergessen wurde.

Er parkte das Auto an einer versteckten Stelle vor Skansen und lief das restliche Stück zum Beckholmskai zu Fuß. Sein Rucksack war schwer, und seine Taschen schlugen gegen seine Beine. Zitternd vor Erschöpfung ging er an Bord von Maries Schiff, betrat die Kajüte und kroch in die Koje.

42

Spuren im Schnee

Das Schiff kam ihm ungeheuer groß vor. Vibrationen des Motors ließen den Schiffsrumpf dumpf erzittern, als Jack sich am darauffolgenden Morgen ans Ruder stellte. Langsam, ganz langsam, manövrierte er Maries Boot von den anderen Booten am Kai weg und steuerte auf den Kanal zu. Ringsum schimmerte das Wasser schwarz durch die dünne Eisdecke, die mit leisem Knirschen unter dem Bug nachgab.

Als er Blockhusudden passierte, brach der Morgen an, und vor ihm erstreckte sich das weite Meer. Sein Kaffee duftete. Er nahm einen tiefen Zug von seiner Zigarette und blies den Rauch geradewegs in die aufgehende Sonne, die sich über der Langholmsfjärden erhob.

Zunehmend fühlte er sich sicherer am Steuer. In der Meerenge zwischen Vaxholm und der Festung fuhr er so dicht am Kai entlang, dass die Menschen, die in Vaxholms Hotel an den Tischen saßen, grüßend winkten.

Schäre folgte auf Schäre. Aufmerksam verfolgte er die Umrisse jeder Bucht, die Form jeder vorspringenden Landzunge, während er sie mit seinem Zeigefinger Millimeter für Millimeter auf der Seekarte nachfuhr.

Als er am späten Nachmittag Licht in Ainos Küchenfenster brennen sah, schmerzte sein Körper vor Erschöpfung. In der Bucht war das Meer gefroren, sodass die Fugen des Schiffes ächzten. Jack drosselte die Geschwindigkeit. Seine Finger waren ums Ruder gekrampft, als er endlich den Steg von Lindgren erreichte.

Er schaltete die Zündung aus, und das Schiff legte sich mit einem letzten geräuschvollen Beben zur Ruhe. Das Thermometer vor dem Fenster zeigte minus vierzehn Grad. Jack sah sich im Motorraum um. Mit einem Verlängerungskabel auf dem Arm sprang er an Land.

Der Schnee knirschte leise unter seinen Fußsohlen, während er zu Lindgrens Haus hochging. Auf der Veranda fand er eine Steckdose und schloss das Kabel an. Lindgren würde eine saftige Stromrechnung bekommen.

Als der Heizkörper kurz darauf Wärme in der Kajüte verbreitete, schmolz Jack Schnee und kochte sich auf dem Propangaskocher Tortellini. Immer wieder hielt er die Nase über den Topf und atmete den Duft von Nudeln und Olivenöl ein. In seine Erleichterung darüber, dass es ihm geglückt war, das Schiff den ganzen Weg bis Ämtudden zu steuern, mischte sich ein Gefühl des Triumphs. Feierlich faltete er eine Serviette zu einem Fächer, zündete Kerzen an und schenkte sich Wein ein.

Obwohl er sich vorgenommen hatte, sein Essen zu genießen, schlang er die Pasta hinunter. Nachdem er den Topf geleert hatte, lehnte er sich im Stuhl zurück. Durch die gefrorenen Fenster der Kajüte drang von Ainos Haus schwaches Licht herein, und er lehnte sich vor und fuhr mit dem Ärmel seines Pullovers über das Bullauge, bis sich ein Guckloch bildete. Dort oben hinter den grünen Bretterwänden des Hauses befand sich Aino. Fast zwei Wochen waren seit ihrer letzten Begegnung vergangen. Da war sie nach einem langen Tag mit den Kindern vom Hort zum Umfallen müde gewesen. Völlig erledigt hatte sie ihre Füße auf einen Stuhl gelegt und versucht, sich die Socken auszuziehen. Der Bauch war ihr im Weg, weshalb er ihr dabei geholfen hatte. Als er mit den Socken in der Hand dagestanden war und gesehen hatte, wie Aino nach der Zeitung griff, hatte ihn angesichts ihrer Nähe eine solche Wärme durchströmt, dass er sich fragte, ob er sie nicht doch wieder lieben könne.

Früh am nächsten Morgen sah er sie. Mit einem Eisbohrer in der einen und einem Eimer in der anderen Hand ging sie zum Steg. Er suchte in seinen Taschen nach dem Fernglas und beobachtete kurz darauf, wie Aino sich vom Steg aufs Eis hinuntergleiten ließ. Bevor sie ein paar Schritte vom Steg wegmachte und die Spitze des Bohrers auf der glasklaren Oberfläche ansetzte, testete sie die Tragfähigkeit des Eises.

Unermüdlich bohrte sie, bis sie die Eisschicht durchbrochen hatte und Wasser aus dem Loch sprudelte.

Zu seinem Erstaunen setzte sie den Bohrer daneben erneut an. Hartnäckig bohrte sie ein Loch nach dem anderen. Zum Schluss stand sie vor einem zusammenhängenden Eisloch von gut einem halben Meter Durchmesser. Erst dann wischte sie sich den Schweiß von der Stirn und streckte sich. Jacks Blick folgte ihrem, als sie über die Eisfläche spähte. Die Welt war verstummt. Keine Boote segelten über den Sund, nicht ein Vogel zeigte sich am Himmel.

Da fuhr ein schriller Pfeifton durch die Luft. Aino hatte die Signalpfeife herausgeholt.

Er blinzelte gegen die tief stehende Sonne, die durch die Wolkendecke gebrochen war, und sah in ihrer Hand einen Fisch. Immer wieder scholl der schrille Ton hinaus in die Bucht, während sie auf die Knie ging und in das Eisloch spähte. Aber unter der Wasseroberfläche rührte sich nichts. Nachdem sie eine Weile gewartet hatte, legte sie die Fische kreisförmig um den Rand des Lochs und kletterte zum Steg zurück.

Eine Stunde später verließ sie Ämtudden. Jack folgte ihr. Im Laufschritt erreichte er die Hügelkuppe und beobachtete, wie Aino Cecilia Strand zunickte, die in ihren leeren Briefkasten schaute.

»Schon wieder keine Zeitung«, stellte die ältere Frau fest. »Sie fahren nicht zufällig in die Stadt?«

»Ich muss nach Stockholm, komme aber heute Abend wieder. Wenn Sie wollen, kann ich Ihnen eine Abendzeitung mitbringen.«

Jack musste sich also nicht länger den Kopf darüber zerbrechen, wohin sie wollte – heute war der zweite Weihnachtsfeiertag und Arturs Beisetzung.

Ein paar Minuten später sah er sie in den Linienbus steigen. Erst als er auf der Landstraße verschwand und sein Handy in der Tasche vibrierte, drehte sich Jack um und nahm ab.

»Hallo, Marie«, meldete er sich. »Wie geht's dir?«

Sie ignorierte die Frage.

»Bist du das gewesen? Hast du Hannas Haus angezündet?«

»Ja.«

Schweigen.

»Warum hast du mir nichts davon gesagt?«

»Ich wollte nicht, dass du da mit hineingezogen wirst. Es ist besser so.«

»Ich bin doch schon längst in alles verwickelt. Weshalb hast du das getan?«

»Ich wollte Hanna das Handwerk legen, ihr schaden. So dass es wehtut.«

»Fast ihr ganzes Eigentum ist in Flammen aufgegangen.«

Maries unerwartete Sympathie für Hanna brachte ihn auf.

»Nur fast!!? Eigentlich war es meine Absicht, alles verbrennen zu lassen. Was ist verschont geblieben?«

»Das Schlafzimmer. Du weißt ja gar nicht, was du damit angerichtet hast«, stöhnte sie. »Nach dieser Geschichte kannst du dir abschminken, dass dir jemals wieder verziehen wird, und wir anderen uns auch. Hannas gesamtes Forschungsmaterial hat sich im Haus befunden.«

»Sei nicht so naiv«, sagte er. »Selbstverständlich hat sie ihre Ergebnisse nicht nur an einer Stelle gespeichert.«

»Hat sie nicht?«

»Nein.«

Sein Blick wanderte zu seinem Rucksack, in dem nach wie vor das schwarze Kästchen lag, und ihm wurde klar, was es bedeutete, dass das Schlafzimmer nicht in Flammen aufgegangen war – Hanna wusste, dass er die Festplatte gestohlen hatte.

»Marie«, sagte er. »Komm wieder runter. Das Forschungsmaterial existiert noch, ich habe es hier bei mir.«

»Du lügst.«

»Komm her, dann siehst du's.«

Sie legte auf. Er blieb noch einen Moment mit dem Handy in der Hand sitzen. Dann ging er zum Rucksack und holte den USB-Stick.

Die Schneeschaufel stand in der hintersten Ecke des Gartenschuppens, und er fing an, seine Spuren bis zum Vordach des Hauses zu beseitigen. Nachdem er Feuer im Kamin gemacht hatte, ging er mit der Festplatte in Ainos Arbeitszimmer.

Gespannt überflog er die Überschriften: Hypothese, Theorie, Begründung, Ergebnis ...

Was ihn interessierte, waren die Ergebnisse, trotzdem sah er zuerst die Forschungsgrundlagen durch. Seitenweise DNA-Diagramme, deren Linien unterschiedlich durcheinanderliefen und wechselnde Muster bildeten.

Zwei Stunden später lehnte er sich zurück und schloss die Augen. Nicht ein einziger von Hannas Versuchen war positiv ausgefallen. Mit einer Beharrlichkeit, die an Besessenheit grenzte, hatte sie ihre Hypothese zu stützen versucht, dass die Vergessenen an einer Chromosomenabweichung litten. So hatte sie in unzähligen Studien die Chromosomen der Vergessenen analysiert, ohne jedoch die geringste Spur einer Abweichung finden zu können.

Hannas Gerede von der Bedeutsamkeit ihrer Forschung war ein einziger großer Bluff gewesen. Das Seltsame war, dass sie trotzdem jahraus, jahrein mit ihren Forschungen weitergemacht hatte. Die letzte Studie basierte auf Johannes' DNA und war erst ein paar Monate alt.

Mit einem Blick auf die Uhr ging Jack in die Küche, um Kaffee aufzusetzen. Der Theorieteil war umfassend, es würde dauern, ihn durchzugehen, doch womöglich enthielt er die Erklärung für ihren unerschütterlichen Glauben an ihre Theorie.

Die Annahme, die ihrer Forschung zugrunde lag, war so kühn, dass er nicht wusste, ob er sie für genial oder völlig abwegig halten sollte.

An ihrer einleitenden Schilderung zur Entwicklung des Menschen gab es nichts auszusetzen. Hanna unterstrich, dass allen entscheidenden Veränderungen in der Natur Mutationen zugrunde gelegen hätten, und führte den Homo erectus als Beispiel an, der sich aufgerichtet und auf die Hinterbeine gestellt hatte, sowie den Homo habilis, der darauf gekommen war, welchen Vorteil Werkzeuge brachten.

Aber als sie allmählich dazu überging zu schildern, wie der von Darwin verwendete Begriff vom Missing Link sie auf den Gedanken gebracht hätte, dass es auch zwischen verschiedenen Menschentypen Links geben könnte und sich selbst dafür als denkbares Beispiel anführte, wurde es ihm zu bunt.

Sie ging davon aus, dass die Vergessenen die Manifestation eines großen Sprungs der Menschheitsgeschichte darstellten, in dessen Zuge ein neuer Mensch – ein Bindeglied – im Entstehen begriffen sei. Das Kennzeichnende sei das Vermögen, sich an Vergessene erinnern zu können, ohne selbst vergessen zu sein. Sobald es genügend solcher Links gäbe, die eine Fortpflanzung möglich machten, hätten die Vergessenen ihren Zweck als Übergangsform erfüllt und besäßen keine Relevanz mehr.

Der Link selbst hingegen sei besser als Vergessene und gewöhnliche Menschen dafür gerüstet, den Herausforderungen der Zukunft zu begegnen, weshalb es von grundlegender Wichtigkeit sei, den vorhandenen Genpool zu erforschen, vor Fremdeinwirkungen zu schützen und Zugang zu ihm zu haben, um optimale Entwicklungsbedingungen für einen jeden Link zu schaffen.

Jack schloss die Datei und meinte, im flimmernden Licht des Bildschirms Hannas irres Lächeln zu sehen.

43

Bis auf den Grund der Seele

Ein weiterer Morgen brach an. Die aufsteigende Sonne ließ das Eis bläulich schimmern. Aus der Dunkelheit kamen Killingholms schneebedeckte Klippen zum Vorschein. Trotz der Kälte lief ihm der Schweiß den Rücken hinunter. Er rückte den Eisbohrer ein Stück zur Seite und warf sich mit aller Kraft auf ihn. Das Eis war nicht dick, aber der Bohrer, den er in Lindgrens Schuppen gefunden hatte, war rostig und kraftlos. Nach einer Weile stieg mit einem gurgelnden Laut Wasser im Loch auf – er hatte es geschafft.

Aino hatte draußen in der Bucht ein weiteres Eisloch aufgemacht, und Jack hatte sich in den vergangenen Tagen darum gekümmert, dass die Löcher nicht wieder zufroren. Trotz seiner Bemühungen bestand Aino darauf, jedes Mal ihren Bohrer mitzuschleppen, wenn sie die Robben anlockte. Jack seufzte. Aino hatte noch nie an Wunder geglaubt. Er zog den Bohrer heraus und sah zum Haus.

Tatsächlich waren die Robben zurück. Als Ho Chi Minhs Kopf eines Morgens im Eisloch aufgetaucht war, hatte Aino ihm freudestrahlend einen Fisch zugeworfen und ihn mit weiteren Fischen aufs Eis gelockt. Die anderen Robben waren ihm gefolgt.

Jack schulterte den Eisbohrer und schlug den Weg zum Ufer ein. Seine durchgetretenen Stiefelsohlen schlitterten über das spiegelglatte Eis, sodass er kleine Schritte machen musste, um nicht das Gleichgewicht zu verlieren. Mit einem Zickzackkurs überquerte er die zugefrorene Bucht.

Als er Motorengeräusch hörte, blieb er stehen und sah zur Straße. Bis auf den Müllwagen waren keine Autos am Haus vorbeigefahren, seit er vor einer Woche hier angekommen war, aber nun war die Schnauze eines grauen Volvos hinter Lindgrens Hecke zu sehen.

Er hatte sich so auf den Wagen konzentriert, dass er gar nicht bemerkte, dass Aino das Haus verlassen hatte und den Weg zum Steg einschlug. Erst als er hörte, dass sie die Eisfläche betrat, sah er sie.

Als sie sich umdrehte, erblickte sie ihn. Mit einem kurzen Nicken, so wie man einen Fremden begrüßt, packte sie den Fischeimer und ging auf die Eislöcher zu. Er nickte zurück und sah erwartungsvoll den Abstand zwischen ihnen schwinden.

Ohne ihn weiter zu beachten, hockte sie sich an die Eiskante. Die Fische, die sie tags zuvor dort ausgelegt hatte, waren wie immer verschwunden. Jack fragte sich, ob Aino wusste, dass sie mit ihren Heringen auch Raben und Füchse durchfütterte.

Plötzlich nahm er aus dem Augenwinkel eine Bewegung wahr und sah zum Ufer. Sein Bauch krampfte sich zusammen, als er Odd erkannte, der sich humpelnd dem Steg näherte. Er ging gebückt, und sein Gesicht war gerötet. Drohend hob Odd die Krücke in die Luft.

»Hast wohl gedacht, wir hätten dich vergessen, was?«

Aino hörte Odds Stimme und drehte sich verwundert um. Jack erschrak, als er auch noch Hanna und Elene über Lindgrens Steg stiefeln sah.

»Aino!« Er versuchte, seine Stimme ruhig klingen zu lassen. »Geh zum Haus! Sofort!«

Für den Bruchteil einer Sekunde schienen seine Worte durch die Angst zu dringen, die sich auf ihrem Gesicht abzeichnete. Sie nickte, doch als Odd zielstrebig auf sie zuging, machte sie einen Schritt zurück, stieß gegen den Eisbohrer, verlor das Gleichgewicht, schlug mit dem Kopf auf dem Eis auf und schlitterte ins Eisloch. Sie schrie und fuchtelte mit den Armen, dann wurde sie unter die Wasseroberfläche gezogen.

Jack warf sich sofort aufs Eis und packte Ainos Handgelenk. Er zog mit aller Kraft daran, bis ihr Kopf zum Vorschein kam.

»Strampel, Aino, strampel, so fest wie du kannst!«

Sie strampelte und schnappte nach Luft, versuchte sich hochzuziehen, aber unerbittlich saugte das Meer Ainos Körper wieder ein.

Jack drehte den Kopf in Odds Richtung und schrie: »So hilf mir doch, verdammt noch mal!«

Ohne eine Miene zu verziehen, wandte Odd sich an Hanna, die jetzt neben ihm stand. Sie beugte sich vor und legte Jack eine Hand auf die Schulter.

Seine Hände waren taub, und er sah, dass Ainos Augen immer matter wurden.

»Der Stick liegt in der Kajüte. Hinter den Thunfischdosen.«

Hannas Schritte entfernten sich, und Aino strampelte nicht länger.

»Hilf mir, Odd! Hilf mir!«

Odd humpelte zum Eisloch. Jack stemmte seine Knie und Ellenbogen in einem weiteren Versuch, Aino hochzuhieven, gegen das Eis. Der Fischeimer stürzte um, Heringe fielen ins Eisloch. Ihre weißen Bäuche wippten im schaukelnden Wasser, das sich über Ainos Gesicht ergoss. Jack wandte sich zur Seite und sah, dass Odd ihm eine Hand entgegenstreckte, doch Aino war ihm schon entglitten. Ohne nachzudenken holte er tief Luft und sprang ihr nach.

Eiseskälte schloss sich wie eine eiserne Faust um seinen Körper, aber seine Beine waren noch nicht taub, als er Aino nachtauchte. Ihre Jacke hatte sich aufgebläht, sie schien unter ihm zu schweben, schwerelos wie ein Rochen.

Sie öffnete die Augen und sah ihn an. Ein Strom Luftblasen entstieg ihrem Mund. Plötzlich hatte er keine Angst mehr, und das Wasser kam ihm auch nicht länger kalt vor. Ein Strang Seetang schwebte an seinem Fuß vorbei, und an seiner Brust spürte er Ainos gewölbten Bauch. Aber nichts war mehr wichtig. Einander umarmend sanken sie in die Tiefe.

Als ihn der Stoß in den Rücken traf, dauerte es eine Weile, bis er begriff. Er sah hinab zu den Robben, die wie dunkle Schatten unter ihnen dahinglitten, sah, dass Ho Chi Minh erneut Anlauf nahm. Seine Flossen wühlten das Wasser um sie herum auf, und sein rauher Winterpelz streifte Jacks

Jacke. Bei Ho Chi Minhs nächstem Versuch war er bereit und verlagerte sein Gewicht auf das Muskelpaket, das sie hochhob.

Sein Hinterkopf schlug hart auf dem Eis auf, als die Robbe sie abschüttelte. Aino fiel auf ihn und blieb reglos liegen.

Jack rappelte sich auf die Knie und sah auf Aino hinunter. Aus ihren Wangen war jegliche Farbe gewichen. Ihre Lippen waren dunkelblau. Er legte die Hand unter ihren Nacken und schloss seine Finger um ihre Nase. Rote Flecken tanzten vor seinen Augen, als er tief Luft holte und sie mit ganzer Kraft beatmete. Doch Aino rührte sich nicht. Er schob das Bild von Arturs leblosem Gesicht weg und holte erneut tief Luft. Wieder und wieder schloss sich sein Mund um Ainos und blies Sauerstoff in ihre Lungen. Die Eisfläche lag verlassen da, von Odd und den anderen keine Spur mehr, als Aino röchelte und einen Schwall Meerwasser ausspuckte. Sofort rollte er sie auf die Seite, griff nach ihren Armen und legte sie sich um die Schultern. Ihr runder Bauch wurde gegen seinen Körper gedrückt, als er Schwung holte und versuchte, sie hochzuziehen. Seine Beine zitterten, trotzdem gelang es ihm aufzustehen und auf den Steg zuzustolpern.

Er ließ ihre Handgelenke los, und sie plumpste auf die schneebedeckten Planken.

»Kannst du dich bewegen, Aino?«

Sie antwortete nicht, hob aber leicht die Hand. Jack schlang die Arme um sie und schleppte sie hinter sich her über den Steg. Eispartikel lösten sich aus ihren Haaren und fielen in die gefrorenen Falten seiner Jacke. Er biss die Zähne zusammen, schluckte den düsteren Klumpen der Verzweiflung hinunter und schleppte sie weiter Richtung Haus.

Als er sie die Verandatreppe hochzog, holperten ihre Beine kraftlos über die Treppenstufen. Schnee rieselte vom Geländer hinab und fiel ihr ins Gesicht. Schließlich gelang es ihm, sie durch die Tür zu bugsieren und auf den Boden zu legen.

Ihre Augen waren geschlossen, aber sie atmete. Sofort stopfte Jack Zeitungspapier und frische Holzscheite in die noch vorhandene Glut des Kaminofens und ließ die Luke offen. Dann rannte er wieder zu ihr, um sie von ihrer Kleidung zu befreien.

Kleine Rinnsale flossen ihr aus Haar und Kleidern, als er ein ums andere Kleidungsstück in die Zimmerecke schmiss. Ihre Stiefel waren mit einem Doppelknoten verschnürt, und er zerrte an den Schnürsenkeln, seine tauben Finger verfluchend.

Langsam öffnete sie die Augen, sagte aber kein Wort. Stattdessen tastete sie ihren Bauch ab, auf der Suche nach einem Lebenszeichen.

Als er sie entkleidet hatte, trug er sie ins Bad, setzte sie in der Duschwanne ab und drehte das kühle Wasser auf. Es stach in seinen Händen, während er sie damit besprengte. Langsam mischte er Warmwasser dazu, bis das Bad in Dampfschwaden gehüllt war. Da zog auch er sich aus und setzte sich neben sie in die Wanne. Er spürte, wie Leben in seine Gliedmaßen zurückkehrte, und sah, wie sich ihre Haut rötete.

Später saßen sie in der Küche. Als vor dem Fenster ein Rabe vorbeiflog und sich mit einem Krächzen in der Kiefer niederließ, fing sie an, ihren Bauch zu untersuchen.

Sie presste ihre Finger so fest gegen die Haut, dass sie tiefe Abdrücke hinterließen. Mit jedem Mal, wenn sie die Hand an eine andere Stelle legte, ohne etwas gespürt zu haben, wurde sie sorgfältiger. Von Neuem setzte sie an, drückte und massierte. Schließlich gab sie auf und ließ die Hand auf dem Brustbein ruhen, die Augen geschlossen.

Jack blieb stehen und besah sich die Abdrücke, die ihre Haut übersäten. Eine kaum wahrnehmbare Bewegung, als würde ein schwacher Windhauch über eine Wasseroberfläche streifen, ließ ihre Hand zusammenzucken. Als sie die Augen öffnete, sah sie keinen Fremden mehr an, sondern ihn.

»Jack«, sagte sie. »Hast du das gesehen?«

Danksagung

Wie alles andere in meinem Leben hätte diese Geschichte nicht ohne die Hilfe meines Umfelds entstehen können.

Mein Dank gilt Kristoffer und Emma, Nisse, Mandy und Fritiof – danke, dass es euch gibt, dass ihr das Manuskript gelesen habt, Einwände vorgebracht habt und euer Gefallen geäußert habt.

Danke dir, Maria, dass du mir erzählt hast, wie es ist, wenn man vergessen wird.

Und nicht zuletzt sei dir, mein lieber John, gedankt, da du mir immer wieder geholfen hast, den Wirrwarr, den ich zustande bringe, zu entwirren, und mir neue Sichtweisen eröffnet hast, wenn ich mich festgefahren habe, und weil du meinen schlimmsten Einfällen Einhalt geboten hast. In der Phantasie wie auch im richtigen Leben.

Mia Ajvide
Sjöboden, Rådmansö, 11. August 2011